Sabine Durrant lebt mit ihrer Familie in London, wo sie als Autorin und Journalistin arbeitet. Sie schreibt unter anderem für den *Guardian*, den *Daily Telegraph* sowie die *Sunday Times* und hat bereits mehrere Kinderbücher und Romane veröffentlicht, die in bis zu 15 Sprachen übersetzt wurden. Nach *Die Hochstapler* erscheint mit *In deiner Schuld* nun ihr zweiter Thriller im Penguin Verlag.

In deiner Schuld in der Presse:

»Fesselnd!« *Vogue*
»Genial konzipiert!« *The Sun*

»Ein Thriller voller unvorhergesehener Wendungen, den du nicht mehr aus der Hand legen wirst!« *Grazia*

»Ein spannendes Leseerlebnis!« *The Guardian*

»Packender Lesestoff von einer unserer besten Thriller-Autorinnen!« *The Sunday Mirror*

Außerdem von Sabine Durrant lieferbar:

Die Hochstapler

SABINE DURRANT

IN DEINER SCHULD

THRILLER

Aus dem Englischen
von Karin Dufner

PENGUIN VERLAG

Die englische Originalausgabe erschien 2018 unter dem Titel
Take Me In bei Mulholland Books, an imprint of Hodder & Stoughton, an
Hachette UK company, London.

FSC www.fsc.org
MIX
Papier aus verantwortungsvollen Quellen
FSC® C014496

Verlagsgruppe Random House FSC® N001967

PENGUIN VERLAG

2. Auflage 2020

Das Zitat auf S. 7 stammt aus Charles Dickens' *Große Erwartungen* und
wurde von Karin Dufner übersetzt.
Umschlag: Favoritbüro
Umschlagmotiv: © Sandra Cunningham / Trevillion Images
Redaktion: Sabine Thiele
Satz: GGP Media GmbH, Pößneck
Druck und Bindung: GGP Media GmbH, Pößneck
Printed in Germany
ISBN 978-3-328-10482-7
www.penguin-verlag.de

Dieses Buch ist auch als E-Book erhältlich

Für Barney

»Ein Knabe kann seine Tür abschließen,
es im Bett warm haben, sich hineinschmiegen,
sich die Laken über den Kopf ziehen und
sich sicher und geborgen fühlen.
Doch der junge Mann wird sich ganz verstohlen und
allmählich an ihn anschleichen und ihn zerreißen.«

Charles Dickens, Große Erwartungen

Alles beginnt mit einer Geschichte.

Das ist einer der Slogans, die wir uns im Büro ausgedacht haben. Mein Gott, was waren wir stolz darauf. Wenn man die Webseite von Hawick Nicholson aufruft, läuft dieser Satz quer über eine Diashow, die positive Ereignisse auf der ganzen Welt zeigt: den Start der Apollo 11, Obamas Amtseinführung, Mo Farahs Sieg bei einem Marathonlauf. Und dann, darunter, eine serifenlose Schriftart, die laut Designer Zuverlässigkeit ausstrahlt (Verdana, glaube ich). »Wir helfen Ihnen, Ihre zu erzählen.«

Das klingt ziemlich arrogant. Und außerdem trügerisch. Googeln Sie »Weltereignisse«. Los, tun Sie es. Schauen Sie, auf wie viel Positives Sie nach 9/11 stoßen. Sie bestimmen, wie Ihre Geschichte aussieht. Das raten wir allen.

Doch so einfach ist das nicht. Inzwischen weiß ich das. Erfahrungen können unschön sein. Keine Geschichte gehört nur einem Menschen und kann sein Eigentum werden.

Und selbst wenn Sie einwenden, dass es möglich ist, dass man ein bestimmtes Ereignis vom Durcheinander des Lebens trennen kann wie einen einzelnen Faden aus einem Strang Garn oder eine Farblinie aus einer großflächigen Tätowierung, habe ich eines aus dieser ganzen Tragödie gelernt. Nicht der Anfang ist wichtig.

Sondern das Ende.

STUFE EINS

Er

Jeremy, ein Kontaktmann bei der *Financial Times*, hatte die griechische Insel vorgeschlagen. Er war einige Jahre hintereinander hingefahren, als seine Kinder noch klein waren. Ich war skeptisch, denn ich betrachtete mich immer noch als einen Menschen, der seine Ferien auf Ibiza verbringt: himmelbettähnliche Sonnenliegen, aufgereiht am Strand wie aufgemotzte Panzer, wummernde Barmusik, Sangria in mit Kondenswasser beschlagenen Gläsern. Doch Tessa hatte schon immer einen bescheideneren Geschmack gehabt, und außerdem hatten wir Josh. Deshalb musste sogar ich einräumen, dass wir etwas Ruhigeres brauchten. Sanfte Wellen: in Ordnung. Kontakt zu anderen Kindern: okay. Ein Haus, das sich mühelos mit dem Kinderwagen ansteuern ließ: Gott steh mir bei.

Es war der erste Ferientag. Wir waren über die heiße, angetrocknete Sandkruste bis zu einem schütteren Olivenhain am anderen Ende gestapft, wo wir unsere Handtücher ausbreiteten. Offen gestanden, war ich erledigt. Wie von TripAdvisor empfohlen, hatten wir für die Anfahrt ein kleines Boot gemietet, was sich als umständlicher erwies als erwartet. Ich war völlig verschwitzt, und ich hatte mein T-Shirt von der Brust weggezogen und damit gewedelt wie mit einem Minifächer. Vielleicht gab ich sogar so eine

Art »uff« von mir. Tessa achtete nicht auf mich. Wie mittlerweile immer war sie beschäftigt, baute die Strandmuschel auf, nahm Josh die Schwimmweste ab, rieb seine Arme und Beine gründlich mit einer weiteren Schicht Sunblocker ein und legte ihm dann orangefarbene Schwimmflügel an. Sie trug ein rosafarbenes, mit gelben Gänseblümchen bedrucktes ärmelloses Frotteekleid, eine der Mamaklamotten, die sie sich in letzter Zeit online bestellte. Ihre Schwimmweste hatte rote Striemen auf ihren nackten Schultern hinterlassen. Sie rieb sie geistesabwesend.

»Ich suche mir ein Plätzchen zum Umziehen«, sagte sie. Die Lockenmähne klebte ihr am Kopf. Ihre hellgrünen Augen, die mich anfangs fasziniert hatten, traten ein wenig hervor – wie so oft, wenn sie müde war. Ich empfand einen Anflug von Mitleid, Zuneigung und, wie immer, schlechtem Gewissen. Wir hatten uns schon seit einer Weile nicht mehr berührt. Das war eindeutig meine Schuld. Wie mittlerweile die meisten Dinge.

Ich trat einen Schritt auf sie zu. »Niemand schaut hin«, wandte ich ein. »Außer mir.«

»Nein … Ich …«

»Kannst du nicht unter dem Kleid in den Bikini schlüpfen? Oder ich halte dir ein Handtuch vor.«

»Nein, es könnte verrutschen, und dann stünde ich nackt da.«

»Hier ist fast niemand. Außerdem, falls es ein bisschen verrutscht … Ich hätte nichts gegen ein paar Einblicke.« Ich legte ihr die Hände auf die Schultern und wollte sie auf den Mund küssen. Mein Körper neben ihrem fühlte sich ungeschickt und unbeholfen an. Als sie sich leicht bewegte, streiften meine Lippen ihre Wange. Ich nahm den warmen, salzigen Niveaduft an ihrem Hals wahr und ihren weichen Schenkel, als ich das Knie hob und es daran rieb. Ihre Haut war so aufregend glatt. »Je mehr ich sehe, desto besser«, murmelte ich.

Sie machte sich los, diesmal ziemlich abrupt. »Es ist ein Badeanzug, kein Bikini«, entgegnete sie.

Ich ließ sie gehen, setzte mich an den Rand des Handtuchs und seufzte schwer auf, was hoffentlich eine eher allgemeine Enttäuschung zum Ausdruck brachte. Es lag nicht nur am Badeanzug. (Hatte sie nicht früher einen Bikini besessen? Hatte sie ihn weggeworfen oder passte er nicht mehr? Wie dem auch sei, nachzufragen hätte sie nur verärgert.) Plötzlich fühlte ich mich einsam und auf kindische Weise ausgeschlossen.

»Bestimmt gibt es da drüben ein Klo«, meinte sie. »Bin gleich zurück.«

»Okay.«

Ich streckte die Beine in die Sonne und beschloss, mir die Sonnencreme zu sparen, ein kleiner Akt des Widerstands gegen Tessas Paranoia. Sie sahen blass und unbehaart aus. Ich sollte Mitglied in einem Fitnessstudio werden, die Antwort meiner Generation auf den Wehrdienst. Oder mir einen Personal Trainer zulegen wie Jeff, mein Geschäftspartner. Alles, um wieder muskulöser zu werden. Vielleicht würde sie mich dann anziehender finden. Wieder seufzte ich auf. Beide Alternativen kosteten viel Geld. Selbst wenn ich Lust dazu gehabt hätte, hatte ich bei der momentanen geschäftlichen Lage nicht die notwendigen Mittel. Oder die Zeit.

»Passt du bitte auf Josh auf?«

»Okay«, sagte ich und fügte ein »natürlich« hinzu, als sie sich nicht von der Stelle rührte.

Wir betrachteten ihn einen Moment lang. Er kauerte am Eingang der Strandmuschel, rollte einen kleinen Plastiktraktor über die Kiesel und flüsterte dabei, offenbar in eine seiner Geschichten versunken, im Singsang vor sich hin.

In einem Moment der Zuneigung vereint, lächelten Tessa und ich uns an.

»Es dauert nicht lang.«

»In Ordnung.«

Ich blickte ihr nach, als sie über den Strand auf die Taverne zuschlenderte. Ich war noch gestresst, das war das Problem. Meine Nerven lagen blank. Die Bewerbung um den KazNeft-Auftrag hatte mir die letzte Kraft geraubt. Ganz zu schweigen von der Reise am Vortag. Mit einem Kind zu reisen, verkompliziert den üblichen Mist noch. Der Aufbruch zu unchristlich früher Stunde, die Gepäckwagenschlacht in Stansted, die Warteschlange bei Avis. Auch das Haus war eine Enttäuschung. Ja, jetzt ist es heraus. Bei unserer Ankunft wurde ich von dem unangenehmen Gefühl, fehl am Platz zu sein, schier überwältigt. Mir erschien es unvorstellbar, eine Woche in einem Haus zu verbringen, das so viel kleiner und schlechter ausgestattet war als unser eigenes. *Sieben volle Tage.* Tessa hatte alles gegoogelt, ausgewählt und recherchiert. Der perfekte Familienurlaub war zu ihrer Mission geworden. Also hatte sie auch das Recht, enttäuscht im Wohnzimmer zu stehen, sich mit den Mittelfingern die Stirn zu reiben und die

Mundwinkel nach unten zu ziehen. Mir fiel die Aufgabe zu, begeistert hin und her zu laufen. »Das wird spitze. Er wird ausschlafen, wenn er nicht vom Tageslicht gestört wird! Der Fußboden ist toll! Die Fliesen sind wie Glas. Man kann auf ihnen herumrutschen!« Super, Tessa. Gut gemacht. Ein Paradies.

In Wirklichkeit war das Haus klein, ohne Atmosphäre und stickig. Außerdem eingezwängt von einem identischen Gebäude nebenan. Keine Aussicht. Überall roch es nach Abflussrohr. Warum waren wir nicht wieder in das Hotel in Cornwall gefahren?

Verdammter Mist.

Josh, noch immer gut sichtbar in seinem UVA- und UVB-Strahlen abweisenden Sonnenschutzanzug und einer blauen Baumwollkappe mit Ohrenklappen, hatte seinen Sandeimer gefunden. Nun hob er Steine auf und legte sie hinein, nachdem er sie zuerst begutachtet hatte. Dabei redete er weiter vergnügt mit sich selbst. Wieder überkam mich Freude darüber, dass es ihn gab. Er war glücklich. Nur das zählte. Ich hielt mir vor Augen, dass es *sein* Urlaub war. Wenn er Spaß hatte, war es die Sache wert. Unsere kleine Fahrt über die Bucht hatte ihm gefallen. Bei jeder Welle und jedem Wasserspritzer hatte er gelacht. Also, ja, es war eine gute Idee gewesen, das Boot zu mieten, auch wenn es einige heikle Momente gegeben hatte. Unvermittelte Untiefen, die sich schwarz unter uns auftaten, und gefährlich nahe schartige Felsen. Aber ich hatte wohlbehalten angelegt. Davor hatte mir nämlich gegraut. Und da lag es nun, sicher vertäut am Ende des kleinen Betonstegs, und schien keine Anstalten zu machen, gegen das größere weiße Boot daneben zu prallen. Ich hatte es richtig vertäut. Also. Wenigstens etwas in unserem Leben war geregelt. Der eitle Versuch, meine Männlichkeit zu beweisen, war nicht völlig erfolglos gewesen. Ich hatte uns hierhergebracht, oder?

Ich blickte mich um. Die Bucht war wirklich hübsch. Ein geschwungener Halbmond aus hellem, pockennarbigem Sand mit einer einzigen Taverne am Ende und zwischen den Bäumen dahinter verstreut stehenden Ferienhäusern. Nur die mit Zinnen versehenen Mauern des vulgären weißen Hotels, an dem wir vorbeigekommen waren, waren an der fernen Landzunge zu sehen. So früh im Juni war es noch ruhig, ja, fast verschlafen. In meiner Nähe lag eine stark sonnengebräunte Frau mittleren Alters auf einer Binsenmatte. Sie hatte die Augen geschlossen und einen Arm über den Kopf gelegt. Eine goldene Uhr glitzerte, ihre Achselhöhle bildete einen weißen Kontrast zu ihrem sonst teakholzfarbenen Körper. Am Ufer spielten ein Mann und eine Frau Strandtennis. Ihre kühnen Sprünge waren von reizender Verlegenheit geprägt. Inzwischen hatte sich Josh, angelockt vom Tock-Tock von Gummi auf Holz, ihnen genähert. Sie bemerkten ihn, beugten sich vor und winkten ihm mit den Fingern zu. Einen idyllischen Moment lang fragte ich mich, ob sie mit ihm spielen würden. Aber nein. Sie setzten ihren Wettkampf fort, zu verliebt und zu begeistert von ihrer eigenen Jugend und Tatkraft.

Neben ihnen hatte sich eine Großfamilie niedergelassen. Jede Menge Krimskrams, ein Kinderwagen, ein Sonnenschirm, einige Klappstühle, Picknicktaschen, eine Kühlbox, unzählige Sachen, Kleidung in nicht zueinander passenden Farben. Peinlich laute englische Stimmen. Vermutlich kamen sie aus dem großen Hotel. Ein hünenhafter Mann mit rasiertem Schädel und einer seitlich geschlossenen Sonnenbrille, die Arme mit Tattoos bedeckt, warf einigen Kindern, die bestimmt in der Schule hätten sein müssen, einen Ball zu. Turnschuhe, frisch aus dem Karton. Glänzende Fußballshorts.

Ich wandte den Blick ab. Am dunklen Rand des weit entfernten Horizonts glitzerte das Wasser perlblau. Draußen lag eine Jacht vor Anker. Es war zwar heiß, aber nicht unerträglich. Eine leichte Brise hob den Zipfel des Handtuchs. Josh war noch nah genug. Sein Anzug wirkte wie ein im Dunkeln leuchtender Pyjama. Vielleicht konnte ich mich ja etwas entspannen? Allmählich wurde ich ruhiger. Ich schlüpfte aus meinen Birkenstocks und spürte, wie warmer Sand und kleine, trockene, gekräuselte Seetangstückchen zwischen den Zehen hindurchglitten. Ich nahm die Brille ab und stützte mich auf die Ellbogen. Das Sonnenlicht kitzelte durch die Zweige der Olivenbäume meine Augenlider.

Ich wurde erst von einem Ruf, dann von einem Schrei aus dem Schlaf gerissen. Ich öffnete die Augen, starrte orientierungslos hinauf in das Gewirr aus silbergrauen Blättern und setzte mich auf. Die Frau auf der Binsenmatte hatte sich aufgerappelt. Eine Hand an der Stirn sah sie mich an und deutete schreiend hinaus aufs Wasser. Als ich ihrem Finger mit dem Blick folgte, bemerkte ich, dass die vorhin noch vor Anker gelegene Jacht in einem anderen Winkel zum Ufer stand und, eine weiße Bugwelle hinter sich herziehend, um die Landzunge herumfuhr. Das lenkte mich ab. Allerdings war die Frau inzwischen aufgesprungen und schrie immer lauter. Das junge Paar am Strand warf Schläger und Ball weg und rannte los. Jemand hatte einen Sonnenschirm umgeworfen. Auch andere rannten zum Ufer, wo die plätschernden Wellen einen grellbunten Gegenstand antrieben: einen einzelnen orangefarbenen Schwimmflügel.

Dennoch brauchte ich noch eine Sekunde, bis mir klar wurde, dass das etwas mit mir zu tun hatte. Ich erkannte es erst, als ich Joshs Kopf mit dem Gesicht nach unten am Bootssteg bemerkte, ein türkisfarbenes und rotes Bündel, ein gelegentliches orangenes Aufblitzen im Wasser. Und zwar ein gutes Stück weit draußen. Ich stürmte los, über die Handtücher, wo ich fast ins Stolpern geriet, und dann über Sand und Kiesel und vorbei an dem jungen Paar. Ich taumelte den plötzlich abfallenden Strand hinab und watete, erst bis zu den Knien, dann bis zum Schritt, ins Wasser hinein, angetrieben von Furcht, Adrenalin und der Todesangst, die alle Eltern in ihren Herzen bewahren. Vor der Unvermeidlichkeit der tragischen Ereignisse, die ständig überall lauern und irgendwann wirklich geschehen. Den schrecklichen Anblick von Joshs Körper vor mir hörte ich, wie Tessa meinen Namen schrie. Aus dem Augenwinkel sah ich ihre panisch rudernden Arme, ihr entsetztes Gesicht und ihren offenen Mund. Doch der Boden unter meinen Füßen war steinig und glitschig. Brauner, brackiger Schleim bedeckte harte Gegenstände wie Ziegelsteine, möglicherweise ein Rohr und eine verborgene Betonplatte. Ich rutschte aus und stürzte. Wasser schwappte mir ins Gesicht und in die Nasenlöcher, und ich spürte einen stechenden Schmerz in Ferse und Hand. Selbst in diesem Moment wusste ich, dass die Behauptungen von Menschen, sie hätten vor lauter Panik keine Schmerzen wahrgenommen, nicht stimmten. Denn ich war in heller Panik und hatte dennoch Schmerzen, die mich behinderten. Die Erkenntnis, dass dieses herzzerreißende Drama, das sich vor mir abspielte, mich körperlich überforderte, war vernichtend.

Ich rappelte mich wieder auf und warf mich nach vorne in dem verzweifelten Versuch, tieferes Wasser zu erreichen, damit ich endlich schwimmen und meine Füße von dem trügerischen Untergrund lösen konnte. Im nächsten Moment ertönten ein Ruf und donnernde Schritte. Ein weißes T-Shirt und Schuhe flogen dicht an mir vorbei. Jemand tat das Vernünftige und Offensichtliche, nämlich so schnell und kraftvoll den Steg entlangzustürmen, dass dieser erbebte und Ringe im Wasser entstanden. Er machte einen Kopfsprung ins Meer, und zwar hinter der Stelle, wo ich das Boot vertäut hatte, sodass er näher bei Josh war. Ich stand überflüssig und hilflos da, ein gehäuteter Vater, während ein anderer Mann mein Kind rettete.

Das war meine erste Begegnung mit Dave Jepsom.

Natürlich kannte ich da seinen Namen noch nicht. Den erfuhr ich erst später.

Doch ich sah ihn zum ersten Mal.

Eine Heldentat.

Unser Retter. Dachten wir zumindest.

Der Mann brauchte drei kräftige, Wasser aufwirbelnde, halb gekraulte Züge, um die Stelle zu erreichen, an der Josh trieb. Er packte ihn, drehte ihn um, riss den verbliebenen Schwimmflügel ab, warf in abfällig weg und hob den kleinen Kinderkörper hoch aus dem Wasser. Ich sah, dass Josh mit den Armen um sich schlug und sich am Kopf des Mannes festhielt, um nicht zu stürzen. Später versuchte ich, mir einzureden, er habe die Eltern nur beruhigen und ihnen zeigen wollen, dass alles in Ordnung sei. Doch damals wirkte es, als schwenkte er eine Trophäe.

Allmählich nahm ich hinter mir am Strand Menschen wahr, die gedämpft jubelten und erleichtert nach Luft schnappten. Tessa schluchzte trocken. Als ich mich umdrehte, kniete sie im Schatten, kläglich, blass und halb nackt in ihrem schwarzen Badeanzug. Ich hätte aus dem Wasser waten und sie in die Arme nehmen sollen, während wir warteten. Aber ich ließ den Moment verstreichen und wandte mich, starrsinnig geworden durch meine eigene Blamage, wieder der Bucht zu. Ich konnte nur an meinen Vater denken und malte mir die Wucht seiner Enttäuschung aus. Offenbar hatte sich seine Prophezeiung erfüllt. Die Bemerkung *nicht der Sohn meines Vaters* kam mir in den Sinn, als ich zitternd dastand und wartete. Der Fremde hielt Joshs kleines Kinn umfasst und schwamm gemächlich ans sichere Ufer.

Als er stehen konnte, richtete er sich plötzlich auf. Wasser strömte von seinen Schultern, und er hielt sich Josh an die breite Brust wie ein Baby. Natürlich lag es an den Umständen, dass er so gewaltig wirkte wie ein Held aus der Mythologie. Seine rot-weißen Fußballshorts – wer sich damit auskennt, hätte gewusst, von welcher Mannschaft – klebten an den muskulösen Schenkeln. Meermotive und Gesichter zierten seine tätowierten Arme: verschlungene Haarsträhnen oder eine Schlange, vielleicht eine Meerjungfrau. Er befand sich nur wenige Meter entfernt von mir und wusste sicher, warum ich mit ausgestreckten Armen dastand und beweisen wollte, dass ich auch etwas wert war. Aber er änderte die Richtung. Tessa meinte später, er habe wahrscheinlich der Betonplatte ausweichen wollen, auf der ich ausgerutscht war. Ganz gleich, wie die Wahrheit auch lautete, trat er ohne meine Unterstützung an den Strand, sodass ich ihm nur, buchstäblich in seinem Kielwasser, folgen konnte. Über seine Schultern erstreckte sich ein Paar kunstvoll eintätowierter Engelsflügel, detailgetreu wie eine Zeichnung von da Vinci, die seine Muskeln nachzubilden schienen.

Tessa rannte ihm entgegen. »Danke, danke, danke«, schluchzte sie. Ihr Gesicht war gerötet, sie weinte. Sie wollte dem Mann Josh abnehmen, doch der strampelte bereits und trat um sich. Der Mann zuckte zusammen, als Joshs Füße seine Achselhöhle trafen. Unbeholfen stellte er ihn, halb im Sand, halb im Wasser ab. Josh hatte auch zu weinen angefangen, hustete und würgte und boxte Tessa gegen die Fußknöchel. Mittlerweile hatten sich weitere Leute versammelt; die mageren Kinder mit den nagelneuen Turnschuhen und eine dünne, faltige Frau mit langem Haar. Sie trug einen knappen gepunkteten Bikini und war eindeutig zu alt, um ihre Mutter zu sein. Außerdem ein zierliches junges Mädchen, das ein mit einer Windel und einer gerüschten rosafarbenen Haube bekleidetes

Baby auf der Hüfte balancierte. Jetzt wurde mir klar, wer unser Retter war. Der zur Großfamilie gehörende Hüne, der mit den beiden Jungen Fußball gespielt hatte.

»Ich kann Ihnen gar nicht genug danken«, stammelte ich, als ich endlich vor ihm stand. »Ich habe keine Ahnung, was passiert ist. Es ging alles so schnell.« Am liebsten hätte ich mich auf den Boden geworfen, Josh und Tessa umarmt und beteuert, wie leid es mir täte. Aber die Verlegenheit ließ mich erstarren. Zu so viel Vertrautheit war ich nicht fähig. Mir stand die Rolle des Trösters nicht zu. Meine Schuld wog zu schwer. Also legte ich dem Mann die Hand auf die nasse Schulter über eine Flügelspitze. Seine Haut war kalt und fest unter meinen Fingern und von Gänsehaut bedeckt.

»Zur richtigen Zeit am richtigen Ort«, erwiderte er nickend. Aus der Nähe stellte ich fest, dass er etwa Ende vierzig war und tief liegende Augen, eine gewölbte Stirn und Bartstoppeln hatte.

»Ich war nur beim Umziehen«, erklärte Tessa. »Ich habe mich wirklich beeilt, aber ich hätte noch schneller sein sollen. Ich dachte, Marcus …«

»Die kleinen Racker. Man kann sie keine Minute aus den Augen lassen.«

»Es war meine Schuld«, sagte ich und sehnte mich danach, dass Tessa mich ansah.

»Er hätte ertrinken können«, erwiderte sie und vergrub das Gesicht in Joshs Haar.

Die Frau mit dem Punktebikini reichte ihr ein Handtuch aus einem großen Wäschesack. Es war aus rotem und schwarzem Velours mit aufgedrucktem Spiderman-Motiv.

Tessa trocknete Josh die Haare ab und wollte ihn auf ihren Schoß ziehen. Er weinte zwar nicht mehr, hustete aber immer noch und würgte kleine Klumpen schleimiges Meerwasser aus. Da Tessa den Kopf gesenkt hatte, verbarg das Handtuch ihr Gesicht, doch ich bemerkte, dass sie sich rasch die Augen damit abtupfte.

»Ja, das Problem sind diese Aufblasdinger«, meinte der Mann. »Die vermitteln ein falsches Sicherheitsgefühl.«

»Ja, genau«, stimmte ich zu.

Er musterte mich prüfend. »Das Beste ist, wenn man Kindern das Schwimmen beibringt.«

»Ja«, antwortete ich. »Er ist zwar erst drei, aber Sie haben recht.«

»Man kann nicht früh genug damit anfangen«, ergänzte der Mann.

Als ich aus dem Wasser gekommen war, hatte ich gefroren. Doch inzwischen fühlte ich mich klebrig und verschwitzt. Meine Waden brannten. Mein Gesicht war angespannt, und meine Beine zitterten. Die Erleichterung war nur eine Armeslänge entfernt. Ich wollte, dass diese Leute verschwanden und sich in Luft auflösten, damit ich mich voll und ganz um Josh und Tessa kümmern konnte. Den Schock überwinden und beweisen, *dass es nie geschehen war*. Sie hatte recht, er hätte ertrinken können. Doch das war *nicht passiert*. Nur das zählte. Alles andere, meine Schwäche und meine Unfähigkeit, war zweitrangig. Ich wollte, dass wir drei uns auf unser Plätzchen im Schatten zurückzogen. Wenn wir allein waren, konnte ich es wiedergutmachen und den beiden erklären. Wenn Tessa wusste, wie müde ich war, dann würde sie es verstehen. Wir würden auf unserem Handtuch liegen, ich würde die zwei umarmen, und alles würde sich beruhigen.

»Ach, herrje«, sagte die ältere Frau und betrachtete Josh. »Er braucht etwas zu trinken. Mikey, hol ihm eine Cola.«

Aus den Tiefen ihres Wäschesacks kramte sie einen Zehneuroschein hervor und drückte ihn dem angesprochenen Kind in die Hand. Die beiden Jungen rannten los, sodass der Sand unter ihren Füßen hochspritzte.

Endlich blickte Tessa mich an.

»Wirklich«, protestierte ich. »Das müssen Sie nicht … Bitte.« Aber die Frau schüttelte den Kopf und brachte mich mit einer Handbewegung zum Schweigen.

Der Mann hatte ein weiteres Handtuch aus dem Beutel genommen, es klein zusammengefaltet und fuhr sich damit über den rasierten Schädel und die bebilderten Arme und Oberschenkel, als polierte er die Motorhaube eines Autos mit einem Fensterleder. »Schon gut«, sagte er. »Was passiert ist, ist passiert, richtig? Es hat keinen Sinn, darauf herumzureiten. Er ist okay, nur das zählt.«

Tessa räusperte sich. »Wir können Ihnen einfach nicht genug danken.«

»Danke«, stieß ich hervor. »Ehrlich. Es war einfach … Ich weiß nicht, wie ich meine Dankbarkeit ausdrücken soll. Wir stehen auf ewig in Ihrer Schuld.«

»Das hätte doch jeder getan.« Er fuhr sich mit der Hand über den Kopf und betastete mit den Fingerspitzen die Stoppel.

Das junge Mädchen mit dem Baby auf der Hüfte war zum Steg geschlendert und bückte sich. Nun kehrte sie zurück und ließ einen Schuh am Schnürsenkel baumeln. Es war ein Adidas-Superstar, fleckenloses weißes Leder mit einem Streifen im Burberry-Muster an der Ferse.

»Hey, Dave«, rief sie. »Schuhe wie Kindersärge!«

»Sei nicht so frech.« Er lachte. »Nur Größe fünfundvierzig. Wo ist der andere?«

»Keinen Schimmer. Ich habe nur den einen gefunden.«

Er schaute sich um. »Ich habe ihn weggetreten. Kannst du ihn nicht sehen? Wahrscheinlich treibt er draußen auf dem Meer.«

»Dave«, entgegnete das Mädchen. »Du hast ihn verloren, du Blödmann.«

Ihre Stimme klang tadelnd. War sie seine Frau? Nein, dafür war sie viel zu jung. Sie hatte Akne um den Mund und selbst gefärbtes Haar und trug eine Zahnspange. Ganz bestimmt zu jung, um die Mutter des Babys zu sein. Seine Tochter vielleicht. Waren es alles seine Kinder? Ein gewaltiger Altersunterschied, doch das kam häufiger vor.

»O Gott, das tut mir leid«, sagte ich. »Die sehen teuer aus. Erlauben Sie mir, sie Ihnen zu ersetzen. Ich will etwas wiedergutmachen.«

Es war das erste Mal, dass ich Geld oder irgendeine Form von finanzieller Entschädigung erwähnte, wenn man das Wort »Schuld« von vorhin nicht mitzählte. Selbst in diesem Moment sprach ich es nicht wörtlich aus, sondern klopfte nur in einer albernen Geste meine hosentaschenlosen Hüften ab, als suche ich nach meiner Brieftasche. »Lassen Sie mich …«, fügte ich hinzu und wies den Strand hinauf auf unsere Sachen.

»Nein.« Er schüttelte den Kopf. Er nahm dem Mädchen den Schuh ab, hüpfte ein wenig herum, schlüpfte halb hinein und hinkte übertrieben. »Das kann ich nicht von Ihnen verlangen. Meine Schuld. Ich hätte besser aufpassen sollen.« Als er lachte, fing das Mädchen auch zu kichern an. Das Baby packte eine Handvoll ihres Haars, und sie bückte sich, um es zu befreien. Ich lächelte aufmunternd, obwohl mir das alles schrecklich peinlich war. Hilfe suchend sah ich Tessa an, doch sie hatte sich einige Meter entfernt mit Josh auf dem Schoß in den Sand gekauert und flüsterte ihm etwas ins Ohr. Er war blass und wirkte erschöpft. Bestürzt wurde mir klar, dass sie immer noch weinte. Dave hörte auf zu lachen. Er zog den Schuh aus und versuchte, den nassen Sand von den mattweißen Seiten zu entfernen, bevor er Hand und Schuh sinken ließ.

»Vielleicht ist er ja noch da. Ich könnte rausschwimmen«, schlug ich vor.

»Ach, Sie *können* schwimmen?«

»Ja«, erwiderte ich und wäre am liebsten im Erdboden versunken. »Allerdings nicht sehr gut, wie Sie gerade gesehen haben.«

»Zwecklos.«

Er betrachtete den Horizont und dann den Schuh in seiner Hand. Im nächsten Moment holte er aus und schleuderte ihn mit voller Wucht, sodass er etwa hundert Meter durch die Luft segelte, bis er mit einem leisen Platschen in der Ferne verschwand.

»Zwecklos«, wiederholte er. »Ein einzelner Schuh, meine ich. Schuhe sind wie Menschen. Nur als Paar zu etwas zu gebrauchen.«

»Du Schwachkopf.« Das junge Mädchen schüttelte den Kopf. »Du absoluter Schwachkopf.«

Ich starrte ihn an und tastete mit dem Fuß nach nassem Sand. Er wurde von einer winzigen Welle umspült, und meine Zehen versanken. Zu nichts zu gebrauchen. Ich hatte gedacht, er hätte mich gemeint.

Dave klopfte mir auf den Rücken. »Besser, mein Schuh landet auf dem Meeresgrund als Ihr Kleiner.«

Die kleinen Jungen rannten von der Taverne auf uns zu. Einer umklammerte drei Flaschen Cola Light, der andere versuchte, sie ihm abzujagen.

»Da sind sie ja«, meinte ihre Großmutter. »Ihr habt euch aber Zeit gelassen.«

Sie nahm dem Jungen eine Cola ab und wischte mit der Handfläche über den Rand der Flasche. »Für dich, Schätzchen.«

Sie hielt die Cola Josh hin, der offenbar nicht verstand, was hier geschah. »Für dich«, wiederholte sie. »Ich beiße nicht.«

Tessa griff nach der Flasche. Als sie in meine Richtung blickte, nickte ich mit einem fröhlichen Lächeln. Ich wollte, dass sie ihm erlaubte, die Cola zu trinken und all das Aspartam und Koffein in sich hineinzuschütten. Dabei malte ich mir aus, wie wir alle später darüber lachten und es in eine Urlaubsanekdote verwandelten. *Natürlich war das traumatischste Erlebnis nicht, dass er beinahe ertrunken wäre, sondern dass er sich seine erste Cola Light genehmigt hat.*

»Ich bin nicht sicher«, sagte sie. »Es ist wirklich nett von Ihnen, aber ich glaube nicht, dass er Durst hat.«

»Wenn er sie nicht mag, trinke ich sie«, rief einer der Jungen.

»Vorsicht.« Seine Großmutter versetzte ihm eine leichte

Kopfnuss. »Du hattest schon eine. Lass den armen Kleinen in Ruhe. Er trinkt sie schon, wenn er Lust dazu hat.«

»Danke«, erwiderte Tessa. Ich hoffte, die Gefahr sei gebannt, aber Josh stürzte sich plötzlich auf die Flasche, und sie riss sie ihm so schnell und heftig weg, dass sich eine Fontäne in den Sand ergoss. Josh schrie und strampelte und wollte unbedingt die Flasche zurück.

»Nein«, sagte Tessa streng, schaute auf und erkannte ihren Fehler. »Tut mir leid. Ich möchte nur nicht, dass er auf den Geschmack kommt.«

Die Großmutter, falls sie denn die Großmutter war, lachte, während einer der Jungen ein abfälliges Grunzen ausstieß.

»Herrje, lasst sie doch. Nicht alle Leute erlauben ihren Kindern, Cola zu trinken. Ich kann es ihr nicht verübeln. Das Zeug ist voller Zucker und macht ihre Zähne kaputt. Außerdem werden sie davon überdreht. Wenn du den beiden Wasser anstelle von Limo geben würdest, wären sie vielleicht nicht so wild«, sagte das Mädchen.

»Eine Cola wird ihn nicht umbringen«, meinte der Mann zu ihr, als hätte sie sich danebenbenommen. Als wäre sie unnötig streng.

»Es ist Cola Light, Tracey«, sagte die Großmutter zu dem Mädchen. Sie wandte sich an Tessa. »Zuckerfrei. Ich wollte nur helfen.«

»Natürlich.« Tessa bohrte den Boden der halb leeren Flasche in den feuchten Sand, hob Josh von ihrem Schoß und stand auf. »Sie beide waren so nett zu uns. Sie alle. Ich weiß nicht, wie wir es Ihnen vergelten können.« Ich merkte ihr an, dass es ihr schwerfiel, die Worte auszusprechen. »Vielleicht sollten wir den kleinen Mann jetzt aus der Sonne bringen, damit Sie wieder Ihre Ruhe haben.« Sie umarmte die ältere Frau und trat auf Dave zu. »Danke«, sagte sie, bevor sie noch einen Schritt vorwärts machte und fest die Arme um ihn legte. Dann wich sie zurück und blieb mit leicht gesenktem Kopf stehen.

Vor Erleichterung, dass wir uns in wenigen Sekunden von ihnen verabschiedet haben und wieder allein sein würden, wurden mir die Knie weich.

Als ich mich zu Dave umdrehte, stellte ich fest, dass er mich weiterhin anstarrte. Zum ersten Mal bemerkte ich, wie blau seine Augen waren. Solche Augen werden häufig als »durchdringend« beschrieben, doch Daves hatten nichts Eindringliches oder Bohrendes an sich. Sie wirkten wie ausgewaschen, verblasst und weich, wie eine ausgeblichene Jeans oder ein verschleierter Himmel. Sein Gesicht war kantig mit dichten Brauen, einem vorspringenden Kinn und markanten Wangenknochen, die die Haut bis zum Äußersten anzuspannen schienen. Seine Augen allerdings waren makellos blau, wie der erste Strampelanzug eines Babys. Er lächelte kurz und neigte leicht den Kopf. Ich versuchte, seinen Gesichtsausdruck zu deuten. Enttäuscht vielleicht, oder auch bedauernd.

Der Strand trat in den Hintergrund. Die Ereignisse der letzten Minuten spulten sich rückwärts in meinem Kopf ab.

Ihr Kleiner.

Eine Cola wird ihn nicht umbringen.

Oh, Sie können schwimmen?

Ich holte tief Luft und wagte nicht, Tessa anzusehen. »Hören Sie«, meinte ich. »Es ist fast Mittag. Bald Zeit zum

Essen. Sie auf etwas zu trinken einzuladen, ist doch das Mindeste, was wir tun können. Oder zum Essen. Ich weiß nicht, wie es Ihnen geht, aber ich bin am Verhungern. Josh und ich sind schon seit sechs Uhr auf den Beinen.«

Ich neigte das Handgelenk, um auf eine nicht vorhandene Uhr zu schauen. Mir war klar, wie hilflos meine Gesten waren. Daves Verhalten war direkt und dramatisch. Es hatte Folgen. Ich hingegen hausierte nur mit leerer Luft und schönem Schein.

Die Frau warf Dave einen Seitenblick zu. Er überlegte einen Moment und vollführte dabei seltsame Handbewegungen, indem er sie in einigen Zentimetern Abstand ausstreckte und sie drehte, als tippte er ins Leere.

Dann sah ich Josh an. Er stand mit völlig regloser Miene und offenem Mund neben seiner Mutter und zog in einem übertriebenen Erschaudern immer wieder die Schultern hoch. Ich legte ihm die Hand auf den Kopf. Seit ich befürchtet hatte, er könne tot sein, berührte ich ihn zum ersten Mal. Sein Haar war steif vom Salzwasser. Am liebsten hätte ich mich vorgebeugt und seinen Geruch eingeatmet.

Es schnürte mir die Kehle zu, ein stechender Schmerz, der immer stärker wurde. Alles verschwamm vor meinen Augen.

»Tja, wenn Sie das wirklich wollen«, erwiderte Dave. Er knackte mit den Fingerknöcheln und führte die Hände zusammen wie zwei Fäuste im Gebet. »So hätten wir Gelegenheit, einander kennenzulernen.«

Sie

Ich hatte keine Lust, mit ihnen zu Mittag zu essen. Das heißt nicht, dass ich nicht dankbar war. Meine Dankbarkeit hätte ich gar nicht in Worte fassen können. Ich fühlte mich einfach nur überfordert. Das Grauen flackerte noch immer hinter meinen Lidern: der Moment, als ich ins Freie trat, meine Augen sich an das grelle Licht gewöhnten und ich erst die blaue Baumwollmütze auf den Wellen tanzen sah und dann Josh selbst, fünfzig Meter entfernt. Seine Arme ruderten lautlos und Hilfe suchend. Mein Schrei gellte mir in den Ohren, und es zerriss mir das Herz. Und dann die schreckliche, meine Eingeweide durchbohrende Erkenntnis, dass ich in der Taverne zu lange gebraucht hatte. Ich hätte mich mehr beeilen müssen. Nun wollte ich nur noch mit Josh allein sein, jeden Zentimeter seines Körpers untersuchen, ihn an mich drücken und ihn atmen hören. Und dann wollte ich mich bäuchlings in den Sand werfen und vor lauter Angst und Erleichterung hemmungslos schluchzen.

Doch Marcus war da anders. »Lassen Sie uns zu Mittag essen«, war seine typische Reaktion auf alles. Er tat so, als sei alles in Ordnung und als sei er absolut entspannt. Er gehörte nicht zu den Helikoptereltern. Solche Leute waren wir nicht. Beinahe das eigene Kind zu verlieren, war eine Alltäglichkeit.

Und um das zu beweisen, würden wir um ein Mittagessen nicht herumkommen.

Ich wünschte nur, wir hätten es gelassen.

Dave Jepsom hatte für uns etwas Großartiges geleistet. Nur, dass er sich jetzt in unser Leben gedrängt hatte. Und das würden wir schon bald bereuen.

Wir saßen am letzten Tisch auf der Terrasse mit Blick auf die Bucht. Das Wasser, das durch die Ritzen unter unseren Füßen schimmerte, war so klar, dass man die Fische hin und her flitzen sehen konnte. Plastiktische und eine weiße Papiertischdecke, die in der Brise flatterte wie die Flügel einer Möwe im Küstenwind. Essig und Öl in zusammenpassenden Flaschen. Ein Geruch nach Seetang und Salz. Die Glut des Grills flirrte in der Luft.

So ein Mittagessen hatte ich mir ausgemalt. Unter anderen Umständen hätte es idyllisch sein können.

Ich bemerkte, dass meine Beine unter dem Tisch zitterten und dass ich ein merkwürdig gefrorenes Lächeln auf dem Gesicht hatte. Ich erinnerte mich an eine Sendung auf Sky Atlantic, in der ein Kind an den Folgen des Ertrinkens ums Leben gekommen war, und zwar einige Stunden *nach* dem Untertauchen. Der Junge war zwar aus den Wellen gerettet worden, aber an dem Meerwasser, das noch in seiner Lunge schwappte, im Bett ertrunken. Sollte ich Josh zum Arzt bringen? Sollte ich ihn die ganze Nacht wach halten? Vermutlich war es das Beste, wenn er nicht zu viel aß. Nur eine leichte Mahlzeit. Und viel Flüssigkeit.

Ich versuchte, mich auf das Gespräch zu konzentrieren und herauszufinden, wer diese Leute waren, die so viel für uns getan hatten. Der Mann, der Josh gerettet hatte, hieß Dave, die ältere Frau offenbar Maureen. Die Namen der beiden Jungen waren Mikey und Carl, der des jungen Mädchens Tracey. Eine gewisse Sherry fehlte, die einige Male erwähnt wurde, anscheinend am Vorabend verdorbene Calamari gegessen hatte und »den Tag mehr oder weniger auf der Toilette« verbrachte. Keine Ahnung, wessen Baby es war. Das kleine Mädchen lag mit zurückgeklappter Lehne im Kinderwagen. Dennoch schien ihr die Sonne unter dem Verdeck hindurch ins Gesicht. Ich griff hinter mich, um es zurechtzurücken, was niemand bemerkte.

Am Ende des Tisches betrieb Marcus nach Kräften Konversation. Er war gekünstelt fröhlich und warf mit Fragen um sich, als veranstalte er ein Motivationsseminar oder müsse schwierige Kunden bei Laune halten. Sie seien schon seit ein paar Tagen hier, sagte Maureen, und »wir haben die vollen zwei Wochen gebucht«. »Sie auch?«, erkundigte sie sich bei Marcus, der ihr erklärte, wir hätten den Urlaub in diesem Jahr aufgeteilt: eine Woche im Ausland und ein wenig später im Sommer noch eine in Großbritannien. »Ein Cottage in Suffolk«, fügte er hinzu. »Wir dachten, mit einem Kleinkind sind zwei Kurzurlaube besser als ein langer.«

»Das wird sicher nett«, meinte Maureen, als habe sie ein wenig Mitleid mit uns.

Eigentlich hätte ich mich mit Dave unterhalten sollen. Das war mir klar. Er saß mir gegenüber, und ab und zu spürte ich seinen Blick auf mir, als suche er meine Aufmerksamkeit. Obwohl ich nach seiner Hand hätte greifen sollen, um eine Verbindung herzustellen, fand ich nicht den richtigen Moment und die richtigen Worte. Es lag nicht nur daran, dass er mich körperlich einschüchterte: die harte Wand aus Muskeln und die Tätowierungen. Wenn ich nicht so aufgewühlt gewesen wäre, hätte ich die Situation besser gemeistert. Ich hätte ihn auf seine Tattoos ansprechen und sie zu etwas Normalem machen können: Wo haben Sie die her? Hat es wehgetan? Doch ich schwieg. Ich konnte ihn nicht ansehen. Trotz seiner Heldentat und Hilfsbereitschaft ängstigte er mich. Er erinnerte mich daran, was hätte geschehen können. Daran, dass wir als Eltern versagt hatten.

Marcus fragte immer weiter. Sie waren von Gatwick aus geflogen und wohnten nicht in dem großen Hotel. »Nein, in einer Wohnung«, erwiderte Dave. Lautstark atmete er durch die Nase ein, straffte die Schultern und reckte den Hals nach vorne. Eine Geste, die nicht zum weiteren Nachhaken ermutigte. Nichts von dem üblichen Urlaubsgeplänkel, bei dem man seine Eindrücke vergleicht, Informationen abspeichert und Urteile fällt. Er schob den Kiefer vor, presste die Lippen zusammen und schützte seine Privatsphäre.

»Ja, wir auch«, antwortete Marcus. »Beziehungsweise in einem Haus. Einem kleinen.«

Hatten sie ein Auto gemietet? Nein.

»Sehr vernünftig«, erwiderte Marcus rasch. Er hätte es dabei belassen sollen, doch er hängte noch eine kleine Tirade gegen das System an. Genau das war es, was unsere schon lange brodelnde Gereiztheit gestern zum Überkochen gebracht hatte. »Man erledigt alles online, und wenn man dann kaputt vom Flug am Schalter steht und nichts wie weg will, wartet man stundenlang in einer Schlange, während alle vor einem, die ebenfalls im Netz gebucht haben, *trotzdem* endlose Formulare ausfüllen müssen.«

Er redete zu viel, um zu beweisen, dass es ihm nicht peinlich war, und duldete keine Gesprächspausen.

Das Essen wurde serviert. Maureen und Tracey aßen Omeletts, die beiden Jungen Hähnchenspieße. Die Paprikastücke zwischen dem Fleisch ließen sie in den orangefarbenen Ketchuppfützen liegen. Hätte ich sie gezwungen, den Paprika zu essen, wenn es meine Kinder gewesen wären? Keine Ahnung. War es in Ordnung, ihnen so viele Pommes zu erlauben? In der Elternschaft gab es jede Menge unerforschte Gebiete. Marcus hatte wie Dave Schweinekoteletts bestellt, die mit Reis, Pommes und Tsatsiki serviert wurden. Er ahmte Dave nach, als glaubte er, dessen Anerkennung zu erringen, indem er das Gleiche aß. Dave hatte ein weiß und marineblau gemustertes Polohemd mit einem gewaltigen Logo auf der Brust angezogen. Ralph Lauren oder eine Fälschung. Er steckte eine Papierserviette in den Ausschnitt und strich sie einige Male glatt, bevor er mit Appetit zu essen begann. Ich beobachtete, wie Marcus das Gleiche tat. Ich bin ein Mann und gönne mir jetzt eine Männermahlzeit, sollte das besagen.

Josh und ich teilten uns eine Portion frittierte Fischlein.

»Na«, meinte Maureen zu Josh, als dieser den Mund für das winzige Stück silbrigen Hering zwischen meinen Fingern aufmachte. »Du bist aber schon erwachsen.«

»Ich möchte, dass er so viele Geschmacksrichtungen wie möglich kennenlernt«, erklärte ich.

Wie sich herausstellte, war Maureen Hilfslehrerin in einer dritten Klasse und wusste alles darüber, wie man Kinder mit verschiedenen Lebensmitteln vertraut machte. Die empfohlenen Nahrungsmittelgruppen gehörten zum Lehrplan.

»In welcher Schule arbeiten Sie denn?«, erkundigte ich mich.

»Ashburnam Primary in Orpington«, sagte sie. »Wirklich nett, bis auf die Direktorin.«

Wir sprachen ein wenig darüber, und ich bemitleidete sie, bis sie die ethnische Herkunft der Direktorin erwähnte, worauf ich das Thema wechselte.

»Niedliches Baby«, sagte ich und schaute mich um.

»Wollen Sie noch mehr?«, erkundigte sie sich.

Wie immer führte diese Frage dazu, dass sich in mir alles zusammenkrampfte. Ich versuchte weiterzulächeln. »Eigentlich wollte ich eine große Familie«, antwortete ich. »Doch es hat nicht sollen sein.«

Reflexhaft streckte ich die Hand nach Joshs Kopf aus, ließ sie einen Moment dort liegen, strich das Haar an seinem Hinterkopf glatt und steckte das Etikett des UV-Anzugs in den Kragen.

»Sie sind doch noch nicht zu alt, oder?« Sie machte ein Gesicht, als zweifle sie an meinen Worten. »Die medizinischen Fortschritte heutzutage. Letztens hat eine Frau in Italien mit über sechzig noch ein Baby bekommen. Das finde ich zwar daneben, aber so weit ist es bei Ihnen ja noch nicht.«

Ich lächelte tapfer weiter. »Ich kann nicht«, entgegnete ich. »Die Geburt war ziemlich schwierig. Man musste mir in einer Not-OP die Gebärmutter entfernen. Schicksal eben.«

»Oh.«

»Deshalb habe ich auch aufgehört zu arbeiten. Wenn ich nur ein Kind haben kann, will ich es so gut wie möglich auskosten.«

»Wie nett.« Sie tätschelte mir die Hand. »Warum nehmen Sie nicht Poppy?« Sie rief zum anderen Ende des Tisches hinüber. »Tracey! Ich habe Tessa gerade gesagt, dass sie Poppy mit nach Hause nehmen kann!«

Dave lachte. Er legte den Arm über eine Stuhllehne und zauste Mikey das Haar.

»Solange sie gut für sie sorgt«, meinte er.

»Ich tue mein Bestes«, erwiderte ich.

Als unsere Blicke sich trafen, spürte ich, dass sich etwas zwischen uns abspielte. Er weiß es, dachte ich. Er weiß, dass mein Bestes nicht gut genug ist.

Rasch drehte ich den Kopf weg und hob Josh von seinem Stuhl auf mein Knie. Er lehnte das Gesicht an meine Schulter und steckte den Daumen in den Mund. Der Junge war völlig erledigt und musste ins Bett.

Ich schaute zu Marcus, konnte jedoch keinen Blickkontakt aufnehmen.

»Was machen Sie denn beruflich?«, fragte er Dave.

»Ich bin in der Baubranche«, antwortete dieser und straffte den Kiefer.

Marcus erkundigte sich nicht nach Einzelheiten. Vermutlich ging er von Maurer oder Dachdecker aus und respektierte Daves Versuch, seinem Job eine gewisse Würde zu verleihen.

»Und Sie?«, sagte Dave.

Marcus erklärte, er sei im »Krisenmanagement« tätig.

»Und was soll das sein?«

»Presse- und Öffentlichkeitsarbeit«, warf ich ein, ehe Marcus antworten konnte. Er neigte nämlich dazu, seinen Beruf hochzujubeln und ihn komplizierter erscheinen zu lassen, als er war. Ein Abwehrmechanismus, allerdings einer, der hier nicht mit Wohlwollen aufgenommen werden würde. »Das machen wir beide. So haben wir uns auch kennengelernt.«

»Ich helfe Kunden, ihr Image aufzubessern«, fuhr Marcus fort, ohne auf mich zu achten. »Mit ihren Geschichten.«

Dave schnappte sich ein Stück Pommes von Traceys Teller und tunkte es in Tsatsiki. »Meiner Erfahrung nach geht es nicht darum, was man tut, sondern für wen man arbeitet«, verkündete er.

Marcus nickte weise.

»Haben Sie einen guten Vorgesetzten? Einen vernünftigen Chef?«

Ich starrte meinen Mann an und betete, er möge nicht verraten, dass er der Boss war.

»Ich arbeite für viele verschiedene Leute«, sagte er, sah mich an und klopfte mit den Fingern auf die Tischkante. »Ich berate eine große Bandbreite von Firmen in den unterschiedlichsten Branchen. Einige sind sympathisch, andere absolute Wichser.«

»Wichser gibt es überall«, meinte Dave. »Wer ist Ihr größter Kunde?«

Marcus knabberte an einem Kotelettknochen, um Zeit zu schinden.

Ich räusperte mich warnend. In diesem Punkt musste er verschwiegen sein. Immerhin war das in seinem Beruf die Hälfte der Zeit Voraussetzung.

Keine Ahnung, warum er das ignorierte. Ich glaube nicht, dass es Arroganz war oder weil er vor dem Mann, der gerade sein Kind gerettet hatte, prahlen wollte. Wahrscheinlich wollte er einfach nicht abweisend wirken, sondern offen sein. Informationen über sich selbst, mehr hatte er nicht zu geben.

Er legte den Knochen weg und erzählte Dave in einem gekünstelt vertraulichen und freundschaftlichen Ton von dem Rennbahnbesitzer mit dem Alkoholproblem, von der Make-up-Diva, die nur norwegisches Voss-Wasser mit einer Temperatur von zehn Grad trank, und dem russischen Ölbaron, der Medientraining wollte, aber eher Training in den Grundlagen des zwischenmenschlichen Miteinanders brauchte. Außerdem schilderte er in groben Zügen seine Zusammenarbeit mit einem »irischen Hersteller von schwerem Gerät«, der sich vor Kurzem einen lukrativen Vertrag im Nahen Osten gesichert hatte. Und »drücken wir es einmal so aus, er sieht es mit Recht und Gesetz nicht so eng«.

»Iren!« Dave verdrehte die Augen.

»Letztendlich hat jedes große Unternehmen seine Geheimnisse. Mein Job ist es zu verhindern, dass sie ans Licht kommen.«

Wenigstens hat er keine Namen erwähnt, dachte ich.

Marcus bestellte Eis und Kaffee. Der Wirt servierte Metaxa »auf Kosten des Hauses«. Als wir endlich vom Tisch aufstanden, schlug Dave eine Partie Fußball vor.

»Na dann«, stimmte Marcus zu. »Lange her, seit ich zuletzt gekickt habe.«

Er stand im Tor. Zumindest bewachte er den Sand zwischen den beiden Eimern. Als er den ersten Ball durchließ und Carl vor Freude johlend auf die Knie fiel, stöhnte er theatralisch. Er ging wieder auf Position, leicht vorgebeugt, die Ellbogen aufgestützt und die Unterlippe zwischen die Zähne geklemmt. Unbeobachtet von allen außer von mir, wippte er hin und her und machte sich verlegen bereit. Gequält wandte ich den Blick ab. Es ist nicht peinlich, schlecht in einer Sportart zu sein. Man darf sich nur nicht anmerken lassen, dass es einem etwas ausmacht.

Ich saß, den schlafenden Josh auf dem Schoß, zwischen Maureen und Tracey auf einem Handtuch. Kurz schloss ich die Augen. Wut und Mitleid mit ihm mischten sich mit meiner eigenen Scham.

Er

Ich hatte gehofft, dass alles in Ordnung sein würde, wenn wir endlich allein waren. Dass die traumatische Erfahrung die Missstimmung zwischen Tessa und mir wegfegen und unsere gemeinsame Erleichterung uns wieder einander annähern würde. Wir würden über dieses Mittagessen lachen können so wie früher nach einer Dinnerparty oder einer Kundenbesprechung, unsere Eindrücke austauschen (war Sherry seine Frau?) und die peinlicheren Momente Revue passieren lassen. Ich spielte das Gespräch in Gedanken durch. »Also hat Maureen etwas gegen Muslime! Und hast du seine abfällige Bemerkung über Iren gehört?« »So ein Blödmann«, würde sie antworten. »Ja, ein absolutes Arschloch, aber immerhin hat er unseren Sohn gerettet«, würde ich erwidern. Wir würden beide lachen.

Doch wir schwiegen auf der Bootsfahrt nach Hause. Sie war vor mir eingestiegen und beobachtete, wie Dave und ich eine Männerumarmung tauschten.

»Wir sehen uns«, sagte ich.

»Ich halte Ausschau nach Ihnen«, meinte er.

Tessa sog scharf die Luft ein.

Der Wind hatte die Richtung gewechselt. Stavros, der Bootsvermieter, hatte uns davor gewarnt. Sobald wir die Landzunge umrundet hatten, schlugen uns heftige Wellen entgegen. Das Boot durchbrach sie, sodass Meerwasser über den Bug und in unsere Gesichter sprühte. Tessa, aufgebläht durch ihre Schwimmweste, klammerte sich mit weiß verfärbten Fingerknöcheln fest und drückte Josh an ihre Schulter. Ihre Miene war finster. Mit der freien Hand schützte sie Joshs Kopf, als ob die kleinste Erschütterung ihn umbringen könnte. Sie übertrieb es, doch nach meiner tragischen Fehleinschätzung von vorhin konnte ich nichts dazu sagen.

Stavros erwartete uns am Hafen und half uns, das Boot zu vertäuen. Als ich ans Ufer kletterte, packte er mich am Arm. Offenbar glaubte er, ich würde sonst ins Wasser fallen. Tessa wartete mit Josh im Auto, während ich in dem kleinen Supermarkt fürs Abendessen einkaufte: eine Packung Nudeln, ein paar Tomaten, Schafskäse und eine Basilikumpflanze mit kleinen, spitzen Blättern. Dann gingen wir den Hügel hinauf zu der modernen Siedlung am Stadtrand, wo sich auch unser Haus befand. Am späten Nachmittag erschien es mir noch stickiger und beengter. Eine Weile spielte ich mit Josh im Pool, während Tessa in dem bisschen Schatten kauerte, das der einzige Sonnenschirm hergab. Nur ein Zaun trennte uns vom Nachbarhaus. Es wurde von einem Paar bewohnt, vielleicht ein wenig jünger als wir, keine Kinder. Ich hörte das Scharren ihrer Liegestühle auf der mit unserer identischen Betonterrasse, freundliche Bitten, die Sonnenbrille oder noch ein Bier herüberzureichen, und Besteckgeklapper aus ihrer Küche.

Ich kochte die Nudeln, Tessa brachte Josh ins Bett, und später saßen wir mit den iPads draußen, um unsere E-Mails zu lesen. Ich würde die Stimmung gern als gelöst bezeichnen, doch sie war tatsächlich angespannt. Unsere

Nachbarn waren ausgegangen. Ich stellte mir vor, wie sie gemeinsam am Hafen zu Abend aßen und sich mit einer Flasche Retsina betranken. Nervös horchte ich auf die Geräusche ihrer Rückkehr. Würden wir hören, wie sie Sex hatten? Vorhin hatte die Frau gekichert. Ein Geräusch wie von einem Motor vor dem Anspringen. Ich redete mir ein, sie würde genauso klingen, wenn sie kam.

Voll hoffnungsloser Qual dachte ich an die vor uns liegende Woche. Noch sechs Tage distanzierter Höflichkeit. Wir würden miteinander reden, wenn es nötig war, einzig und allein verbunden durch die Pflicht, Josh zu versorgen. Ein Tagesablauf würde sich einpendeln, und wir würden uns daran halten: ein täglicher Spaziergang zum Strand, immer zur selben Stelle; Mittagessen in einer Taverne am Hafen. Vielleicht würden wir ja eine entdecken, die uns am besten gefiel, und dabei bleiben. Alltag. Auf Nummer sicher gehen. Die Nachmittage würden wir am Pool verbringen. Wir würden Bücher lesen. Ich würde Abendessen kochen. Wir würden ins Bett gehen.

In der erstickenden Hitze unseres Schlafzimmers kehrte Tessa mir beim Ausziehen den Rücken zu. Sie beugte die Schultern vor, als sie den BH abstreifte und sich ein T-Shirt überzog. Dann legte sie sich aufs Bett und griff nach ihrem Buch. Früher war sie völlig unbekleidet im Haus umhergegangen und auf erotische Weise mit ihrem Körper im Reinen gewesen. (Sie *hatte* einen Bikini besessen. Erbsengrün mit einem weißen Streifen quer über dem Oberteil. Was war aus ihm geworden?) Seit Joshs Geburt hatte sich alles geändert. Wenn ich ihr sagte, dass ich ihren weicher gewordenen Bauch, die tiefer angesetzten Brüste und ihre

Narben liebte, wenn ich beteuerte, sie sei perfekt, schüttelte sie den Kopf, als würde ich lügen. Unser Sexleben litt darunter, besserte sich mit der Zeit ein wenig, war in letzter Zeit jedoch wieder eingeschlafen. Meine Schuld? Die Arbeit? Ich war nicht sicher.

Ich legte mich neben sie und schlang vorsichtig den Arm um ihre gerundete Schulter. Ihr T-Shirt roch nach Koffer, muffig und ein wenig nach Chemie. Ich hatte zwar geduscht, war aber schon wieder verschwitzt. Meine Haut klebte am Stoff. Ich wollte ihr das T-Shirt ausziehen und *ihre* Haut spüren.

Es war schon eine Weile her. *Monate*. Der aufregende Tag und das Durcheinander hatten mich offenbar in einen Zustand bedürftiger Erregung versetzt.

»Nicht«, sagte sie.

»Bitte«, erwiderte ich. »Ich weiß, dass ich dich enttäuscht habe, und es tut mir wirklich, wirklich leid.«

»Vergiss es.«

»Sprich mit mir, Tessa. Schrei mich an. Irgendetwas. Es tut mir leid. Ich weiß, dass es meine Schuld war. Schau mich an. Ich fühle mich wirklich elend.«

Sie ließ ihr Buch sinken. »Hätten wir dieses Gespräch nicht schon viel früher führen können? Früher gehen? Musste dieses Mittagessen sein?«

»Das war doch das Mindeste. Wir konnten uns nicht einfach verdrücken.«

»Aber den ganzen Tag. Mussten wir so lange bleiben?«

»Er war nett. Er war freundlich. Er hat unseren Sohn gerettet.«

»Ich weiß. Er war sehr freundlich. Es ist nur …« Sie

klappte das Buch zu und markierte die Stelle mit dem Finger.

»Tessa, ich habe wegen dieser Sache ein schrecklich schlechtes Gewissen.«

»Ich war ja kaum weg. Nur ein paar Minuten. Ich musste das Klo suchen. Vielleicht hat es ein wenig länger gedauert, als ich gesagt habe. Aber nicht so viel länger. Es war doch nicht zu viel verlangt, dass du deinen eigenen Sohn im Auge behältst.« Ihre Stimme zitterte.

»Ich bin einfach so erschöpft. Doch das ist kein Grund. Ich habe einen schweren Fehler gemacht.«

Noch während ich mich entschuldigte, verspürte ich einen Anflug von Erleichterung. Zumindest sprachen wir über meine mangelnde Aufmerksamkeit, nicht über die darauf folgenden endlosen und peinlichen Minuten, in denen ich daran gescheitert war, unseren Sohn zu retten.

»Tessa.« Ich beugte mich über sie und nahm ihr das Buch aus der Hand. Dann küsste ich ihren Mundwinkel, legte mich auf sie und bemerkte, dass sie sich verkrampfte, sich gegen mich sträubte und schließlich nachgab. Mit fest geschlossenen Augen wandte sie den Kopf zur Seite. Ich schmiegte das Gesicht an ihren Hals, erschauderte und kam beinahe sofort.

Sie tätschelte meinen Rücken und sagte, es sei in Ordnung. Aber es hatte sich bereits etwas verändert. Ich fühlte ihre Verachtung, nicht wegen dieses unbedeutenden sexuellen Versagens, sondern wegen meiner Unfähigkeit, als unser Sohn in Lebensgefahr geschwebt hatte. In diesem wichtigen Moment, als alles auf dem Spiel gestanden hatte, hatte ich die Ziellinie ganz klar verpasst.

STUFE ZWEI

Sie

»Und wie war der Urlaub?«

»Wunderbar.«

Ohne mich aus den Augen zu lassen, hob er seinen Espresso an den Mund. »Schönes Wetter?«

Ich lächelte. »Das Wetter war auch wunderbar, danke.«

»Und der Flug?«

»Ja.« Ich nickte langsam und sah ihn weiter an. »Der Flug war ebenfalls angenehm.«

»Freut mich zu hören.«

Sein Kaffee war in einem kleinen Glas serviert worden, mit einem winzigen Henkel, den er zwischen Daumen und Zeigefinger hielt. Das zierliche Glas und der Henkel ließen seine Hand noch größer und männlicher wirken. Muskeln und Sehnen traten beim Zugreifen hervor. Die Härchen auf seinen Fingern bildeten zarte goldene Bogen auf seiner gebräunten Haut.

»Und was ist mit dir?«, fragte ich. Ich tunkte den Finger in den Schaum meines Cappuccinos und tupfte ihn auf die Zungenspitze, wo er sich prickelnd auflöste. »Was hast du so getrieben?«

Eine Franchise-Expansion, ein Marketing-Problem, ein Meeting in Genf. Doch ich nahm nur meinen Atem, die Bewegungen meiner Augen und jedes Erbeben meines Mundes wahr. Als ich mir auf die Lippe biss, schien auch er zu merken, worum es eigentlich ging: fast unmerkliche Gesten, die wie unsichtbare Schnüre straff gespannt zwischen uns verliefen.

Er war verstummt. Es war laut hier. Musik und Stimmengewirr. Das Klappern, Zischen und Dröhnen der Kaffeemaschine. Stühle scharrten. Ein Hund bellte. Eine Frau drängte sich an mir vorbei zur Theke. Am Nebentisch tippte ein Mann mit vogelartigen Bewegungen auf einem MacBook Air herum.

»Hast du mich vermisst?«, fragte er.

Sein Fuß ruhte auf meinem, er hatte den Schuh abgestreift.

Durch seine Seidensocke spürte ich, wie seine Zehen meine nackte Wade hinaufglitten.

Ich öffnete den Mund, um zu verneinen. Diesmal war ich hier, um Schluss zu machen. Wir waren bereits zu weit gegangen. Jener erste Morgen im Urlaub, als ich seine Stimme hatte hören wollen und deshalb um Haaresbreite alles verloren hätte … Nein. Es war vorbei. Wer wen vermisst hatte, war nicht mehr das Thema.

Sein Fuß erreichte mein Knie, wanderte weiter den Schenkel hinauf und schob meinen Rock hoch. Ein Knopf öffnete sich.

Meine Wangen begannen zu glühen.

Er lächelte.

Seine Zehen tasteten sich weiter und streiften die Innenseite meines Oberschenkels.

Ich wandte den Blick ab und biss mir auf die Lippe. »Ja, habe ich.« Mein Atem wurde schneller.

»Wie ist dein Kaffee?«

»Lecker.«

»Möchtest du wirklich nichts essen?«

Ich schüttelte den Kopf.

Er griff nach der Speisekarte und tat, als studierte er sie, während sein Fuß sanft mein Höschen zur Seite schob. »Avocadomus? Vollkorntoast mit Mandelbutter?«

Ich brachte kaum ein Wort heraus. »Du Mistkerl«, stieß ich nach einem Moment hervor.

Er legte die Speisekarte weg und stellte den Fuß auf den Boden. »Komm«, sagte er und bückte sich, um seinen Schuh wieder anzuziehen. »Lass uns von hier verschwinden.«

Während er bezahlte, wartete ich draußen auf dem Gehweg neben dem bellenden Hund. Es war ein Cockapoo, flauschig, blond und ziemlich verzweifelt. Als ich seinen Kopf kraulte, zerrte er an der Leine, um mir die Hand zu lecken. Sein Maul war plötzlich offen und feucht, und er wedelte mit dem Schwanz. Da geht es uns ganz ähnlich, dachte ich.

Er kam heraus und steckte eine Karte in die oberste Tasche seiner Jacke. Auf dem Weg um die Ecke zu seinem Auto berührten wir uns nicht. Diesmal hatte er sich Dulwich ausgesucht, ein Wohnviertel einige Kilometer von meiner Adresse entfernt. Eigentlich hätte es weit weg genug von zu Hause sein sollen, um sich sicher zu fühlen. Und dennoch waren die geografische Beschaffenheit und die Anordnung der Straßen zu vertraut. Der Befehlston der Vorstadt mit ihrem Anwohnerparken und den eingeschränkten Halteverboten. Die viktorianischen Villen mit ihren Privatparkplätzen und den umgebauten Souterrains.

Die gewaltigen, mit Sicherheitsnetzen ausgestatteten Trampoline in den Gärten, die durch große Wohnzimmer zu sehen waren. Ich war überzeugt, dass ich beobachtet wurde, und spürte vibrierende Blicke auf meinem Rücken. Die Schlafzimmerfenster jedes Hauses strahlten.

Richard kümmerte das nicht. Allmählich hatte ich den Verdacht, dass ihn zum Teil gerade das reizte: die Vorstadt und das Risiko. Bei seinem Auto, einem schwarzen Mercedes mit getönten Scheiben, drückte er mich an die Beifahrertür und küsste mich leidenschaftlich. Mit den Händen breitete er meine Arme aus, sodass sein Jackett auseinanderklaffte. Seine Krawatte war bereits gelockert. Er presste sich an mich, bis ich glaubte, dass ich entweder kommen oder in Ohnmacht fallen würde. Dann öffnete er mit einem Klicken die Tür und schob mich hinein. Es folgte ein komischer Moment, als wir am Sitz herumfummelten, um ihn zurückzuklappen. Und dann war er auch im Wagen. Die Tür wurde geschlossen, mein Rock zur Seite gezerrt und seine Hose aufgemacht. Meine Hände steckten unter seinem gestärkten weißen Baumwollhemd. Unter dem Sitz klickte und klapperte ein weiterer Knopf. Mein Ellbogen stieß gegen den Schalthebel. Mein Kopf wurde in einem Winkel zurückgebeugt, der vermutlich unangenehm war, nur dass ich keine Schmerzen mehr spürte. Ich bemerkte die halb offene Autotür. Wir setzten uns den Blicken der Öffentlichkeit aus, und ich sollte etwas dagegen unternehmen. Aber ich tat es nicht. Ich ließ mich in Qual, Lust, eine Explosion der Sinne und die völlige Hingabe fallen. In diesem Moment spielte nichts, weder Angst noch Unglück, eine Rolle. Nur das hier.

Ich kannte Richard Taylor seit acht Jahren und schlief seit drei Monaten mit ihm. Er war einer der ersten Kunden bei Ekelund gewesen. Ich hatte bei der Gründung seiner ersten Bio-Pizzeria geholfen, lange bevor sie sich zu der erfolgreichen Kette von heute entwickelte. Unser Verhältnis war von Anfang an kompliziert. Weniger erotisch knisternd als verkrampft. Ich stand auf ihn, obwohl er nicht mein Typ war. Zu groß, zu breitschultrig, zu sehr Alphamännchen. Offenbar bevorzugte ich Männer mit Neurosen. Dennoch hatte etwas an seinem Selbstbewusstsein und der Art, wie er seine Macht spielerisch einsetzte (ständig saß er auf der Kante von irgendjemandes Schreibtisch), dazu geführt, dass ich für ihn schwärmte. Meine Assistentin Ruby hatte mich vor ihm gewarnt. Er habe, was Frauen anginge, einen schrecklichen Ruf. Er verursache nur Probleme. Und obwohl ich ihn ein paarmal dabei ertappt hatte, wie er mich nachdenklich musterte, wurde mir erst klar, dass die Anziehungskraft auf Gegenseitigkeit beruhte, als er mich zur Feier meiner Verlobung einlud, sein Glas hob und auf »das, was hätte sein können«, anstieß.

Als er mich im März anrief und mich auf ein Gespräch in sein Büro einlud, fühlte ich mich geschmeichelt. Endlich jemand, so dachte ich, der sich an meine Herangehensweise in Sachen digitale Vermarktung erinnerte. Ich brachte meine alte Hose von Joseph in die Reinigung, kaufte mir ein neues Oberteil, um das zu eng gewordene Taillenbündchen zu tarnen, staubte mein Notebook ab und machte mich auf den Weg ins West End.

Es passierte nicht beim ersten Mal. Auch nicht beim zweiten oder dritten Treffen. Das muss ich ihm zugutehalten. Er spielte mit meiner Unsicherheit, half meinem Selbstbewusstsein auf die Sprünge und tat, als lausche er meinen Vorschlägen. Bei jeder Besprechung kamen wir einander ein Stück näher. Ein bisschen weniger Arbeit, bessere Beleuchtung, mehr Alkohol. Er ging mit mir ins Nobu und fragte mich, ob ich glücklich sei.

»Ja, natürlich.«

»Du klingst nicht so. Bei dir habe ich immer das Gefühl … Nein, schon gut, ich sollte so was nicht sagen.«

»Was?«

»Als ob etwas fehlt.«

Ich versuchte, nicht zu angestrengt nachzudenken. »Stimmt, ich vermisse die Arbeit und das Büro.«

»Warum fängst du nicht wieder an? Ekelund würde dich sofort einstellen.«

»Für mich ist es wichtig, zu Hause zu sein. Ich möchte, dass mein Sohn eine möglichst glückliche und perfekte Kindheit erlebt.«

»So wie deine?«

Ich antwortete nicht.

»Meiner Ansicht nach wird Perfektion überbewertet.«

Als er mich später eindringlich ansah und mir mitteilte, er wolle mit mir ins Bett, lachte ich, als hätte er einen Witz gemacht. Ich erklärte ihm, ich könne meinen Körper nicht einmal meinem Mann zeigen, geschweige denn einem anderen.

Sein Blick blieb unbewegt, doch sein Tonfall war lässig. »Ich will dich ficken, nicht ausziehen«, entgegnete er.

Wenn ich überlege, warum ich mich darauf eingelassen habe, erinnere ich mich an unseren letzten Tag in Griechenland. Marcus und ich saßen an unserem üblichen Platz am Strand, hoch oben, weit weg vom Wasser und in der Nähe der Boote. Der Sand war voller Kieselsteine, und man musste aufpassen, dass man nicht in eine Teerpfütze geriet. Es roch nach Fisch, einige Plastiktüten waren zwischen den Felsen hängen geblieben, und einige Meter entfernt hatte jemand eine benutzte Windel weggeworfen.

Vor lauter Angst, Josh allein zu lassen, war ich noch gar nicht im Wasser gewesen. Doch da wir abreisen würden, war das meine letzte Gelegenheit. Mit schmerzenden Füßen watete ich über Steine und wich den Seeigeln aus, bis ich taillentief im Wasser stand. Ohne auf den Instinkt zurückzuweichen zu achten, glitt ich langsam hinein und spürte, wie das Wasser mich empfing. Eine Mischung aus Erschrecken und Erleichterung. Ich schwamm hinaus, bis Marcus und Josh nur noch zwei winzige Gestalten in der Ferne waren, drehte mich um und ließ mich auf dem Rücken treiben. Mein Verstand, der vor Sorge verwirrt und von den Bemühungen angespannt war, meinen Sohn vor den Gefahren des Strandes und der risikobehafteten Heimreise zu schützen, war auf einmal wieder klar. Ich hörte auf zu grübeln, mich zu zermürben und zu planen, wie ich alles richtig machen konnte. Stattdessen lag ich da. Haarsträhnen streiften mein Gesicht, mein Körper öffnete sich wie eine Blüte, und ich gab mich dem Meer und Kräften hin, die stärker waren als ich.

Da ich zu früh dran war, um Josh abzuholen, saß ich im Auto und hörte mir auf Radio 4 einen Bericht über Identitätsdiebstahl an. Es schien so einfach zu sein, dass jemand in das Leben eines anderen eindrang und sich als diese Person ausgab. Wachsamkeit lautete die Devise. »Ihre Identität ist Ihr wichtigstes Hab und Gut«, verkündete ein Sprecher des Betrugsdezernats bei der Londoner Polizei. »Treffen Sie die nötigen Sicherheitsvorkehrungen.«

Ich schaltete das Radio ab. Ich war nicht wachsam gewesen. Ich hatte nicht die nötigen Sicherheitsvorkehrungen getroffen. All die Arbeit, die ich investiert hatte, um mir die richtige Identität zu schaffen. All die PR-Erfahrung, die ich eingesetzt hatte, eine Geschichte zu erfinden und mein Image zu perfektionieren: die gute Ehefrau und hingebungsvolle Mutter. Und dennoch stand ich dicht vor dem Einsturz der sorgfältig gepflegten Fassade. Man hätte mich als das bloßstellen können, was ich wirklich war: Begierde, Dunkelheit, zerrissene Kleider, Seitenstraßen. Eine Frau, eine Mutter, der man nichts anvertrauen konnte, nicht einmal das, was am meisten zählte.

Am Rand meines Schädels vibrierte tief im Knochen die Erinnerung an jenen Vormittag in Griechenland. Die Hitze; das gleißend blendende Wasser, das wie Quecksilber glänzte, als Marcus' Boot es durchschnitt. Ein Seil, das sich, dick und feucht wie ein Schwanz, unter meinen Füßen löste. Das Brennen des Sandes zwischen meinen Zehen. Die plötzliche Dunkelheit im Restaurant. Der Flur und die Toilette, wo ich mich umgezogen hatte. Der stechende Geruch nach Bleiche und Urin. Simon and Garfunkel. Das Kratzen des Stuhls an meinen nackten Oberschenkeln, auf dem ich gesessen und mit Richard gesprochen hatte. Ich nestelte an einem losen Stück Rattan. Meine Wange am Telefon, mein Daumen an der Lippe, während mein Sohn allein über den Strand ging.

In meiner Brust begann es wie wild zu flattern, und plötzlich fiel mir das Atmen schwer. Ich rieb den Kopf an der Lehne und hätte ihn am liebsten gegen etwas geschlagen, um den scharfen Schmerz zu spüren.

Rose kam am Auto vorbei. Ich duckte mich tief in den Sitz. Offenbar hatte Nell, ihre drei Monate alte Tochter, sich gerührt oder geschrien, denn sie blieb stehen, um eines ihrer Beine an der Trageschlinge zurechtzurücken und ihre Wange von einer Stofffalte zu befreien. Als sie den Kopf hob, bemerkte sie mich. Ich zwang mich zu einem fröhlichen kurzen Winken, um ihr zu zeigen, dass ich gleich da sein würde. Danach beugte ich mich vor und kramte im Fußraum herum, als wolle ich etwas aus meiner Handtasche holen.

Ich wartete, bis sie sich zu den anderen auf dem Vorplatz des Gemeindesaals gesellt hatte: Mütter, Kindermädchen, Au-pairs und einige Väter. Es wimmelte von Bugaboo-Kinderwagen, Tretrollern, Fahrrädern mit Kindersitzen und Babboe-Lastenrädern. Der übliche Kram eben. Ich stieg aus und setzte eine gelassene Miene auf, ehe ich zu ihnen hinüberging. Rose unterhielt sich mit Patrick, einem Hausmann, und Yasmeen, einer Zeitungskolumnistin, die vor Kurzem in meine Straße gezogen war. Normalerweise war das einer meiner liebsten Momente des Tages. Das Abholen vom Kindergarten. Der kurze zwischenmenschliche Austausch, den man zu schätzen lernt, wenn man ein kleines Kind hat: die Freude, es noch eine

Weile nicht bei sich zu haben, versüßt von der Sehnsucht auf das Wiedersehen.

Als ich das Tor öffnete, ruhten alle Blicke auf mir.

»Schaut nur!«, rief Yasmeen aus. »Was bist du heute chic!«

»Oh.« Ich hätte mich umziehen sollen. Yasmeen trug Shorts und Birkenstocks. Rose hatte eine gestreifte Latzhose und ein gelbes, enges Oberteil an, ihre übliche Mode aus den Wohltätigkeitsläden. Mit meinen hohen Keilabsätzen und dem Jeans-Minirock war ich viel zu aufgetakelt. Ich sah aus wie … was? *Wie eine Frau, die sich gerade mit ihrem Liebhaber getroffen hat und auf der Rückbank eines Autos Sex mit ihm hatte.* Mir brach der Schweiß aus, sodass sich mein Gesicht feucht anfühlte. Meine Achselhöhlen waren klebrig. An meinem Rock fehlte ein Knopf. »Meeting mit einem potenziellen Kunden.«

»Und war es schön?«, fragte Rose.

Meine Wangen erröteten. »Was?«

»Der Urlaub.«

»Ach, der Urlaub. Ich dachte, du hättest das Meeting gemeint. Ja! Tut mir leid, ich bin ein bisschen konfus. Ziemlich erledigt. Aber ja. Absolut spitze.«

»Schaut mal«, sagte Yasmeen. »Das bringt euch sicher zum Lachen.« Sie tippte auf ihrem Telefon herum und hielt es hoch. Es war ein YouTube-Video, das derzeit die Runde machte. Ich sah gehorsam hin und tat, als sei es mir neu. Eine Frau lag in der Wanne, trank Wein, aß Donuts und kümmerte sich, wie sie uns mitteilte, weder um das schmutzige Geschirr noch um die Wäsche. »Prioritäten, meine Damen«, meinte sie gedehnt. »Meine Kinder haben mehr von einer halbwegs ruhigen und gut gelaunten Mutter als von einem sauberen Haushalt.« Ich täuschte ein Lachen vor. Yasmeen gluckste. »Gut, oder?«, fragte sie.

»Ja, sehr gut.«

»Gilt das für alles?«, mischte sich Patrick ein. »Ich stehe nicht so auf Wannenbäder und Donuts. Würde meine Frau von einem mehr oder weniger ruhigen Patrick profitieren, wenn ich mir andere Glücksquellen suche? Ein Quickie mit dem Au-pair von nebenan? Wäre das in Ordnung?« Er lachte wiehernd.

»Ach, sei still, Patrick«, schimpfte Rose und sah mich mit großen Augen an. Ich errötete wieder.

In diesem Moment öffnete Miss Jenny die Tür des Gemeindesaals. Ihre Schützlinge hatten sich in ihren blauweiß karierten Kitteln hinter ihr aufgereiht. Josh trödelte hinter der Schlange her und rangelte mit einem anderen Jungen. Es dauerte eine Weile, bis sich die Kinderhorde entwirrt hatte. Und als er endlich an der Tür war, stürmte er hinaus. Die Haare standen ihm am Scheitel zu Berge, und seine Wangen waren rosig. Er hatte ein Stück braunes Papier in der Hand, das beinahe so groß war wie er. »Darf ich eine Schlange haben?«, rief er. »Eine echte. Gelb oder rosa, ist egal.«

»Habt ihr ein Bild gemalt?«, fragte ich und strich ihm das feuchte Haar aus der erhitzten Stirn. Er war aus Fleisch und Blut, mit weichen Wangen und aufgeschrammten Schienbeinen. Der Inbegriff der Gesundheit. Er *lebte*.

»Es heißt ›Mein Urlaub‹.«

Ich küsste ihn auf die Wange und atmete seinen Geruch ein: Plakatfarbe und Bleistiftspäne.

Rose schloss sich uns an, und wir gingen die Straße entlang zu meinem Auto. Chloe und Josh rannten voraus und rissen dabei kleine Stücke von den Hecken ab. Es war warm und trocken. Staub, Pollen und Ligusterteilchen schwebten in der Luft.

»War der Urlaub also nicht gut?«, erkundigte sie sich nach einer Weile.

»Nein.«

»Habe mir gleich gedacht, dass etwas nicht stimmt. Etwa nicht die große Annäherung, die du dir erhofft hast?«

»Nein, leider nicht.«

Sie blieb stehen und beugte den Kopf vor, um die zwei kleinen Zöpfe zu richten, zu denen sie ihr Haar am Hinterkopf geflochten hatte. Nell bewegte sich.

»Etwas Ungewöhnliches oder das übliche Familiengeplänkel? Mit einem kleinen Kind kommt man ja nie richtig zur Ruhe, oder?«

Ich musterte sie. Sie wirkte müde. Ihre Wangen waren rosig und leicht aufgedunsen. Sie trug die Initialen ihrer Kinder an einer Kette um den Hals.

Ich überlegte, wie viel ich ihr anvertrauen konnte.

»Offen gestanden war es von Anfang an ein Desaster«, erwiderte ich und schilderte ihr die Schrecken des ersten Vormittags, wie ich aus der Taverne gekommen war und Josh im Wasser gesehen hatte.

»O mein Gott«, sagte sie entsetzt. »Was hat Marcus denn gemacht?«

Mein Magen verkrampfte sich. »Er war eingeschlafen.« Sobald ich die Worte aussprach und ihre schockierte Miene sah, wurde ich von einem berauschenden Gefühl der Freiheit ergriffen. Es *war* Marcus' Schuld. Dass ich Richard angerufen hatte, spielte keine Rolle. Ich hatte ihm die Aufsicht übertragen und ihm vertraut. »Ich dachte, Josh wäre tot«, sagte ich. »Ich habe den Satz in meinem Kopf gehört: ›Ich bin eine Mutter mit einem toten Kind.‹«

»Du Arme.« Ihr stand der Mund offen. »Gott sei Dank ist ihm nichts passiert.«

»Ja. Ein Mann ist ins Wasser gesprungen und hat ihn rausgeholt. Nicht Marcus.« Mit einem sarkastischen Auflachen schüttelte ich den Kopf. »Er hat sich nicht mal die Brust nass gemacht.« Ich wandte mich ab und erinnerte mich, wie geschrumpft und kläglich Marcus ausgesehen hatte. Mit hängenden Schultern, das Wasser wie Socken auf halber Höhe der Waden. Wie sehr hatte er in meinen Augen verloren.

»Ich kann mir vorstellen, dass das zu Spannungen zwischen euch geführt hat.« Sie zog die Augenbrauen hoch. »Ein Glück, dass der andere Mann da war.«

Inzwischen hatten wir das Auto erreicht. Josh und Chloe saßen am Bordstein und warfen Steinchen in einen Gully.

»Ja. Aber danach lief es nicht mehr sehr toll. Wir haben es versucht und beide unser Bestes getan. Doch es herrschte dicke Luft. Es wäre hilfreich, wenn er mit mir über die Arbeit reden würde. Ich weiß, dass er sich Sorgen macht. Doch es ist, als würde ich nicht mehr zählen. Als hätte er vergessen, dass ich ein Gehirn habe. Er weigert sich, offen zu mir zu sein, und schwindelt die ganze Zeit. Wir beide halten nur noch eine Fassade aufrecht.«

»Habt ihr wenigstens Leute kennengelernt? Andere

Paare oder Familien? Es hilft im Urlaub immer, eine Ausweichmöglichkeit zu haben.«

»Nein, auch das nicht. Tja, außer ...« Ich schluckte und stellte fest, dass ich an meiner Oberlippe herumzupfte. »Wir haben den Typen, der Josh gerettet hat, ein paarmal gesehen. Wir sind ihm ab und zu über den Weg gelaufen.«

»Wie nett.«

»Ja.« Ich nickte und wandte den Blick ab, damit sie nicht bemerkte, dass ich log.

Wir waren Dave während unseres Urlaubs wieder begegnet, beide Male am Hafen. Beim ersten Mal waren wir am Nachmittag auf dem Rückweg vom Strand gewesen. Marcus hatte ihn vor der Bar neben dem kleinen Supermarkt am Platz entdeckt. Josh war quengelig, und ich schob den Buggy auf die andere Straßenseite. Wir winkten, und Dave machte eine Handbewegung, als salutierte er. Einige Tage später trafen wir ihn wieder vor derselben Bar. Doch wir taten, als hätten wir ihn nicht gesehen, und marschierten weiter. Ich glaube, wir wollten ihm beide aus dem Weg gehen. Inzwischen bedauerte ich das. Er hatte uns bestimmt bemerkt, und sicher machte es einen unhöflichen Eindruck. Mittlerweile hatte er mir auf Facebook eine Freundschaftsanfrage geschickt. Eigentlich hätte ich darauf reagieren sollen, doch bis jetzt hatte ich ihn ignoriert.

Mir war klar, dass das kein gutes Benehmen war. Ich hätte mich vor Dankbarkeit für seine Hilfe überschlagen sollen. Rose würde das nicht verstehen. Ich verstand mich ja selbst nicht mehr.

»Josh, könntest du bitte damit aufhören?«

»Ja, Chloe, lass das. Du machst dich schmutzig.«

Die beiden Kinder starrten erst uns und dann einander an und kicherten. Josh betrachtete seine mit Dreck verschmierten Finger. Dann sah er wieder Chloe an und wischte sich die Hände am Kopf ab. Unterdessen hob Chloe ein Blatt auf und versuchte, es in den Gully zu stopfen.

»Glaubst du, er könnte eine Affäre haben?«

Als ich Rose anblickte, presste sie die Lippen auf eigenartige Weise zusammen, als bereue sie die Frage bereits. Rasch drehte ich mich um und öffnete mit der Fernbedienung die Autotür.

»Wer? Marcus?«, erwiderte ich. »Nein, ich denke nicht.«

»Tut mir leid, ich hätte das nicht sagen sollen. Es war nur wegen Patricks Bemerkung vorher. Du weißt ja, dass viele Männer so drauf sind.«

Das wusste ich nur zu gut. Firstdate.com war ein Kunde von Ekelund, und ich kannte die Statistiken. Ein hoher Prozentsatz der Männer, die sich anmeldeten, war verheiratet und auf der Suche nach einem kleinen Seitensprung. Außerdem war ich dabei gewesen, als Jeff, Marcus' Geschäftspartner, bei einem Techtelmechtel mit seiner Assistentin erwischt wurde. Männer hatten ständig Affären. War es bei Frauen so viel anders? Nein, war es nicht. Und es war in beiden Fällen unverzeihlich.

Ich zog Josh auf die Füße und überredete ihn zum Einsteigen. Während ich ihn anschnallte, malte ich mir aus, ich könnte Rose erzählen, in was ich da verwickelt war. Sie würde alles wiedergutmachen oder mir wenigstens einen Rat geben. Ich würde ihr beichten, was ich getan hatte.

Die Worte auf den Lippen, drehte ich mich um. Doch in diesem Moment küsste sie Nell und rieb den Mund an ihrem makellosen flaumigen Hinterkopf. Und mir wurde klar, dass ich es nicht eingestehen konnte.

Auf dem Supermarktparkplatz war die Hölle los. Autos rangierten rückwärts, hupten und kamen nicht voran. Die giftige Großstadtmischung aus Gereiztheit und Panik. Endlich wurde ganz weit hinten ein Parkplatz frei, den ich ergattern konnte. Ich überlegte, ob ich Josh in seinem Kindersitz allein lassen sollte, während ich ein Parkticket holte. Wie lange würde das dauern? Eine Minute? Zwei? Drei vielleicht? Zu lang. Das durfte ich nicht riskieren.

Ich schnallte ihn ab und trug ihn auf der Hüfte, um Zeit zu sparen. Er strampelte und wollte runter. Ich zwängte ihn mit dem Körper zwischen mich und den Automaten, während ich mich mit den Münzen abmühte. Das erste Pfund wurde wieder ausgespuckt, das zweite auch. Ich ging zum nächsten Automaten. Drei Autos hatten sich neben uns aufgereiht, deren Fahrer Ausschau nach einer Parklücke hielten. Nachdem ich Josh daran gehindert hatte, zwischen ihnen hindurchzulaufen, war ich außer Atem.

Erst am Eingang wurde mir klar, dass ich mir einen Einkaufswagen sichern und ihn hätte hineinsetzen sollen, bevor ich das Ticket zog. Dann hätte ihm nichts passieren können.

Niedergeschlagenheit und Selbsthass ergriffen mich. Offenbar bestand mein ganzes Leben aus solchen Fehlern. Ständig versuchte ich, alles richtig zu machen, und scheiterte.

Wir waren hier, um etwas zum Abendessen einzukaufen. Das bestellte Kochbuch von Yotam Ottolenghi war während unserer Abwesenheit eingetroffen. Ich hatte mich für ein Hühnergericht entschieden. Die Zutatenliste war kompliziert und schloss Arak ein, was immer das auch sein mochte. Supermärkte kennen keine Gnade mit überforderten Hausfrauen, insbesondere nicht mit denen, die ein hungriges, übermüdetes Kind in einem Einkaufswagensitz mit sich führen. Als ich den Wagen durch die Gänge schob, griff Josh willkürlich nach Waren. Eine Tüte Bohnensprossen, ein extragroßer Beutel Rosinen, eine Flasche Pimm's von einer Auslage mit der Aufschrift »Erfrischender Sommer«. Ich spürte, wie sich mein Kiefer anspannte und wie sich meine Schultern verkrampften.

Gedanken wirbelten mir im Kopf herum. Warum schaffte ich das nicht? Weshalb gelang mir nicht einmal eine einfache Sache wie Einkaufen? Wir hatten immer über meine mangelnden hausfraulichen Fähigkeiten gewitzelt. Doch nach Joshs Geburt hatte sich etwas verändert. Selbst ich ging davon aus, dass der Haushalt nun meine Aufgabe war, da ich ja den ganzen Tag zu Hause verbrachte. So, als hätte ich es schon immer gekonnt und meine Minderbegabung nur vorgetäuscht. *Für wen hältst du dich?*, raunte nun eine Stimme. *Bleib bei Chow Mein von Vesta und den Dosenravioli, mit denen du aufgewachsen bist. Wem willst du etwas beweisen? Gib es einfach auf.*

Ein Stück weiter hinten im Laden beschloss ich, dass es schneller gehen würde, wenn ich den Einkaufswagen einfach abstellte. Es würde ja nur für eine Minute sein. Draußen auf dem Parkplatz war ich übervorsichtig gewesen. Wir hatten schon so oft in diesem Supermarkt eingekauft. Nie war etwas geschehen. Wieso also ausgerechnet jetzt? Ich bugsierte den Wagen in eine Nische neben der Fleischtheke, sodass er die Glasvitrine berührte. Außerdem vergewisserte ich mich, dass ich Joshs reizende, leicht heisere Stimme trotz des Klapperns von Metall, des Piepsens der Kassen und des Brummens der Kühlschränke »Wheels On The Bus« singen hörte. Bei den Frühstücksflocken wurde ich aufgehalten, weil ich einem älteren Herrn half, die letzte Schachtel All Bran aus der hintersten Ecke eines hohen Regals zu holen. Das Singen war verstummt, doch ich machte mir keine Gedanken.

Als ich bei den Nudeln um die Ecke bog, stand der Einkaufswagen nicht neben der Fleischtheke, wo ich ihn hingestellt hatte, sondern in einem seltsamen Winkel mitten auf dem Gang. Josh war umgedreht worden und kehrte mir den Rücken zu. Außerdem sang er nicht mehr und beugte die Schultern vor. Die Deckenlampe über seinem Kopf flackerte.

Als ich auf ihn zuhastete, hatte ich das seltsame Gefühl, ein fremdes Kind könne in meinem Einkaufswagen sitzen. Unsinn. Es waren Joshs blau-weißer Baumwollkittel und sein Haarschopf. »Da bin ich wieder«, sagte ich, wendete den Einkaufswagen und warf Hähnchenkeulen, Fenchelsamen und Clementinen in den Metallkorb hinter ihm.

Er blickte sich nach mir um. Es war Josh. Natürlich war es Josh. Allerdings umklammerte er eine riesige Toblerone, einen der großen Riegel, wie man sie im Duty-Free bekommt. Sein Gesicht, seine Wangen und sein Kinn waren mit Schokolade beschmiert. Als er mich verlegen angrinste, waren seine Zähne braun und glitschig. Ein dickes, halb zerkautes Stück steckte noch in seinem Mund.

»Wo hast du das her?«

»Es gehört mir.«

Ich versuchte, ihm die Schokolade zu entwinden. Er hatte die Pappverpackung oben aufgerissen, jedoch die Silberfolie nicht abgemacht. Sie war zerfetzt, voller Schokolade und mit Bissspuren übersät. Er ließ nicht los.

Ich schaute mich um. An der Fleischtheke zerhackte ein junger Mann mit grauer Mütze und Schürze eine Lammhälfte mit einem Beil.

»Gib das her!«, befahl ich.

Als ich einen Finger nach dem anderen von dem Schokoladenriegel löste, fing Josh an zu schreien.

Der Metzger blickte auf. Eine Frau, die ihren Einkaufswagen an uns vorbeischob, wandte den Kopf und lächelte mitfühlend.

»Die gehört dir nicht«, erklärte ich ruhig. »Hast du sie irgendwo weggenommen? Wo hast du sie her?«

Inzwischen hatte ich die Schokolade aus seiner Reichweite entfernt. Er brach in Tränen aus. »Ich habe sie nicht weggenommen. Der Mann hat sie mir gegeben.«

»Was für ein Mann?« Ich betrachtete die anderen Kunden mit ihren Einkaufswagen und Körben, den Metzger und den Fischhändler, der ein großes Stück hellgelben Dorsch abwog, indem er es am Schwanz hochhielt.

»Was für ein Mann?«, wiederholte ich.

»Es ist ein Geschenk. Es gehört mir.«

Er rutschte auf dem Sitz herum und wollte danach greifen, worauf ich einen Schritt zurückwich. Hinter der

Fleischtheke stand ein Mülleimer, und als ich den Metzger darum bat, nahm er die Schokolade und warf sie hinein.

Rückblickend betrachtet, war das der erste Zwischenfall. Das erste unerklärliche Ereignis. Eine Banalität. Auch wenn es vermutlich nichts zu bedeuten hatte, beunruhigte es uns beide. Dass es so eine Kleinigkeit war, machte es noch weniger greifbar und kaum zu fassen, was es erschwerte, mit anderen darüber zu sprechen. Und dennoch blieb ein schleichendes Unbehagen zurück.

»Bist du sicher, dass er die Schokolade nicht aus dem Regal genommen hat?«

»Ja, wir waren weit von der Süßigkeitenabteilung entfernt und auch nicht dort gewesen. Und selbst wenn, führen sie Toblerone in dieser Größe nicht. Das habe ich nämlich als Erstes gemacht. Nachgeschaut.«

»Und er hat nicht das letzte Exemplar erwischt?«

»Nein, sie *führen* das nicht. Ich habe mich bei einem Verkäufer erkundigt. Sie haben nur die Tüten mit den kleinen Riegeln, keine einzelnen großen.«

Marcus lehnte sich zurück. »Du hast doch mit ihm gesprochen, oder? Im Kindergarten hat ihm niemand die Schokolade gegeben? Er hätte sie seitdem dabeihaben können.«

»Das hätte ich bemerkt. Der Riegel war sehr groß.«

»Aber du hast ihn gefragt?«

»Ja, natürlich. Doch er hat nur immer weiter geweint und nichts verraten. Man kann ihn ja nicht verhören. Er ist drei.«

»Jemand muss ihm die Schokolade im Supermarkt gegeben haben.«

»Genau. Und wer würde so etwas tun? Wer würde einem Kind eine so große Toblerone schenken?«

»Nun, die Leute geben Kindern ständig Süßigkeiten …«

»Schon, aber nicht so. Du musst zugeben, dass es seltsam ist.«

»Ja, es ist seltsam. Und wie lange hast du ihn unbeaufsichtigt gelassen?«

Ich überlegte. »Nicht lang, Marcus. Ein paar Minuten.«

Er bedachte mich mit einem bedeutungsschweren Blick und runzelte die Stirn.

Ich hatte das Bedürfnis, mich zu rechtfertigen. »Meiner Ansicht nach kann man ein paar Minuten in einem Supermarkt nicht einmal annähernd damit vergleichen, dass man einschläft, während sich das eigene Kind in der Nähe von Wasser aufhält.«

Er lockerte seine Krawatte, packte den Knoten mit der Faust und zerrte ein paarmal daran, als würde er ihm die Luft abschnüren. »Tja, wenigstens ist ihm nichts passiert.« Er griff nach Messer und Gabel und legte sie sofort in einem ordentlichen Winkel wieder weg. »Einfach nur ein komischer Zwischenfall.«

Er hatte die grünen Bohnen aufgegessen, die Orangenschnitze, den Fenchel und den Großteil des Huhns jedoch nicht angerührt.

»Du hast nicht viel gegessen.«

»Ich habe keinen großen Hunger. Tut mir leid. Aber es war köstlich. Superlecker.« Jedes Kompliment war wie ein kleiner Dolchstoß. »Spitzenmäßig. Danke.«

»Es sieht überhaupt nicht aus wie auf dem Foto.« Ich schob meinen Teller beiseite. »Das Huhn ist trocken, richtig? Ich habe es zu lang gebraten.«

»Es ist *exquisit*.«

»Nein, das ist es nicht.« Ich wünschte, er würde ehrlich sein. Wenn er nicht ständig darüber geredet hätte, wie perfekt alles sei, hätte ich mich nicht so unter Druck gesetzt gefühlt. Mir wurde klar, dass es ein Spiel zwischen uns war. Ich erfand die Geschichte, er kaufte sie mir ab.

»Nein, ich habe nur mittags ziemlich viel gegessen. Äh, die Russen waren da. Sie wollten feiern. Wir waren im The Wolseley.«

Er hatte ein schlechtes Gewissen. Das erkannte ich an seiner Art zu sprechen und daran, dass er leicht mit dem Kopf zuckte. Und weil er ein schlechtes Gewissen hatte, hatte ich das bösartige Bedürfnis, alles noch schlimmer zu machen. »Es stört dich nicht, dich mit ihnen in der Öffentlichkeit zu zeigen?«

»Eigentlich sind sie recht kultiviert. Ich weiß, dass du sie für Ganoven hältst, aber Olaf war in Durham, und Dimitri hat an der L.S.E. Wirtschaft studiert.«

Er stand auf, brachte unsere Teller zum Waschbecken, ließ Wasser darüber laufen und stellte sie in die Spülmaschine. Kurz hielt er inne, um Joshs Schälchen und Tasse neu zu stapeln, die ich vorhin einfach hineingelegt hatte. Seine Bewegungen waren betont präzise, ebenso wie seine Ausdrucksweise. Nun wusste ich, was da nicht stimmte und was hinter seiner übertriebenen Mimik und seiner eigenartigen Art zu sprechen steckte. Er war noch ein wenig angetrunken.

Als sein Mobiltelefon läutete, eilte er durchs Zimmer, um es aus der Sakkotasche zu holen. »Ah, Mary«, meldete er sich. Er hatte den Kopf gesenkt und massierte sich mit der freien Hand die Stirn.

Ich kümmerte mich ums Geschirr und ging dann in den Garten und nahm die Wäsche ab.

Es war noch warm. Die Sonne spiegelte sich grellorangefarben in dem riesigen Fenster des Lofts nebenan. Ich roch das chemische Qualmen eines Grills ein paar Türen weiter und hörte das Klickklack der Tischtennisplatte in dem Garten hinter unserem. Wenn Josh älter war, würden wir uns auch eine Tischtennisplatte anschaffen. Und ein Trampolin (natürlich mit Sicherheitsnetz). Leute wie wir taten so etwas. So sah ein perfektes Familienleben aus.

Im Schatten tanzten winzige Fliegen. Ich hatte den Rasensprenger angelassen, um das Blumenbeet unter dem Kirschbaum zu gießen. Einige Amseln hüpften umher und pickten in der Erde wie ein Holzspielzeug, das Josh einmal besessen hatte. Wenn man an einer Kordel zog, bewegte sich der Kopf des Vogels.

Wir hatten so viel. Nie hätte ich gedacht, dass ich einmal so viel haben würde.

Ich hatte es nicht verdient.

»Sind die Zertifikate ausgesetzt worden?« Marcus telefonierte noch und war an die Küchentür gekommen.

Ich beobachtete ihn.

Zum ersten Mal war ich ihm bei einer Produktbesprechung begegnet. Ich war Kundenbetreuerin, er der neue Assistent und älter als der Durchschnitt, weil er versucht hatte, auf Jura umzusteigen, das jedoch aufgegeben hatte. Er gefiel mir. Sein attraktives bebrilltes Gesicht, das zerzauste Haar und die Angewohnheit, sich die Faust vor den Mund zu halten, wenn er sich räusperte. Doch am meisten faszinierte mich, dass er stets bei der Sache blieb. In unserer Branche wird viel Schaumschlägerei betrieben, aber Marcus besaß die Fähigkeit, immer auf den Punkt zu kommen. »Die Konsistenz stimmt nicht«, sagte er zu einer der Testerinnen, als sei er wirklich an ihrer Meinung interessiert. »Wer will schon geschmolzene Eiscreme trinken?« Die bis dahin entsetzlich schüchterne Testerin lachte.

»Und was ist mit Unilever? Haben die inzwischen Position bezogen?«, fuhr er nun fort. Geistesabwesend kratzte er mit dem Fingernagel an der Wand.

Ich nahm den Korb mit den Kleidern, mittlerweile trocken und nach Grillanzünder riechend, und ging an ihm vorbei ins Haus. Dort stapelte ich die Wäsche in den Bügelkorb und sammelte Joshs Legosteine ein, was ich vorhin nicht geschafft hatte, weil ich zu sehr mit dem Huhn und dem Arak beschäftigt gewesen war. Anschließend schenkte ich mir ein Glas Rosé ein und spürte, wie meine Schultern sich entspannten. Wieder hatte ich einen Tag hinter mich gebracht.

Marcus beendete das Gespräch, klopfte einige Male mit dem Telefon gegen die Handfläche und blickte in den Garten hinaus. Er schien vergessen zu haben, dass ich da war. Zu Anfang seiner Selbstständigkeit hatte er ständig mit mir gesprochen.

»Arbeit?«, fragte ich, als er weiter schwieg.

Er rief eine E-Mail oder eine SMS auf, steckte das Telefon ein, hob den Kopf und bemerkte, dass ich ihn ansah.

»Oh, Gott, ja. Langweilig.«

»Nicht für mich, schon vergessen?«

»Nein, natürlich nicht.« Langsam atmete er durch die Nase ein und gab die Luft stoßweise durch die Zähne wieder ab. Entweder bezog sich das auf die Situation oder auf mich, weil ich mich danach erkundigt hatte. »Wir haben eine kleine Tilly-Elworthy-Krise. Hat mit Palmöl, Greenpeace und Orang-Utans zu tun. Sie wird Indonesien verlassen und sich nach alternativen Quellen umschauen müssen.«

»Was, wenn wir uns ihr Programm in Sachen Konzernethik vornehmen? Es muss doch eine Möglichkeit geben …«

Er unterbrach mich. »Ich bin total erledigt und haue mich jetzt aufs Ohr. Vielleicht schaue ich noch ein bisschen Netflix. Es war ein elend langer Tag.«

Er ging hinaus. Ich blieb einen Moment stehen, schloss dann die Hintertür ab und knipste die Lichter aus, bevor ich ihm nach oben folgte. Er saß bereits, in Boxershorts und einem weißen T-Shirt, mit aufgeklapptem Laptop in die Kissen gelehnt im Bett, die Brille auf der Nase. »So«, meinte er geistesabwesend und strich mit dem Zeigefinger schnell über das Mousepad. »Ich glaube, ich habe diese Turnschuhe aufgespürt.«

»Welche Turnschuhe?«

»Die Adidas, die Dave Jepsom bei der Rettung unseres Sohnes verloren hat.«

Mir wurde eiskalt. Bilder hinter meinen Augenlidern.

Joshs Arm. Sein bleiches Gesicht. Wellen wirbelten seinen orangefarbenen Schwimmflügel herum. Das Geräusch meines eigenen Schreis. Dave Jepsom, der mich über den Tisch hinweg ansah.

»Er hat sie nicht verloren, sondern ins Wasser geworfen.«

»Weißes Leder mit einem karierten Streifen an der Ferse. Sie heißen Retford. Mist.«

»Was ist?«

»Die Dinger sind teuer. Zweihundertfünfundneunzig Pfund. Es gibt sie bei Mr Porter. Größe fünfundvierzig ist noch auf Lager. Das ist seine Größe, das habe ich ihn selbst sagen hören.« Er tippte sich dreimal an die Stirn. »Ich habe nicht nur ein hübsches Gesicht.«

»Wer kauft sich denn Turnschuhe mit Burberry-Muster?«

»Geschmäcker sind eben verschieden.«

»Woher weißt du, wohin du sie schicken musst?«

»Ich habe die Adresse seiner Firma bei LinkedIn gefunden. Jepsom Solutions, Catford. Wir lassen sie einfach mit einem Dankesbrief liefern.«

»Ich dachte, er sei in der Baubranche.«

»Offenbar jemand, der Lösungen für Bauprobleme hat.«

Er wollte mich zum Lachen bringen, allerdings vergeblich. Ich erinnerte mich an Daves Blick, als wir ihn am Hafen getroffen hatten, und auch an seine Anfrage bei Facebook. Warum sollte er auf diese Weise Kontakt mit mir aufnehmen wollen?

»Eine nette Idee«, meinte ich nach einer Weile. »Aber wir lassen es lieber. Er hat uns sehr geholfen, doch das ist jetzt vorbei. Wir haben ihn und seine gesamte Familie zum Mittagessen eingeladen. Genügt das nicht?«

Er schloss den Laptop und klappte seine Brille zusammen. »Du hast recht. Entschuldige, dass ich es erwähnt habe.«

Er

In der Arbeit war die Hölle los. Ich beklagte mich nicht. So musste es sein, wenn wir überhaupt etwas verdienen wollten. Bei Hawick Nicholson waren wir nur zu elft, und da wir im Krisenmanagement tätig waren, hätten wir wohl unseren Job nicht richtig gemacht, wenn wir nicht ständig Vollgas gefahren wären. Wir waren noch immer dabei, den Laden in Schwung zu bringen. Optimal wäre ein Büro in Shoreditch oder im West End gewesen, weil diese Adressen, jede auf ihre Weise, den nötigen Respekt erzeugten. Doch wir mussten mit einer kleinen Straße in Victoria vorliebnehmen. Das Gebäude, ein umgebauter Laden aus den Sechzigern, war von innen ebenso wenig beeindruckend (völlig chaotisches Großraumbüro) wie von außen. Einzige Ausnahme war der Empfangsbereich, der futuristisch hell und weiß war, mit Bambuspflanzen in lackierten japanischen Kübeln, einigen Nahaufnahmen, die Wellen darstellten, und einem an der Wand befestigten Fernseher, wo rund um die Uhr CNN lief. Es gab zwar einen Schreibtisch mit Stuhl, allerdings keine Empfangsdame, sondern nur eine Gegensprechanlage. Wie sagt man so schön: Der äußere Schein ist alles.

An jenem Morgen schlenderte mein Geschäftspartner Jeff auf meinen Schreibtisch zu, wo ich gerade hektisch E-Mails abarbeitete. Er war sieben Jahre älter als ich, gedrungen, verschwitzt und lässig und tat gerne so, als sei ihm alles gleichgültig. Heute wirkte er ungewöhnlich gepflegt: glatt rasiert, rote Socken unter einer Hose mit breiten Nadelstreifen und ein neues weißes Hemd.

»Du bist spät dran«, stellte er fest, lehnte sich an den Schreibtisch und winkte quer durch den Raum Emma zu, der jüngsten unserer Kundenbetreuerinnen, die außerdem auch noch blond war.

»Die U-Bahn kann man in die Tonne treten.«

»Du hättest mit dem Auto fahren sollen. Kurvst du immer noch in dem Fiat deiner Frau herum? Wann kaufst du dir endlich ein richtiges Männerauto? Etwas mit mehr Prestige und Muskeln?«

»Wenn wir uns ein höheres Gehalt auszahlen, Kumpel.«

»War der Urlaub okay? Habt ihr es geschafft, die Flamme der jungen Liebe neu zu entfachen?«

In diesem Moment rief Gail, meine Assistentin, uns zu unserem wöchentlichen Statusmeeting. Und danach gab Emma mir ein Update zu unserer Präsenz in den sozialen Medien. Erst im Taxi zum The Wolseley, wo wir mit Kunden zu Mittag essen wollten, hatte ich deshalb Gelegenheit, seine Frage zu beantworten. Ich gab ihm einen Kurzabriss einschließlich einer Schilderung meines kläglichen Versagens und meiner beinahe fatalen Unfähigkeit, auf meinen Sohn aufzupassen, weshalb Tessa zunehmend verärgert über mich sei. Jeff lehnte sich mit selbstgefälliger Miene zurück und erwiderte, das sei ganz normal. »Das Familienleben ist eine Quälerei. Die Konkurrenzhölle. Man führt einen ständigen Kampf miteinander, wem von beiden es dreckiger geht. Es ist ein Ausdauertest.

Man braucht nur durchzuhalten, bis die Kinder achtzehn sind.«

»Soweit mir bekannt ist, hast *du* nicht durchgehalten«, entgegnete ich. Jeff und Linda hatten sich vor fünf Jahren getrennt, und zwar nachdem sie fremde Unterwäsche in ihrer Waschmaschine gefunden hatte.

»Das kann man nicht vergleichen.« Wir stoppten vor dem Restaurant, und er beugte sich ins Fenster, um zu bezahlen. »Mit dir und Tessa ist das etwas anderes. Ihr seid die Mühe wert.« Er schürzte die Lippen wie Jennifer Aniston in dem Werbespot von L'Oréal, um seine Worte zu untermauern.

Olaf Petrow und Dimitri Michailow, die CEOs von Kaz-Neft, steckten an einem Ecktisch die Köpfe zusammen, richteten sich jedoch bei unserem Anblick auf und winkten uns mit Achselzucken, Handbewegungen, gekünsteltem Lächeln und übertriebenen Begrüßungen heran. Eine Flasche Krug stand bereits in einem Sektkübel aus Metall. Beide Männer waren hochgewachsen, schlank und muskulös, so als verbrächten sie viel Zeit in den Fitnessanlagen von Hotels. Außerdem waren sie stets makellos gekleidet. Olaf, mit seiner dunklen Haut und den schweren Augenlidern, eigentlich nicht im eigentlichen Sinne attraktiv, zog sich gerne an wie ein englischer Gentleman. Heute trug er einen hellgrauen Anzug mit Weste.

Ich fühlte mich in ihrer Gegenwart beklommen. Jeff vermutlich auch, was die Rasur und das saubere Hemd erklärte. Wir konnten es uns nicht leisten, neue Kunden abzulehnen, auch wenn uns bei diesen hier nicht ganz wohl war. Irgendetwas stimmte da nicht. Sie waren zwar im Ölgeschäft, doch die Einzelheiten blieben unklar. Manchmal sprachen sie von Pipelines, dann wieder von der »Raffinerie«. Uns hatten sie als Medientrainer angeheuert, was wir Jeffs Zeit als Berater in der Downing Street zu verdanken hatten. (Er und der Premierminister mochten sich bedeckt halten, doch diese Rolle verlieh uns im Ausland einiges Ansehen.) Außerdem hatten sie zukünftige Aufträge erwähnt, »eine weitreichendere Beteiligung«, und jedes Treffen mit ihnen vermittelte den Eindruck einer Initiationsprüfung.

Anfangs wurde viel gelächelt und geplaudert. Dimitri hatte im *British Airways Magazine* etwas über Real Tennis gelesen und wollte gern die Regeln erklärt bekommen. Wir erörterten eine Rede, die Dimitri in der nächsten Woche halten wollte, und ein Interview, das Olaf einer Industriezeitschrift angeboten hatte. Olaf erzählte von einem Ölmagnaten, der vor Kurzem bei einem Autounfall in Moskau ums Leben gekommen war. »In unserer Branche muss man sehr vorsichtig sein«, sagte er. »Hinter jeder Ecke lauert die Gefahr. Das ist nichts für Feiglinge.« Ich spürte seinen Blick auf mir, als warte er auf meine Reaktion. Darauf zog ich die Mundwinkel nach unten und nickte, besorgt, jedoch gleichzeitig ungerührt.

Dann erschien der Kellner, um unsere Bestellungen aufzunehmen. Dimitri wollte den Wolseley-Fischeintopf, der als Tagesgericht für den Donnerstag auf der Karte stand. Es war Montag, und der Kellner wies ihn freundlich darauf hin, dass das vielleicht nicht möglich sein könnte. Dimitri bat übertrieben höflich, den Geschäftsführer sprechen zu dürfen. Dieser hastete herbei und erbot sich nahezu sofort, den Koch zu bitten, eine Ausnahme zu machen.

Dimitris herrisches Gebaren und seine Haltung, dass alle nach seiner Pfeife tanzen mussten, waren schon peinlich genug. Doch als das Essen, ein Fischeintopf in einem Pfännchen und garniert mit Petersilie, serviert wurde, ließ er es zurückgehen. »Ich nehme die Fischfrikadellen wie mein Freund hier«, verkündete er und zeigte auf meinen Teller.

Ich drehte mich zum Kellner um und verzog entschuldigend das Gesicht. Um meine Verlegenheit zu überspielen, fing ich an, über die Psychologie von Speisekarten zu sprechen. Tessa und ich hatten uns bei Ekelund wegen Richard Taylor und unseren anderen Catering-Kunden viel mit diesem Thema beschäftigt. Ich plapperte etwas von nicht korrekten Texten, fehlenden Preisauszeichnungen, Kästchen, die Profit versprechende Gerichte hervorhoben, und dass das Filetsteak für achtundzwanzig Pfund fünfundsiebzig in diesem Fall nur ein Trick sein könnte, um das Rinderfilet mit Pfeffersoße für vierundzwanzig Pfund fünfzig günstig erscheinen zu lassen.

Dimitri lehnte sich zurück, griff nach dem Champagner, schenkte jedem von uns ein Glas ein, stellte die Flasche zurück und schnippte mit den Fingern, um den Kellner herbeizurufen. »Mein Freund nimmt das Filetsteak«, sagte er.

»Nein, nein, ich möchte nichts mehr«, protestierte ich und schob meinen leeren Teller beiseite. »Die Fischfrikadellen waren sehr sättigend. Ich habe genug.«

»Ich bin kein Opfer von Extremeness-Aversion, wie man diese Psychologie wohl nennt«, entgegnete er lächelnd. »Die Tendenz, Entscheidungen zu vermeiden, die auf das eine oder das andere Extrem hinauslaufen, ist nichts für mich. Ich gehe lieber Risiken ein. Sie auch, wie ich hoffe.«

Jeff fing über den Tisch hinweg meinen Blick auf und fixierte mich. An seinem Kiefer zuckte ein Muskel. Als das Steak serviert wurde, aß ich es.

Ich hatte keine andere Wahl. Es war zu spät, denn es handelte sich um eine Botschaft. Er wollte mir demonstrieren, wie bewusst ihm war, dass ich auf sein Verhalten herabschaute. Meine entschuldigende Grimasse dem Kellner gegenüber war nicht unbemerkt geblieben. Und das war jetzt meine Strafe. Ich hatte ihm einen Vortrag über ein Thema gehalten, das ihm bereits vertraut war. Ich hatte ihm Unwissenheit unterstellt. Und er würde sich nicht unterschätzen lassen.

Unter den wachsamen Blicken einiger Gorillas schüttelten wir uns mitten auf dem Piccadilly Circus die Hand. Dimitri und Olaf würden noch einen Monat in der Stadt bleiben, und wir hatten bereits ein baldiges Treffen vereinbart. Beide lächelten breit. Dimitri legte mir den Arm um den Rücken und zog mich an sich. Ich hörte das Schmatzen seiner Lippen an meinem Ohr. Trotz seines Charmes und seiner Leutseligkeit trennte uns nur ein schmaler Grat von unlauteren Machenschaften.

Ich konnte es kaum erwarten, nach Hause zu kommen. Doch meine Vorfreude auf Aufmunterung wurde bitter enttäuscht. Tessa kauerte mir gegenüber und beobachtete mich beim Essen. Ich war noch immer pappsatt. Das Essen, der Champagner, der Armagnac. Ich beschloss, ihr nicht zu erzählen, was vorgefallen war. Rückblickend betrachtet, erschien es mir lächerlich und peinlich, dass ich mich so einschüchtern hatte lassen. Sie hätte mir geraten, mich von diesen Kunden zu distanzieren. Von Anfang an war sie dagegen gewesen, dass ich mich auf sie eingelassen hatte. Außerdem war sie mit den Banalitäten ihres eigenen Tages beschäftigt. Beunruhigt, weil ein Fremder im Supermarkt Josh Schokolade geschenkt hatte. Ich versuchte, Interesse vorzutäuschen, und wechselte dann das Thema. Yasmeen und Simon, beide Journalisten, waren unsere neuen Nachbarn. Ich war ihr vor ein paar Wochen beim Joggen begegnet und hatte die beiden für diesen Freitag zum Abendessen eingeladen. Rose und Pete würden auch kommen.

»Was soll ich kochen?«, fragte sie.

Ich warf einen Blick auf das Regal voller Kochbücher. Auf der Arbeitsfläche lag ein weiterer aufgeschlagener neuer Wälzer. »Irgendwas«, erwiderte ich. »Etwas Einfaches. Ich habe gesagt, es sei ein Abendessen in der Küche.«

»Was ist ein Abendessen in der Küche?«

Ich lächelte sie an, wie immer gerührt wegen ihrer Wissenslücken. »So wie Hausmannskost, nur besser. Ganz informell, aber perfekt.«

»Fuck«, meinte sie nach einer kurzen Pause.

Mary, eine unserer leitenden Kundenbetreuerinnen, rief aus dem Büro an, als wir noch am Tisch saßen. Tilly Elworthy war außer sich. Greenpeace hatte gerade ein Statement veröffentlicht, in dem die Organisation die Zerstörung des Regenwalds in Indonesien verteufelte. Dort gewann Tilly das Palmöl für ihre Kosmetika. Bill Hayes, ihr CEO, hatte ihr geraten, sich bedeckt zu halten, doch sie war nicht glücklich damit. Ich hatte eine Schwäche für Tilly. Sie war unsere erste Kundin gewesen, selbst ein Start-up, als Jeff und ich uns gerade selbstständig gemacht hatten. Allerdings war sie ein wenig aufbrausend. Dennoch schlug Mary vor, einen neuen Lieferanten aufzutun. Vielleicht Nigeria? Insbesondere falls Unilever und Procter & Gamble ihre Verträge kündigten. Ich teilte diese Auffassung.

Ich beendete das Gespräch, stand ein paar Sekunden da und überlegte. Mein Blick ruhte auf Joshs jüngster Zeichnung, die mit einem Magneten am Kühlschrank befestigt war. »Unser Urlaub« hatte die Kindergärtnerin darunter geschrieben. Es war zwar recht unbeholfen, doch ich konnte eine Sandburg mit einem kleinen Strichmännchen darauf erkennen. Zwei weitere, vermutlich Tessa und ich, befanden sich zu beiden Seiten.

Ich neigte den Kopf. Aus diesem Winkel sah es anders aus. Mir wurde klar, dass es gar keine Sandburg war, sondern eine Gestalt. Ich musterte das Bild eine Weile. Er hatte einen kleinen Menschen auf einem großen gemalt, der von zwei weiteren Personen aus der Entfernung beobachtet wurde. Josh hatte keine glückliche Familienszene auf Papier gebannt. Es war der Moment seiner eigenen Rettung.

Tessa sprach mit mir, aber ich konnte mich nicht konzentrieren. Der arme Josh. Sicher hatte ihn diese Erfahrung traumatisiert. Und zwar schwer. Wieder ergriff mich Dankbarkeit gegenüber Dave, gefolgt von sofortigem Unbehagen. Wir hatten ihn nicht gut behandelt. Ja, wir hatten ihn zum Mittagessen eingeladen. Doch wir hätten uns zu ihm gesellen sollen, als wir ihn am Tag danach in der Bar sahen. Wir hätten hingehen und ihn auf einen Drink in unser Haus einladen müssen. Aber Josh war quengelig,

Tessa hatte keine Lust, und dann war der Augenblick vorbei. Aber es wäre das Richtige gewesen. Und beim nächsten Mal? Was hatten wir uns bloß dabei gedacht, uns vor ihm zu verstecken? Bestimmt hatte er uns gesehen. Es war so unhöflich und unsensibel. Immerhin hatte er unseren Sohn gerettet.

Ich ging ins Schlafzimmer und machte mich bettfertig. Ich wünschte, wir könnten etwas tun. Nicht so sehr, um ihm zu danken, sondern um Abbitte zu leisten. Als ich auf dem Bett saß und meine Schuhe aufschnürte, fielen mir die Sneakers ein, die Superstars, die im Meer verloren gegangen waren. Mit dem Burberry-Streifen. Ich nahm meinen Laptop und suchte, bis mir wieder einfiel, dass ich sie bei Mr Porter schon einmal gefunden hatte. Sie waren im Angebot. Ausreichend teuer. Das sollte genügen.

Natürlich war Tessa nicht einverstanden, doch ich achtete nicht darauf.

Am Dienstag im Büro kümmerte ich mich darum, dass die Schuhe direkt an seine Firma geliefert werden würden. Unit 53, Industriegebiet Moffat Road, SE6. Ich rief die Adresse in Google Street View auf. Eine gesichtslose, wenig anheimelnde Ansammlung von Hallen und Lagerhäusern aus den Sechzigern mit Wellblechtoren. Ich bestellte auch ein Anschreiben dazu. »Sie haben recht, einer ist ohne den anderen nichts wert. Hier sind zwei. Vielen Dank und Entschuldigung, Josh und Familie.«

Die restliche Woche brachte die üblichen Probleme und Komplikationen. Die Palmölsituation nahm eine unschöne Wendung, als eine Gruppe Sechstklässler in London wie auch immer Wind von Tillys Verbindungen nach Indonesien bekam und vor Selfridges demonstrierte. Mary half Tilly, eine Botschaft auf Twitter zu posten, in der sie sich von ganzem Herzen entschuldigte, ihre Zuneigung zum indonesischen Orang-Utan beteuerte und für die ersten hundert Retweets einen kostenlosen Lippenbalsam von Perfect Lips versprach. Emma startete eine Kampagne mit dem Hashtag #beautyontheinside auf Instagram, die Fotos von zufälligem, anscheinend empathischem Verhalten im Tierreich zeigte (zwei Löwen retteten einen verletzten Fuchs und so weiter). Am zweiten Tag hatten sich die Sechstklässler allmählich wieder in ihre Klassenzimmer zurückgezogen.

Und was war sonst noch? Ron McCready, der Rennbahnbesitzer, war wegen überhöhter Geschwindigkeit angehalten worden, was beinahe komisch gewesen wäre, wenn ich Zeit gehabt hätte, darüber nachzudenken. Hatte ich aber nicht. Und die 7Night Group, eine Motelkette, der wir wieder auf die Beine helfen wollten, flippte aus, als sie die endgültige Gästeliste des von uns organisierten Presseempfangs sah. Mary versuchte, ihnen Honig um den Mund zu schmieren, aber natürlich musste ich das Meeting selbst übernehmen. Selbstverständlich wollten sie *Condé Nast Traveller* und die *Sunday Times*, worauf ich einwandte, dass sie damit nicht allein seien. Niemand habe Lust auf *Hotels and Motels Today*. Allerdings müsse man in diesem Spiel realistisch sein. Welcher hochkarätige Journalist habe Lust, sich in ein Motel an der M40 verfrachten zu lassen, selbst wenn Ilse Crawford die Innenausstattung entworfen hatte?

Es nutzte nichts.

Am Ende der Woche zeigten sich dann die ersten Probleme mit unserem größten Kunden, McPhee Judd International, der vor Kurzem den Auftrag ergattert hatte, in der von König Abdullah geplanten Economic City in Saudi-Arabien einen Tiefseehafen auszubaggern. Am Freitagmorgen begann jemand, der sich DigOutTheDirt nannte, Andeutungen über ihre Geschäftspraktiken zu twittern, und gegen Mittag hatte ich einen Reporter von *The Economist* am Telefon. Wir alle wussten, dass Tony Judd ein paar Leute geschmiert hatte. Allerdings ist die Trennlinie zwischen Bestechung und »Bonuszahlungen« im Nahen Osten fließend.

Ich hatte das mulmige Gefühl, dass ich selbst für diese Gerüchte verantwortlich war. Erst neulich hatte ich jemandem von den Aktivitäten von MJI erzählt, jedoch keine Namen genannt. Ein unangenehmer Zufall, der mich daran erinnerte, wie wichtig es war, die Klappe zu halten.

Rasch machten wir uns daran, diese Story mit unseren eigenen positiven Nachrichten zu kontern. Basty, der zuständige Kundenbetreuer, gab eine Infografik darüber in Auftrag, wie viele Kubikmeter Erde weltweit bei Bauprojekten bewegt würden, und postete eine Reihe von Baggern bei Sonnenuntergang bei Instagram. Noah machte den Vorschlag, einen konzernweiten Tag des Kampfes gegen den Darmkrebs ins Leben zu rufen, an dem alle Lila tragen sollten. »Sucht irgendwo eine Katastrophe«, sagte ich, als ich das Büro verließ. »Bringt diese Baggerleute dazu, sich für wohltätige Zwecke zu engagieren. Gibt es nicht irgendein Erdbeben, das wir ausnutzen können? Haiti? Oder Bangladesch? Dort passiert doch immer jede Menge Mist.«

In Anbetracht dieser Ereignisse hätte ich auf das Abendessen am Freitag gerne verzichtet. Es war der Nachteil an der Selbstständigkeit, quasi immer im Dienst zu sein, doch zum Absagen war es zu spät. Außerdem waren eine Kolumnistin bei der Sonntagsbeilage und ein Redakteur beim *Guardian* eine zu gute Gelegenheit, um sie sich entgehen zu lassen. Als ich am Wandsworth Common aus der U-Bahn stieg, machte ich einen kurzen Umweg zu Sainsbury's an der Ampel, um sechs Flaschen Birra Peroni, Spearmint-Kaugummi und zehn Marlboro Golds zu kaufen, von denen ich eine auf dem Gehweg rauchte, Gras und Bäume betrachtete und den rosig-goldenen Juniabend genoss, bevor ich die restliche Packung in der Innentasche meines Sakkos versteckte und auf dem Heimweg drei Streifen Wrigley's kaute. Ich bearbeitete den Kaugummi nach Kräften und rollte die Kugel in meinem Mund herum, um auch den letzten Nikotingeruch zu vertreiben. Vor dem Haus nahm ich rasch einen Anruf von Noah an, der sich erkundigte, ob wir Darmkrebs durch Leber ersetzen sollten, da sich so ein Zusammenhang zum Ausbaggern herstellen ließe. Ich stimmte zu. Wir lachten beide über unsere Dummheit. Und dann steckte ich den Schlüssel ins Schloss und öffnete die Tür.

Eine neue Kerze von Diptyque (»Baie«) flackerte auf dem Regal in der Diele. Die Post und der alltägliche Krimskrams, die sich sonst dort türmten, waren weggeräumt worden. Ich konnte durch das gedämpfte Licht in der Küche hinaus in den Garten sehen, wo Lampions, die ich noch nicht kannte, auf dem Zaun und im Baum leuchteten. Aus unserer teuren neuen Sonos-Anlage erklang Rumer. Es roch lecker pikant.

Tessa sprach im Obergeschoss mit Josh. Ihr Tonfall war sanft und schmeichelnd, als läse sie ihm eine Gutenachtgeschichte vor. Ich nahm zwei Stufen auf einmal, traf Josh jedoch allein auf unserem Bett an, wo er sich, Kopfhörer über den Ohren, auf dem iPad *Thomas & Friends* anschaute. Als ich ihn umarmte, sträubte er sich. Tessas Stimme kam aus dem Elternbad. Die Tür stand einen Spalt weit offen. Ich schob sie ganz auf.

»Hallo, Schatz, ich bin zu Hause«, verkündete ich wie im Amerika der Fünfziger.

Eine plötzliche Bewegung im Wasser.

Sie lag in der Wanne, nahm sich rasch zusammen und zog die Knie ruckartig hoch bis zum Kinn.

»Entschuldige, du telefonierst«, meinte ich.

»Schon gut.« Es war heiß im Raum. Der Spiegel war beschlagen. Ihre Haut war rosig und fleckig, das Haar hing ihr feucht ums Gesicht.

»Ich muss Schluss machen. Wir reden ein andermal weiter«, sagte sie knapp und legte das Telefon auf das Bord hinter sich. »Ich habe dich gar nicht gehört«, fuhr sie fort. »Ich habe gerade mit Ruby telefoniert. Der neueste Klatsch, du weißt schon.«

Vorsichtig setzte ich mich auf den Wannenrand, beugte mich vor, um ihre seifige Schulter zu küssen, und erinnerte mich an eine Zeit, in der ich die Hand ins Wasser gesteckt und ihr damit über den ganzen Körper gestrichen hätte. Wir hätten uns geküsst. Vielleicht hätte ich mich von ihr sogar in die Wanne ziehen lassen.

Sie duckte sich von mir weg und griff nach dem Shampoo. »Bald sind sie da«, erwiderte sie. »Hoffentlich ist dir aufgefallen, wie ordentlich es unten ist.«

»Ja, ist es. Die neuen Lampions gefallen mir. Bestellt?«

»Cox and Cox.«

»Das Essen riecht gut.«

»Es war eine Katastrophe. Ich habe versucht, in Essig mariniertes Schweinefleisch aus dem *River Cafe Cook Book* zu kochen, und es anbrennen lassen. Also musste ich rasch zu Cook.«

Cook war einer ihrer alten Kunden, ein Unternehmen für Tiefkühlkost, das den Zimmerservice in einigen Luxushotels belieferte. Ich war ein wenig verärgert, denn dieses Geld hätten wir uns sparen können. Ihre Unfähigkeit, eine Mahlzeit zuzubereiten, verblüffte mich immer wieder. Sie bemühte sich einfach zu verkrampft.

Wenn sie die Quittung aufbewahrt hatte, würde ich es wenigstens als Geschäftsessen absetzen können.

»Du hast nicht vielleicht Lust, Josh ins Bett zu bringen?«

»Klar.«

Ich stand auf, schnippte ein paar Schaumflocken vom Hosenbein und kehrte zurück ins Schlafzimmer. Es dauerte eine Weile, Josh von dem iPad loszueisen, aber schließlich gelang es mir, ihn eine Etage höher zu schaffen und ihn in seinen Pyjama zu stecken. Ich las ihm *Ein Tiger kommt zum Tee* vor, eine Geschichte, die ich wegen des blutrünstigen und möglicherweise gefährlichen ungebetenen Gastes stets ein wenig gruselig gefunden hatte. Josh war schläfrig und kuschelte sich an meine Brust. Als sein Kopf schwer wurde, wand ich mich sacht unter ihm hervor. Erst da fiel mir ein, dass ich vergessen hatte, ihm die Zähne zu putzen. Pech. Solange Tessa es nicht bemerkte, spielte es keine Rolle. Sie war die Zahnpolizei. Tatsächlich empfand ich sie in letzter Zeit in eigentlich allen Dingen als Polizei.

Als ich nach unten kam, war das Schlafzimmer leer. Ich zog den Anzug aus und meine neue beige Chino von Paul Smith sowie ein Hemd von Liberty for Uniqlo aus Leinen mit Paisleymuster an. Danach rasierte ich mich rasch, wozu ich das Kondenswasser am Spiegel mit der Hand wegwischen musste. Sie hatte ihr Handtuch in einem feuchten Haufen auf dem Boden liegen gelassen. Die Shampooflasche ruhte unverschlossen in der Wanne, sodass der Inhalt herausrann. *Elle Decoration* lag aufgeschlagen da. Spöttisch lächelte ich in mich hinein. Wieder einmal typisch. Trotz all ihrer Anstrengungen, eine Hausfrau zu sein, war sie unverbesserlich schlampig. Ihr Telefon lag noch auf dem Bord. Ich griff danach. Sie hatte einen Anruf von »R« verpasst. Ruby? Ich steckte das Telefon ein, um es ihr später zurückzugeben.

Ich war auf halbem Weg nach unten, als das Festnetztelefon läutete. Das war ein seltenes Ereignis. Entweder war es meine Mutter, die, seit mein Vater so verwirrt war, ziemlich häufig anrief, oder eine »dringende Nachricht« von einem Callcenter. Ich stürzte ins Wohnzimmer und riss den Hörer von der Gabel.

»Hallo?«

Ich glaubte, jemanden atmen zu hören, doch es konnte auch nur ein Knistern in der Leitung gewesen sein.

Als ich wieder Hallo sagte, wurde aufgelegt.

»Wer war das?«, rief Tessa.
»Niemand«, antwortete ich.

Rose und Pete erschienen als Erste. Sie hatten eine Flasche Prosecco von Lidl mitgebracht, und wir setzten uns in den Garten. Die beiden waren angenehme Gäste, obwohl ich mich ein wenig vor Rose fürchtete. So empfinden vermutlich viele Männer für die engen Freundinnen ihrer Partnerin. Es war warm und mild. Mir fiel auf, dass die Glyzinie zum ersten Mal blühte. Vor drei Jahren hatten wir sie bereits gepflanzt. Die Vögel sangen aus voller Kehle, der Chor bei Abenddämmerung, meist ausgelöst von der Gegenwart einer Katze. Tessa reichte »hausgemachte« Chips mit Salz und Pfeffer herum. Und Rose, die in einem violetten Kleid und mit spitzen Schuhen noch kecker und elfenhafter aussah als sonst, meinte: »Nimm's nicht persönlich, aber allmählich bin ich die Mode-Chips leid. Finde ich als Einzige, dass nichts über Walkers geht?« Pete, hochgewachsen und breitschultrig, war Anwalt in einer großen Kanzlei im Finanzdistrikt (ich vergesse ständig, in welcher), fragte sich, was wohl aus Golden Wonder und Smith's geworden war. Und so ergingen wir uns in Erinnerungen an Taschengeldleckereien aus der Vergangenheit: Black Jacks, Fruchtgummi, Caramac. Ich beobachtete Tessa. In ihrer Kindheit hatte es nicht viele Ausflüge in den Süßigkeitenladen gegeben.

Nach dem Bad hatte sie ein rückenfreies schwarzes Kleid angezogen. Ihre Füße waren nackt, die Zehennägel rubinrot. Sie trug keinen BH, was mich auf sentimentale Weise erregte. Als es wieder läutete, stand sie auf. Ich blickte ihr nach, als sie die Küche durchquerte und mit Yasmeen und Simon im Schlepptau zurückkehrte. Ich betrachtete, wie sich ihr Körper bewegte und wie ihre Brüste wippten, als sie den Kühlschrank öffnete, um die zweite Proseccoflasche herauszuholen. Den Schwung ihrer Hüften, als sie ihn wieder schloss.

Wir erhoben uns alle, küssten uns und schüttelten uns die Hände. Yasmeen, in High Heels und mit einem satinschwarzen Haarvorhang, der ihr über den Rücken fiel, wirkte glamouröser als ihr Mann. Dieser war gedrungen und mit Khakishorts und einem T-Shirt bekleidet. Es war mit zwei gewölbten Händen bedruckt, die eine Vagina zu bilden schienen. »Ich weiß, ich weiß«, meinte er und schob sich das schulterlange Haar hinter die Ohren. »Ich habe es gar nicht bemerkt. Habe es in einem dieser In-Läden in der Nähe der Redaktion gekauft, weil mir die Farbe gefiel. Jetzt laufe ich mit einer Riesenmöse auf der Brust herum. Ja, Yas, ich weiß, dass du es scheußlich findest.« Trotzig reckte er sein Kinn in Richtung Yasmeen, die die Geste ebenso trotzig erwiderte. (Mein Gott, dachte ich, die haben noch immer Sex.) »Was soll ich tun? Nach Hause gehen und mich umziehen?«

»Ich mag Männer mit einer Möse auf der Brust«, sagte Rose. »Das vermittelt genau meine Botschaft. Du darfst neben mir sitzen.« Sie klopfte auf die Bank neben sich.

»Na, vielleicht mache ich das.« Er nahm geräuschvoll Platz und stimmte eine selbstgefällige Tirade über den *Guardian* an, wo er für die Online-Inhalte verantwortlich war. Es sei die Hölle, beklagte er sich. Mittelkürzungen und Kündigungen. Er könne sich glücklich schätzen, wenn er an Weihnachten noch einen Job habe.

»Tja, wenn du einen Anwalt für Arbeitsrecht brauchst«, antwortete Rose, um ihren Mann ins Gespräch einzubeziehen. »Dann weißt du ja, an wen du dich wenden kannst.«

»Ich bin immer für dich da«, ergänzte Pete freundlich.

Yasmeen betrachtete die Rückseite des Hauses, wippte im Takt zur Musik ein wenig mit den Füßen und schätzte dabei die Ausmaße unseres Anbaus ab. Ich nutzte den Moment und rutschte näher heran. Am besten brachte ich es hinter mich, bevor ich zu betrunken war. Sie erzählte mir, sie hätten einen Antrag auf Baugenehmigung gestellt. Wir sprachen über Bauunternehmen. Sie besaßen ein Zweithaus in Kent und hofften, diese »wundervollen polnischen Bauarbeiter«, die dort für sie tätig gewesen waren, auch für das Projekt in London gewinnen zu können.

Ich erkundigte mich, wie oft sie ins Büro ginge. »Nie, wenn es sich vermeiden lässt!«

»Die Kolumne von letzter Woche hat mir gefallen.« Ich hatte meine Hausaufgaben gemacht. Der Artikel behandelte die Steuerhinterziehungstricks multinationaler Konzerne.

»Danke.« Sie neigte den Kopf.

»Das größte Problem ist die mangelnde Transparenz in Steuerangelegenheiten«, wiederholte ich ihre Argumente.

»Ja, genau«, stimmte sie zu.

»Es will mir nicht in den Kopf, warum die Regierung nicht die richtigen Maßnahmen ergreift. Wenn Starbucks die gleichen Steuern bezahlen würde wie du und ich, wäre unser Gesundheitssystem im Nu saniert.«

»Richtig«, erwiderte sie.

Sie lächelte mich fragend an. Wahrscheinlich wollte sie, dass ich das Thema wechselte.

Ich trank einen Schluck. »Ich arbeite gelegentlich für Chris Longridge. Bist du ihm mal begegnet? Er ist der CEO der Kette 7Nights und häufig bei *Question Time*. Immer wenn sie einen Geschäftsmann brauchen, der für hohe Unternehmenssteuern ist, holen sie ihn aus der Mottenkiste.«

»Interessant«, meinte sie unbeteiligt.

Ich bemühte mich weiter. »Sie versuchen, sich neu auf dem Markt zu positionieren und den Erfolg von easyJet nachzuahmen. Stil und Schlichtheit anstelle von billigem Kitsch.«

»Carolyn McCall, die Geschäftsführerin von easyJet, die war doch früher CEO beim *Guardian*, Simon!«, rief sie. »Du hast früher mit ihr zusammengearbeitet, oder?«

Simon drehte sich um. »Beeindruckende Frau«, erwiderte er. »Eine harte Nuss.«

Ich füllte erst die Gläser der anderen und dann mein eigenes nach und trank einen Schluck. Ich spürte, wie die Bläschen in meiner Kehle zerplatzten. »Keine Ahnung, ob ihr beide Lust dazu habt«, begann ich so beiläufig wie möglich. »Aber wir laden einige Journalisten ein, das 7Nights-Konzept in ihrem Flagship-Hotel in der Nähe von Bicester selbst zu erleben. Wir hatten ein paar Absagen.«

»Inzwischen kann ich kaum noch weg«, entgegnete Simon. »Presseempfänge gehören der Vergangenheit an. Ich kenne niemanden, der nicht an seinen Schreibtisch gefesselt ist. Allerdings, eine Nacht im Hotel. Yas? Das wäre möglich.«

Sie warf ihr Haar über eine Schulter und lachte. »So stelle ich mir keine *perfekte* Mini-Auszeit vor.«

Ich beließ es dabei. Der Same war gesät. Stattdessen wandte ich mich zur Küche um, wo Tessa stand, als habe sie vergessen, was sie dort sollte. Also half ich ihr, rasch einen Salat zusammenzumischen, da sie daran nicht gedacht zu haben schien. Sie nahm zwei große Keramikschalen aus dem Backrohr. Marokkanisches scharfes Hühnchen mit Harissa und Couscous mit Minze. Außerdem hatte sie dazu Fladenbrote und Joghurt gekauft. »Moment«, sagte sie, als ich die Schale mit dem Joghurt aufs Tablett stellen wollte. Sie öffnete den Kühlschrank, entfernte die Zellophanhülle von einem Plastikbehälter und streute Granatapfelkerne darauf.

»Du bist ein Naturtalent«, meinte ich, worauf sie zu meiner Erleichterung lachte.

»Tadaa«, verkündete sie, als sie das Essen in den Garten brachte. Ich folgte ihr. Wir waren eine kleine, fröhliche Prozession, ein glückliches Paar, das sich die Arbeit teilte. Schaut uns nur an.

Alle setzten sich irgendwo hin, bevor Tessa ihre Tischordnung zutage fördern konnte.

»Köstlich«, sagte Yasmeen nach dem ersten Bissen. »Marokkanisch, richtig?«

»Ja.«

»Schmecke ich Orangenwasser heraus?«

»Nur ein Tröpfchen.« Tessa fing meinen Blick auf.

Das Licht wurde intensiver, dann dämmerte es allmählich. Der Abend verschwamm, breitete sich aus und senkte sich schließlich herab. Das Gespräch, das zu Beginn der

Mahlzeit ein wenig erlahmt war, nahm wieder Fahrt auf. Gerade erzählte Rose eine lustige Geschichte über eine Insider-Reportage, die man in einer Arztpraxis gedreht hatte, als ich trotz des Geplauders, des Gläserklirrens und der Musik ein Geräusch hörte. Als ich die Ohren spitzte, erkannte ich es als beharrliches Läuten. Jemand drückte unerbittlich auf den Klingelknopf. Ich blickte Tessa über den Tisch hinweg an und verzog das Gesicht, aber sie zuckte die Achseln.

Ich hastete durch die Küche und die Stufen hinauf in die Diele und summte dabei vor mich hin. Ich war guter Laune. Yasmeen hatte zwar über meine Einladung ins 7Nights gespöttelt, allerdings nicht ausdrücklich abgelehnt. Tessa wirkte entspannter. Sie war mir für den Salat dankbar gewesen und hatte über meinen Witz gelacht. Vielleicht würden wir ja Sex haben, nachdem alle fort waren.

Lächelnd öffnete ich die Tür. Vermutlich rechnete ich mit einem Paketboten mit einer Amazon-Lieferung, einem Spendensammler oder einem Teenager, der Sponsoren für einen Lauf suchte.

Ich brauchte einen Moment, um zu begreifen. Vor mir stand ein Mensch, dessen Gesicht ich zu erkennen glaubte, obwohl es starr und ausdruckslos war und nicht in diese Situation passte. Er befand sich ein wenig zu dicht an der Tür und stützte einen Arm an den Rahmen. Hinzu kam, dass er größer und muskulöser war als ich.

»Hallo, Marcus.«

Er verlagerte sein Gewicht auf den Füßen, die er parallel zueinander gestellt hatte wie ein Polizist. »Erkennen Sie mich nicht mehr?«

»O Gott, natürlich.« Dave Jepsom. *Mist.* »Hallo. Ja, ja. Hallo.« Natürlich war er anders gekleidet und trug ein marineblaues Hemd und Jeans. Seine Aufmachung verwirrte mich, denn er hatte sich in Fußballshorts und mit nacktem Oberkörper in mein Gedächtnis eingebrannt. Ich versuchte es mit einem Witz. »Tut mir leid, seltsam, Sie angezogen zu sehen.« Doch er starrte mich nur an, als verstünde er nicht, was ich meinte. An den Füßen hatte er weiße Superstars mit Burberry-Streifen. Also waren sie geliefert worden. War er hier, um sich zu bedanken?

»Hallo«, wiederholte ich.

Er trug einen großen, viereckigen Gegenstand unter dem Arm und hielt ihn mir nun hin. Es war ein Geschenk, in Goldfolie eingeschlagen und mit einer Schleife in Rotmetallic auf der Oberseite. »Für den Kleinen«, bemerkte er.

»Aha«, antwortete ich, als ob das alles erklärt hätte. Verlegen streckte ich die Hand aus, um das Paket entgegenzunehmen, aber er ließ nicht sofort los.

»Ihm geht es doch gut, oder? Ich wollte mich nur erkundigen.«

»Ja, ja, alles bestens.« Hinter mir im Garten wurde gelacht. Ich sollte ihn hereinbitten. Ich war froh, ihn zu sehen. Das wäre normal gewesen. Es lag nur am Timing … »Josh schläft, aber ich sorge dafür, dass er es bekommt. Tja, natürlich bekommt er es. Er wohnt ja schließlich hier.«

Er umklammerte das Paket einen Sekundenbruchteil länger. Ich spürte den Widerstand seiner Hand und wurde mir wieder seiner Körperkraft bewusst. Sie zeigte sich an seinem starren Kiefer, den muskulösen Schenkeln und den Sehnen an seinen Armen. Ich hatte vergessen, wie einschüchternd es war, neben ihm zu stehen. Musste ich ihn einladen? Mir wurde flau im Magen, als ich mir die Szene ausmalte. Meine Verlegenheit und vor Beklommenheit schrille Stimme, wenn ich erläuterte, wer er war. Nein, draußen herrschte eine gelöste Stimmung. Während wir dastanden, hallte erneut Gelächter, diesmal ausgelassener als zuvor, zu uns herüber. »Sei *still*«, rief Yasmeen in dem neuen Tonfall, den die Leute von der Jugend übernommen haben.

»Also wirklich«, erhob Rose die glockenhelle Stimme. »Das kannst du doch nicht erfunden haben, verdammt.«

Plötzlich spürte ich das Gewicht des Pakets, als Dave losließ.

Mein Atem wurde schwer, als drücke mir ein hartes Objekt die Lunge zusammen. »Kommen Sie rein«, sagte ich. »Kommen Sie und trinken Sie rasch einen. Wir haben Besuch von Freunden, falls Ihnen das nichts ausmacht.«

»Wenn ich nicht störe.«

Als ich Platz machte, schob er sich an mir vorbei. Er schien zu groß für die Diele zu sein. Er überragte mich zwar immer noch, doch ich nahm in diesem Moment auch wahr, dass die Machtverhältnisse sich kurz geändert hatten. Im Haus wirkte er, als sei ihm seine hünenhafte Gestalt peinlich. Und ich müsste lügen, wenn ich behaupten würde, dass mir das angesichts der vergangenen Ereignisse keinen Kick gab.

»Hübsches Haus«, merkte er an und betrachtete die Kerze. »Hübsche Gegend.«

»Ja. Wie haben Sie uns gefunden?«

Er zuckte die Achseln. »Sie wissen schon. Das ist heutzutage nicht schwierig.«

»Sie sind trotzdem ein schlauer Fuchs.«

»Meine Oma ist hier in der Nähe aufgewachsen. Sie hat meinen Vater im alten Krankenhaus zur Welt gebracht.« Er beschrieb eine ausladende Geste und wies über meinen Garten und die Hausdächer hinweg auf die Straße dahinter. »Wie ich sehe, ist da jetzt eine schicke Siedlung.«

»So chic nun auch wieder nicht.« Ich zog die Augenbrauen hoch. »Ein paar Doppelhaushälften, aber die meisten Häuser sind Genossenschaftsbauten. Einige komische Leute lungern dort herum. Bei Dunkelheit würde ich da nicht spazieren gehen.« Ich dachte an das Foto von seiner Firmenadresse bei Street View. »Außer an Weihnachten«, fügte ich rasch hinzu. »Einige Häuser übertreiben es mit der Festbeleuchtung. Es gibt da einen Weihnachtsmann, der bis zum Dach reicht und von dem Josh ganz begeistert ist.«

Inzwischen waren wir in der Küche. Draußen im Garten spähte Tessa in unsere Richtung, um herauszufinden, wer da gekommen war.

»Darf ich Ihnen etwas zu trinken anbieten?«, fragte ich. »Rotwein, Weißwein, Bier, Prosecco?«

»Nur etwas Alkoholfreies.« Er klopfte auf seine Gesäßtasche, vermutlich um einen Autoschlüssel anzudeuten. »Cola oder 7Up wären in Ordnung.«

Ich öffnete den Kühlschrank und hoffte panisch, eine Dose davon hervorzaubern zu können.

»Oder Saft? Orangensaft?«, fügte er nach einer Weile hinzu.

»Ich bin nicht sicher …« Ich kramte noch ein wenig herum. »Pellegrino?« Ich holte eine große, angebrochene

Flasche heraus. Er betrachtete sie kurz. »Leitungswasser geht auch«, erwiderte er.

Ich füllte ein Glas mit Leitungswasser, suchte vergeblich nach Eiswürfeln und reichte es ihm. Er leerte das Glas in einem Zug und stellte es vorsichtig auf die Arbeitsplatte.

»Okay.« Ich drehte den Hahn wieder auf und füllte erneut sein Glas wie für einen durstigen Hund. »Lassen Sie uns rausgehen. Auf ins Getümmel, alter Freund.«

Er trat einen Schritt vor, um nach dem Glas zu greifen. Ich berührte ihn am Arm. »Haben Sie die Schuhe bekommen?«, erkundigte ich mich. »Sind das …?«

»Ja, habe ich. Das wäre nicht nötig gewesen. Doch …«

»Okay, ich bin froh, dass es geklappt hat. Aber, äh, könnten Sie Tessa gegenüber nicht erwähnen, dass ich sie geschickt habe?«

Er neigte den Kopf zur Seite und öffnete leicht den Mund, als habe er noch eine Frage auf dem Herzen.

»Es ist kompliziert«, ergänzte ich. Er schwieg weiter. »Kommen Sie«, fügte ich hinzu. Ich steuerte auf das klirrende Gelächter und die funkelnden Lichter zu. Tessa schaute noch immer zu uns herüber. Dave blieb in der doppelflügeligen Tür stehen. Ich winkte ihn heran. Vielleicht scheuchte ich ihn auch.

»Hallo, Leute«, sagte ich. »Wir haben einen Überraschungsgast. Meine Lieben, das ist Dave. Dave Jepsom.«

Als er unter einer Glyzinienranke hindurchging, verfing sich eine der kostbaren Blüten in seinem Haar. Er befreite sie, rollte sie zwischen den Fingern und warf den Überrest auf den Rasen.

Sie

Hatte ich in dieser Woche an Dave gedacht? Nein, überhaupt nicht. Nachdem ich beschlossen hatte, nicht auf seine Anfrage bei Facebook zu reagieren, hatte ich ihn verdrängt. Natürlich nicht den Vorfall, der war noch präsent. Den Mann jedoch schon.

Als mir klar wurde, wer da in der Küchentür stand, wurde ich wieder von den Schrecken jenes Vormittags überflutet. Von Angst und Schuldgefühlen. Erst war mir kalt, dann immer heißer, als alles in meinem Körper aufstieg und drohte, mich zu verbrennen. Ich stand auf, hielt mich an der Lehne meines Stuhls fest und zwang mich zu einem Lächeln. »Wie nett, Sie zu sehen«, sagte ich. »Was machen Sie denn hier?«

»Da ist mir die Überraschung wohl gelungen«, antwortete er. »Ich war in der Nähe und dachte, ich schaue mal vorbei. Wollte mich erkundigen, wie es Ihnen geht.«

Marcus hatte ein Paket in der Hand. »Er hat Josh ein Geschenk mitgebracht.«

»Eigentlich wollte ich Schokolade kaufen«, meinte Dave und sah mich an. »Aber ich weiß ja, Sie möchten nicht, dass er zu viel Zucker isst.«

Während ich ihm fröhlich lächelnd zum Dank zunickte, überschlugen sich meine Gedanken. Worauf spielte er an? Auf die Cola?

Marcus wandte sich an die anderen. »Wir haben Dave im Urlaub kennengelernt«, erklärte er. »Letzte Woche in Griechenland. Er hat Josh vor dem Ertrinken gerettet.«

Sein Tonfall war seltsam knapp, beinahe abweisend, als wolle er das Thema so schnell wie möglich abhaken.

»Wir verdanken ihm alles«, ergänzte ich, um den Schaden zu begrenzen. »Wirklich, Dave, wir wissen gar nicht, wie wir Ihnen danken sollen.«

»Oh«, meinte Rose. »Dann sind Sie der Ritter in der schimmernden Rüstung.«

»Zur richtigen Zeit am richtigen Ort«, erwiderte Dave. »Nicht auszudenken, was hätte passieren können, wenn ich nicht da gewesen wäre.«

Marcus neigte den Kopf zu einer Art Verbeugung. »Dave.« Mit einer ausladenden Handbewegung wies er auf die Gäste. »Das sind unsere Freunde.«

Simon und Pete erhoben sich ein Stück und schüttelten Dave die Hand. Yasmeen und Rose blieben sitzen und sagten beide »Hallo«.

Pete griff nach der dritten Proseccoflasche, musterte rasch sein Wasserglas, goss die restliche Flüssigkeit hinter sich ins Gras und hielt es Dave hin.

Dave blickte zwischen dem benutzten Glas und Pete hin und her und schüttelte den Kopf. »Ich möchte nichts.« Als er einen Schluck aus seinem eigenen Glas trank, hielt er es länger als nötig am Mund.

»Lidl«, verkündete Pete. »Allerdings erstaunlich gut. Wir kaufen unseren Alkohol literweise dort. Und den Räucherlachs.«

»Und gelegentlich seltsame Sachen wie einen Taucheranzug oder eine solarbeheizte Dusche«, fügte Rose hinzu. »Letztens habe ich ein aufblasbares Kajak für neunzehn Pfund neunundneunzig ergattert. So was kann man sich doch nicht entgehen lassen.«

Verlegen stand Dave da. Offenbar war für ihn kein Platz am Tisch. Als die anderen das bemerkten, fingen sie an herumzurutschen. »Schon gut«, meinte ich. »Es braucht sich nur einer von euch zu bewegen.« Aber es war zu spät. Dave gelang es, sich zwischen Rose und Simon in die Mitte der am nächsten stehenden Bank zu zwängen. Er wand sich unbeholfen, bis er seine Beine verstaut hatte, richtete sich auf und presste die Ellbogen an die Seiten.

»Erzählen Sie mal«, begann Yasmeen, als er endlich saß. Sie stützte den Kopf auf die verschränkten Hände und neigte ihn kokett in seine Richtung. »Was war los?«

Ich schob meinen Stuhl zurück und sprang auf. »Ich hole Ihnen etwas zu essen«, sagte ich und schaffte es die Stufen hinauf und in die Küche, ehe er ablehnen konnte. Auf die Spüle gestützt, stand ich da und hörte Daves dröhnende Stimme, wenn auch nicht seine genauen Worte. Der Schmerz tief in meiner Brust verstärkte sich. Ich malte mir aus, wie er die Lücken in der Geschichte füllte, die wir den anderen aufgetischt hatten. Wie sich unsere Freunde der Wahrheit bewusst wurden und sich allmählich Verstehen auf ihren Gesichtern breitmachte, wenn sie heraushörten, dass wir unseren Sohn beinahe hätten ertrinken lassen.

Ich wartete, solange ich konnte, und versuchte dann, einen Teller mit Essen zusammenzustellen. Bei genauerem Hinschauen war nicht viel in den Keramiktöpfen übrig: ein paar vereinzelte Stückchen Huhn, einige Oliven, eine halbe eingelegte Zitrone. Auf einem Teller drapiert, wirkte das kläglich. An der Tür holte ich tief Luft – jetzt war er doch sicher fertig – und ging wieder nach draußen.

Dave redete immer noch. Er sprach langsam und bedächtig. »Es ist die häufigste oder vielleicht die zweithäufigste, nein, ich glaube, die häufigste Ursache tödlicher Unfälle bei Kindern unter fünf Jahren in diesem Land. Ich spreche von Unfällen, denn die meisten Kleinkinder, die sterben, werden ermordet. Es gibt auch behinderte Kinder, mit Geburtsfehlern, die an ihren Krankheiten oder was auch immer sterben. Allerdings kommt Tod durch Ertrinken öfter vor, als Sie denken. Nur zweieinhalb Zentimeter Wasser sind nötig. Planschbecken, Badewannen, Pfützen. Alles lebensgefährlich. Wenn man einem Kleinkind in einem Planschbecken nur eine Sekunde den Rücken zukehrt, könnte es schon Wasser in der Lunge haben.«

»Tut mir leid, es ist nicht mehr viel da«, murmelte ich und beugte mich über seine Schulter, um den Teller vor ihm abzustellen.

Alle schwiegen. Ihre Mienen waren bestürzt. »Ermordet?«, hakte Yasmeen nach. »Was soll das heißen?«

»Von einem Familienmitglied. Schütteln. Verbrennen mit einer Zigarette. Manchmal Verhungern. Oft Vernachlässigung.«

Vernachlässigung. Mir war, als habe er bei diesem Wort mich angesehen.

Etwas, das ich mir zu bewahren versucht hatte, dieser Abend, dieses Beisammensein, meine geistige Gesundheit, war verdorben. Ich setzte mich abrupt.

»Wir waren mit Skye beim Babyschwimmen, als sie acht Wochen alt war«, sagte Yasmeen.

Dave, der mit der Gabel auf seinem Teller herumgestochert hatte und das Essen hin und her schob, blickte auf. »Acht Wochen?«, wiederholte er.

»Man wirft sie einfach ins Wasser, und sie lernen instinktiv zu atmen«, erklärte Simon. »Das ist ganz toll für die Mutter-Kind-Bindung.«

Dave starrte auf Simons T-Shirt und runzelte angesichts des Vagina-Symbols die Stirn. »Acht Wochen?«, wunderte er sich. »Das kommt mir falsch vor.«

»So nutzen sie ihre natürlichen Reflexe. Sie fühlen sich wohl im Wasser. Schließlich waren sie so lange im Mutterleib«, wandte Yasmeen rasch ein. »War Nell schon beim Schwimmen, Rose?«

»Nein, aber vielleicht gehe ich mit ihr hin«, antwortete Rose. »Ich habe von einem tollen privaten Schwimmbad in Tooting gehört, das man mieten kann.« Sie hatte wirklich gerade das Wort »toll« benutzt. Rose war so sehr Mittelschicht und yuppiemäßig wie alle hier. Ich vergötterte sie und verbrachte mein Leben damit, ihr nachzueifern. Doch egal wie sehr ich mich auch bemühte, mich an ihre Ideale und ihren Geschmack anzupassen, war es ein hoffnungsloses Unterfangen. Ich kam aus einer anderen Welt. Nicht einmal das mit den Chips hatte ich richtig hingekriegt. Die Regeln waren einfach zu kompliziert. Als ich sie mit Daves Augen betrachtete, spürte ich, dass meine eigene Vergangenheit mich erdrückte. Er und ich hatten etwas gemeinsam. Wir waren beide Fremdkörper hier.

Als ich Dave ansah, beobachtete er mich. Meine Wangen fingen an zu glühen.

Rose redete weiter. »Inzwischen graut mir vor dem Freizeitzentrum. Insbesondere, seit es wegen dieser Brechdurchfall-Epidemie geschlossen war.« Sie erschauderte.

»Rose ist Allgemeinmedizinerin«, erklärte Marcus. »Sie will kein Snob sein, sondern kennt sich mit solchen Dingen aus. Sie hat Insiderinformationen.«

»Teilzeit.« Rose wirkte gekränkt. »Außerdem bin ich nicht sicher, ob ich mich so gut auskenne.«

»Sagen Sie mal, Dave«, meinte Pete. »Wo wohnen Sie eigentlich?«

»In der Gegend von Catford.« Er entdeckte ein Stück Zitrone auf seinem Teller, steckte es in den Mund und kaute nachdenklich. Dann schluckte er angestrengt.

»Catford?« Höfliche Verwirrung zeichnete sich auf Petes Gesicht ab. »Wo ist das denn?«

»Oh, ich kenne Catford«, erwiderte Yasmeen. »Das Einkaufszentrum mit der großen Katze darauf. Wir kommen auf dem Weg nach Kent dort vorbei.«

Dave wischte sich den Mund mit einer Serviette ab, knüllte sie zusammen und legte sie auf seinen Schoß.

Als Pete sich bei Yasmeen nach ihrer Verbindung nach Kent erkundigte, berichtete sie ihm von dem »winzigen Häuschen« in Deal, das sie vor Kurzem gekauft hatten. »Klein, aber fein. Es ist himmlisch, London am Wochenende entfliehen zu können. Seit zwanzig Jahren war nichts mehr daran getan worden. Unzählige kleine Zimmer. Ich habe es entkernt, alles abgeschliffen und einen offenen Grundriss angelegt.«

»Du persönlich?«, fragte Pete.

»Nein.« Spielerisch wedelte sie mit der Hand, als wolle sie ihn verscheuchen. »Wir hatten wunderbare polnische Bauarbeiter. Spottbillig. Die haben nur die Hälfte verlangt wie in London. Und haben tatsächlich hinter sich sauber gemacht. Wirkliche Schätze. Hoffentlich können wir sie überreden, sich unsere Küche vorzunehmen.«

O Gott, dachte ich. Bitte nicht.

»Dave ist Bauunternehmer«, sagte Marcus. »Allerdings eine andere Sorte von Bauunternehmer. Sie bauen neue Häuser, richtig? Oder …« Er warf mir einen raschen Blick zu. »Gebäudelösungen? Mehr Planer als Arbeiter, was?«

Langsam, als wolle er kein Geräusch verursachen, legte Dave sein Besteck weg. »Ich löse eher Probleme«, entgegnete er.

Das Gespräch driftete auseinander, und er stand nicht mehr im Mittelpunkt der Aufmerksamkeit. Unsere Gäste hatten sich um ihn gekümmert und ihn nach getaner Pflicht fallen gelassen. Inzwischen unterhielten sie sich wieder miteinander. Yasmeen und Rose erörterten Patrick vom Kindergarten und seine Schwäche für anstößige Witze. Simon und Pete debattierten eine Serie auf Amazon Prime, in der es um eine Frau ging, die von einem texanischen Künstler sexuell besessen war. Sie hieß *I Love Dick*. Unter den gegebenen Umständen bedauerte ich diesen Titel. Dave fuhr sich mit einem Finger übers Zahnfleisch. Marcus leerte seinen Teller. Bis jetzt hatte er nur im Essen herumgestochert, und ich hatte den Verdacht, dass er die Zitrone in der Serviette versteckt hatte. Er brachte den Teller in die Küche und kehrte mit der Schoko-

Mandel-Torte zurück, die er vor mich hinstellte. Sie befand sich noch in der verräterischen Plastikverpackung. Eigentlich hatte ich sie auf einer unserer Servierplatten präsentieren wollen.

Inzwischen war es nicht mehr wichtig. Ich fühlte mich bereits wie eine enttarnte Betrügerin.

Gerade griff ich nach dem Messer, um die Torte anzuschneiden, als Yasmeen das Gesicht zu einem gekünstelten Lächeln verzog. »Ihr Beruf ist sicher sehr abwechslungsreich«, sagte sie ein wenig zu laut, um Daves Aufmerksamkeit zu erregen.

Er wandte sich zu ihr um und blinzelte langsam. »Verzeihung?«

»Haben Sie zurzeit einen Großauftrag?«

»Verschiedenes. Ein Projekt ist ganz in der Nähe. Das andere in Witney.«

»Oh, Witney, ist das nicht in der Gegend von Bicester?«, hakte Yasmeen nach.

»Richtig.«

»Übernachten Sie dort?«

»So weit ist es nicht. Ich fahre jeden Tag hin.«

Sie sah Marcus an. »Sie könnten Marcus bitten, Sie in seinem Hotel unterzubringen.«

»Sehr witzig, Yasmeen.« Marcus zwang sich zu einem Lachen.

»Wann findet die Wiedereröffnung des 7Nights noch mal statt?« Yasmeen weidete sich am Klang ihrer eigenen Stimme. Sie gehörte zu den attraktiven Frauen, die es amüsierte, die Grenzen höflicher Konversation zu überschreiten. Mit ihren Lippen und den wunderschönen Haaren konnte sie es sich auch leisten, ihre Mitmenschen immer wieder zu schockieren.

»Donnerstag nächste Woche«, antwortete Marcus tapfer. »Darf ich dich auf die Liste setzen?«

»Da muss ich meinen vollen Terminkalender konsultieren.« Sie trug falsche Wimpern. Ich war sicher, dass jede einzeln aufgeklebt war. »Aber vielleicht könnte Dave mich vertreten. Oder mich als mein Date begleiten.«

»Ich fürchte, es ist nur für die Presse«, entgegnete Marcus und sah Dave an. »Tut mir leid, Dave.«

Seine Hände nestelten hektisch und sinnlos herum, rückten ein Glas zurecht und wischten unsichtbare Krümel von der Tischdecke. Ich bin sicher, es war nicht herablassend gemeint, dass »Tut mir leid« und »Dave« wie zwei verschiedene Sätze klangen. Und falls doch, richtete sich sein Sarkasmus vermutlich gegen Yasmeen, nicht gegen ihn.

»Möglicherweise solltest du das mit deiner Pressekampagne noch mal überdenken«, spöttelte Yasmeen. »Leute aus dem richtigen Leben einzuladen, die das Motel in Zukunft nutzen werden, wäre ein Schritt in die Zukunft. Dave ist beruflich viel unterwegs. Er könnte Mundpropaganda betreiben.«

»Ja, ja, absolut.« Marcus strich über die Rückseite seines Löffels, legte ihn auf den Tisch und trank einen Schluck Wein. »Absolut.«

Dave musterte wieder seine Hände.

Mein Messer schwebte über der Torte, bereit, die Schokoglasur aufzubrechen. Die Musik hatte aufgehört. Ich hatte das Gefühl, dass ich die Situation hätte retten können, wäre es mir gelungen, eine natürliche menschliche

Reaktion zu zeigen. Wenn ich nur gewusst hätte, was zu tun war. Wenn ich über angeborenen gesellschaftlichen Schliff verfügt hätte. Aber den hatte ich nicht, und mir fiel nichts ein, was ich tun oder sagen sollte. Plötzlich wollte ich nur noch fliehen. Weg aus dieser Runde und von diesem Mann, der sich ungebeten in unser Leben gedrängt hatte.

Eine kalte Brise fuhr sacht durch den Apfelbaum. Einige Blätter trudelten auf den Tisch. Eine erschöpfte Amsel, verwirrt von der Straßenbeleuchtung, sang immer noch. Die Nachbarn von nebenan schlossen mit einem nachdrücklichen Knall ihr Schlafzimmerfenster. Plötzliche Angst durchzuckte mich, und ich erschauderte.

»Wollen wir das Dessert drinnen essen?«, schlug Marcus vor.

Er

Wir saßen noch eine Weile im Wohnzimmer, aber der Abend war verdorben. Wenn Dave jetzt gegangen wäre, wonach wir uns alle sehnten, hätte man das Beisammensein vielleicht wiederbeleben können. Doch er tat es nicht, und deshalb war nichts zu machen.

Kurz nachdem wir uns gesetzt hatten, fragte Dave, wo die Toilette sei. Ich begleitete ihn zum Fuß der Treppe und wies nach oben. »Das große Badezimmer ist leider im obersten Stock. Gleich neben Joshs Zimmer.«

Er blieb ziemlich lange weg. Ich plauderte mit den anderen und horchte dabei. Die Zeit schleppte sich dahin. Was machte er da oben? Tessa fing meinen Blick quer durchs Zimmer auf. Ich wusste, was sie dachte. Er würde doch nicht etwa Josh stören? *Oder?*

Unter dem Vorwand, mehr Wein zu holen, ging ich hinaus und bezog wieder Posten unten an der Treppe. Nach einer Weile hörte ich ein gedämpftes Rauschen und das Geräusch, wie sich der Spülkasten füllte, gefolgt von einem hallenden Scheppern, als träfe ein schwerer Gegenstand auf Metall. Danach Schritte. Allerdings nicht auf der Treppe, sondern auf dem Fußboden unseres Schlafzimmers.

Eine Sekunde zu spät duckte ich mich in die Küche. Als ich mit einer neuen Weinflasche herauskam, erwartete er mich in der Diele. »Sie haben da oben einen tropfenden Wasserhahn«, meldete er und wies mit dem Kopf auf die Treppe.

Mein Blick zuckte in die Richtung, und ich fühlte mich ein wenig unbehaglich. »In unserem Elternbad? Sie haben es benutzt?«

»Ja, Entschuldigung, habe mich ein bisschen verlaufen.«

»Das Schlafzimmer ist ein wenig chaotisch.«

»Nun, ja. Nichts, was ich noch nicht gesehen hätte.«

Immer noch beunruhigt, lächelte ich zweifelnd.

Einen Moment standen wir schweigend da, und ich fragte mich, ob er die Gelegenheit nutzen und sich verabschieden würde, doch er tat nichts dergleichen, weshalb wir zu den anderen ins Wohnzimmer gingen.

Kurz darauf wachte Josh auf, und Tessa ging nach oben, um ihn zu beruhigen, während Yasmeen und Rose auf dem Sofa lümmelten und über die Eigenheiten ihrer Kinder redeten. Eine Art Prahlen, verpackt in Klagen. (»Und dann verlangt sie, dass ich ihr ein zweites Buch vorlese. ›Noch eine Geschichte, Mummy!‹ ›Bitte sieh doch fern wie normale Kinder‹, sage ich.«) Pete und Simon diskutierten über die Verdienste und das Scheitern eines Fußballtrainers der Premier League, doch Dave schien kein Interesse an diesem Gespräch zu haben. Er saß im Lehnsessel, zupfte an seiner Jeans herum und strich hin und wieder mit der flachen Hand über den Stoff. Ich versuchte, mit ihm zu reden, gab es aber schließlich auf. Und so verharrten wir schweigend und ließen das Geplauder der anderen über uns hinwegbranden.

Unsere Gäste verabschiedeten sich vor Mitternacht und

strömten, begleitet von einigem Lärm, auf die Straße hinaus. Tessa war nicht wiedergekommen, und so stand ich allein mit Dave in der Tür.

»Tschüs, meine Süßen! Schlaft gut!«, hallte Yasmeens Stimme über die Straße.

Die Baie-Kerze war fast heruntergebrannt; die Flamme schlug zornig knackend und zischend gegen das Glas.

»Das ist ein wenig gefährlich«, stellte Dave fest. »Sie sollten Feuer nicht unbeaufsichtigt lassen, insbesondere mit einem Kind im Haus. Haben Sie Rauchmelder?«

Ich feuchtete meine Finger an und drückte den Docht zusammen. »So, erledigt. Sind Sie mit dem Auto da?«, fragte ich in der Hoffnung, ihn endlich abzuwimmeln.

»Ein Kumpel hat mich abgesetzt. Ich, äh …« Er wies auf die Hauptstraße, was wohl bedeuten sollte, dass er den Bus oder ein Taxi nehmen würde.

Er rührte sich immer noch nicht, als warte er auf etwas. Meine Brieftasche lag neben der Kerze auf dem Bord, und ich bildete mir ein, dass sein Blick darauf ruhte.

»Ich könnte ein Taxi anhalten. Es ist ja schon spät«, meinte er.

»Ja«, erwiderte ich. »Gute Idee.« Ich griff nach der Brieftasche, kramte darin und stieß mit den Fingern auf drei Zwanziger.

Dave hatte die Türschwelle überschritten und stand nun draußen auf der Fußmatte. »Okay«, sagte er. »Dann also.«

»Hier.« Ich trat auf ihn zu und streckte die Hand nach ihm aus. Ich hatte nicht richtig überlegt, sondern mir vorgestellt, dass ich ihm das Geld in die Hand drücken konnte, ohne dass wir beide es so richtig bemerkten. In meinem alkoholisierten Zustand glaubte ich wirklich, dass es ihm darauf ankam.

Seine Miene wurde reglos. »Was soll das?«, fragte er.

»Ich dachte, für die Taxifahrt …«

»Haben Sie gemeint, ich will Geld?«

»Wir sind Ihnen sehr dankbar, und Sie sind so weit gefahren, also …«

Wortlos betrachtete er mich. Hilflos blickte ich ihm nach, als er mir den Rücken zukehrte und durchs Tor auf die Straße ging.

STUFE DREI

Sie

Oberflächlich blieb alles beim Alten. Und was sich dennoch änderte, vollzog sich unsichtbar, selbst für uns. An jenem Samstagmorgen war ich mit dem Ausschlafen dran. Um neun war ich schlagartig hellwach. Neben mir war das Bett leer, und ich griff nach meinem Telefon. Es lag nicht auf dem Nachttisch. Auch nicht im Bad, wo ich es, wie ich mich erinnerte, am Vorabend liegen gelassen hatte.

Als ich nach unten kam, sprang Josh im Wohnzimmer auf dem Sofa herum und zog einen gewaltigen roten Feuerwagen aus Plastik, etwa so groß wie ein Dualit-Toaster für vier Scheiben, über die Lehne. »Tatütata!«, rief er dabei. Marcus hatte sich im Sessel zusammengerollt. Er trug meinen Morgenmantel von Liberty. Ich wies auf den Feuerwehrwagen und verzog das Gesicht.

»Moment, Mary.« Er senkte das Handy. »Was ist?«

»Das können wir nicht annehmen«, erwiderte ich. »Es ist übertrieben.«

»Was erwartest du von mir? Wir können es wohl kaum zurückschicken.«

Wir starrten einander finster an.

»Hast du mein Telefon gesehen?«, fragte ich.

»Es ist in der Tasche meiner Chino. Ich wollte es dir geben, tut mir leid. Ja, Mary, ich bin wieder dran.«

Ich hob das Einwickelpapier vom Boden auf, knüllte es

zusammen und warf es in den leeren Kamin. Dann ging ich in die Küche. Einen Teil des Abwaschs hatten wir schon in der Nacht zuvor erledigt, doch es roch nach fettigen Essensresten und eingeweichtem Geschirr. Der Boden war mit Fußabdrücken verschmiert. Außerdem hatte es während der Nacht geregnet. Draußen waren kleine Anzeichen von Chaos zu erkennen: durchweichte Papierservietten unter dem Holztisch, eine umgekippte Weinflasche im Blumenbeet. Wasser tropfte von den Bäumen.

Der Abend war eine Katastrophe gewesen. Selbst ohne Dave hatte ich alles falsch gemacht. Die falschen Chips. Die falschen Leute. Bei meinen PR-Kampagnen hatte ich so viel Erfolg gehabt. Ich konnte alles als begehrenswert und positiv hinstellen. Dann hatte ich versucht, diese Fähigkeiten auf mein Leben zu übertragen und die Geschichte zu vermarkten, dass ich eine gute Mutter und Hausfrau war. Die Wahrheit lautete, dass das nicht zutraf und dass ich es nie sein würde.

Seufzend polierte ich die Gläser, räumte sie weg, schrubbte das eingeweichte Geschirr und leerte die Spülmaschine. Die Teller waren zu eng aneinander gestapelt gewesen, sodass Essensreste an den Rückseiten klebten. Ich spülte sie, stellte sie zum Trocknen weg und kehrte zurück nach oben, um mein Telefon zu suchen. Es steckte in der Tasche von Marcus' Chino, wie er gesagt hatte.

Ein verpasster Anruf von R.

Ich setzte mich aufs Bett. Plötzlich wurde mir flau. Womöglich hatte Marcus das Vibrieren des Telefons gespürt. Oder gar nachgeschaut, wer anrief. Mein Herz klopfte schneller. Rasch zog ich mich an und ging wieder nach unten. Marcus telefonierte immer noch mit Mary. Innerhalb weniger Minuten verfrachtete ich Josh in seine Kleider, in den Buggy und nach draußen. Als Marcus sein Telefonat unterbrach, um sich zu erkundigen, wohin ich wollte, rief ich »Spielplatz« über die Schulter und schloss die Tür hinter mir.

Unsere Straße führt zur Grünanlage. Die Häuser sind zwar nicht groß, aber man bezahlt ein Vermögen dafür, so nah an der Natur zu sein. Da die Leute ungern umziehen, bauen sie an ihre Häuser an. Oben, unten und nach hinten hinaus. Das Ergebnis sind ständige Container, Bohrgeräusche, verstopfte Rohre und Bauarbeiter, die man so häufig sieht, dass man ihre Namen kennt. Eigentlich albern. Das Viertel ist doch wegen seiner Ruhe und seines Friedens begehrt. Allerdings bedeutet gerade diese Beliebtheit, dass es hier nie ruhig und friedlich ist.

An diesem Morgen parkte ein Auto vor unserem Haus. Ein schwarzer Jeep. Das Fenster war heruntergekurbelt, und es saß jemand auf dem Fahrersitz. Ich schaute nicht allzu genau hin. Damals hielt ich das noch für überflüssig.

Ein Stück weiter lieferte ein riesiger Lastwagen offenbar Betonplatten bei Nummer 57 ab. Das Rückwärtsfahrsignal piepte. Andere Autos waren blockiert, stauten sich und versuchten, rückwärts auf die Hauptstraße zu rangieren. Chaos.

Wir passierten diese Hindernisse und das Café an der Ecke, das gerade öffnete, und überquerten die Hauptstraße in Richtung Rasen. Weil es Samstagmorgen war, wurde eifrig Fußball gespielt. Kleine Kinder in Trikots und ein Wald aus Minitoren. Josh beugte sich vor. Seine ganze

Aufmerksamkeit galt einem kleinen weißen Hund, der ständig aufs Spielfeld lief, um einen Ball mit der Schnauze abzufangen. Der Himmel war beinahe klar. Ein blasskaltes Blau mit umherwehenden Wolkenfetzen. Grellgrüne Bäume und Gras. Weißdornbüsche, eine Blütenpracht. Diese Erinnerungen kann ich noch abrufen, obwohl es vielleicht auch ein anderer Junitag gewesen sein kann. Ansonsten war ich mit den Gedanken völlig woanders. Mein Herz war so richtungslos und unzuverlässig geworden, dass man meinem Gedächtnis nicht mehr trauen kann.

Am Teich parkte der Eiscremewagen. Einige aufgeregte Kinder standen Schlange. Bei Rose galt die Regel »kein Eis vor dem Mittagessen«. Doch ich stellte mich an und kaufte Josh ein Eis am Stiel.

»Oh«, meinte er überrascht, als ich es ihm reichte.

Richard meldete sich beim fünften Läuten.

»Du lebst noch«, sagte er.

»Hast du dir Sorgen gemacht?«

»Du hast gestern so plötzlich aufgelegt.«

Ein Hubschrauber kreiste. Ein Flugzeug hatte einen weißen Kondensstreifen über dem Teich hinterlassen. Ein Radfahrer strampelte vorbei. Eine Frau in rosafarbenem Lycra joggte auf mich zu. Ich trat vom Pfad auf die mit Gras bewachsene Böschung, die in Gestrüpp überging. Ich spürte, wie die Luft sich bewegte, hörte den Atem der Joggerin. Möglicherweise kannte ich sie. Ich senkte den Kopf und blickte nicht auf. »Tut mir leid«, flüsterte ich. »Marcus ist reingekommen, und ich hatte keine Gelegenheit, dich zurückzurufen. Wir hatten Gäste zum Abendessen. Ein sogenanntes Abendessen in der Küche, obwohl es eigentlich im Garten stattfand. Nennt man es in diesem Fall trotzdem so?«

Er lachte auf. »Keine Ahnung, aber jedenfalls klingt es grässlich. Ich weiß nicht, wie du das aushältst.«

So war das mit Richard. Es war ihm egal. Er verachtete die Welt, in der ich lebte, und die Existenz, die ich mir aufzubauen versuchte.

Ich lächelte und atmete tiefer. Die Anspannung vom Vorabend verflog allmählich.

»Also, was wolltest du mir sagen?«, fuhr er fort. »Du hast gemeint, es sei wichtig.«

Er klang besorgt. Allerdings nicht, weil ich Schluss machen könnte, sondern weil ich vielleicht meinen Mann verlassen würde. An einer Beziehung mit mir war er nicht interessiert.

Ich seufzte. »Ich habe versucht, dir zu erklären, dass wir meiner Ansicht nach damit aufhören sollten.«

»Was, wenn ich nicht dazu bereit bin?« Seine Stimme hatte einen amüsierten Unterton. »Was, wenn ich dich nicht weglasse?«

»Nun, das wäre schade.«

Ein Busch neben mir bewegte sich, und ein Hund erschien. Er schnupperte am Boden. Seine Besitzerin folgte. Ich erkannte die Frau als eine der Verkäuferinnen in der Apotheke. Als ich mich abwandte, spürte ich, wie mir die Röte den Hals hinaufstieg.

»Wo bist du?«, erkundigte er sich.

Ich kehrte zurück auf den Pfad. Josh leckte noch immer zufrieden an seinem Eis. Ich schaute mich um. Zwei Kinder radelten vergnügt auf uns zu. Sechs Frauen eines

Sportkurses vollführten Yogaübungen im Gras. Keine von ihnen schien auf mich zu achten. Mein Hinterkopf prickelte.

»Auf dem Weg zum Spielplatz«, erwiderte ich.

»Was hast du an?«

Ich betrachtete meine Jogginghose und meine alten Nikes.

»Nichts«, antwortete ich.

Schweres Atmen. »Überhaupt nichts?«

Ein Paar mit Tennisschlägern näherte sich. Die Frau machte einen kleinen Satz rückwärts, um dem Mann etwas zu sagen, worauf dieser tief nach einem imaginären Ball ausholte.

Ich wich zur Seite aus.

»Nein, im Ernst, nichts Besonderes. Jogginghose und T-Shirt«, meinte ich.

»Wenn ich da wäre, würde ich dich ausziehen. Vor allen Leuten.«

Ich hörte immer noch seinen Atem. Die Hitze wanderte von meinem Hals zu meinen Wangen. Mein Gesicht ertrank geradezu in Blut.

»Ich würde dich in aller Öffentlichkeit an einem Baum nehmen und dir die Kleider vom Leib reißen. Das würde deine Mittelschichtfreunde sicher schockieren.«

Ich hatte das Tor zum Spielplatz erreicht und bückte mich, um Josh Gesicht und Finger mit einem Papiertaschentuch abzuwischen. Als er strampelte und aus dem Buggy wollte, schnallte ich ihn los. Es wimmelte von Kindern, die auf den Spielgeräten tobten und wie Kugellager hin und her flitzten. Die Eltern standen in Gruppen unter den Bäumen, saßen auf den großen Bänken oder lehnten an den kleinen und tranken plaudernd Kaffee aus Plastikbechern. Josh rannte zum Klettergerüst.

Ich stieß mit den Füßen gegen den rissigen Asphalt am Zaun. »Du hast mich noch nie nackt gesehen«, sagte ich.

Er lachte kehlig. »Doch, habe ich.«

»Nicht alles gleichzeitig. Nur ein Stückchen hier, ein Stückchen da.«

»Vielleicht ist es Zeit, dass wir etwas dagegen unternehmen.«

»Richard.« Ich lächelte. »Wir dürfen uns nicht mehr treffen. Du darfst mich nicht anrufen.«

»Was machst du am Montag? Komm zu mir. Du warst noch nie in meiner Wohnung. Ich möchte dir wenigstens zeigen, was ich daraus gemacht habe, bevor du mich in die Wüste schickst.«

»Mum!«

Josh hatte es geschafft, sich durch die obersten Stangen des Klettergerüsts zu zwängen, und schaukelte nun an einer Hand.

»Schau mal, Mum!«

»Ich muss jetzt aufhören.«

Bereits vor einiger Zeit hatte die Stadt den Teer durch eine weiche, nachgiebige Beschichtung ersetzt. Kein Vergleich zu den harten Platten auf dem Spielplatz in meiner Kindheit. Ich erreichte Josh, bevor er herunterfiel, hielt seine Füße fest, überredete ihn loszulassen und hob ihn hinunter.

Als ich mich aufrichtete, sah ich Rose mit Nell im Tragetuch bei den Schaukeln stehen. Sie beobachtete mich.

Ich schluckte angestrengt, unterdrückte die Panik und winkte. Sie kam auf mich zu. »Alles in Ordnung?«, fragte sie.

»Ja, bestens. Habe nur gerade meinen Sohn vor dem sicheren Tod bewahrt.«

»Ich wollte ja mit dir reden, aber du hast telefoniert.«

»Oh.« Ich tastete nach dem Handy in meiner Tasche und errötete wieder. »Tut mir leid, ich war ein wenig abgelenkt. Ich habe dich gar nicht gesehen. Wo ist Chloe?«

Rose wies in eine andere Ecke des Spielplatzes, wo ihre Tochter so wild auf einem Schaukelgoldfisch ritt, als sei er ein wilder Hengst. Rose schien mich einen Moment lang zu mustern. »Danke für gestern Abend. Es war nett. Das Huhn war lecker. Du musst mir das Rezept geben.«

Warum verriet ich ihr nicht einmal dann, dass es von Cook stammte? »Ja, natürlich. Hast du dich amüsiert?« Ich klang bedürftig.

»Ja, habe ich. Es war spannend, Joshs Retter kennenzulernen. Ich hatte ihn mir ganz anders vorgestellt.«

»Wir hatten ihn nicht erwartet. Keine Ahnung, wie er an unsere Adresse gekommen ist. Er hat Josh ein Geschenk mitgebracht. Einen riesigen Feuerwehrwagen, was zwar freundlich von ihm war, allerdings …«

»Was?«

»Ich weiß nicht.« Ich erschauderte. »Ein bisschen unpassend?«

Sie schüttelte den Kopf. »Nein, das denke ich nicht. Ich fand ihn reizend.«

»War es nicht ein wenig seltsam, dass er einfach so aufgekreuzt ist?«

»Es ist normal, dass er sich Josh verbunden fühlt, weil er ihm das Leben gerettet hat. Es war ein einschneidendes Ereignis. Wahrscheinlich eines der bedeutsamsten Dinge, die ihm je passiert sind. Er möchte nur nett sein. Auf mich hat er ein wenig einsam gewirkt.«

Leise Panik machte sich in mir breit. Waren wir auch gastfreundlich genug gewesen? Oder gar unhöflich? »Er hat eine große Familie«, antwortete ich.

»Oh, das hast du gar nicht erwähnt. Er auch nicht.«

Ich empfand einen Anflug von Gereiztheit. Sie fällte ein Urteil über mich, obwohl sie mit ihrem »tollen« privaten Schwimmbad mitschuldig war. »Vermutlich hat ihn niemand gefragt.«

»Wir haben unser Bestes getan, doch es war ein wenig schwierig. Er war nicht sehr gesprächig. Wir haben uns alle bemüht, ihn mit einzubeziehen.«

Ich geriet noch mehr aus dem Gleichgewicht. »Ich denke, er gibt mir die Schuld daran, dass Josh beinahe ertrunken wäre. Ich muss ständig an den Moment denken.«

»Meiner Ansicht nach hast du zu viel Zeit zum Grübeln.« Sie setzte ihre Ärztinnenmiene auf: besorgt, aber auch distanziert. »Düstere Gedanken können sich immer mehr steigern. Das sieht man oft bei älteren Patienten.«

»Vielen Dank auch!«

»Du weißt, was ich meine. Den ganzen Tag bist du allein zu Hause. Jeden Tag. Ich bin jetzt erst seit vier Monaten in Elternzeit und werde schon ganz wirr im Kopf. Hat sich mit dem potenziellen Kunden was getan?«

»Welchem potenziellen Kunden?«

»Hast du Anfang der Woche nicht von einem gesprochen?«

»Oh, ja.« Unter dem Vorwand, nach Josh zu schauen, wandte ich mich ab. »Nichts. Die wollten sich nur mal informieren.«

»Meinst du, da ergibt sich vielleicht noch was?«

Josh hatte Chloe entdeckt. Jetzt rasten die beiden durch das Gebüsch am Zaun, das den Spielplatz von den Eisenbahngleisen trennte. Chloe führte. Josh ahmte jede ihrer Bewegungen nach. Stampfen. Rennen. Hüpfen. Stampfen. Rennen. Hüpfen.

»Vielleicht«, wiederholte ich.

Für den Heimweg wählte ich eine andere Route, die an der Rückseite einer Reihe der großen Anwesen auf der gegenüberliegenden Seite des Pfads vorbeiführte. Ein Haus war eingerüstet. Ein Stück weiter bauten einige Arbeiter eine Gartenmauer wieder auf. Ich ging schneller. Dave hatte von einem Projekt »ganz in der Nähe« gesprochen. Ich bedauerte, dass ich nicht genauer nachgefragt hatte. Jeden Moment rechnete ich damit, eine Stimme »Tessa!« rufen zu hören. Oder, noch schlimmer, »Josh!«

Ich erreichte die Hauptstraße, erleichtert, sie an der Ampel überqueren und die Häuser hinter mir lassen zu können. Kurz blieb ich stehen, um ein paar Worte mit dem schmalhüftigen Franzosen zu wechseln, der den Hühnergrill betrieb. Er lehnte draußen an seinem Laden und rauchte eine Zigarette. Er werde schließen, teilte er mir mit. Die Miete sei unerschwinglich geworden. »Wie ärgerlich«, erwiderte ich. »Dann kann ich ja gar nicht mehr schummeln.« (Oft gab ich sein Brathähnchen mit brauner Soße Marcus gegenüber als Eigenkreation aus.) Danach schlenderte ich an der Galerie, der Boutique, dem Blumenladen, der Weinhandlung und den Massen von Maklerbüros vorbei und bog in unsere Straße ein.

Im Café an der Ecke war inzwischen viel los. Eine der Frauen, die laut plaudernd an einem der eng zusammengerückten Tische saßen, war Yasmeen. Sie rief mir zu und lehnte sich auf der Bank zurück, als neige sie sich aus einer Jacht. Ich stellte die Bremse des Buggys fest und schlängelte mich zwischen den Tischen hindurch. Dabei lächelte ich und bemühte mich, Lässigkeit auszustrahlen. Eine schwarze Krähe pickte im Randstein an einem Krümel. Auf der anderen Straßenseite wurden gerade scheppernd Waren über eine Rampe in den kleinen Supermarkt geliefert.

Yasmeen bedankte sich für das gestrige Abendessen und verzog den Mund zu einem Lächeln. Marcus, fügte sie hinzu, habe ihr bereits eine SMS wegen der 7Nights-Sache geschickt. Ich verdrehte die Augen und riet ihr, ihn zu ignorieren. »Mein Mann kann sehr hartnäckig sein.« Weder sie noch ich erwähnten Dave Jepsom.

Ich hatte Josh nur für ein paar Sekunden aus den Augen gelassen. Doch als ich zwischen den Tischen hervorkam, hatte er sich auf der Fußstütze hochgedrückt, stand halb aufrecht und starrte angestrengt auf das gegenüberliegende Schaufenster.

»Was ist?«, fragte ich. »Was ist los?«

Er setzte sich wieder und versteckte das Gesicht schüchtern im Stoff des Verdecks.

Ich spähte hinüber. Da die Sonne auf die Scheibe schien, konnte ich nichts sehen als das Spiegelbild der Straße, wo ich stand, und die sich bewegenden Wolken. War da jemand und schaute hinaus? Eine Gestalt vielleicht? Bildete ich mir graublonde Haarstoppeln, breite Schultern und tätowierte Arme ein?

Hinter mir brach Gelächter aus. Als ich mich sicherheitshalber rasch umdrehte, musterte die Frau neben Yasmeen mich abschätzend. Ich lächelte ihr fragend zu, doch sie erwiderte die Geste nicht. Wieder blickte ich hinüber zum Schaufenster. Die Gestalt war fort, doch die Tür war offen, und dahinter sah ich einen Schatten, der gleich auf die Straße treten würde.

Ich brauchte nur einen Moment, um die Bremse zu lösen. Ich hastete die Straße hinunter, wurde immer schneller und stolperte fast über die Räder. Bald war ich am Tor unseres Hauses, schob den Buggy hinein, eilte den Gartenweg entlang und schloss ungeschickt die Tür auf.

Sobald ich atemlos im Haus stand, lehnte ich mich einige Sekunden an die Wand, schloss dann zweimal ab und legte die Kette vor.

Er

Es war das Wochenende, an dem Tony Judd in Riad verhaftet wurde. Die Behörde für innere Sicherheit beschuldigte ihn des »unangemessenen Verhaltens« und hatte offenbar beschlossen, an ihm ein Exempel zu statuieren. Saudi-Arabien arbeitete an seinem Imageproblem. Offenbar hatten sie jemanden, der sich um die PR der Regierung kümmerte.

Den Sonntag verbrachte ich damit, mir die Finger wund zu telefonieren, um das Problem zu lösen. Doch als ich am Montagmorgen ins Büro kam, war die Aktie des Unternehmens um zwölf Prozent gefallen, so tief wie seit 2008 nicht mehr. Ich führte eine Telefonkonferenz mit den übrigen Vorstandsmitgliedern, in der ich dringend empfahl, das Management sofort umzustrukturieren. Code für »schmeißt den betrügerischen Mistkerl raus«. Das war überstürzt und gedankenlos von mir. Mike McPhee und Tony Judd hatten gemeinsam die Grundschule besucht. Wenn ich nicht vorsichtiger war, würde stattdessen ich umstrukturiert werden.

»Fuck, fuck, fuck«, schimpfte ich beim Verlassen des Besprechungszimmers, wo ich gerade gebrieft worden war. »Verdammte Scheiße.«

Gail fing meinen Blick auf und wies mit dem Kopf auf ein junges Mädchen, das neben ihrem Schreibtisch stand.

»Marcus, das ist Jemima, weißt du noch?« Als ich sie verständnislos anstarrte, fügte sie hinzu: »Eine Mitschülerin deiner Nichte? Du hast ihr ein Praktikum angeboten?«

»Ach, natürlich«, sagte ich, als es mir langsam wieder einfiel: diverse E-Mails von meiner älteren Schwester Sarah, worauf ich mich einverstanden erklärt hatte, einer anderen Schülermutter aus der Patsche zu helfen. Ich neigte den Kopf und schüttelte dem Mädchen die Hand. Ihr Händedruck war weich und schlaff. Sie trug ein marineblaues Kostüm und eine schwarze Strumpfhose, viel zu warm bei diesem Wetter. Ansonsten sah sie durchschnittlich aus: langes, blondes Haar, zu viel Make-up und zu dünnen Linien gezupfte Augenbrauen.

»Du bist in Izzys Klasse, richtig? Möchtest du in die PR-Branche?«

Jemima zog einen Mundwinkel nach oben und zuckte leicht mit den Achseln, als könne sie dieses Märchen kaum selbst glauben.

»Ja«, meinte ich. »Ich verstehe. Die zwingen euch dazu, um euch nach der Mittleren Reife loszuwerden. Du hast keinen Schimmer, was du tun willst. Warum auch? Du bist ja erst zwölf.«

»Fünfzehn«, entgegnete sie. »Nächsten Monat werde ich sechzehn.«

Kurz dachte ich an Tessa. Mit sechzehn hatte sie sich bereits nach oben gearbeitet. Ich wusste noch, wie sehr ich sie dafür bewundert hatte.

Ich lächelte. »Richtig.«

»Falls du einen Moment Zeit hast«, unterbrach Gail. »Jeremy Pickens von der *FT* möchte über Judd reden. Und

Owen Johns vom *Evening Standard* hat auch angerufen.« Sie las von einem Spiralblock ab. »Schon dreimal heute Morgen.«

»Hat er einen Grund genannt?«

»Irgendwas mit Ron McCreadys Geschwindigkeitsübertretung. Ich habe ihm gesagt, ich würde dir ausrichten, dass du ihn zurückrufen sollst.«

»Wer, um Himmels willen, hat das durchsickern lassen?« Theatralisch schlug ich mir mit der Handfläche gegen die Stirn. »Ich dachte, wir hätten wenigstens das zurückgehalten.«

»Anscheinend nicht.« Obwohl Gail etwa in meinem Alter war, fühlte ich mich bei ihr häufig wie ein übereifriger Schuljunge. Sie ließ mir mein Theater nicht unbegrenzt durchgehen.

Ich sah Jemima an und verdrehte übertrieben die Augen. »Manchmal fühle ich mich, als solle ich fertiggemacht werden. Als wisse jemand ganz genau, wie er mein Leben ruinieren kann, und würde es darauf anlegen.«

»Wirklich?«

»Nein. Das ist eben unser Job.« Ich lehnte mich an die Kante von Gails Schreibtisch. »Solche Sachen bahnen sich ihren Weg wie Wasser.« Ich beugte mich vor und senkte die Stimme, um zu betonen, dass ich gleich eine bedeutsame Weisheit von mir geben würde. So etwas fiel mir leicht. Ich hatte vor Kurzem jemandem beinahe dasselbe gesagt. »Jede Firma, die schon eine Weile existiert, hat ihre Geheimnisse. Wichtig ist, wie tief sie reichen.«

»Angst einflößend«, antwortete sie.

Ich neigte den Kopf und schnalzte mit der Zunge. Möglich, dass ich das mit dem Mann von Welt übertrieb. Ich stieß mich vom Schreibtisch ab. »Das hast du gesagt.«

Ich führte sie im Büro herum, stellte sie allen vor und suchte ihr einen freien Stuhl in einer Ecke. »Später bekommst du sicher etwas zu tun«, meinte ich. »Aber bis dahin solltest du beobachten, die Atmosphäre aufsaugen und dir überlegen, ob sich dieser Beruf wirklich für dich eignet. Erzähl niemandem, was wir hier machen.«

Und dann vergaß ich sie.

Wenn sich die Presse für einen interessiert, ist es das Wichtigste, Kontakt zu den Journalisten zu halten. Das hätte ich auch Jemima erklären können, wenn ich ihre Gegenwart ernst genommen hätte. Jeff hatte es mir an meinem ersten Tag bei Ekelund eingebläut. Schweigen macht sie wütend. Ruf sie an, sagte er mir stündlich. Entschuldige dich nicht, sondern zeige Interesse an ihrem Anliegen. Nötigenfalls drangsaliere sie, bis sie nachgeben. An jenem Morgen rief ich Pickens und Johns an und hatte in beiden Fällen Argumente, von denen ich nicht abrückte. Ja, es sei wahr; ja, die Anteilseigner hätten deshalb Bedenken. Ja, ich würde sie informieren, sobald ich Informationen hätte, mit denen ich sie informieren könne.

Als ich erst richtig in Fahrt war, war dieser Vormittag wie gemacht für mich. In Krisensituationen spielt es keine Rolle, ob man das Gefühl hat, seinen Job nicht richtig zu erledigen. Auch nicht, wie unsicher man als Sohn, als Vater oder als Ehemann ist. Wie abweisend die eigene Frau sich verhält oder ob man ein elendes Wochenende hatte. Es geht ausschließlich darum, schnell zu reagieren und das Beste für seinen Kunden zu tun. Die Zeit reicht nur, um aktiv zu sein. Man vergisst sein mangelndes Selbstbewusstsein.

An diesem Nachmittag gruben Sam und Basty einen ersten Preis für die Verhinderung von Unfällen, verliehen von der Royal Society, aus, der MJI im Vorjahr verliehen worden war, und verkündeten es, als sei es erst gestern geschehen. Emma kümmerte sich um den »Tragt Lila im Kampf gegen den Leberkrebs«-Tag und erzielte Erfolge im Zusammenhang mit dem Wiederaufbau einer Brücke in Haiti, für den die Regierung Gerätschaften von MJI einsetzen wollte.

»Armer alter Tony«, sagte Emma irgendwann. »Ich möchte mir gar nicht vorstellen, wie es in einem saudischen Gefängnis ist.«

Und wollen Sie die Wahrheit hören? In jener Woche, an jenem Tag, in jenem Moment und in jener Stimmung interessierte es mich nicht. Es war nicht mein Problem. Ich wusste, dass ich mich wie ein typischer Mann verhielt, Gefühle abschaltete und meine Aggression und Enttäuschung in die Arbeit einbrachte. Doch die menschliche Seite konnte auch jemand anderer übernehmen. Die harte Pritsche. Das kleine Fenster. Die Schläge. Mein Preis, und nur der zählte, war der langfristige Ruf des Unternehmens.

Sie

Das restliche Wochenende war eine Quälerei. Ich bin nicht stolz auf mich. Hoffentlich habe ich das deutlich ausgedrückt. Rückblickend betrachtet, gibt es nichts an meinem Verhalten, das ich nicht ändern würde. Und das sage ich nicht wegen der Ereignisse.

Man glaubt zu wissen, was man will, wenn man sich in eine Situation mit eingebauter Wahlmöglichkeit begibt, aber das stimmt nicht. Man tappt völlig im Dunkeln. Man verliert den Überblick. Man glaubt, eine Affäre würde einen an einen anderen Ort und hinaus aus seinem alten Leben transportieren, doch sie ist eine Falle. Man klebt mit zappelnden Beinen fest wie ein Insekt in Honig. Untreue ist egoistisch. Klingt das banal, zu offensichtlich, um es überhaupt auszusprechen? Vielleicht ist ja die Tatsache, dass ich das Bedürfnis habe, es zu äußern, und dass mir das wie eine Erkenntnis erscheint, eine weitere Facette der Einäugigkeit meiner Situation. Ich verstand, wie abgedroschen ein Seitensprung war, so schmierig und vorhersehbar. Und dennoch dachte ich, dass es bei mir anders sein könnte. Als ich Richard mitteilte, es sei vorbei, war das mein Ernst. Doch als das Wochenende voranschritt, das Haus unordentlicher wurde, Marcus mich ignorierte und Josh ungezogen war, hatte ich den Eindruck, zunehmend die Kontrolle zu verlieren, und mein Verstand bot mir den

Montagmorgen als Fluchtweg an. Ich hatte nicht die Absicht, mit Richard zu schlafen. Vielleicht würde ich sogar wirklich Schluss mit ihm machen. Persönlich. Als ich ihm eine SMS schrieb, ich würde kommen, hatte ich, wie so viele Ehebrecher vor mir, eine glatte Kehrtwende hingelegt. Was konnte es schon schaden, mir seine Wohnung anzuschauen?

Am Montag fuhr Marcus früh zur Arbeit. Irgendeine Krise, die sich schon das ganze Wochenende zusammenbraute. Er verriet mir keine Einzelheiten, und diesmal fragte ich nicht nach.

Da Josh lange schlief, ließ ich mir mit den Vorbereitungen Zeit. Ich badete, cremte mich ein und föhnte mir die Haare. Es war eine Erleichterung, in eine Rolle zu schlüpfen, die ich spielen konnte. Es war gar nicht so anders, als ins Büro zu gehen. Ich wählte meine Kleidung sorgfältig aus. Schicke Dessous, die hinten in meiner Schublade lagen, unter einem schlichten Kleid. Dann breitete ich meine Schminksachen vor mir aus und testete verschiedene Lidschatten und Lidstriche auf dem Handrücken. Als Josh sich um Viertel nach acht noch immer nicht gerührt hatte, setzte ich mich an den Küchentisch, um den Weg zu Richards Wohnung herauszufinden, und machte mir einige Notizen. Um halb neun war ich fast abmarschbereit und ging in Joshs Zimmer.

Er war wach, lag auf der Seite und hatte das gerötete und mit Kopfkissenabdrücken bedeckte Gesicht zur Tür gewandt.

»Oh, Schatz.«

Ich fühlte seine Stirn. Sie war warm. Er hustete, hob den

Kopf ein Stück und legte sich wieder hin. Ich setzte mich auf die Bettkante, schlüpfte aus den Pumps und schlang die Arme um ihn. Er war krank. Deshalb war er gestern so schwierig, weinerlich und launisch gewesen. Der arme kleine Junge. Wie hatte ich nur daran denken können, ihn allein zu lassen? Während ich sein Haar streichelte, empfand ich Enttäuschung, aber auch Erleichterung.

Ich gab ihm ein wenig Calpol-Fiebersaft und eine Tasse warme Milch. Als er sagte, er habe Hunger, wickelte ich ihn in seinen Bademantel und trug ihn nach unten. Ich kochte Haferbrei, er spielte unterdessen auf dem Boden mit seinem Feuerwehrauto. Er nieste zweimal. Ich wischte ihm die Nase ab. Er wollte mich wegschieben. Eine Erkältung, mehr nicht.

Er aß mit Appetit und fing fast sofort an zu strampeln, weil er auf dem Boden weiterspielen wollte. Schließlich nahm er den Feuerwehrwagen und schlug damit gegen das Tischbein. »Hey«, sagte ich. »Lass uns etwas Leiseres spielen.«

Er achtete nicht auf mich.

Ich versuchte, ihm den Feuerwehrwagen wegzunehmen, von dem schon ein Rad abgebrochen war. Doch er riss ihn wieder an sich, sodass das Plastik mich am Finger kratzte. Es tat weh, und mit dem Schmerz loderte eine kleine Frustflamme in meiner Brust auf.

Ich schaute auf die Uhr. Es war erst fünf nach neun. Genug Zeit, ihn in den Kindergarten zu bringen.

Wir brauchten nicht lang. Um Viertel nach saßen wir im Auto und fuhren zum Gemeindesaal. An der Tür verabschiedete ich mich fröhlich von ihm, stieg, beinahe atemlos von der Mischung aus Furcht und Erleichterung, ins Auto und machte mich auf den Weg zur U-Bahn.

Da ich keinen Parkplatz fand, kurvte ich einige Male durch ein Gewirr von Seitenstraßen, bis ich einen ein gutes Stück entfernt auf der anderen Seite der High Road entdeckte. Mit knapper Not gelang es mir, mich in die Lücke am Ende einer Häuserreihe zu zwängen. Ich rannte zurück zum Bahnhof und erreichte schwer atmend endlich die Northern Line zur London Bridge. Als ich dort mit der Rolltreppe nach oben fuhr, wurde ich von einem bewölkten Himmel und einer Horde Touristenführer mit Masken und blutigen Chirurgenkitteln empfangen, die mit Schildern für die Jack-the-Ripper-Tour warben. Den Briefumschlag, auf den ich die Wegbeschreibung notiert hatte, konnte ich nicht finden. Wahrscheinlich hatte ich ihn beim Hasten zur U-Bahn verloren. Deshalb tastete ich mich mithilfe meines Telefons durch ein Netz kleiner Straßen, wo sich alte Druckereien zwischen Lokale mit Craft Beer drängten und kopfsteingepflasterte Gassen zu schicken Cafés führten.

Richard wohnte in einem von höheren modernen Häuserblocks flankierten umgebauten Lagerhaus. Durch einen Torbogen trat ich in einen Hof, wo sich Olivenbäume wie Wachposten erhoben. Das Gebäude aus Glas, Stahl und sandgestrahltem Londoner Backstein ragte auf vier Seiten auf. Seilzüge, Feuerleitern, Balkone und Erker mit Fenstern bildeten ein kompliziertes Muster. Ich drückte auf einen Knopf an der Wand, und das Schloss entriegelte sich mit einem Klicken, als ich die Tür aufschob.

Seine Wohnung befand sich in der obersten Etage, das

Penthouse. Natürlich. Die Aufzugtür öffnete sich direkt in einen lichtdurchfluteten gewaltigen Raum. Die Wände bestanden aus weiß getünchtem Backstein, die Böden aus hellen Holzdielen. Die Küchenzeile nahm eine Ecke ein, ein L-förmiges Sofa vor einem modernen Kamin eine andere. Ich bemerkte Glasvasen mit kunstvoll arrangierten Blumen, Kupferpfannen, die an einem schmiedeeisernen Gestell hingen, und eine Bronzeskulptur, die ein steigendes Pferd darstellte. Doch am atemberaubendsten war die Aussicht. Eine sich um die ganze Wohnung erstreckende Terrasse, auf der wunderschöne rosafarbene Terrakottakübel von Pflanzen überquollen. Weiße Blüten und die verschiedensten Grüntöne. Dazu der Himmel, aufgeschichtete Wolken und graue, schwarze und silbrige Dachfirste. In der Ferne waren die Hochhäuser von Canary Wharf und die Spitze des Shard zu sehen.

Ich verharrte auf der Stelle. Ich wusste, dass er erfolgreich war (die Pizzerias, die Sushi-Bars, die chinesischen Imbisse … In fast jeder britischen High Street gab es allein schon eine Noodle-Palace-Filiale), doch bis jetzt hatte ich das nicht mit Geld in Verbindung gebracht. Ich fühlte mich naiv, so als sei ich hereingelegt worden.

»Hallo. Bin gleich bei dir.«

Die Stimme kam aus einem Büro an der Seite. Ich trat ein paar Schritte darauf zu, blieb stehen und spähte hinein. Er saß mit dem Rücken zu mir an einem großen gläsernen Schreibtisch und tippte auf einem winzigen Laptop herum. Einen Moment wurde mir mein Tun mit voller Wucht bewusst. Eigentlich hätte ich einfach verschwinden sollen. Ich hätte mich umdrehen, in den Lift steigen, nach unten fahren, hinaus auf die Straße gehen, nach Hause fahren, meinen kranken Sohn abholen und mein Leben weiterführen müssen. Bevor es zu spät war.

»Da bist du ja.« Er drehte den Stuhl, stand auf und kam mit ausgebreiteten Armen auf mich zu. »Engel. Wie reizend du aussiehst. Einfach zum Ficken.«

Er trug eine marineblaue Hose und eines seiner gestärkten weißen Hemden. Vor Kurzem hatte er mir erzählt, dass er dreißig davon besaß. Die drei obersten Knöpfe standen offen. Er hatte ein wenig Rasierschaum am Kiefer.

Er nahm die Brille ab. Sie baumelte in seiner Hand an meinem Rücken, als er mich küsste. Mit der anderen Hand griff er mir ins Haar. Er schmeckte nach Kaffee und Pfefferminz. Nachdem ich an seinem Hals Seife, Vetiver und Sandelholz gerochen hatte, konnte ich nicht mehr weg. Für nichts hatte ich eine Lösung. Als er mich rückwärts schob, gerieten wir beide ins Stolpern, und ich hörte mich selbst lachen.

»Leider habe ich nicht viel Zeit«, meinte er. »Entschuldige, dass ich das gleich zu Anfang sagen muss, aber ich bin lieber offen.« Er verzog das Gesicht. »Ich muss um halb zwölf in der Cannon Street sein.«

Sein Schlafzimmer war grellweiß und dunkelgrau eingerichtet. Das Kopfteil aus Samt überragte das Bett bei Weitem. »Laken und Decken«, stellte ich fest, als ich rückwärts in die Kissen sank. »Ich wusste gar nicht, dass die noch jemand benutzt.«

Meine Kleider waren vor dem Lift verstreut. Sein Mund berührte das Bündchen meiner Unterhose. Er hob den Kopf. »Ich bin eben altmodisch.«

»Aber keine Vorhänge.«

»Ich schaue gerne in den Himmel.« Wieder senkte er den Kopf. Ich hörte ein Kratzen wie von einem Fingernagel an der Glasscheibe. Eine Pflanze, eine Magnolie, wollte herein. Ich blickte an ihr vorbei auf die Terrasse, die Wolken und die Gebäude unter und über uns. So viel Glas, so viele Spiegel, so viele andere Fenster.

»Kann uns jemand sehen?«, fragte ich.

Er antwortete nicht. Ich schloss die Augen und vergaß alles.

Ich musste kurz eingeschlafen sein. Als ich aufwachte, beobachtete er mich.

»Deine Lippen haben gezittert.«

Ich hielt die Hand vor den Mund. »Wirklich? Tut mir leid.«

»Und jetzt habe ich dich nackt gesehen«, fügte er hinzu.

Er strich mir mit dem Finger über die Wange bis zum Kinn, folgte langsam der Biegung meines Halses und wanderte hinunter zu meiner Brust. Als er den Kopf neigte, dachte ich, dass er meine Brustwarze küssen würde, aber stattdessen leckte er seinen Finger ab. Ich bog den Rücken durch und machte die Augen zu. Ich war nicht im mindesten verlegen. Nicht wegen meiner Schwangerschaftsstreifen oder der losen Haut an den Oberschenkeln. Ich hatte ganz vergessen, dass es so sein und dass ich diese Person sein konnte. Meine Sinne nahmen nichts mehr wahr als seine Berührungen.

Danach bedankte ich mich und sagte ihm, er sei sehr rücksichtsvoll. Auf den Ellbogen gestützt, betrachtete er mich. Ich hatte es nur halb witzig gemeint und »rücksichtsvoll« ein bisschen wie Frankie Howerd ausgesprochen. Doch er lachte nicht. Seine Augen wirkten sehr dunkel. Hinter seinem Kopf erstreckten sich eine kahle Glasfront, der Himmel und all die hohen Gebäude mit all ihren Fenstern.

»Bist du sicher, dass uns niemand beobachtet hat?«, erkundigte ich mich.

»Hätte dir das gefallen?«

»Dir bestimmt.« Ich setzte mich auf, schwang die Beine über die Bettkante und hielt Ausschau nach meinen Kleidern. »Mir aber nicht.«

»Bleib hier, während ich zu meinem Meeting fahre«, schlug er vor. Offenbar eine Spontanidee, eine Laune, wie bei einem Kind, das beschließt, dass es noch ein Eis will. »Ich möchte mir vorstellen, dass du nackt in meinem Bett liegst, wenn ich mit diesen Anzugträgern rede.«

»Ich kann nicht. Ich muss nach Hause.«

Er packte mich an den Armen, zog mich nach unten, hielt meine Handgelenke über dem Kopf fest und drückte sie ins Kissen. »Vielleicht behalte ich dich ja hier«, sagte er. »Dann könnte dein Mann dich nicht erreichen. Du würdest mir gehören und wärst mir auf Gedeih und Verderb ausgeliefert.«

Lachend sträubte ich mich. Nach kurzem Widerstand ließ er mich los. »Danke für das Angebot«, meinte ich und richtete mich wieder auf. »Und für die Orgasmen.«

Er lächelte. »Gern geschehen.«

Ich spürte seinen Blick auf mir, als ich meine Sachen zusammensuchte. Doch als ich mich angezogen hatte und mich zu ihm umdrehte, sah er nicht mich an, sondern sein Telefon.

»Lust auf Abendessen am Donnerstag?«, fragte er und blickte auf.

»Ich bin nicht sicher, ob ich mich loseisen kann.«

Er zuckte die Achseln, als sei es nicht weiter wichtig. »Gib mir Bescheid.«

Ich verabschiedete mich von ihm am Hauseingang. Ganz sachlich, ein hingehauchter Wangenkuss, nur für den Fall, dass jemand zusah. Ich fühlte mich immer noch beobachtet. Als er sich verabschiedete, ruhte sein Daumen auf meinem Schlüsselbein. Dann gab er mich frei. Er schwang das Bein über den Sattel seines Fahrrads mit Stahlrahmen und machte sich auf den Weg in die Cannon Street. Ich blickte ihm nach, bis er verschwunden war.

Ich drehte mich um und ging zurück zur London Bridge. Sofort meldete das Gefühl sich wieder. Es war, als würde ich verfolgt. Ich wurde es einfach nicht los. Mein Scheitel prickelte, und etwas drückte mir auf die Schultern und zerrte an meinen Absätzen. Ich rechnete damit, am Arm gepackt zu werden, und malte mir aus, dass jemand meinen Namen rief: »Tessa. *Tessa.*«

Da ich abgelenkt war, bog ich falsch ab und landete in einer Sackgasse am London Bridge Hospital. Als ich umkehrte, entdeckte ich einen U-Bahn-Abgang und nahm die Rolltreppe hinunter zum Bahnsteig. Eindringlich musterte ich die anderen Fahrgäste und erwartete beinahe, ein bekanntes Gesicht zu entdecken. Ich war nicht vorsichtig genug gewesen.

Wegen einer Signalstörung in Camden hatte die Bahn

Verspätung, und als sie endlich kam, platzte sie aus allen Nähten. Ich stand eingeklemmt in der Mitte des Waggons und hielt mich an der Stange fest, während die Tube schwankte und schaukelte. In Borough stieg eine Frau ein, die ich zunächst mit meiner Mutter verwechselte. Das gleiche mahagonifarben getönte Haar, die gleichen gerundeten Schultern mit dem seltsamen Buckel im Nacken. Ich erkannte das Hemd mit Fransen und die bleistiftdünnen Absätze. Doch als die Frau sich umdrehte, hatte sie ein anderes Gesicht. Zu jung und ausgeglichen. Außerdem hätte es ohnehin nicht meine Mutter sein können. Sie war seit vier Jahren tot. Vorbei an Köpfen und Körpern konnte ich durch die Zwischentür ins nächste Abteil spähen. Schaukelnde Gliedmaßen und Gesichter, die ruckartig in meinem Blickfeld erschienen und wieder verschwanden. Eine junge Frau, die einen Schal wie einen Turban um den Kopf gewickelt trug, versperrte mir die Sicht. Doch als die Bahn sich zur Seite neigte, tat sie es auch, und für einen Sekundenbruchteil erkannte ich ihn hinter ihr.

Dave Jepsom.

Er hatte eine Kappe auf. Ein weißes T-Shirt bedeckte seinen breiten Brustkorb. Einen Arm hatte er erhoben. Er starrte mich durchdringend an. Seine Augen lagen im Schatten, seine wulstigen Lippen waren geöffnet.

Ich wich zurück. Der Zug bremste und fuhr in den Bahnhof Stockwell ein. Ich bemühte mich um mein Gleichgewicht, und als ich wieder in seine Richtung sah, blockierte die Frau mit dem Turban erneut das Fenster. Einige Leute stiegen aus, und als ich ihnen Platz machte, wurde ein Sitz neben mir frei. Ich sank darauf und war außer Sichtweite.

Ich zwang mich durchzuatmen und konzentrierte mich darauf, meine Lunge mit Luft zu füllen.

Danach beugte ich mich vor. Ich wollte mich vergewissern, hatte das drängende Bedürfnis, mir sicher zu sein. Die Frau mit dem Turban war fort. Inzwischen war der nächste Waggon halb leer. Hatte er sich auch gesetzt? Ein kahlköpfiger Mann im weißen Hemd stand breitbeinig am anderen Ende. Doch er trug keine Kappe und war nicht Dave.

Offenbar hatte ich ihn mir nur eingebildet. Ich entspannte mich, schob die Hände unter die Oberschenkel und grub die Fingernägel in die Haut, um mich zu erden. Wie hätte er es sein können? Dazu hätte er mich beschatten müssen.

Als der Zug in Balham hielt, stieg ich aus und steuerte den Bahnsteig entlang auf den Ausgang zu. Ein Werbeplakat für Sandals-Reisen bedeckte eine Wand. Ein Mann in Weiß umarmte eine ebenso gekleidete Frau vor türkisfarbenem Meer. »*Love is all you need*« lautete der Slogan.

Auf der Rolltreppe schoss mir eine eindringliche Erinnerung durch den Kopf: die dunkle Taverne nach dem hellen Strand. Der Schweiß auf meiner Oberlippe. Der Geruch nach Tomaten und Oregano. Der stramme, elastische Badeanzug auf meinen Brüsten, sodass ich daran zupfen musste, als ich mich setzte. Und dann das Gefühl gekünstelter Aufregung, als ich Richards Nummer in meinem Telefon suchte. Die Atemlosigkeit, als er sich meldete.

Nur dass ein neues Detail hinzugekommen war. Eine dunkle Gestalt, die eintrat. Das Klatschen von Geldscheinen auf dem Tresen. Das Klirren von Flaschen. Die Silhouette eines Mannes, die sich hochgewachsen und hünenhaft vom Licht abhob. Der glatte Schädel, als er sich umdrehte und mich beobachtete. War das Dave Jepsom gewesen? Wusste er, dass ich telefoniert hatte? Glaubte ich deshalb, ihn gesehen zu haben? War das das Werk meines Gewissens?

Als ich durch die Schranke ging, schlugen mir ein kalter Luftschwall und der Gestank aus der Subway-Filiale oben an der Treppe entgegen. Mein Handy vibrierte. Ein verpasster Anruf. Mit einem Rauschen in den Ohren hörte ich ihn ab. Es war der Kindergarten. Josh hatte erhöhte Temperatur. Ich steckte das Gerät ein und lief, vor Sorge, Reue und wegen des verzweifelten Bedürfnisses, Josh in die Arme zu schließen, immer schneller. Dabei spürte ich jemanden hinter mir, der zwei Stufen auf einmal nahm. Schwere, entschlossene Schritte, die stetig aufholten. Die Gestalt drängte sich an mir vorbei und rannte weg. Nur ein Junge in Schuluniform. Mein Magen krampfte sich vor Anspannung zusammen.

Voller Panik und Entsetzen darüber, was ich getan hatte, hastete ich zu der Straße, wo mein Auto parkte. Ich stieß die Luft durch die Nasenlöcher aus, und das Blut pochte in meinen Ohren.

Beim Näherkommen stellte ich fest, dass ich miserabel eingeparkt hatte. Der Wagen ragte über die Linie und in eine Einfahrt. Gott sei Dank kein Strafzettel. Ich blockierte einen weißen Geländewagen. Irgendwo im Haus bellte ein großer Hund. Doch es war keine Menschenseele in Sicht. Die Haustür war ebenso geschlossen wie die Fensterläden. Außerdem stand meine Motorhaube nur ein kleines Stück in die Einfahrt. Wenn die Hausbesitzer wirklich rückwärts hätten hinausrangieren wollen, hätten sie es mit etwas Einwinkhilfe bestimmt geschafft.

Ich wandte mich zum Auto um und griff nach dem Schlüssel. Da war etwas an der Fahrertür. Was denn? Ein Kreidestrich? Staub? Ich trat näher heran. Nein, Kratzer. Offenbar ein Wort. Als ich mich bückte, um die Spuren mit dem Finger wegzuwischen, stellte ich fest, dass sie sich tiefer und kräftiger eingegraben hatten als vermutet. Ich zuckte zurück.

»NUTTE.«

Die Buchstaben waren mit einiger Gewalt angebracht worden, sodass ich sie nicht beseitigen konnte. Ein weiterer Kratzer verlief die Seite des Autos entlang. Eine hässliche, schartige Schlucht im grauen Lack. Mir wurde übel. Hatte der Besitzer des Geländewagens so seinem Ärger Luft gemacht? Oder wollte mir jemand mitteilen, dass er Bescheid wusste?

Das Auto zeigte in die falsche Richtung. Die Straße war stark befahren. Mit klopfendem Herzen wartete ich einige Minuten, bis beide Fahrbahnen frei waren. Endlich entstand eine Lücke. Ich blinkte, drehte das Lenkrad und setzte rasch dazu an, in drei Zügen zu wenden.

Ich hatte die Straße halb überquert und gerade den Rückwärtsgang eingelegt, als ich in den Rückspiegel schaute und ihn in der Ecke bemerkte. Er stand ein Stück entfernt von der Stelle, wo ich geparkt hatte, auf dem Gehweg und beobachtete mich. Eine Kappe verbarg seine obere Gesichtshälfte, er hatte den Schirm tief über die Augen gezogen. Allerdings hätte ich ihn stets an seiner Körperhaltung erkannt. Die fest in den Boden gestemmten Beine mit einem kleinen Abstand zwischen den Füßen. Die verschränkten Hände. Außerdem verhielt er sich merkwürdig. Er war zu reglos und befand sich dicht an einem Baum, als hoffe er, nicht bemerkt zu werden. Einen Moment lang erstarrte ich und war wie gelähmt. Aber dann hörte ich ein Hupen, sah mich um und stellte fest, dass ein Auto hinter mir wartete. Ich rollte rückwärts und beendete das Wendemanöver, bis ich niemandem mehr den Weg versperrte. Danach blickte ich über die Schulter. Falls er auf mich zukommen sollte, würde ich ihn fragen, warum er mir folgte.

Doch als ich freie Sicht auf den gesamten Gehweg hatte, war da niemand.

Er

Am Montagabend beim Essen, ein tragisch missglücktes Lammkotelett aus der Mikrowelle, war Tessa still. Sie war ungewöhnlich stark geschminkt. Ein dunkelvioletter Lidschatten, der fast an ein blaues Auge erinnerte. Sie wirkte nervös und unglücklich. Josh war mit Fieber aus dem Kindergarten nach Hause gekommen, und ich nahm an, dass sie sich deshalb Sorgen machte.

»Alles in Ordnung?«, erkundigte ich mich. Irgendwann würden wir über unsere Probleme sprechen müssen. Doch es war nur eine zusätzliche Belastung, und dabei hatte ich im Büro genug um die Ohren. Ich hatte einen langen Tag hinter mir. Also bitte *nicht jetzt*.

Sie nestelte an ihrer Halskette herum. »Siehst du immer noch den Moment vor dir, als Josh im Wasser lag?«, fragte sie. »Hast du noch Flashbacks?«

»Ja«, räumte ich ein. »Habe ich.«

»Glaubst du, die gehen jemals wieder weg?«

Als ich zu einer Antwort ansetzte, läutete das Festnetztelefon, und ich hastete ins Wohnzimmer, um abzuheben. Doch es war niemand am Apparat, wieder ein Aufleger, und als ich in die Küche zurückkehrte, war der Moment vorbei. Ich versuchte, sie zu umarmen und ihr etwas zu sagen, das sie hoffentlich trösten würde, aber ihre Schultern waren steif, und ich gab es auf.

Stattdessen machte ich mich in der Küche zu schaffen, um mein schlechtes Gewissen zu überspielen. Ich hatte nicht ständig vor mir, wie Josh beinahe ertrank. Ganz im Gegenteil: Ich verdrängte es nach Kräften.

Als ich den Müll nach draußen brachte und die Tüte in die Tonne neben dem Haus warf, bemerkte ich die Kratzer an der Seite des Fiat. Sie waren tief und gezackt und stammten eindeutig von einem Schlüssel. Ich umrundete das Auto und untersuchte sie gründlich. Jemand hatte sich den Spaß erlaubt, auf der Fahrerseite das Wort »NUTTE« einzuritzen. Tessa hatte erfolglos versucht, es mit irgendetwas zu verdecken. An den eingekratzten Buchstaben entdeckte ich Fetzen in einem anderen Grauton. Wahrscheinlich Plakatfarbe.

»Was ist denn mit dem Auto passiert?«, fragte ich, als ich wieder im Haus war.

Sie errötete. »Es war da, als ich heute Morgen aus dem Kindergarten kam.«

»Hast du in der Seitenstraße geparkt?«, hakte ich nach.

Sie nickte.

»Verdammter Mist.«

»Ich dachte, ich könnte es übermalen«, erwiderte sie. »Ich habe es mit Nagellack probiert. Aber es hat nicht geklappt. Tut mir leid.«

»Du brauchst dich nicht zu entschuldigen und es auch nicht vor mir zu verstecken. Du kannst ja nichts dafür.«

Ich war verwirrt und außerdem verlegen. Hatte ich sie früher einmal unwissentlich unter Druck gesetzt? Weshalb sonst hätte sie den Schaden tarnen wollen? Ich legte den Arm um sie, und sie zog leicht die Schultern hoch. So blieben wir eine Weile. Sie saß, ich stand neben ihr. Sie roch anders. Nach Lavendel. Vielleicht kein neues Parfüm, sondern ein neues Waschmittel.

»Es fühlt sich wie ein persönlicher Angriff an«, sagte sie. »Als sei es gegen mich gerichtet.«

Ich lachte auf. »Wer würde dich denn als Nutte bezeichnen?«

Sie drehte sich leicht zur Seite und zupfte an einem Stück Haut neben ihrem Daumennagel. »Bestimmt erklärst du mich jetzt für verrückt, aber ich habe den Verdacht, dass es jemand war, den wir kennen.«

»Tessa, ganz sicher nicht. Wer von unseren Freunden würde so etwas tun? Nicht einmal im Scherz. Komm schon, Baby.«

»Ich habe nicht an einen Freund gedacht. Eher an jemanden wie Dave Jepsom.«

»Dave Jepsom!« Ich ließ den Arm sinken und starrte sie verdattert an. »Was um alles in der Welt bringt dich auf diese Idee?«

»Ich glaube, er mag mich nicht.«

Ich versuchte, vernünftig zu bleiben und nicht an die letzte Episode zu denken. Ich hatte gehofft, dass wir ihre Angstprobleme überwunden hatten. »Er hat keinen Grund, dich nicht zu mögen. Was hast du ihm getan?«

»Oder er hält mich für eine schlechte Mutter.«

»Das ist lächerlich.« Ich bückte mich, küsste sie auf den Scheitel und ging zur Tür. »Du hast zu viel Zeit zum Grübeln. Es war Zufall. Da draußen laufen eine Menge Psychos rum.«

Am nächsten Tag, einem Dienstag, brachte ich den Fiat auf dem Weg zur Arbeit in die Vertragswerkstatt in Battersea. Ich wollte unbedingt, dass ein autorisierter Händler, nicht eine unabhängige Firma, die Reparatur ausführte, obwohl ich mehr bezahlen und über den Tisch gezogen werden würde. Natürlich ist das nichts als Selbsttäuschung. Man braucht sicher nichts weiter als einen Mechaniker und einen Hof. In meiner Jugend bastelte mein Vater ständig unter der Motorhaube seines Wagens herum. Dafür, dass ich so wenig von Autos verstand, hatte er nur Verachtung übrig. Vielleicht erklärt das, warum ich in dieser Angelegenheit so dickköpfig bin. Ich kaufe mich gewissermaßen frei. Zumindest kann ich mir die Lieferung nach Hause und den offiziellen Aufkleber leisten.

Ein Mann in einem eng geschnittenen Anzug machte mir mit einer Nespresso-Maschine einen Kaffee, während der Schaden inspiziert wurde. In einer Macho-Umgebung wie dieser ertappe ich mich stets dabei, dass ich eine bestimmte Rolle spiele. Ich hatte noch Jeffs Worte im Ohr, und er hatte recht, oder? Es war an der Zeit, dass ich mir ein Auto anschaffte, das meinem Status als Firmeninhaber besser entsprach. Etwas mit Allradantrieb oder so. Also erkundigte ich mich nach Möglichkeiten, das Auto in Zahlung zu geben oder es zumindest zu verkaufen. Gebrauchte Fiat 500 waren gefragt, das wusste ich. Doch der Mann redete nur über Abnutzung, Schweißarbeiten und »das Problem mit diesem besonderen Modell«. Bla, bla, bla. Das erfinden diese Leute spontan. Ich kenne solche Typen. Schließlich bin ich selbst einer.

Da ich zu spät dran war, fuhr ich mit einem Uber-Taxi

ins Büro und hastete sofort in eine Sitzung, um einen potenziellen Auftrag zu erörtern. Prospecta, ein Softwareentwickler mit breiter Produktpalette, wollte seine »interne und externe Kommunikationsstrategie neu definieren«. Wir waren unter den letzten drei Bewerbern.

Erst als ich aus der Sitzung kam, bemerkte ich, dass die Praktikantin noch auf demselben Stuhl saß, wo ich sie gestern zurückgelassen hatte. Sie drehte sich hin und her, trat mit den Fußspitzen gegen den Boden und hatte die Mundwinkel nach unten gezogen. Ihr stumpfer Blick strahlte abgrundtiefe Langeweile aus.

»O mein Gott, bist du seit gestern hier?«, fragte ich.

»Ich bin über Nacht nach Hause gefahren.« Ihr Tonfall war gespielt ernst.

»Wenigstens etwas.«

»Das Mindeste, was ich tun konnte.«

Sie biss sich auf die Lippe und betrachtete mich durch die Wimpern. Sie verspottete mich, ja, sie flirtete beinahe. Das zeigte Temperament.

»Ganz richtig. Jetzt müssen wir Arbeit für dich suchen. Ein Projekt!«

Ich sah mich im Büro um. Mary und Shreya telefonierten. Emma zog ihre Jacke an, um nach Hause zu gehen. Nur Jeff wirkte unbeschäftigt. Mit der Miene eines Mannes, der eine Zigarette braucht, schlenderte er aus dem Konferenzraum.

»Jeff!« Als ich ihn heranwinkte, schlängelte er sich durch den Raum. Seine Augenringe wiesen auf eine lange Nacht hin.

»Na, alles fit?«, wandte er sich an das Mädchen.

»Klar. Im Gegensatz zu Ihnen, oder?«, antwortete sie.

Sie wurde mir immer sympathischer.

»Jeff«, begann ich. »Gehe ich richtig in der Annahme, dass du heute Vormittag das Sponsorenmeeting in Sachen Citrus Burst Grand Prix hast?«

Er nickte.

»Könntest du vielleicht Jem mitnehmen? Es wäre interessanter für sie, als hier herumzusitzen.«

Er verbeugte sich galant und hielt ihr wortlos den angewinkelten Arm hin, damit sie sich unterhaken konnte. Sie rutschte vom Stuhl. Dass sie plötzlich errötete, zeigte, wie jung sie noch war. Gemeinsam verließen sie das Büro.

Es war keine bewusste Entscheidung, Jeff die Verantwortung für die Praktikantin zu übertragen. Es passierte einfach so. Falls sie sich nun an seine anstatt an meine Fersen heftete, tja, mea culpa. Ich wasche meine Hände in Unschuld. In diesem Moment war ich faul und gedankenlos wie so oft in meinem Leben.

Ich hätte die Gefahren vorausahnen müssen. Doch das Schicksal war gegen mich. Wer hätte nicht lieber Jeffs Gesellschaft gesucht als meine? Wer wäre nicht seiner Nonchalance, seinem Charme, seinem Selbstbewusstsein und seinem BMW, einem richtigen Männerauto, erlegen? Natürlich wirkte das anziehend.

Ich sehe nicht ein, warum ich mich dafür verantwortlich fühlen soll.

Sie

Am Dienstag kränkelte Josh immer noch. Ich rief Yasmeen an, um den für diesen Nachmittag geplanten Spieltermin abzusagen. Den Großteil des Tages lag er schläfrig auf dem Sofa und sah sich auf CBeebies *Octonauts* an. Ich kuschelte mich neben ihn, fühlte ihm regelmäßig die Stirn und küsste sein feuchtes Haar.

Ich hatte ein schlechtes Gewissen und außerdem Angst. Als ich in den Kindergarten kam, hatte er auf Miss Jennys Knie gesessen. Seine Wangen waren gerötet, seine Augen glasig. Ihre Miene verriet mir, was sie von mir hielt, und sie hatte recht. Ich hatte ihn wegen Richard im Stich gelassen. Ich hätte nie zu meinem Liebhaber fahren dürfen. Keine Ahnung, was ich mir dabei gedacht hatte. Gar nichts, das war das Problem. Ich hatte mich auf gefährliche Weise nicht mehr im Griff. Am Donnerstag würde ich mich nicht mit ihm zum Abendessen treffen. Natürlich nicht.

Nutte. Das Wort auf meinem Auto schien auf mich gemünzt. Laut Marcus war es Zufall. Er kannte die Wahrheit nicht: dass ich jemandes Einfahrt blockiert hatte. Ich konnte es ihm nicht erzählen, denn dann hätte er gefragt, warum ich an der U-Bahn geparkt hatte. Eine Lüge führte zur anderen. Wenn ich es mir genauer überlegte, war es vielleicht wirklich Zufall oder ein Wutausbruch. Als ich klein war, hatte einer der Freunde meiner Mum die Windschutzscheibe eines Autos, das ihm seiner Ansicht nach den Parkplatz weggeschnappt hatte, mit einem Stemmeisen eingeschlagen.

Und trotzdem *war* ich eine Nutte.

Ich redete mir ein, es sei albern anzunehmen, Dave habe mein Telefonat mit Richard beobachtet und wisse Bescheid. Er war nicht in der Bar. Er war mir nicht gefolgt. Die Gestalt, die auf der Straße unter einem Baum herumlungerte, hatte ich mir nur eingebildet.

Und so versuchte ich, meine wachsende Angst durch Hausarbeit zu vertreiben. Ich putzte die Schlafzimmer und wechselte die Bettwäsche. Ich warf die Waschmaschine an und sortierte einen Haufen Kleider für die Reinigung. Ich räumte Schränke auf und schrubbte die Küche. Doch die Bilder kamen immer wieder. Richards Finger, die über dem Bündchen meines Spitzenslips Muster auf meinen Bauch malten; seine drängende Zunge. Ich scheuerte immer heftiger und nahm noch mehr Bleiche. Die Furcht vor Enttarnung trieb mich beinahe in den Wahnsinn. Was, wenn Jepsom wirklich Bescheid wusste? Was, wenn er es Marcus sagte? Ich hatte einen schweren Fehler gemacht und so viel aufs Spiel gesetzt. Ich liebte meine Familie, mein Zuhause, und ich hatte großes Glück gehabt, beides zu bekommen. Ich hatte eine Menge zu verlieren.

Am Nachmittag, als Josh schlief, setzte ich mich aufs Bett und klappte den Laptop auf. Schon lange trug ich mich mit dem Gedanken, mich mehr in Marcus' Arbeit einzubringen, da es uns bestimmt guttun würde. Ich googelte einige seiner Kunden. Wenn ich besser informiert war und die richtigen Fragen stellte, würde er öfter mit mir sprechen. So wie früher.

Tilly Elworthy hatte dem *Stylist* Einblicke in ihr Schminktäschchen gewährt. Citrus Burst tauchte in einer Geschmackstest-Kolumne im *Observer* auf. Und McCready, der Rennbahn-Millionär, schien in Schwierigkeiten zu stecken. Die *MailOnline* schien sich königlich darüber zu amüsieren, dass er bei einer Geschwindigkeitsübertretung ertappt worden war. Schlagzeile: *Immer langsam mit den jungen Pferden.*

Auf der Webseite von BBC las ich über die Verhaftung von Tony Judd. Ich hatte eine vage Vorstellung. Am Wochenende hatte ich zwar Gesprächsfetzen aufgeschnappt, jedoch nicht geahnt, wie ernst es war. Das Foto zeigte, wie Judd nach dem Verlassen des Ritz-Carlton in ein Auto verfrachtet wurde. Sein Gesicht war rot und aufgedunsen, und er blickte panisch in die Kamera. Hoffentlich würde Marcus vorsichtig sein. Es war mehr oder weniger ein Familienunternehmen, weshalb Fingerspitzengefühl angesagt war. Die Sache konnte leicht ein böses Ende nehmen.

Ein Artikel darunter stach mir ins Auge. Ein französischer Geschäftsmann namens Michel Lefevre, 44, war in Moskau tot in seinem Wagen aufgefunden worden. Anscheinend Herzinfarkt. Der Journalist versuchte offenbar, eingeschränkt durch juristische Feinheiten, Andeutungen in die Welt zu setzen. Lefevre, der »stark engagiert im Zusammenhang mit ukrainischen Pipelines« war, war vor Kurzem mit dem russischen Milliardär Dimitri Michailow gesehen worden. Auf einem Foto schüttelten die beiden Männer einander die Hand. Der Russe trug einen dunklen

Anzug. Ein Mann im Hintergrund hatte eine Pistole im Hosenbund stecken.

Ich hoffte, dass Marcus davon wusste. Und dass er auf der Hut war.

Ich hörte, dass Josh aufwachte, und wollte den Laptop schon schließen, als ich plötzlich Facebook anklickte. Dave Jepsoms Freundschaftsanfrage wartete noch immer.

Mein Finger schwebte einen Moment über der Tastatur, dann rief ich sein Profil auf. »Dave Jepsom hat dir eine Freundschaftsanfrage geschickt« stand über seiner Seite.

Ich drückte auf »Bestätigen«, bevor ich mich bremsen konnte.

Eine Reihe von Posts erschien. Rasch scrollte ich sie herunter. Es war der Feed eines Menschen, der hinter allem eine Verschwörung wittert. Warnungen vor empörenden Betrugsmaschen und denunzierende Texte über Tierquäler. Er hatte auch einen Artikel über einen Schüler weiterverbreitet, der ein anderes Kind schikaniert und von seinen reichen Eltern geschützt worden war.

Nur fünfundzwanzig Freunde und nur drei Fotos. Ich sah sie mir nacheinander an. Sie waren alle in Griechenland entstanden. Eines war aus der Ferne aufgenommen und zeigte die beiden Jungen beim Fußballspielen. Das zweite war gestellt, das Mädchen namens Tracey warf ihm gerade eine Kusshand zu. Und auf dem dritten sah ich voller Entsetzen uns.

Es musste gemacht worden sein, als wir gerade den Strand verließen. Ich saß, Josh auf dem Knie und mit finster verzogenem Mund, im Boot, während Marcus sich vorbeugte, um die Leinen zu lösen. Es war aus nächster Nähe geknipst worden. Offenbar hatte Jepsom, sofort nachdem wir uns verabschiedet hatten, das Telefon gezückt.

Meine Augen brannten, und mein Mund fühlte sich trocken an. Ich schloss die Seite. Anscheinend war er neu bei Facebook, weshalb es vermutlich nicht seltsam war, dass es sich nur um Urlaubsfotos handelte. Und wie Rose gesagt hatte, war Joshs Rettung sicher ein bedeutender Moment für ihn gewesen. Vielleicht war es ja ganz normal, dass er die Szene festgehalten hatte. Es war doch nur ein harmloses Foto, oder? Daran war überhaupt nichts Bedrohliches.

Er

In dieser Woche sah ich Tessa nicht oft.

Im Büro war weiterhin die Hölle los. Nicht nur ständige Telefonate wegen Tony Judd. Hinzu kam, dass in der Firma wegen der anstehenden Eröffnung vom 7Nights die Nerven blank lagen. Der Vorstandsvorsitzende war noch immer unzufrieden mit der Gästeliste. Außerdem waren da noch weitere unvorhergesehene Ereignisse. Bei Citrus Burst war man verärgert über einen Artikel im *Daily Telegraph*, in dem es hieß, die Verkaufszahlen der Limonade schössen während des Ramadans in die Höhe. (Problematisch, denn wir hatten uns mächtig ins Zeug gelegt, um den Ruf des Unternehmens als Verkäufer von Zuckerbomben herunterzuspielen. Diesen Punkt zu sehr zu dementieren, hätte jedoch wiederum antimuslimisch geklungen.) Und am Mittwoch hatten wir dann noch unerwarteten Stress mit einem unserer weniger wichtigen Kunden: Cartingdon Hall, Jeffs ehemaliger Eliteschule.

Es waren keine typischen Kunden. Vor einigen Jahren hatte das Management beschlossen, der Schule ein neues Image zu verordnen und weniger traditionell und dafür liberaler zu werden. Um ihnen einen Gefallen zu tun, hatten wir sie bei der Umgestaltung ihrer Webseite und beim Verfassen einer neuen Selbstdarstellung unterstützt.

Der Direktor rief Jeff an und teilte ihm mit, er habe

einen anonymen Brief von einem früheren Schüler erhalten, der behauptete, er sei in grauer Vorzeit Opfer sexuellen Missbrauchs geworden, und drohte, die Sache öffentlich zu machen.

Im Büro führten wir eine heikle Debatte darüber. Einige, insbesondere Mary, waren der Meinung, man müsse angesichts des aktuellen Klimas unbedingt offen sein, die Eltern über den Brief informieren und sofortige Untersuchungen ankündigen. Jeff widersprach.

Die Diskussion wurde hitzig.

»Himmel noch mal«, sagte Jeff. »Beruhigt euch doch. Ein bisschen Gefummel hat noch keinem geschadet.«

Natürlich wollte er witzig sein. Zu seinen Stärken gehört die Fähigkeit, Entscheidungen mit leichter Hand zu steuern. Tatsächlich beschlossen wir, uns bedeckt zu halten, bis wir konkretere Anhaltspunkte hatten. Allerdings war der Moment falsch gewählt. Andeutungen wie diese konnten zur Schließung einer Schule führen, wenn man nicht mit Fingerspitzengefühl an die Sache heranging. Nach dem Meeting meinte ich zu ihm, er müsse sich bei allen Anwesenden entschuldigen.

Soweit ich weiß, tat er das auch.

Rückblickend betrachtet, war es eine eigenartige Phase. Normalerweise trat einer unserer Kunden fordernd auf, während die anderen uns in Ruhe ließen. In dieser Woche jedoch schienen alle gleichzeitig unruhig zu werden. Hätte ich es nicht besser gewusst, hätte ich gedacht, dass jemand unsere Kundenlisten durchging und versuchte, uns in den Wahnsinn zu treiben.

Jeff und ich hatten Dimitri und Olaf versprochen, mit

ihnen am Donnerstag durch die Stadt zu ziehen. Ich hätte absagen sollen. Am Dienstag und am Mittwoch hatte ich bis spätabends gearbeitet und Tessa kaum zu Gesicht bekommen. Nach ihrem seltsamen Benehmen wegen der Sache mit dem Auto war ich ein wenig besorgt um sie. Sie hatte mich gebeten, früher nach Hause zu kommen, damit wir einen gemeinsamen Abend verbringen konnten. Doch als ich Jeff vorschlug, den Russen einen Korb zu geben, fuhr er in gespieltem Entsetzen zusammen. »Lieber du als ich«, entgegnete er.

Stattdessen rief ich Tessa an und teilte ihr mit, ich hätte ein dringendes Abendessen mit Kunden. Das war nicht ganz gelogen, denn man bekam dort sicher auch etwas zu essen, wenn man wollte. Nur, dass die Russen andere Pläne hatten (ein Herrenclub, schöne Scheiße).

Tessa klang enttäuscht. »Dann gehe ich vielleicht auch aus«, erwiderte sie.

Ich fragte nicht, wohin.

Das Leather and Lace befand sich in einer Seitenstraße unweit des Shepherd Market inmitten einer Reihe niedriger, weiß verputzter Häuser. Ich drückte auf den diskret in einer goldenen Platte eingelassenen Klingelknopf, und nachdem der Türsteher seine Liste konsultiert hatte, ging ich hinunter in den Keller. Alles war in Rot und Schwarz gehalten. Rot-schwarze Strukturtapete, rot-schwarzer Teppich, rote Bänke und schwarze Lederhocker, ein wenig zu niedrig und zu klein für einige der beleibten Herren, die breitbeinig darauf kauerten. Die Sexindustrie sollte ihre Farbgestaltung ändern, dachte ich. Vielleicht Ilse Crawford anheuern, die könnte Wunder bewirken. Gewaltige Kronleuchter warfen Lichtfunken auf die Tische. Ansonsten war es schummrig. Eine seltsame Vorstellung, dass es draußen noch taghell war. Kerzen flackerten, entpuppten sich jedoch bei näherer Betrachtung als batteriebetriebene LEDs. Kitsch und Täuschung, was die 3,2 Sterne der Google-Rezensionen bestätigten.

Ich schaute mich im Raum um. Viele Männer in Anzügen. Auf der Bühne wanden sich zwei Frauen mit langem schwarzem Haar und in kompliziert verschnürter Unterwäsche in eleganten Verrenkungen. Das war nicht mein erster Besuch in einem Stripclub. Einmal mit einem anderen Kunden und davor noch einmal bei einem Junggesellenabschied. Allerdings hatte ich nie richtig gewusst, wie ich mich verhalten sollte. Machte man sich zum Gespött, wenn man hinstarrte, oder traf das Gegenteil zu? War es gar unhöflich, kein Interesse vorzutäuschen, wenn man schon einmal dort war? Wer wusste das schon? Ich hatte jedenfalls keine Ahnung.

Als ich Dimitri und Olaf entdeckte, die sich ganz vorne auf einem runden thronähnlichen Arrangement für VIPs rekelten, steuerte ich mit einem gefrorenen Lächeln auf den Lippen auf sie zu. Sie waren in Begleitung von zwei weiteren Männern. Beide trugen Bärte, der eine telefonierte, der andere beobachtete die Zuckungen auf der Bühne.

»Ah, unser lieber Freund Marcus Nicholson ist da.« Dimitri erhob sich und winkte mich mit kleinen, hektischen Handbewegungen heran. Er trug ein weißes Hemd, an dem einige Knöpfe offen standen und eine glatte, gebräunte

Brust freigaben. Sein Freund Olaf hatte einen Anzug an. Ein gepunktetes Taschentuchdreieck lugte aus seiner Brusttasche. Ohne auf ihre Begleiter, vermutlich ihre Leibwächter, zu achten, küssten sie mich, klopften mir nacheinander auf die Schulter und machten mir mitten auf dem Sofa Platz, bevor sie sich wieder hineinsinken ließen. Der Geruch von Wodka und einem teuren, nach Moschus duftenden Rasierwasser stieg mir in die Nase.

Olaf beugte sich vor, schenkte mir ein Glas Wodka ein und schob es über den niedrigen Tisch. Ich streckte gerade noch rechtzeitig die Hand aus, um zu verhindern, dass es auf dem Boden landete.

»Damit Sie in Stimmung kommen«, meinte Olaf.

Ich kippte es in einem Zug hinunter. Er holte eine offene Champagnerflasche aus einem Sektkübel zu seinen Füßen und rief mit einem Fingerschnippen eine leicht geschürzte Kellnerin herbei, die ein weiteres Glas brachte und es mit großen Gesten füllte. Sie beugte sich genau im richtigen Winkel vor, sodass ihre Brüste mein Ohr streiften.

Es war laut. Rockmusik mit einem dröhnenden Bass. Ich stellte mein Glas weg, denn ich hatte nicht vor, an diesem Abend zu viel zu trinken. Vielleicht würde ich es ja noch rechtzeitig nach Hause schaffen, um Tessa zu sehen. Ich stützte die Ellbogen auf die Knie und versuchte, ein Gespräch mit Dimitri anzufangen. Wie war es mit der Rede beim Geschäftsessen gelaufen? Hatte er sich an meinen Rat in Sachen Blickkontakt gehalten? Er bewegte den Kopf hin und her und auf und nieder, was beides eine positive Antwort bedeuten sollte.

Inzwischen waren sechs Stangen besetzt. Eine Frau schnürte einer anderen mit den Zähnen das Mieder auf oder tat wenigstens so. Sie ließ die Beine tief über dem Boden schwingen und strich dabei lüstern mit den Fingern über den Hautstreifen zwischen Strumpfsaum und Tanga.

Ich beugte mich wieder vor und sprach weiter. »Habe ich Ihnen je von Henry Kissingers berühmtem Eröffnungssatz bei einer Pressekonferenz erzählt?«

Dimitri schaute immer wieder zur Bühne. Ich war nicht sicher, ob er mich gehört hatte, blieb jedoch beharrlich. »Er ist es wert, dass man ihn sich merkt. Ein Musterbeispiel. Frech, aber wirksam. Er sagte: ›Hat jemand Fragen für meine Antworten?‹«

Dimitri lächelte höflich und tätschelte meinen Arm. »Ja, ja, mein Freund. Doch wir sind hier, um uns zu entspannen und zu feiern.« Er lehnte sich an mich, als er in seine Gesäßtasche griff und eine kleine schwarze Brieftasche zutage förderte, der er einige Fünfzigpfundscheine entnahm. Auf ein weiteres Fingerschnippen erschienen zwei Frauen, die eine blond, die andere dunkelhaarig.

Nachdem er jeder einen Geldschein in den Tanga gesteckt hatte, wies er mit dem Kinn auf mich.

»Auf meine Rechnung?«, fragte er.

Ich rutschte verlegen herum und machte eine Handbewegung, die »nicht jetzt« besagen sollte, wie jemand, der eine zweite Portion Dessert ablehnt. *Mist.*

Dimitri neigte den Kopf und raunte Olaf etwas zu. Dieser grinste leicht abfällig.

Während des Lapdances lehnte ich mich so weit wie möglich zurück. Ein weiteres Detail fürs Protokoll: Gehörte es sich, einen herzförmigen nackten Hintern zu bewundern, wenn er einem gezeigt wird, damit ein anderer seinen Spaß hat, oder wendet man den Blick ab?

Als ich schon glaubte, dass ich jeden Moment vor Peinlichkeit im Erdboden versinken würde, näherte sich eine Frau in kariertem BH und Kilt.

»Mr. Nicholson«, sprach sie mich an. Sie hatte einen mitteleuropäischen Akzent. »Da ist ein Herr für Sie.«

»Das ist bestimmt Jeff«, meinte ich überflüssigerweise zu Dimitri. Ich stand auf, und da ich mich weder an ihm und Olaf noch an den beiden Frauen vorbeizwängen wollte, stieg ich aufs Sofa und sprang über die Lehne.

Der Türsteher stand mit dem Klemmbrett in der Hand oben an der roten Treppe.

Ruckartig wies er mit dem Kopf auf eine Gestalt auf den Stufen vor der Tür.

»Marcus. He, Kumpel. Er will uns nicht reinlassen.«

Seine Krawatte hing locker herunter, seine Augen waren halb geschlossen, die Lider flatterten. Er musste sich auf eine Frau stützen. Nein, keine Frau, ein Mädchen mit langem, blondem Haar, Minirock, knappem Oberteil und schwarzer Strumpfhose.

»Nein«, protestierte ich, als bei mir der Groschen fiel. »Das kommt nicht infrage, Jeff. Nein.«

»Marcus, mein Freund!«

»Nein«, wiederholte ich.

»Mach schon, Kumpel.« Er legte den Arm um mich. »Es ist doch nur Spaß.«

Jem, von seinem Gewicht befreit, trat ein paar Schritte zur Seite und zog verlegen die Mundwinkel nach unten.

»Jem«, sagte ich. »Es tut mir so leid. Wie entsetzlich. Wirklich entsetzlich.« Dann wandte ich mich an Jeff. »Hast du den Verstand verloren?«

»Ich habe den Kunden verloren«, erwiderte Jeff. »Also vielleicht auch meinen Verstand. Im Verlieren bin ich spitze. Meine Frau habe ich auch verloren. Habe ich dir das erzählt, Jem?«

»Hast du«, entgegnete das Mädchen. »Das ist wirklich traurig.«

Flehend streckte er beide Hände nach ihr aus und ließ die Schultern hängen wie der Schmierenkomödiant, als der er sich oft aufführte. »Du möchtest doch mit uns reinkommen, oder? Du folgst mir. Ich und mein Schatten. Das gehört alles zum Job.« Er drückte das Kinn nach unten und stimmte ein Lied über Spaziergänge, Seelen und Leid an.

Jem kicherte, doch ich stellte mich zwischen die beiden. Es gelang mir, seine Hände von ihr zu lösen, ihn wegzuschieben und ihn zu überreden, sich auf die unterste Stufe zu setzen.

»Warte hier«, befahl ich streng.

»Er darf hier nicht sitzen«, protestierte der Türsteher. »Er blockiert den Eingang.«

»Bin in einer Sekunde zurück«, entgegnete ich.

Ich begleitete sie auf die Straße, entschuldigte mich und hielt sie mit einer Hand fest, während ich mit der anderen telefonisch einen Wagen bei Addison Lee bestellte, das sicherste Transportmittel, das mir einfiel. Dann wartete ich mit ihr an der Straßenecke, bis das Auto da war. Sie sagte, es sei alles in Ordnung. Die Besprechung mit dem Softwareentwickler sei recht interessant gewesen. »Echt wahr.«

Jeff sei erst in der letzten halben Stunde so seltsam geworden. »Seine Frau ist nicht tot, oder?«, fragte sie. »Ich dachte, das hätte er gemeint, aber sie hat ihn verlassen, richtig?« Sie gähnte. Als der Wagen erschien, rutschte sie in die Mitte des Rücksitzes. Begeistert und gleichzeitig nervös, weil sie die einzige Passagierin war, sah sie sich um und betrachtete jedes Detail. Ich gab dem Fahrer die Adresse: »Bromley, die Fahrt geht auf Jeffs Privatkonto.« Anschließend wies ich sie an, am nächsten Tag nicht ins Büro zu kommen. »Schlaf dich aus. Am Montag sehen wir dich putzmunter im Büro.«

Als ich zum Club zurückkehrte, saß Jeff nicht mehr auf der Stufe. Der Türsteher zuckte ausweichend die Achseln. Ich entdeckte ihn, flankiert von den beiden Russen, zusammengesackt mitten auf dem Sofa. Auf dem Tisch lagen umgefallene Schnapsgläser, und offenbar war man inzwischen zu Bier übergegangen. Ich nahm auf dieselbe unelegante Weise Platz, auf die ich gegangen war, indem ich über die Lehne kletterte, herunterrutschte und Jeff aus dem Weg schob, um eine Lücke zu schaffen. Er kippte zur Seite wie ein gefällter Baum.

Er drehte den Kopf auf dem Samtpolster. »Was ist mit Linda passiert?«, fragte er. »Der reizenden Linda, der Liebe meines Lebens. Wie habe ich zulassen können, dass sie verschwindet?«

»Du hast sie gefickt«, erwiderte ich.

»Natürlich habe ich sie gefickt. Sie war meine Frau.«

»Das habe ich anders gemeint, du Arsch.«

»Stimmt wirklich. O Gott.«

Es war ein sehr lang gezogenes »O Gott«, Jeff im schlimmstmöglichen Zustand: Selbstmitleid, gepaart mit der verzweifelten Sehnsucht nach Dramatik. Eben die Eigenschaften, die ihn überhaupt erst in Schwierigkeiten gebracht hatten.

Plötzlich spürte ich eine Anspannung hinter der Stirn, den Druck, der sich nun schon seit Tagen und Wochen aufbaute. Eigentlich schon seit dem Urlaub. Keine Ahnung, wann ich zuletzt hatte lockerlassen können. Lange vor jenem Moment am Strand, als ich geglaubt hatte, es könnte endlich möglich sein. Jedes Problem pulsierte: die Sorge um meine Firma, meine Ehe. Das Gewicht war zu schwer, um es zu tragen.

Ich winkte Dimitri zu und wies auf die Wodkaflasche. Grinsend schenkte er mir feierlich ein Glas ein und reichte mir mit der anderen Hand ein Bier. Ich stürzte erst das eine und dann das andere Getränk hinunter. Ich brauchte dringend den Kick, die Befreiung von der Anspannung und kurz das Gefühl, wie sie von mir abfiel. »Fuck«, murmelte ich.

»Mehr Bier?«, erkundigte sich Dimitri. »Oder Champagner?«

»Ist mir egal. Irgendwas. Beides.«

Er grinste wieder.

»So, mein Freund.« Er strich sich mit dem Zeigefinger über die Unterlippe. Von einem Mundwinkel zum anderen. »Und jetzt werden wir uns zusammen ein wenig amüsieren.«

»Ich bin ein verheirateter Mann«, widersprach ich.

»Und ich hatte gedacht, Sie hätten nichts gegen eine extreme Erfahrung einzuwenden.« Als er mich musterte, spielte ein Lächeln um seine Lippen, und ein abschätzender Ausdruck trat in seine Augen. Dann wandte er sich stirnrunzelnd zu Jeff um, der offenbar eingeschlafen war. Seine Lider hoben sich dunkelblau von seinem bleichen Gesicht ab. »Anders als Ihr Partner. Nicht heute Nacht, Josephine«, trällerte er nach einer kurzen Pause.

Ich lachte und konnte nicht mehr damit aufhören. Selbst während ich *nein, lass das, geh* dachte, kämpfte ein wilder und zorniger Teil von mir um seine Freiheit, begierig auf die Gelegenheit zu beweisen, dass ich mehr Mann war als Jeff. Irgendwo tief in meinem Innersten wusste ich, dass es unlogisch war. Dass meine Definition von Männlichkeit verschoben sein könnte. Allerdings traf das auf alles zu. Der Raum hatte angefangen zu pulsieren. Farben kamen und gingen im Takt. Die Musik schrillte seltsam in meinen Ohren. Auf der Bühne wanden sich die Frauen immer noch. Hauptsächlich auf dem Boden und mit weit gespreizten Beinen. Nackte Haut, Haare, Lippen, Schenkel, Münder, Zungen. Drei der Frauen waren inzwischen barbusig. Ihre Brüste waren groß, ihre Brustwarzen unnatürlich rosig. Ich kippte den Drink in meiner Hand hinunter. Was war es? Zu viel Kohlensäure für Bier. In einem Glas, nicht in einer Flasche. Champagner! Und dann noch ein Wodka. Nur runter damit.

Eine Kellnerin balancierte ein großes Essenstablett über dem Kopf, das sie vorsichtig vor uns auf dem Tisch abstellte. Olaf gab ihr fünfzig Pfund Trinkgeld, ohne ihr ins Gesicht zu schauen.

»Wagyu-Steak mit karamellisierten Zwiebeln«, verkündete er und schnitt es an.

»Okay«, sagte ich und beobachtete, wie Blut unter seinem Messer hervor auf den Porzellanteller rann.

»Pommes Cajun-Art.«

»Lecker!«

»Kirsch-Milchshake.«

»Das trinken Sie besser.«

»Es ist gut.«

»Prima.«

»Möchten Sie eine Pommes?«

»Ja.« Ich nahm das Stäbchen entgegen, kaute und fing an zu kichern. »Ich habe meiner Frau erzählt, ich würde mit einem Kunden zu Abend essen!«

»Okay.« Dimitri war aufgestanden. »Haben Sie Ihre Pommes aufgegessen?«

»Cajun-Pommes.«

»Und jetzt ist es Zeit für das Ereignis des Abends. In meinem Land nehmen wir Gastfreundschaft sehr ernst. Heute sind Sie mein Gast.« Freundschaftlich fasste er mich am Ellbogen und zog mich hoch.

»Uff«, keuchte ich und stützte mich mit der anderen Hand auf die Sofalehne, um nicht das Gleichgewicht zu verlieren. »Immer mit der Ruhe.«

Wieder schnippte er mit den Fingern. Die Barchefin mit dem karierten BH und Rock kehrte zurück, und die beiden wechselten einige Worte. Dann folgten Dimitri und ich ihr schwankend durch den Raum und schlängelten uns an den billigen Kerlen in ihren billigen Anzügen auf den billigen Plätzen vorbei. »Pst«, flüsterte Dimitri. Wir traten durch eine Tür in einen Raum, der ganz aus Fell bestand. Fellwände, Fellsofa, Fellteppich. Das Fell großer Katzen. Es fühlte sich weich unter meinen Händen an. Ich streichelte es in beide Richtungen. Und im nächsten Moment kamen die Frauen. Sie trugen kein Fell. Als die Musik weiter wummerte, hatten sie bald gar nichts mehr an.

Ich hörte, dass Dimitri im Sessel mir gegenüber kehlige Geräusche ausstieß. Die Frau, die sich mir widmete, hatte dick geschminkte Wimpern. Da ihr Haar vor und zurück wippte, war es unmöglich, die Konturen ihres Gesichts genau auszumachen. Obwohl es darauf ja eigentlich nicht ankam.

»Immer mit der Ruhe«, sagte ich wieder.

Ich hatte den Arm um Dimitris Schultern gelegt, Jeff hatte sich mit Olaf zusammengetan. »*Two by two*«, sang ich. »*The animals went in two by two*.« Die rote Treppe hinauf, vorbei am Türsteher, zur Tür hinaus und auf die Straße. Ich wusste nicht, wie spät es war. Fünf Uhr morgens? Neun Uhr abends? Der Himmel war noch nicht dunkel, sondern reglos blau. Die Luft war warm, und es ging eine leichte Brise. Eine Sirene heulte. In der Ferne dröhnte der Verkehr. Die Welt ging ihren Geschäften nach.

Ein Motor schnurrte, doch der Wagen war nicht für uns bestimmt. »Weitergehen, Kumpel«, sagte der Fahrer.

Als ich mich umsah, konnte ich Dimitri und Olaf nicht entdecken. Sie waren verschwunden. War ich in den Club zurückgekehrt? Vielleicht versuchte ich es ja nur. Ich erinnere mich daran, dass der Türsteher mich schubste, an seine Handflächen auf meiner Brust. Rums! Ein Stoß. Beinahe wäre ich gestürzt. Ich weiß noch, dass ich lachte und mir den Ellbogen rieb. Ich glaube, es wurde gerufen oder gesungen. Jeff torkelte auf mich zu. Wir kollidierten und hielten einander mühsam aufrecht.

Mein Hemd war offen. Als ich versuchte, es zuzuknöpfen, geriet ich durcheinander. Ich konnte das richtige Knopfloch nicht finden. Außerdem hatte ich Lippenstift an der Brusttasche und am Kragen. Ich wollte ihn wegwischen. Vergeblich.

Ich streckte den Arm aus, um ein Taxi anzuhalten, obwohl keines in Sicht war. Autos fuhren vorbei. Ein Laster, hoppla, zu nah, hupte. Ein knutschendes Pärchen auf der anderen Straßenseite hielt in seinem Treiben inne. »Starrt ihr mich an?«, fragte ich.

Offenbar bemühte Jeff sich, mir den Mund zuzuhalten.

Das Pärchen ging weiter. Doch dann bemerkte ich im Schatten der blauen Markise eines Ladens gegenüber zwischen einem Geländer und einer Tür einen Mann in beiger Chino und weißem T-Shirt. Als ich genauer hinschaute, wurden meine Füße plötzlich heiß, und mir wurde schwindelig. Ich sah einen Strand vor mir, eine leere Sandfläche und das Meer. Die Arme des Mannes waren blau tätowiert, ein Stacheldrahtkranz unten am Bizeps. Seetang, Sterne, Buchstaben, Zeichen. Seine Miene war ausdruckslos. Es war Dave Jepsom, und er starrte mich an.

Im nächsten Moment stoppte ein Taxi brummend am Straßenrand. Jeff und ich saßen darin, ich wurde gegen den Sitz geschleudert. Wir beschleunigten, unsere Umgebung zog in horizontalen Linien an uns vorbei. Ein Strudel. Als ich durchs Heckfenster blickte, wurde der Mann kleiner, und ich war mir nicht mehr sicher.

Zu Hause stieg ich so leise wie möglich die Treppe hinauf und zog mich im Bad aus. Nachdem ich den Lippenstift mit Seife von meinem Hemd geschrubbt hatte, setzte ich mich auf den Badewannenrand und betrachtete mich im Spiegel. Bartstoppeln. Dunkle Augenringe. Blutunterlaufene Augenwinkel. Wich mein Haaransatz zurück? Ich stand auf, schaute genauer hin, griff nach einem Büschel und strich es zurück, um meine Schläfen zu inspizieren. Ja, es stimmte. Ich schnitt meinem eigenen Spiegelbild eine Grimasse. Eine Mischung aus Widerwillen und Verzweiflung. Anschließend putzte ich mir die Zähne und gurgelte mit einer Verschlusskappe voll Mundwasser. Es brannte auf der Zunge und im Mundwinkel. Eine Fistel, ein kleiner Riss. Ich war am Ende, absolut fertig.

Hatte ich beim Einsteigen ins Taxi wirklich Dave Jepsom gesehen? Nein, natürlich nicht. Warum um alles in der Welt sollte er vor einem Striptease-Schuppen in Mayfair herumlungern? Offenbar verlor ich allmählich den Verstand.

Ein Tropfen fiel vom Wasserhahn ins Becken und floss eine verkalkte Rinne im Porzellan entlang.

Als ich mich ins Bett legte, regte sich Tessa.

»Wie war dein Geschäftsessen?«, murmelte sie schlaftrunken.

»Langweilig«, flüsterte ich. »So wie immer.«

Sie

In dieser Woche verbrachte ich den Mittwoch und Donnerstag zu Hause. Josh fieberte immer noch, und mit jedem Tag fühlte ich mich selbst auch fiebriger. So schwierig konnte es doch nicht sein, sagte ich mir immer wieder. Ich hatte ein Kind. Rose hatte ein Baby und ein Kleinkind. Keine Ahnung, wie sie das schaffte. Alle meine Bemühungen, eine gute Krankenschwester zu sein, scheiterten. Das Chaos um mich herum schien immer mehr zuzunehmen. In der Küche türmte sich das schmutzige Geschirr, auf dem Fußboden waren Spielsachen verstreut. Josh war unleidlich, ich konnte nichts richtig machen. Die Eier waren zu flüssig, der Toast war zu hart, und er mochte das Buch nicht, das ich ihm vorlas. Er wollte seinen Daddy.

Als Marcus am Donnerstag anrief, um mir mitzuteilen, er habe einen »Kundentermin«, war ich den Tränen nah. Verzweifelt sehnte ich mich danach, ihn zu sehen. Oder irgendeinen anderen Menschen.

Ich merkte seiner Stimme an, dass er das Telefonat unbedingt beenden wollte, doch ich musste noch ein wenig länger mit ihm sprechen. »Einen Kundentermin?«, hakte ich nach. »Warum sagst du immer nur *Termin*. Kannst du dich nicht ein bisschen genauer ausdrücken?«

»Ein Abendessen, okay? Ein Abendessen.«

»Ich hatte nur gehofft, dass wir zusammen essen und ausnahmsweise mal reden könnten.«

»Worüber?« Er klang besorgt.

»Die Arbeit? Mich würde interessieren, was los ist.«

»Die Arbeit?« Er seufzte auf. »Hör zu, mach mir jetzt keinen Stress. Es ist ja nicht so, dass ich Lust habe hinzugehen.«

Ich saß da und starrte auf die Küchenwand, auf Joshs schmutzige Fingerabdrücke und die Legosteine, die ich noch nicht weggeräumt hatte. Ich wollte mich nicht mit Richard treffen, sondern um meine Ehe kämpfen.

Nur noch dieses eine Mal. Welche Rolle spielte das schon?

Ich schickte Richard eine SMS und organisierte einen Babysitter, einen Nachbarssohn, hochgewachsen und schlaksig, dessen Jeans weit unterhalb des Unterhosenbunds hingen. Ich zeigte ihm, wo Tee und Kaffee waren und auch die Notfallnummern an der Pinnwand in der Küche. Dann erklärte ich ihm, Josh liege schon im Bett, er sei krank gewesen, doch es ginge ihm bereits besser. »Kapiert«, wiederholte er ständig. Ich tat, als hätte ich den leichten Geruch nach Gras nicht bemerkt.

Richard hatte ein türkisches Restaurant in Waterloo vorgeschlagen. Vermutlich plante er, es zu übernehmen.

Es war ein großes, höhlenartiges Lokal an einer Hauptstraße unweit der Eisenbahnbrücke. Der Garten war verwildert, die Fliesen klapperten unter den Füßen. Der Speiseraum hatte Backsteinwände, die Stühle Holzlehnen und Binsensitzflächen.

Bei meiner Ankunft saß er bereits an einem Tisch im

hinteren Teil des Raums. Sein Blick folgte mir, als ich mit ernster Miene das Restaurant durchquerte. Ich beugte mich vor, um ihn zu küssen. Am Nebentisch feierte eine große Gruppe aufgetakelter Mädchen, leicht bekleidet für einen Donnerstagabend, lautstark einen Geburtstag. Er schaute zu ihnen und runzelte die Stirn.

Ich entschuldigte mich, weil ich mich nicht gemeldet hatte. »Josh war krank, und ich konnte deshalb nicht aus dem Haus.«

»Heißt das, er war nicht im Büro?«

Ich dachte über seine Worte nach. Ihn interessierte wirklich nicht, wer ich war.

»Nein, Josh. Nicht Marcus. Josh ist mein Sohn.«

»Ja, natürlich. Offenbar setzt mein Gedächtnis aus.«

Ich schwieg einen Moment. »Jedenfalls bin ich jetzt hier.«

An diesem Abend war er nicht so elegant gekleidet wie sonst. Jeans und ein schwarzes T-Shirt, obwohl der Stoff teuer war und ein wenig schimmerte. Ich war leicht gereizt und bereute sehr, dass ich gekommen war. Es war zu riskant. Jemand hätte uns sehen können. Ich fühlte mich albern und schmuddelig. Mir gefiel er in einem meistens marineblauen Anzug und einem gestärkten weißen Hemd. Der Business-Look gehörte irgendwie zur Fantasie. In dieser lässigen Aufmachung wirkte er älter und wie ein Dandy. Seine perfekt manikürten Nägel passten eher zu einer Frau. Ebenso die goldene Sonnenbräune an seinen Unterarmen.

Ich bestellte einen Gin Tonic, Richard ein Bier. Ich trug ein altes Sommerkleid und Turnschuhe, um zu demonstrieren, wie wenig es mich kümmerte, hatte jedoch die obersten drei Knöpfe offen gelassen. Sein Blick hing an meinem Dekolleté. Wider Willen zogen sich meine Bauchmuskeln zusammen.

»Was macht dein Mann noch mal beruflich?«, erkundigte er sich.

»Er ist in der PR-Branche. Das weißt du doch. Du hast ihn bei Ekelund kennengelernt. Inzwischen hat er seine eigene Firma.«

»Natürlich, natürlich.« Wieder runzelte er die Stirn. »Wie heißt sein Unternehmen denn?«

»Hawick Nicholson.«

»Ja, das war mir bekannt. Sie haben gerade einen Auftrag von KazNeft angenommen, richtig?«

Ich betrachtete ihn argwöhnisch. »Ja.«

»Er sollte vorsichtig sein. Gerüchten zufolge sind die in zwielichtige Geschäfte verwickelt. Der Mord in Moskau letztens? Der Typ, der tot auf dem Rücksitz seines Autos aufgefunden wurde?«

»Er beschäftigt sich nur mit Medientraining«, erwiderte ich. »Blickkontakt und so weiter. Das ist doch nicht gefährlich. Außerdem hatte der Typ einen Herzinfarkt, oder?«

Er zuckte die Achseln. »Also nur ein Zufall, dass Lefevre ihren Auftrag abgelehnt hat?«

»Tja, jedenfalls hat Marcus Erfolg. Sie haben die Gründungskosten schon beinahe reingeholt und verdienen endlich Geld.« Ich klang abweisend.

Der Kellner erschien, um unsere Bestellungen aufzunehmen. Ich überließ Richard die Auswahl, weil es mir inzwischen egal war, ob ich etwas aß oder nicht. Als das

Essen serviert wurde, musterte er es eingehend. Der glänzende Haufen aus Auberginenmus, die gegrillten Lammstücke, die hübsch angerichteten, mit Sesam bestreuten Falafel. Er aß schnell und offenbar, ohne sich ein Urteil zu bilden. In der Gastronomie kam es für ihn mehr auf das Konzept an als auf den Geschmack. Eher auf das Image als auf die Küche.

»Keinen Hunger?«

Ich schüttelte den Kopf.

»Ich habe mir überlegt, ob ich wieder arbeiten gehen soll«, sagte ich nach einer Weile. »Nur Teilzeit, damit ich für Josh da sein kann. Ein paar Stunden hier und da. Irgendeine Beratertätigkeit.«

Er nickte, hatte aber anscheinend nicht zugehört.

»Als wir uns kennengelernt haben, hast du gemeint, du hättest vielleicht etwas für mich. Gilt das immer noch?«

Er hielt sich die Hand hinters Ohr und schüttelte den Kopf. »Ich kann dich nicht verstehen«, erwiderte er. Seine andere Hand berührte unter dem Tisch mein Knie und schob mein Kleid hoch.

Ich zog die Beine weg. »Zu viele Leute«, protestierte ich.

Er wandte den Blick nicht von meinem Gesicht ab. »Ich dachte, das magst du«, antwortete er und streichelte weiter meinen Schenkel. »Ich habe geglaubt, Zärtlichkeiten in der Öffentlichkeit wären dein Ding. Vielleicht …«

Als ich seine Hand abwehrte, nahm er sie zurück und erhob sie schicksalsergeben. »Sollen wir uns einen ruhigeren Ort suchen?«, schlug er vor.

Ich wollte nicht an einen ruhigeren Ort, sondern nach Hause zu meinem Mann und meinem Sohn. Keine Ahnung, was ich hier tat und wie ich es so weit hatte kommen lassen können.

Er steckte das letzte Falafel in den Mund, stand bereits auf und griff mit der anderen Hand nach dem Portemonnaie in der Gesäßtasche seiner Jeans. Dann gab er dem Kellner ein Zeichen und deutete mit einer kleinen Handbewegung die Rechnung an. Auch ich schob meinen Stuhl zurück und erhob mich.

Nur weil ich darauf wartete, dass Richard die Rechnung bezahlte, und den Blick von der ziemlich peinlichen Transaktion abwandte, schaute ich mich im Raum um und betrachtete die weiß gedeckten Tische, die Stühle mit den hohen Lehnen, die vorgebeugten Schultern der anderen Gäste und die herumeilenden Kellner bis hin zum anderen Ende des Lokals und zur Terrasse.

Eine einsame Gestalt stand da. Ein Torbogen führte ins Freie, und der Mann lehnte an einer Seite. Die Efeuranken einer Fensterdekoration baumelten über seinem Kopf. Hinter ihm wogte ein grünes Meer: die Spitzen der Pflanzen auf der Terrasse. Der Mann war hochgewachsen und breitschultrig, das konnte ich von meinem Platz aus erkennen. Er war lässig gekleidet. Die Ärmel seines T-Shirts hatte er hochgekrempelt, sein stark tätowierter Bizeps wölbte sich. Das Licht hinter ihm fing sich in seinem Haarflaum.

Er blickte in meine Richtung. Etwas an seiner Körperhaltung ängstigte mich. Er hatte das Kinn gereckt und die Schultern angespannt, als müsse er sich angestrengt zurückhalten.

Ich konzentrierte mich auf sein Gesicht und seine

Augen. Im nächsten Moment fühlte ich mich wie nach einem Schlag auf den Hinterkopf. Meine Arme wurden schwach, die Knie gaben nach. Es war so ähnlich wie das mulmige Gefühl, bevor einem schlecht wird. Nur, dass es sich eher in meinen Gliedmaßen als in meinem Magen abspielte. In den Knien und den Schultergelenken. So, als fiele ich nach hinten und bräche gleichzeitig innerlich in mich zusammen. »Nein, ich will das Lamm! Lasst mir was über«, kreischte ein Mädchen am Nachbartisch.

Seine Wimpern waren hell. Das wusste ich. Und seine Iris war blassblau. Ich glaubte zu sehen, wie sich seine Pupillen zusammenzogen. Das winzige kaleidoskopartige Muster darum herum. Ich bildete mir ein, die Bartstoppeln an seinem Kiefer ausmachen zu können, den auf der einen Seite zuckenden Muskel.

Es war Dave Jepsom. Diesmal bestand kein Zweifel. Ich bildete es mir nicht ein. Der Mann war Dave Jepsom.

Richard hatte den Arm um mich gelegt. Sein Atem streifte meinen Hals. Als ich mich losmachen wollte, presste er die Finger gegen meine Rippen. Von der anderen Seite des Lokals aus beobachtete mich Jepsom weiter. Kurz fühlte ich mich zwischen den beiden Männern eingezwängt, ruhige Punkte in einem ansonsten von Lärm erfüllten Raum.

»Lass uns gehen«, raunte Richard und gab mich frei. Ich eilte davon, suchte mir einen Weg zwischen den Tischen hindurch, hastete an Stühlen und Beinen vorbei, stolperte über eine auf den Boden gefallene Jacke und stieß Besteckteile herunter. Ich drehte mich nur eine Sekunde um, um mich zu entschuldigen, doch als ich zur Tür hinausstürmte und mich zwischen den stacheligen Blättern der Pflanzen auf der Terrasse hin und her wandte, war er verschwunden. Ich drängte mich an den Rauchern vorbei, suchte die gesamte Terrasse ab und musterte jedes Gesicht. Er war nicht da.

Ich kehrte zurück ins Restaurant und blickte mich noch einmal um. Keine Spur. Dann stieß ich die Eingangstür auf und lief auf die Straße hinaus. Der Verkehr donnerte vorbei. Über mir kreiste ein Helikopter. Gäste aus der Bar nebenan rauchten auf dem Gehweg. Auf der Terrasse neben mir herrschten lautes Gelächter und Stimmengewirr. Am Randstein waren schwarze Müllsäcke aufgestapelt. Ein Bus verließ eine Haltestelle. Einige Meter weiter die Straße entlang strömten Menschen aus einem Lokal.

Inzwischen stand Richard auf der anderen Straßenseite vor einem Waschsalon und telefonierte. Er winkte mir zu und drehte einige Finger. Einen Moment, sollte das heißen. Konzentriert runzelte er die Stirn und wandte den Wäschebergen und den wirbelnden Maschinen den Rücken zu. Ich drängte mich wieder ins Restaurant. Verzweifelt sehnte ich mich nach einer Bestätigung, einem Beweis oder einem Gegenbeweis. Ich hastete einige Stufen hinunter und riss die Tür der Herrentoilette auf. Uringestank, ein von Papierhandtüchern überquellender Mülleimer, eine Reihe nicht benutzter Urinale.

Als ich wieder oben an der Treppe war, sprach mich ein Kellner an. »Haben Sie etwas verloren, Madam? Kann ich Ihnen helfen?«

Ein Paar in meiner Nähe beobachtete mich. Gäste an

anderen Tischen drehten sich nach mir um. »Nein, nein«, erwiderte ich. »Nein, alles in Ordnung. Tut mir leid.«

Als ich aus dem Lokal kam, stand Richard mitten auf der Straße und wartete auf eine Lücke im Verkehr. Er lief auf mich zu. »Ein Albtraum«, verkündete er. »Drei mögliche Fälle von Lebensmittelvergiftung bei Fish Tales, in der Filiale in Marylebone. Wir haben dort einen neuen Koch. Ich werde nicht sofort gebraucht, aber ich muss bald los und einige Telefonate erledigen.«

Er legte den Arm um mich, und ich ließ mich von ihm die Straße entlang, um eine Kurve und durch verschiedene Seitengassen führen. Den Weg nahm ich gar nicht zur Kenntnis. Stattdessen betrachtete ich jedes Gesicht, das uns entgegenkam, horchte auf Anzeichen von Bewegung hinter uns und auf der anderen Straßenseite und schaute mich rasch um, wenn ich Schritte hörte. Richard schien nicht zu bemerken, dass mich etwas beschäftigte. Wenn doch, dachte er vielleicht, dass ich enttäuscht war, denn er wiederholte mehrere Male, wie leid es ihm täte, die Verabredung abkürzen zu müssen.

Ich hatte angenommen, dass wir zur U-Bahn gingen, doch wir endeten an der South Bank, wo Massen von Gesichtern und Körpern auf uns zuströmten. Seine Finger umfassten meine Taille, als er mich zu einem der Gebäude bugsierte. Ich erlaubte ihm, mich durch die große Drehtür und das gewaltige menschenleere Foyer zu schieben. Ich glaube, die Vorstellung lief noch. Es war still. Unsere Schritte klangen trotz der hohen Decke und der endlosen gefliesten Bodenfläche gedämpft. Ein Mann und eine Frau mit Plastikbechern in der Hand saßen auf der breiten, flachen Treppe zur nächsten Etage. Ich hätte ihm sagen sollen, dass ich nach Hause wollte. Keine Ahnung, warum ich es nicht tat. Die flüchtige Sehnsucht danach, etwas anderes als Angst zu empfinden? Sein Griff um meinen Arm war so fest.

Als der Lift kam, schubste er mich hinein. Die Kabine war leer. Während er mit einer Hand auf den Knopf drückte, hob er mit der anderen mein Kleid.

Die Türen öffneten sich in einer Tiefgarage, einer stickigen Betonfalle mit niedriger Decke, an der mit Silberfolie isolierte Rohre verliefen. Der Boden war uneben und voller Ölflecken. »Ich glaube, der Mercedes parkt da drüben«, meinte er und wies in eine Ecke.

Wir gingen darauf zu. Unsere Schritte klapperten auf dem Beton, als wir Reihen dicht an dicht geparkter Autos und viereckige weiße Säulen passierten. Obwohl die Garage menschenleer war, herrschte eine unheimliche Stimmung, als ob wir doch nicht allein hier wären. Die Autos waren unbeleuchtet. Jede Rückenlehne wirkte wie ein Mensch, der lautlos wartete und uns beobachtete. Eine Neonröhre flackerte. Wasser tropfte, ein Geräusch, als klopfe jemand mit einem Stock auf den Boden. Dazu ein pulsierendes Brummen, das abwechselnd leiser und lauter wurde wie Atemzüge.

Vorsichtig öffnete Richard die rückwärtige Tür. Die Säule daneben war mit verschiedenfarbigen Lackkratzern bedeckt. Öllachen sammelten sich am Boden. Mit einer witzig gemeinten höflichen Handbewegung komplimentierte er mich auf den Sitz. »Nach dir«, sagte er. Und dann lag er auf mir. Die Luft war schlecht, und es war unbequem. Wir waren beide in Eile. Er musste sein Problem mit der Lebensmittelvergiftung lösen, ich wollte einfach nur nach Hause.

Richard drückte mir die Handgelenke über den Kopf und gegen den Türgriff. Eine Haarsträhne klemmte unter meinem Ellbogen fest. Sein Siegelring grub sich in meine Wange. Und in diesem Moment, selbst wehrlos und seiner Kraft ausgeliefert, begann ich, mich zu befreien. Eine rasche Entscheidung. Aus Verachtung für sein schimmerndes T-Shirt, seinen Körper, seine Bedürfnisse, sein verzerrtes Gesicht und seine Rücksichtslosigkeit. Ich dachte an den Babysitter und an Josh, daran, ob er während meiner Abwesenheit aufgewacht war und wie ich am schnellsten nach Hause kommen konnte.

PENG.

»Was war das? Fuck!«

Richard zuckte nach hinten und stieß sich den Kopf an. »Scheiße.«

Ich kauerte mich zusammen, rutschte tief hinunter und schützte mit verschränkten Armen meinen Körper. »Was ist los?«

Das Geräusch war laut und plötzlich gewesen und hatte das Auto erbeben lassen.

Richard zog seine Jeans hoch, spähte dabei gebückt aus dem Fenster. »Scheiße, ich kann nichts sehen.«

Vielleicht hatte sich ja eines der Rohre an der Decke gelöst und war aufs Wagendach gefallen. Nein. Da draußen war jemand. Hinter uns, zwischen Kofferraum und Wand. Die Person hatte den Fuß auf die Stoßstange gestellt; sie knirschte, und das Auto wackelte.

Inzwischen hatte Richard seine Jeans geschlossen. Ich duckte mich weg, damit er die Tür erreichen konnte. »Sei vorsichtig«, flüsterte ich.

Er nickte, zog am Griff und stieß die Tür auf.

Am Heckfenster ragte eine Gestalt auf. Eine Fratze mit offenem Mund, geweiteten Augen und heraushängender Zunge. Sie gab eine Art Kriegsgeheul von sich und verschwand wieder. Ich machte mich noch kleiner. Richard fing an zu schreien. »Verdammt! Ihr Wichser. Haut bloß ab!«

Gekicher ertönte. Eine zweite Gestalt, diesmal auf der anderen Seite des Autos vor der Windschutzscheibe. Der Wagen erbebte erneut.

Richard brüllte weiter. Er versuchte, das Auto zu umrunden, doch die beiden entkamen. Er fluchte. Dann Fußgetrappel.

Richards Gesicht erschien. »Alles in Ordnung?«

Eine Tür knallte, das Gelächter entfernte sich.

Ich zitterte immer noch. »Nein.«

»Jugendliche«, sagte er.

»Fuck.« Ich brach in Tränen aus.

Sanft lächelnd rutschte er neben mich. »Ein Teenagerstreich«, meinte er. »Wahrscheinlich waren sie neidisch.«

Dennoch konnte ich nicht zu weinen aufhören. »Tut mir leid. Es ist nur …« Mir wurde klar, dass es eine Erleichterung bedeuten würde, es in Worte zu fassen. »Ich werde verfolgt«, begann ich. »Dieser Typ, den wir im Urlaub kennengelernt haben. Ich dachte, er wäre es.«

»Aber er war es nicht, nur Jugendliche. Mehr war nicht dabei. Unser Fehler, dass wir so … abenteuerlustig waren.«

Er schaute auf die Uhr.

»Hör mir kurz zu. Bitte.«

»Okay.« Er legte die Hände in den Schoß und strich mit den Fingern über das Glas seiner Rolex. Obwohl er los wollte, würde er mir ein paar Minuten gewähren.

Es war so befreiend, sich auszusprechen. Ich erzählte ihm von Dave Jepsom. Davon, dass er Josh das Leben gerettet hatte, dass wir ihn zum Mittagessen eingeladen hatten, dass er nach unserer Rückkehr nach London bei uns zu Hause aufgekreuzt war und sich in unsere Dinnerparty gedrängt hatte. Ich berichtete, dass ich glaubte, ihn auf dem Heimweg von Richards Wohnung am Montag gesehen zu haben. Am selben Tag hatte jemand mit einem Schlüssel das Wort »Nutte« in den Lack meines Autos gekratzt. Ich schilderte meine Vermutung, ich hätte ihn in einem Laden in der Nähe meines Hauses bemerkt. Außerdem hätte ich ihn ganz sicher vor einer halben Stunde im Restaurant gesehen. Deshalb hätte ich solche Angst gehabt. Ich hätte gedacht, Dave Jepsom habe aufs Autodach geschlagen.

Richard lauschte. »Doch er war es nicht«, erwiderte er, als ich fertig war. »Es waren Jugendliche.« Er umfasste mein Knie. »Das bildest du dir alles nur ein. Wahrscheinlich hat er ein Gesicht und einen Körperbau, die häufiger vorkommen als andere. An meiner Rezeption sitzt eine Frau, ein sehr attraktives Mädchen, und immer wenn mir eine Blondine mit einer bestimmten Körpergröße begegnet, glaube ich, dass sie es ist. Du siehst lediglich Leute, die ihm ähneln, mehr nicht.«

Ein sehr attraktives Mädchen. Hatte er das wirklich gesagt? Wenn ich nicht so verstört gewesen wäre, hätte ich gelacht.

»Ist das dein Ernst?«

»Ja.« Wieder schaute er auf die Uhr und zog dann die Tür zu. »Und jetzt vergiss die Sache.«

Zurück zu Hause, bezahlte ich den Babysitter und ging ins Bett. Als Marcus kurz darauf ins Schlafzimmer torkelte, stellte ich mich halb schlafend.

Bis in die frühen Morgenstunden lag ich grübelnd da. Meine Angst im Restaurant erschien mir hysterisch und übertrieben. Richard hatte recht. Ich hatte mir Dave nur eingebildet. Da er Josh das Leben gerettet hatte, hatte er in meinem Verstand an symbolischer Bedeutung gewonnen. Ich beschwor ihn in den Momenten herauf, in denen ich mich am meisten schämte. Er war mein Gewissen. Mehr nicht. Eine überreizte Verkörperung meiner Schuld.

Es stand fest, was ich zu tun hatte: Wenn ich mit Richard Schluss machte, würde Dave verschwinden.

Er

Am Freitagmorgen auf dem Weg ins Büro erhielt ich eine SMS von Dimitri: *Nett, mit meinem neuen Geschäftsfreund gefeiert zu haben. Magenta wirkte auch sehr zufrieden.*

Ich starrte ein oder zwei Sekunden auf den Text und schloss die Augen. Magenta. War das der Name der Frau im Separee? Ich wollte mich lieber nicht daran erinnern.

Zum Glück war es ruhig im Büro. Als Jeff eintraf, sah er sogar noch schlimmer aus, als ich mich fühlte. Sein Atem roch nach Zigaretten und Spearmint-Mundwasser. Wir zogen uns in die Küche zurück, wo ich ihm Dimitris SMS zeigte. Erschaudernd murmelte er, der Abend sei »ein wenig verschwommen«. Wir einigten uns darauf, die Sache am besten zu den Akten zu legen.

Von Jem fehlte jede Spur. Doch als ich später am Vormittag an Gail vorbeikam, bemerkte ich, dass sie im Internet »Floristen in Bromley« recherchierte. Ich blieb hinter ihr stehen und fühlte mich beklommen. Obwohl ich es nicht in Worte fassen konnte und es auch nicht tat, erschienen Blumen mir unpassend. So, als vermittelten sie nicht ganz die richtige Botschaft oder sogar eine falsche. Allerdings war es Jeffs Angelegenheit, und meine Besorgnis war vage und nicht greifbar. Also kehrte ich wortlos an meinen Schreibtisch zurück.

Ich rief meine Schwester Sarah an. Da sie in der Entwicklungsabteilung von GlaxoSmithKline arbeitet, störe ich sie normalerweise nicht im Büro, insbesondere nicht nur, um »ein bisschen zu plaudern«. Unser Verhältnis war schon immer ein wenig angespannt. Meiner Ansicht nach hat sie ein schlechtes Gewissen, weil sie stets das absolute Lieblingskind unseres Vaters gewesen ist. Nachdem wir die üblichen Themen, die Fortschritte ihrer Kinder, Joshs Wohlbefinden, Dads Gesundheit, abgehakt hatten, erkundigte ich mich vorsichtig nach Jems Lebensverhältnissen. Sie klang zögerlich, antwortete jedoch, es sei »eine recht nette Familie, vielleicht ein wenig überehrgeizig, aber wer ist das nicht?«. Jem sei eine ausgezeichnete Schülerin. »Ein kluges Mädchen.« Offenbar beruhigte mich das, denn ich beließ es dabei.

Den Vormittag verbrachte ich damit, Kaffee zu trinken und meine Mails abzuarbeiten. Einschließlich eines letzten Versuchs, Yasmeen zu überreden, zum Presseempfang von 7Nights zu erscheinen. Meine früheren Bitten waren witzig und leicht ironisch im Ton gewesen: »Ich bin sicher, dass du dir lieber Zähne ziehen lässt …«. Und ich erwähnte auch unsere gemeinsamen Alltagserfahrungen, wie den »Abend beim Fingerfarbenmalen mit Miss Jenny von den Kleinen Bären«.

Diesmal jedoch stand ich so unter Druck, dass ich angestrengter darüber nachdachte, was ich ihr zu bieten hatte. Ihre Kolumnen waren für gewöhnlich mit spitzer Feder formuliert, behandelten aber ernste Themen mit politischem Einschlag. »Was hältst du von einem Artikel über die Gentrifizierung von Autobahnraststätten?«, schrieb ich schließlich. »Darüber, wie der Anstieg von Terroranschlägen im Ausland in Kombination mit der Haltung zum Brexit im Land zur Zunahme von Übernachtungen geführt hat?« Ich war zufrieden mit meinem Ansatz. Herrje, vielleicht würde ich so einen Bericht sogar selbst lesen. Im Lauf des Morgens sah ich immer wieder nach, ob sie geantwortet hatte. Hatte sie nicht.

Das Mittagessen mit Tilly Elworthy war eine alte Tradition. Es fand im Chiltern Firehouse statt, wo sie stets Cracker mit Chiasamen und ein scharf gewürztes Omelette mit Krabben und Hummer aus Cornwall bestellte. Das Restaurant war belebt, die perfekte Mischung aus klirrenden Gläsern und aufgeplusterten weißen Servietten. An der Bar saß ein Model, das Tilly kannte. An einem Tisch in der Ecke entdeckte ich einen Hollywoodstar. Da mein Magen noch immer angegriffen war, studierte ich die Speisekarte auf Armeslänge (mit Krabben gefüllte Donuts, wollt ihr mich veräppeln?). Zu guter Letzt entschied ich mich für ein Schweinekotelett mit Pommes. Allmählich beruhigte ich mich, mein Körper ergab sich dem bequemen Stuhl und der Atmosphäre.

Tilly konnte eine wunderbare Gesellschafterin sein, die diskret flirtete. Heute war sie in Topform. Sie war mit mir und den Diensten meines Unternehmens zufrieden und nannte mich »Marco«, mein Spitzname, wenn sie gute Laune hatte. Zu den Maßnahmen, mit denen Tilly ihren Ruf bei der jungen Generation zu retten versuchte, gehörten Karriereberatungen unter dem Motto »Inspirationen für Frauen« an der Mädchenschule St Paul's, die eingeschlagen hatten »wie eine Bombe«. Sie freute sich, weil sie zur Schirmherrin der Kampagne »Rettet den Orang-Utan«

ernannt worden war, und fand das Leben an vorderster Front »wirklich befriedigend« (ernste Miene). Trommelwirbel. Angesichts der Lage habe sie entschieden, auf Palmöl gänzlich zu verzichten, und erforsche derzeit, dieses durch Kokosöl und Sheabutter zu ersetzen. Bill Hayes, ihr CEO, sei besorgt wegen der Kosten und vertrete die Auffassung, nachhaltig gewonnenes Palmöl sei der einzige Weg, die Welt und auch die Firma zu retten. Aber sie ließ sich nicht beirren. »Sie stimmen mir doch zu, oder, Marco? Es geht nicht nur um Orang-Utans, sondern um die Wälder überall.«

Offenbar bestand meine Rolle darin, ihre Meinung aus ganzem Herzen zu teilen. Die Zahnräder drehten sich bereits. Hatte Tessa das nicht im Frühstadium der Krise vorgeschlagen? Ich hätte auf sie hören sollen. Nachhaltigkeit war eine großartige Möglichkeit, das Unternehmen neu zu positionieren. Ich nickte begeistert.

»Das freut mich sehr, denn ich habe noch eine Idee, die ich gern mit Ihnen besprechen würde.« Sie warf ihr Haar über die Schulter, beugte sich vor und fixierte mich mit mandelförmigen, haselnussbraunen Augen. »Marco, kennen Sie die Mädchen in St Paul's? Sie lieben mich! Und wie Sie wissen, empfinde ich ihr Engagement, ihre Frische, als so inspirierend. Seitdem habe ich gründlich nachgedacht und eine Entscheidung gefällt: Ich werde eine neue Produktlinie für Teenager herausbringen. Natürlich ökologisch. Doch auch in einem niedrigeren Preissegment mit poppigeren Verpackungen. Sie sollen sich fühlen, als gehöre die Marke ihnen. Ich möchte, dass Tilly Elworthy ihr Einstiegs-Make-up fürs Leben wird. Was halten Sie davon?

Sind Sie auf meiner Seite? Ich kann Ihnen gar nicht sagen, wie aufgeregt ich bin.«

Auch ich war aufgeregt. Natürlich war ich auf ihrer Seite. Es bedeutete nämlich einen lukrativen Großauftrag. Allerdings war der Trick bei Tilly, dass man so tun musste, als sei man ihr einen Schritt voraus. Ich nickte weise. »Sie müssen behutsam vorgehen«, wandte ich ein. »Es gibt auch ethische Fragen. Schließlich wollen Sie kein vorgegebenes Schönheitsideal propagieren. Es muss um Vielfalt und darum gehen, sich in seiner Haut wohlzufühlen.«

»Ich wusste, dass Sie mich verstehen würden.«

»Vielleicht wäre es das Beste, die Sache schlicht zu halten«, erwiderte ich. »Sie könnten die Linie ›TeEn‹ nennen.« Ich kritzelte die Buchstaben auf eine Ecke der Speisekarte. »Stellen Sie Ihre Initialen in die Mitte des originalen Logos und zwängen Sie das ›e‹ und das ›n‹ daneben.«

»Marco«, sagte sie, lehnte sich über den Tisch und umfasste meine Wangen. »Ich könnte Sie küssen.«

Auf der Taxifahrt ins Büro stellte ich fest, dass ich einen Anruf von Tessa verpasst hatte. Ich war nicht in der Stimmung, sie zurückzurufen. Dafür war ich zu aufgekratzt. So etwas konnte Tilly bei mir auslösen. Es war leicht, sie zu unterschätzen. Ich trommelte gegen meine Oberschenkel. Im Grunde genommen waren wir aus demselben Holz geschnitzt. Wir wussten beide, wie man eine Marke aufbaute.

Ich hatte auch eine Nachricht auf der Mailbox, hörte sie jedoch nicht ab.

Sie

Nachts hatte es geregnet. Am Morgen war der Himmel unvergleichlich blau, und die Pfützen glitzerten. Während Josh frühstückte, saß ich im Garten auf den Stufen und schrieb eine SMS. Ich weiß, es wäre besser gewesen, es persönlich zu erledigen, nur dass ich mich in seiner Gegenwart stets selbst vergaß. Außerdem spielte ich in Richards Leben keine so große Rolle, dass eine Trennung Auswirkungen gehabt hätte.

Also tippte ich: *Lieber Richard, ich hatte eine wunderschöne Zeit mit dir, doch wie ich dir immer wieder zu erklären versucht habe, denke ich, dass wir einen Schlussstrich ziehen sollten. Ich habe eine Familie, die mich braucht. Hoffentlich läuft geschäftlich alles weiterhin gut (nicht zu viele Leute mit Lebensmittelvergiftung!). Diesmal meine ich es ernst! Liebe Grüße, Tessa*

Er antwortete fast sofort: *Was kann ich tun, damit du es dir anders überlegst?*

Nichts.

Der Austausch hatte in vielerlei Hinsicht seine Schwächen. Aber egal, es war geschehen.

Obwohl es Josh heute besser ging, behielt ich ihn sicherheitshalber zu Hause. Ich verspürte eine seltsam ruhelose Energie, das verzweifelte Bedürfnis, bei ihm zu sein, das sich beinahe wie Angst anfühlte. Eine aufgewühlte Mischung aus Erleichterung, Liebe und Furcht. Es war vorbei, versuchte ich, mir einzureden. Niemand hatte mich ertappt. Ich war damit durchgekommen. Und dennoch war es eigenartig, dass es keine Folgen haben sollte, dass ich meinen Mann und meinen Sohn betrogen und beinahe unsere Familie zerstört hatte. »Man kriegt, was man verdient«, lauteten die Worte meiner Mutter. Mein Verdacht war, jemand da draußen könnte wissen, dass ich nichts verdient hatte.

Ich hatte Richard nie geliebt. Ich hatte ihn nicht einmal sonderlich *gemocht*. Und dennoch hatte ich alles riskiert. In Griechenland hatte ich sogar das Leben meines Kindes aufs Spiel gesetzt. Jepsom verachtete mich zu Recht. Ich war nicht vertrauenswürdig.

Es war warm und sonnig, und Josh war bester Laune. Ich fragte mich, was wir zusammen unternehmen und wie wir unsere gemeinsame Zeit am besten nutzen könnten.

Eigentlich war Marcus für den Garten zuständig. Er kannte sich aus und hatte schon auf dem Schoß seiner Mutter Bäume beschnitten und veredelt. In meiner Kindheit hatten wir nicht einmal Blumenkästen an den Fenstern unserer Wohnung gehabt. Warum Geld für etwas ausgeben, das sowieso eingeht?, war die Meinung meiner Mutter. Allerdings hatte Marcus die Dinge in letzter Zeit schleifen lassen, und es sprach nichts dagegen, warum ich es nicht lernen sollte. Es war noch nicht zu spät. Da der Fiat heute Morgen zurückgebracht worden war, fuhren Josh und ich ins Gartencenter. Ich empfand eine übertriebene Wachsamkeit, als Josh die Gänge auf und ab lief und willkürlich nach Pflanzen griff, während ich den großen Einkaufswagen hinter ihm herschob. »Ja, gute Idee, die nehmen wir«, sagte ich. Zusätzlich zu dieser bunten Mischung kaufte ich noch Terrakottatöpfe, eine Harke, ein Paar Gartenhandschuhe und, auf den Vorschlag der Kassiererin hin, einen Sack Kompost.

Zu Hause machten wir uns an die Arbeit und schleppten die Pflanzen mühsam entweder zu den Blumenbeeten oder zu den Töpfen. Es verursachte mehr Schmutz als erwartet. Sobald man die Pflanzen aus ihren Plastiktöpfchen nahm, schienen sie sich in Luft aufzulösen. Wir brauchten noch viel mehr davon. Der Kompost verteilte sich überall!

Aber wir hatten Spaß. Mir wurde klar, dass man eine Sache nicht beherrschen musste. Wen kümmerte es, wenn ein Desaster dabei herauskam? Ich trug Shorts, ein fleckiges T-Shirt und Gartenhandschuhe, die ich nicht auszog, als es an der Tür läutete.

Ein Erdklumpen blieb am Metall haften, als ich aufschloss. Mithilfe meiner Zähne entledigte ich mich des anderen Handschuhs.

Hatte ich bereits eine Vermutung? Keine Ahnung, wie das hätte möglich sein sollen. Doch wenn ich mich an die Einzelheiten erinnere, die Erde am Lack, das raue Gefühl des Handschuhs an der Innenseite meiner Oberlippe, hatte sich bereits Grauen darauf gelegt.

Es war Dave Jepsom. Auf der Türschwelle. Dave Jepsom, kein Trugbild, sondern der echte aus Fleisch und Blut. Seit unserer letzten Begegnung hatte ich ihn mir so oft ausgemalt, dass er mir erschreckend vertraut und düster bedrohlich erschien.

Josh rannte zu mir und steckte den Kopf zwischen meine Beine, sodass ich zur Seite stolperte. Beinahe verlor ich das Gleichgewicht, streckte die Hand aus, um mich festzuhalten, und zog die Tür in meine Richtung.

Was geschieht da? Das war mein einziger vollständiger Gedanke. Der Rest bestand nur aus Bruchstücken. Wie? Was? *Scheiße.*

»Hallo, Josh«, sagte er und beugte sich vor. Er trug einen ausgebleichten grünen Arbeitsoverall.

»Wir pflanzen im Garten Blumen«, erwiderte Josh.

Jepsom ging in die Knie, stützte den Ellbogen auf das angewinkelte Bein und förderte aus der Brusttasche ein sechseckiges Röhrchen zutage wie einen Zauberstab.

»Smarties!« Josh stürmte los, griff danach und rannte sofort ins Haus wie ein Hund mit einem gestohlenen Knochen.

Jepsom richtete sich auf und warf mir zum ersten Mal einen Seitenblick zu. Er errötete leicht, und mir wurde klar, dass er verlegen, ja, sogar schüchtern war. »Kinder, was?«, sagte er. »Die tun alles für Süßigkeiten.«

»Ja.« Ich schluckte und holte Luft. »Nett, Sie wiederzusehen.«

Ich zwang mich zu einem Lächeln. Er war keine Bedrohung. Er war kein Stalker. Er hatte nichts Bösartiges an sich. Alles nur Einbildung. Und dennoch gelang es mir nicht, von der Schwelle zurückzuweichen.

»Wahrscheinlich fragen Sie sich, was ich hier mache«, fuhr er fort. »Übrigens ist es schön, auf Facebook befreundet zu sein. Haben Sie sich meine Fotos angeschaut?«

»Ja«, antwortete ich mit schwacher Stimme.

»Also ja, ich habe an Sie und den Kleinen gedacht und mir überlegt, was soll's? Ich statte ihnen einen Besuch ab und tue ihnen einen Gefallen.« Er hob eine große schwarze Tasche auf, die zusammengesackt zu seinen Füßen lag. DeWalt stand in orangefarbenen Buchstaben darauf. »Ich könnte ja Ihren tropfenden Wasserhahn reparieren, den im Elternbad.«

Ich starrte ihn an. Woher wusste er davon?

»Was für ein tropfender Hahn?«, entgegnete ich.

Er senkte das Kinn auf die Brust, was wohl *kommen Sie schon* besagen sollte. »Ich habe mit Marcus darüber geredet. Wahrscheinlich eine Dichtung.«

»Marcus hat nichts erwähnt.« Ich blickte hinter mich ins Haus und dann wieder zu ihm. Er neigte erwartungsvoll den Kopf.

»Soll ich ihn jetzt reparieren?«, fragte er langsam. »Ich bin hier, und es ist kein Problem.«

Mir wurde schwindelig, und ich empfand eine geradezu körperlich spürbare Verwirrung. Ich ließ gefährlich viele Momente verstreichen. Und dann, wie als Strafe für meine Unhöflichkeit, ertönten im Haus Gepolter und ein lauter Schrei.

Josh lag im Wohnzimmer vor dem Sofa, wo er hingefallen war. Sein Kopf lehnte an dem harten polierten Holz. Hysterie stieg in mir auf. Es war meine Schuld. Genau so etwas hatte ich befürchtet. Ich hatte mich auf fatale Weise ablenken lassen. Ich hatte die Katastrophe über uns heraufbeschworen.

Dave drängte sich an mir vorbei und war zuerst an Ort und Stelle. Er hob Josh in seine Arme und trug ihn zu einem Sessel, wo er ihn untersuchte, seine Augenlider anhob und seinen Schädel abtastete. »Er ist okay, er ist okay«, verkündete er. »Keine Verletzung.« Mit einem erleichterten Seufzer stand er auf. »Da kann man einen ordentlichen Schreck kriegen.«

Inzwischen kniete ich selbst, doch Josh hatte, erstaunt über die Aufmerksamkeit, zu weinen aufgehört und strampelte, weil er vom Sessel wollte, um die verstreut herumliegenden Smarties einzusammeln.

»Man darf sie nicht aus den Augen lassen«, meinte Dave und schüttelte mehrmals kurz den Kopf.

»Ja, ich weiß«, zischte ich.

Seine Miene war ernst und vorwurfsvoll. »Es ist nur …«, setzte er an. »Es kann alles Mögliche passieren.«

»Ich weiß«, wiederholte ich.

Wir musterten einander.

»Dann gehe ich mal rauf«, schlug er nach einer Weile vor.

»Ja.« Plötzlich fühlte ich mich kraftlos. Wieder einmal war er vor mir bei Josh gewesen. »Ja. Danke.«

Er stieg vor mir die Treppe hinauf. Ich folgte ihm. Der Stoff seines Overalls raschelte, wenn er die Beine bewegte. Josh trödelte hinter uns her. Auf dem ersten Treppenabsatz öffnete Dave die Schlafzimmertür. Verlegen wurde ich mir des Durcheinanders bewusst. Die Vertraulichkeit des ungemachten Betts, der zerknautschten Kissen, der zerwühlten Laken. Mit dem Fuß beförderte ich ein Gewirr aus schmutzigen Kleidern und Unterwäsche unter den Stuhl.

Im Bad zog er den Reißverschluss seiner Tasche auf. Darin befanden sich Zangen, Teppichmesser und Cutter. Edelstahl, scharfe Spitzen und Klingen, schwere Griffe. Er knackte mit den Fingerknöcheln und holte einen großen Schraubenschlüssel aus Metall heraus, mit dem er sich ein paarmal auf die Handfläche klopfte.

Als Josh das Werkzeug packen wollte, hielt ich ihn zurück und drückte ihn fest an mich. Er wehrte sich, um sich zu befreien.

Dave lächelte. »Das gefällt dir, was?« Er kramte weiter und förderte weitere Werkzeuge zutage. »Rohrschneider, Schlosserhammer, Bügelsäge, Spitzzange. Alles, was ein Mann braucht.«

Er sprach zwar mit Josh, sah dabei aber mich an.

»Eine Frau auch«, sagte ich, ebenfalls zu Josh. »Alles, was eine Frau braucht.«

Jepsom lachte. »Sie sind wohl eine Emanze. Ich dachte, Sie wären eine Mum.«

Er hatte noch immer die Zange mit dem roten Griff in der Hand. Die spitz zulaufenden Enden waren geschlossen.

»Ich bin beides«, entgegnete ich. »Man kann beides sein.«

Er wandte sich zum Wasserhahn um. »Ich verstehe.«

Ich schluckte. »Okay, dann lassen wir Sie mal in Ruhe. Danke.«

Ich versuchte, Josh aus dem Bad zu schleppen, doch der wehrte sich. »Ich will helfen. Ich will helfen.«

Er schrie weiter, als ich ihn die Treppe hinunter und in die Küche zerrte. Während ich das Trommeln seiner kleinen Fäuste mit den Knien abwehrte, schob ich die Tür zu, stellte mich mit ausgebreiteten Armen und Beinen davor, um sie zu blockieren, und tastete nach meinem Telefon. Der Anruf landete sofort auf der Mailbox, und ich hinterließ Marcus eine Nachricht. Josh warf sich auf den Boden und bearbeitete die Fliesen mit Fäusten und Füßen. In den Wänden des Hauses ratterte und knarzte es, und schwere Gegenstände trafen auf harte Flächen. Ich steckte das Handy wieder ein, trat von der Tür weg und setzte mich auf einen Stuhl. Josh hob den Kopf. Er jammerte noch einmal halbherzig, stand aber nicht auf. Stattdessen legte er den Kopf zurück, verharrte in dieser Stellung und lehnte die Wange an die kühlen Fliesen.

Dass Jepsom jetzt tatsächlich im Haus war, änderte doch nichts an den eingebildeten Begegnungen, oder? Sie wurden dadurch nicht auf einmal real, richtig? Nein. Das hier war real, die Begegnungen nicht. Es gab nicht die geringste Verbindung. Damit sollte ich mich trösten und mich wieder auf meine Instinkte verlassen. Er verurteilte mich. Er vermutete, dass ich als Mutter nicht geeignet war. Aber er hatte nie angedeutet, er habe mich beim Telefonieren mit Richard beobachtet. Ich war ihm entgegengekommen und hatte seine Freundschaftsanfrage akzeptiert. Einfach so hereinzuschneien, war vielleicht ein wenig aufdringlich, allerdings nicht seltsam an sich.

Etwa zehn Minuten später hörte ich seine Schritte auf der Treppe. Er öffnete die Küchentür und spähte hinein.

Er sprach mit mir wie jeder gewöhnliche Handwerker. In dem verhaltenen Ton eines Menschen, der einen geistig Minderbemittelten belehrt. Was er getan habe, was er hätte tun können, wenn die Zeit gereicht hätte und wenn die Rohre nicht so schlecht verlegt gewesen wären. »Polnische Bauarbeiter wie bei Ihren Freunden?«, fragte er.

Ich erwiderte, ich sei nicht sicher.

Und da er schon einmal in Fahrt war, hatte er auch noch einen Tipp in Sachen Duschkopf auf Lager. Er sei viel zu schwer für eine Badewanne mit Löwentatzen. Wenn er herunterfiele, könne er »ernsthaften Schaden« anrichten. Vielleicht sollte man ihn austauschen. Er könne mir einen besorgen, wenn ich wollte. Wo hätten wir ihn denn her?

»C.P. Hart«, antwortete ich. »Ich kenne mich da nicht aus, aber Marcus fand, dass es die besten seien.«

»Oh, fand er das?« Er warf mir einen merkwürdigen Blick zu. Ein Lächeln spielte um seine Mundwinkel, als hätten wir uns gegen Marcus' Mittelschichtsdünkel verbündet. »Ja, das kann ich mir denken.«

Er machte einen Schritt auf den Wandkalender zu. Marcus' Mutter hatte ihn uns zu Weihnachten geschenkt. Jeder Monat war mit einem Foto von Josh illustriert. Auf der Juli-Seite trug er einen Sonnenhut und Marcus' Ray-Bans.

Er studierte ihn eine Weile. Unser Leben in Tabellenform. Zahnarzttermine, Spieltermine und unser Urlaub mit dem Wort »SUFFOLK« blockiert. »Seagull Cottage, Thorford« stand in kleinerer Schrift darunter.

»Verreisen Sie wieder?«, fragte er.

»Ja.«

»Schön«, meinte er. »Mal rauszukommen.«

»Wir haben Glück.«

Er lehnte sich an die Spüle. »Das haben Sie wirklich.«

»In meiner Kindheit sind wir nicht oft in Urlaub gefahren.« Keine Ahnung, warum ich das Bedürfnis hatte, ihm mitzuteilen, dass ich nicht immer so viel Glück gehabt hatte.

»Nein?« Wieder dieser Blick, als erzählte ich ihm nichts, was er nicht bereits wusste. Als durchschaue er den Akzent und die Kleidung.

Josh hatte in der Ecke mit dem Feuerwehrauto gespielt. Jetzt schob er es über den Boden. Jepsom folgte den Bewegungen mit den Augen.

»Marcus arbeitet hart, richtig? Kommt spät heim. Nicht viel Zeit für die Familie.«

Ich zuckte ausweichend mit dem Kopf. Eine Mischung zwischen einem Nicken und einem Kopfschütteln. »Nicht sehr viel«, erwiderte ich, bemüht, nicht rechtfertigend zu klingen.

Das Feuerwehrauto pfiff aus dem letzten Loch. Ein Rad fehlte. Die Plastikschiene, mit der der Schlauch an der Seite befestigt gewesen war, war abgebrochen. Nun hing der Schlauch herunter und verhinderte, dass das zweite Rad sich drehte. Außerdem war ein Teil der Stoßstange abgefallen. Mir wurde klar, welches Licht das auf unsere Erziehung warf. Wir hatten uns nicht darum gekümmert.

Dave starrte das Spielzeug noch einen Moment lang an. Seine Augen verengten sich, und er reckte den Kiefer ein Stück nach vorne. Dann griff er nach seiner Werkzeugtasche, machte abrupt kehrt und stieg die Stufen in die Diele hinauf.

Ich ging ihm nach. Er kauerte auf dem Boden, nestelte an seiner Werkzeugtasche und schob ein Werkzeug zurecht, um das Seitenfach besser schließen zu können.

»Wie geht es denn Ihrer Rasselbande?«, erkundigte ich mich. »Wie alt ist Ihr Baby jetzt?«

Er mühte sich noch immer mit dem Reißverschluss ab

und zog mit beiden Händen daran, bis er sich mit einem Zischen schloss. »Was für ein Baby?«

»Das Baby. Poppy, richtig?«

»Ja, Poppy. Alles bestens.«

»Und die Jungs? Ist der Schulanfang gut gelaufen?«

»Äh, ja.«

»Oh, schön.« Inzwischen musterte ich ihn argwöhnisch. »Und Sherry? Hat sie sich wieder völlig von ihrer Lebensmittelvergiftung erholt?«

Er machte einen Schritt in Richtung Tür und kehrte mir den Rücken zu. Nachdem er an seiner Hose gezupft hatte, bückte er sich, um die Säume hochzuziehen.

Es dauerte einen Moment, bis er antwortete. »Ja. Keine Probleme mehr.«

Als er sich umdrehte, griff ich nach meiner Handtasche, die am Buggy hing, und kramte nach meiner Brieftasche.

»Was bin ich Ihnen schuldig?«, fragte ich.

Er wich einen Schritt zurück, runzelte die Stirn und verzog abwehrend das Gesicht. »Ich will kein Geld. Es war ein Gefallen.«

»Nein, bitte. Ich möchte nicht … Es wäre mir unangenehm, Sie nicht für Ihre Zeit zu entschädigen.«

»Ich will Ihr Geld nicht.« Er klang empört.

»Nein, natürlich nicht.« Vor Verlegenheit überschlugen sich meine Worte. »Es tut mir leid. Ich wollte nur …«

»Weshalb, glauben Sie beide, bin ich hier?«

»Entschuldigen Sie. Danke.«

Josh war uns nachgekommen und presste sich an meine Beine. Jepsom bückte sich, hob wortlos sein Kinn an und strich ihm über den Kopf.

»Passen Sie auf ihn auf«, sagte er und richtete sich auf. Die Stimmung zwischen uns war verdorben. Die gedankenlose Beleidigung, ihm Geld anzubieten, breitete sich langsam aus wie eine Brandblase.

»Das werde ich.«

»In diesem Alter muss man sie die ganze Zeit im Auge behalten. Man geht ans Telefon, und ehe man es sich versieht …«

Mein Gesicht brannte. Also hatte er mein Telefonat mit Richard doch beobachtet.

»Ehe man es sich versieht, passiert etwas Schreckliches, und man hat ein totes Kind.«

»Ja, ich verstehe.«

Er machte einen Schritt nach draußen und noch einen auf den Gartenweg. Mit angehaltenem Atem wartete ich darauf, endlich die Tür schließen zu können. Ich sehnte mich bereits nach dem Geräusch, dem Knarzen, der Erlösung.

Doch auf dem Gehweg drehte er sich noch einmal um.

»Ich wollte nur sagen, dass Marcus mir die Schuhe nicht hätte schicken müssen.« Er hob einen Fuß, um ihn mir zu zeigen, und sprach ganz langsam, als sei es als ein Seitenhieb gemeint. »Aber ich weiß die Geste zu schätzen. Seien Sie so gut und richten Sie ihm meinen Dank aus.«

Er

Mein Kater, vorübergehend in Schach gehalten von dem spannenden Mittagessen mit Tilly Elworthy, meldete sich auf der Heimfahrt mit Macht zurück. Mein Kopf hämmerte, und immer wieder brandete Übelkeit über mich hinweg, was vom Schwanken des Zuges nicht besser wurde.

Auf dem Weg durch die Grünanlage, die den Bahnhof von der Hauptstraße trennte, holte ich mein Telefon heraus und hörte die Mailbox ab. Bill Hayes, Tillys CEO, hatte angerufen und um ein Treffen gebeten (vermutlich wollte er mich überreden, mich für Palmöl einzusetzen). Dann war da noch ein chaotischer Anruf von Jeff, jede Menge Geraschel und Geklapper. Und zu guter Letzt Tessa. Da Josh im Hintergrund schrie, konnte ich sie kaum verstehen. War da der Name Dave Jepsom gefallen? Dave Jepsom hier? Stimmte das? Nein? Sicher hatte ich mich verhört.

Ich hielt mir die Hand übers Ohr und hörte die Nachricht noch einmal ab. »Wo bist du?«, sagte sie, gefolgt von einer Tirade, dass ich nie ans Telefon ging. Und dann: »Dein Freund Dave Jepsom ist hier« und irgendwas mit einem Wasserhahn. Sie wies mich an, sie zurückzurufen, und legte auf.

Ich blieb stehen und lehnte mich an einen Baum. Dave Jepsom war heute hier gewesen. In unserem Haus. Eine vergessene Erinnerung erhob sich aus dem Nebel der letzten Nacht. *Ich dachte, ich hätte ihn vor dem Leather and Lace gesehen.*

Bruchstückhafte Bilder entstanden vor meinen Augen. Die nackte Frau in der Privatkabine, der Knautschsamt an der Decke, der Lippenstift an meinem Hemd. Wie weit war ich mit der Tänzerin gegangen? Magenta, so hieß sie doch. Ich hatte diese Frage den ganzen Tag weggeschoben. In meinem Kopf summte es laut. Hatte Dave mich gesehen? War er bei uns gewesen, um mit mir darüber zu reden? Sicher hatte er gewusst, dass ich im Büro sein würde. War er gekommen, um es *ihr* zu sagen? Würde er so etwas tun? Wer tat so etwas überhaupt? Vielleicht, weil er sich verantwortlich für uns oder für Josh fühlte. Und das Seltsame war, dass das womöglich sogar zutraf. Ich löste mich vom Baum und schob das überwältigende Bedürfnis beiseite, wieder in die U-Bahn zu steigen, ins Büro zu fahren und mich mit den Krisen anderer Leute zu beschäftigen.

Mein Schädel hämmerte, mein Mund war trocken, als ich die Haustür aufschloss. Schritte näherten sich der Tür. Ich zuckte zusammen.

»Wie ich sehe, ist das Auto da«, verkündete ich gekünstelt fröhlich. »Haben sie es heute Morgen gebracht?«

Sie wedelte mit den Händen. Ihr Mund war seltsam verzerrt. »Endlich bist du zu Hause«, erwiderte sie. »Hast du meinen Anruf bekommen?«

Ich betrachtete ihr Gesicht, konnte jedoch nichts darin lesen. Genau das war das Problem. So war sie immer. Undurchschaubar. Sie hatte nichts mit den Mädchen gemein, mit denen ich aufgewachsen, und den Frauen, mit denen ich an der Uni ausgegangen war. Das hatte mich an ihr fasziniert, als ich sie im Büro kennengelernt hatte. Der Boden um sie herum war stets unsicheres Terrain.

Ich ließ meine Tasche von der Schulter rutschen. »Ja«, antwortete ich beiläufig. »Du hast gesagt, Dave Jepsom war hier?«

»Ja. Um den Wasserhahn zu reparieren. Wusstest du davon? Hat er dir gegenüber erwähnt, dass er kommt?«

»Ja«, meinte ich und tat, als blättere ich die Post und die Werbeprospekte auf dem Bord in der Diele durch. »Ja, da klingelt bei mir was. Es ist ihm aufgefallen, als er letztens am Abend hier war.«

»Und wie hat er es bemerkt?«

»Er war auf dem Klo.« Ich zuckte die Achseln, als ob das die offensichtliche Erklärung gewesen wäre.

»Auf dem Klo in unserem Schlafzimmer?« Ihre Augen funkelten, und sie kaute an einem Fingernagel herum.

Worauf wollte sie hinaus? Ich zog eine Schulter hoch. »Ich glaube, er hat sich in der Tür geirrt, keine Ahnung. Aber es war doch nett von ihm, sich darum zu kümmern. Er ist eben ein guter Kerl.«

Sie nahm den Finger herunter und zog stattdessen den Mundwinkel zwischen die Zähne. »Ich mag es nicht, dass er sich in unserem Haus auskennt.«

»Ist das so wichtig?«

»Er hält sich jetzt für unseren Freund, für einen Teil unseres Lebens, und glaubt, dass er zu uns sagen kann, was er will.«

Ich warf ihr einen raschen Blick zu und wollte wissen, was er zu ihr gesagt hatte. Aber Josh lief zu uns und wollte mir von irgendwelchen Blumen erzählen. Ich bückte mich und ließ mich von ihm in den Garten führen, wo ich vorgab, die Impatiens zu bewundern, die sie in die Blumenbeete gepflanzt hatten. Außerdem die Terrakottatöpfe, die mit einer Mischung aus Lavendel, Stockrosen und Kakteen bestückt waren (Lavendel, Stockrosen und Kakteen! Um Himmels willen). Tessa lehnte an der Doppeltür und meinte beiläufig: »Beim nächsten Mal kaufen wir mehr, richtig, Josh? Uns war nicht klar, wie klein sie aussehen, wenn sie erst in der Erde sind.«

Der Lavendel hing schlaff herab. Vorsichtig lockerte ich die Erde, damit die Wurzeln Platz hatten. Ich hatte ein schlechtes Gewissen, denn ich hatte in diesem Jahr noch keine Zeit gehabt, mich um den Garten zu kümmern. Doch als ich aufblickte, stellte ich fest, dass sie mir nicht böse war. Ihr Gesichtsausdruck war eher zweifelnd, als warte sie auf mein Lob. »Ist es in Ordnung so?«, fragte sie. »Die Auswahl war so groß, dass wir uns gar nicht entscheiden konnten.«

Ich erinnerte mich an die Geschichte von der Senfpflanze und der Kresse, die sie in der Schule bekommen hatte, um sie mit nach Hause zu nehmen und dort weiterzuzüchten. Aber sie hatte sie in ihrem Pult aufbewahrt, versucht, sie dort zu versorgen, und sie in der Pause zum Gießen herausgeholt. Denn ihre Mutter hätte sie weggeworfen, hätte sie sie mit in die Wohnung gebracht.

»Die Pflanzen sind super«, sagte ich. »Das hast du toll gemacht.«

Sie ließ die Schultern hängen und seufzte leise auf.

Sonst fiel kein Wort mehr, und ich brachte Josh ins Bett.

Der Druck wurde leichter und verflog. Sie wusste nichts von dem Stripclub. Dave Jepsom war nicht dort gewesen. Ich hatte ihn mir nur eingebildet. Nichts Schreckliches war geschehen. Und es würde auch nichts geschehen. Später am Abend saßen wir im Garten, während es langsam dämmerte. Sie hatte ein üppiges Nudelgericht gekocht, das ich mit Mühe herunterbrachte. Ich sehnte mich nach meinem Bett und danach, das Kissen unter meinem pochenden Schädel zu spüren, als sie sagte: »Findest du es wirklich nicht komisch, dass er aus heiterem Himmel aufgekreuzt ist?«

Ich empfand Gereiztheit, fast schon Zorn, denn ich hatte dieses Thema für abgehakt gehalten. »Ja. Wir wollen ihn einfach vergessen, oder?«

Sie musterte mich forschend. »Ist das für dich tatsächlich okay?«

Ich erkannte, dass ich vorhin meine persönlichen Befürchtungen nicht von der weiterreichenden Bedeutung seines Besuchs getrennt hatte. Also tat ich so, als dächte ich über ihre Frage nach. »Nein, es ist nicht komisch«, erwiderte ich. »Der Mann ist nur übertrieben freundlich.«

Sie sah mich an, wandte den Blick ab und zog die Nase kraus. »Für mich hat er etwas Unheimliches an sich. Es ist schräg, dass er über alles ein Urteil fällen muss. Und das ist eindeutig komisch. Und als ich mich nach seinen Kindern, du weißt schon, das Baby und Carl und Mikey, erkundigt habe, hatte ich den Eindruck, dass er gar nicht wusste, wovon ich redete. Er meinte, das neue Schuljahr habe angefangen, aber wir sind doch schon mittendrin. Er hat so ausweichend reagiert. Keine Ahnung … Ich habe so ein

Gefühl, dass es vielleicht gar nicht seine Kinder waren. Und warum hat er es nicht einfach gesagt?«

Eine Brise strich durch die Büsche. »Ich habe angenommen, er sei mit der Frau verheiratet, die wir nicht kennengelernt haben. Die mit der Lebensmittelvergiftung«, antwortete ich.

»Wir haben eine ganze Menge angenommen, richtig?« Sie sah zu Joshs Zimmerfenster. »Eigentlich wissen wir gar nichts über ihn. Und er kennt sich bei uns aus. Er hat lange Zeit auf unseren Kalender gestarrt. Es ist, als wolle er uns kontrollieren.«

»Was? Glaubst du, er könnte das Haus auskundschaften? Jetzt mach mal einen Punkt, Tess. Er ist nicht einer der zwielichtigen Freunde deiner Mutter.«

Ich bereute die Worte, sobald ich sie ausgesprochen hatte. Ihre Wangen röteten sich. »Möglicherweise bin ich ja realistischer als du. Du möchtest, dass jeder dein Freund ist. Klar, spitze. Doch ich hatte einige Male das Gefühl, von ihm verfolgt zu werden. Wahrscheinlich bilde ich es mir nur ein, aber ich habe einen Mann wie ihn an merkwürdigen Orten gesehen. Gestern Abend zum Beispiel …«

Mir stellten sich die Härchen an den Armen auf.

Ein Motorrad auf der Straße vor dem Haus ließ den Motor aufheulen. Einige Gärten weiter bellte ein Hund.

»Was war gestern Abend?«, fragte ich.

»Ich dachte, ich hätte ihn in dem Restaurant bemerkt, in dem ich mit Ruby war.«

»Wo war das? Welches Restaurant? Wo?«

»An den Namen kann ich mich nicht erinnern. Irgendwo in Waterloo.«

Ich hatte den Atem angehalten und stieß nun die Luft aus. »Ich dachte auch, ich hätte ihn gesehen. Bei meinem Geschäftsessen. Aber das war in Mayfair. Also können wir ihn nicht beide gesehen haben.«

Ihre Züge entspannten sich. »Vielleicht hat er ja ein Dutzendgesicht.«

»Ja. Er entspricht ganz klar einem bestimmten Männertyp.« Ich schob meinen Stuhl zurück und stand auf. »Ich gehe ins Bett.«

Als ich das Geschirr stapelte, fiel mir auf, dass sie sich nicht gerührt hatte. Ihr Blick ruhte auf mir.

»Als er heute hier war, hat er noch etwas zu mir gesagt«, sprach sie weiter.

Ich stellte das Geschirr wieder hin und presste die Finger gegen die Schläfen. »Ach, ja?«

»Dass du glaubst, du seist damit durchgekommen und dass ich es nicht rausfinden würde. Habe ich aber.«

Ich griff in den frischen Lavendel, kniff kräftig in einen Zweig und brach ihn ab. Ein stechender Schmerz schoss durch meinen Brustkorb. Die Sache war gelaufen. Er hatte mich beobachtet. Womöglich war er sogar im Club gewesen. Er wusste alles. Nun würde die Bombe platzen. Plötzlich hatte ich das unerklärliche Bedürfnis, das Geschirr vom Tisch zu fegen und zu hören, wie es zerbarst. Es gelang mir, den Kopf zu neigen, als interessiere mich, was sie mir mitzuteilen hatte.

»Du Blödmann. Fast dreihundert Pfund für ein Paar Turnschuhe. Ich kann die Geste ja verstehen, aber vielleicht ist das der Grund, warum er uns nicht in Ruhe lässt.«

Mein Nacken verkrampfte sich kurz vor Erleichterung.

Mein Blick wurde wieder klarer. »Ja, ich hätte dir sagen sollen, dass ich sie ihm dann doch geschickt habe. Ich fand, es sei das Mindeste, was wir tun könnten.«

Anschließend räumte ich den Tisch ab und lag kurz darauf im Bett. Krise gebannt, dachte ich. Sie ahnte nichts. Er hatte nichts beobachtet.

Keine Ahnung, weshalb ich trotzdem nicht erleichtert war.

Sie

In jener Nacht hatte ich wieder diesen Traum. Das Meer war bleigrau, es regnete. Der Sand hatte die stumpfe Farbe von nassem Beton. Josh befand sich weit weg von mir am Rand des Steges. Ich stand am anderen Ende der Bucht. Meine Füße waren so tief im Sand versunken, dass ich sie nicht bewegen konnte. Ich konnte nur zuschauen, wie Josh zum Ende des Steges lief und gleich ins Wasser fallen würde. Der Strand war menschenleer. Kein Retter, kein Held.

Und dann war ich wieder zu Hause, und jeder predigte mir, wie gut es sei, dass es vorbei war. Alles sei in Ordnung. Hätten wir nicht Glück gehabt? Und niemand wollte mir zuhören oder begreifen, dass nichts in Ordnung war und dass das Schreckliche erst noch geschehen würde.

Wir hatten Marcus' Eltern schon seit einigen Wochen nicht besucht, und sobald Marcus am Samstagmorgen aufwachte, schlug ich vor, uns bei ihnen zum Mittagessen einzuladen. Ich wollte unbedingt raus aus London. Der Traum hatte mich beunruhigt. Ich empfand eine überwältigende böse Vorahnung und Angst. Jepsom wusste, dass ich telefoniert hatte, als mein Sohn beinahe ertrunken wäre. Und er hatte einen Verdacht wegen Richard. Meine Körpersprache, meine geröteten Wangen und meine Haltung hatten mich verraten. Außerdem hatte ich ihn beleidigt, indem ich ihm Geld angeboten hatte. Was, wenn er zurückkehrte und Marcus alles berichtete?

Es ist ein Gerücht, dass Schwiegertöchter einen Keil zwischen den Sohn und seine Eltern treiben. Meiner Erfahrung nach liegt es eher am Sohn. Marcus sträubte sich. Er müsse telefonieren, er sei nicht sicher, ob ihm die Fahrt nicht zu anstrengend sei, und so weiter und so fort. Ich überredete ihn. Es würde uns beiden guttun, meinte ich, und das war mein Ernst. Dass Marcus eine normale und konventionelle Kindheit erlebt hatte, so völlig anders als meine, spendete mir stets Trost. Die Hunde, der Gasherd, die Klavierstunden. Wenn wir Probleme hatten, war es außerdem hilfreich, mir die kleinen Vorstadtscharmützel vor Augen zu halten, die so viele Männer mit ihren Vätern ausfechten. Oder die Erwartungen dieser Väter, die ihre Söhne zu dem gemacht hatten, was sie heute waren.

Wir verbrachten den Vormittag in getrennten Zimmern. Er erledigte seine Telefonate, Josh sah fern, und ich blieb in der Küche. Ich klappte meinen Laptop auf, klickte Jepsoms Facebook-Seite an und studierte die Liste seiner Freunde. Niemand, den wir in Griechenland kennengelernt hatten, stand darauf. Kein Mikey und auch kein Carl, obwohl mir klar war, dass sie noch zu jung waren. Allerdings auch keine Sherry. Keine Tracey. Keine Maureen. Hatte das etwas zu bedeuten? Nicht unbedingt. Viele Menschen mieden die sozialen Medien, und die, die sie nutzten, pflegten darin oft keinen Kontakt zu ihren eigenen Familien. Aber wirklich kein Einziger von ihnen? Eigenartig.

Seine Freunde waren alle männlich, der Großteil von ihnen ohne individuelles Profilfoto.

Ich schloss die Seite und tippte seinen Namen bei Google ein. Eine Liste von Suchergebnissen erschien.

Dave Jepsom Profile / Facebook

Dave Jepsom / professionelle Profile – LinkedIn

Ich scrollte die Liste hinunter.

»Wollen wir fahren?«

Marcus steckte den Kopf zur Tür herein.

»Ja, ich bin fertig«, erwiderte ich.

Ich klappte den Laptop zu, ohne noch einmal hinzuschauen.

STUFE VIER

Er

Meine Eltern wohnten in einem Dorf in Surrey. Eine Bilderbuchidylle, wo die Gärten der Cottages von Kletterrosen und Zuckererbsen überquollen. Dazu eine sanft geschwungene grüne Landschaft, in der nur noch die Schafe fehlten. Es gab ein Pub, das Three Crowns, aber keine Läden, obwohl die Namen einiger Häuser darauf hinwiesen, dass es früher eine geschäftige Gemeinde gewesen war: Alte Schmiede, Alte Bäckerei, Alte Molkerei. Mum und Dad kauften alles am Stadtrand von Guildford ein, und zwar in einem Supermarkt, den sie den Neuen Waitrose nannten, obwohl er schon seit zwanzig Jahren dort stand.

Wer meinem Vater das erste Mal begegnete, brauchte zumeist eine Weile, um zu bemerken, dass etwas nicht stimmte. Für mich jedoch war es schmerzhaft offensichtlich. Er war magerer geworden und wirkte ein wenig zerzaust. Sein Haar war nicht richtig gekämmt, und er hatte einige Bartstoppeln an der Wange übersehen. Als ehemaliger Leiter des Fachbereichs Mathematik an der Oberschule am Ort war er ein belesener, streitlustiger Mann, der vielen Dingen mit Verachtung begegnete. Dem Fernsehen zum Beispiel. Bei unserer Ankunft saß er im Wohnzimmer und schaute den Shoppingkanal.

Es war ein traumhafter Tag, die Bienen summten in den Büschen, und die Sonne wärmte einem den Hinterkopf, weshalb wir den Tisch im Garten deckten. Mum hatte Lachs im Teigmantel gemacht, einer Familienlegende zufolge Tessas Leibgericht, und meine Mutter legt es stets darauf an, ihr ein paar Pfunde anzufüttern. Die Hunde, zwei alte Dackel, lagen zu unseren Füßen, und wir unterhielten uns über die Nachbarn (Margaret, die im Alten Postamt wohnte, wollte eine Kreuzfahrt unternehmen) und die restliche Familie. Wie gut die älteste Tochter meiner Schwester Sarah an der tiermedizinischen Fakultät vorankam. Dass die Jüngste Englisch studieren wollte. Mein Vater hatte den Großteil des Gesprächs geschwiegen. »Natürlich musste Sarah Englisch studieren, obwohl sie das sicherlich bereut hat«, meinte er nun. »Sie hätte sich für Naturwissenschaften entscheiden sollen. Das habe ich ihr geraten, aber sie wollte nicht hören.«

»Nein, das war ich«, wandte ich ein. »Sarah hat Naturwissenschaften studiert. Biochemie. Deshalb arbeitet sie auch bei einem internationalen Pharmakonzern. Ich, dein Sohn, war es, der nicht hören wollte und mit seinem Englischstudium alles weggeworfen hat.«

Ich versuchte, mir meine Gereiztheit nicht anmerken zu lassen.

»Sarah wollte Schriftstellerin werden. Romane schreiben. Das haben wir rasch beendet. Schreiben ist eine brotlose Kunst. Ich habe ihr klipp und klar mitgeteilt, sie solle Jura studieren.«

»Verdammt, Dad, das war auch ich.«

Er machte ein Gesicht, als habe er den Kraftausdruck nicht gehört, sei jedoch amüsiert und verwundert, dass ich das alles erfand und ihm nur widersprach, um ihn zu verwirren. »Willst du mich auf den Arm nehmen?«, erkundigte er sich. Das war einer seiner neuen Sätze. Zusammen mit »Ich werde nicht um den heißen Brei herumreden« und »Jetzt habe ich aber genug«. Er wiederholte sie wie jemand, der mit rudernden Armen in einer Felswand hängt und nach einem Seil greift.

»Es hat nicht geklappt, Dad«, erwiderte ich. »Ich fand es entsetzlich.«

Plötzlich klar blickte er mich an. »Oh, ja, du hast abgebrochen. Das viele Geld, dein vergeudetes Potenzial.«

»Doch jetzt ist alles in Ordnung. Letztlich ist es gut ausgegangen.«

Tessa stand mit Geschirr in der Hand hinter dem Stuhl des alten Mannes und hielt inne, um mich anzusehen. Mit der freien Hand strich sie ein störrisches Haarbüschel zurecht und küsste ihn auf den Scheitel. Auch er ist ein Produkt seiner Erziehung, sagte sie immer. Ebenso wie sie natürlich. Wieder einmal wurde ich mir der Kluft bewusst, die sich zwischen uns aufgetan hatte. Ich hatte sie vernachlässigt. Es löste einen scharfen Schmerz aus, so als bohre mir jemand eine Nadel mitten in die Brust, als ich daran dachte, dass ich sie liebte. Nicht, *wie sehr* ich sie liebte, sondern nur an die unverrückbare und unveränderliche Tatsache.

Nach dem Mittagessen wollte ich, dass meine Mutter sich setzte und ausruhte, während ich den Kaffee kochte. Doch als ich aus dem Haus kam, lief sie zwischen Garage und Garten hin und her, zerrte das Planschbecken heraus und suchte unter entnervtem Stöhnen zwischen alten Ölkanistern und Überbrückungskabeln nach der Luftpumpe.

Tessa half ihr, und wir mussten uns zu dritt ins Zeug legen, um das Becken zu reinigen, aufzupumpen und zu füllen.

Früher hätte mein Vater die Aktion geleitet und uns gesagt, was wir falsch machten. Heute jedoch saß er mit einem stumpfen Lächeln in einem Liegestuhl unter dem Baum und löste ein Sudoku. Als ich hinüberging, um mir einen Teil der Zeitungen zu seinen Füßen zu holen, beobachtete ich ihn eine Weile und stellte fest, dass er die Zahlen willkürlich eintrug.

Ich widmete mich wieder der Zeitung, damit er meinen Blick nicht bemerkte. Ich hatte den *Sunday Telegraph* erwischt, den ich normalerweise nur im Büro durchblätterte.

Nichts Interessantes, dachte ich gelangweilt, doch als ich die nächste Seite umschlug, stach mir ein Artikel ins Auge.

Der Autor hatte ein Pseudonym benutzt, die Schule aber im Detail geschildert. Angefangen bei der klassizistischen Fassade bis hin zum Kamin im Büro des Direktors. Weiterhin erzählte er, dass er kürzlich bei einem Tag der offenen Tür die Schule besucht habe, wobei ihm »die alltägliche Grausamkeit seines Lebens hier« schlagartig wieder bewusst geworden sei. »Das Knarzen einer Diele in einem Flur, das Sonnenlicht, das durch ein Fenster hereinströmte.« Er berichtete von den Schlägen eines Lehrers und dass ein anderer an seinem Penis gezerrt habe. Anschließend erwähnte er die Auswirkungen dieser systematischen Misshandlungen auf sein Erwachsenenleben und begründete, warum er noch nicht zur Polizei gegangen sei, nur um »in einem Aktenberg zu verschwinden«. Allerdings spiele er jeden Tag mit dem Gedanken, es zu tun.

Je mehr ich las, desto klarer wurde mir, dass der Autor Cartingdon Hall meinte. »Nachwuchsproduzent für das Marlborough-College«, die »Alma Mater von Politikern«, das sich »in die Quantock-Hills schmiegt«.

Ich tastete nach meinem Telefon. Keine verpassten Anrufe, allerdings auch kein Empfang.

Vor dem Haus war die Verbindung besser, und als ich auf dem Schotter neben der Hauptstraße stand, erreichte ich Jeff sofort. Er hatte bereits mit dem Direktor gesprochen und ein Schreiben an die »Betroffenen« (in diesem Fall sämtliche aktuellen, ehemaligen und zukünftigen Eltern) entworfen, in dem er seiner »Besorgnis« Ausdruck verlieh und versicherte, er werde alles zur Aufklärung der Vorwürfe unternehmen. Jedoch habe sich die Schule seitdem sehr verändert und so weiter und so fort.

Jeff und ich waren uns einig, dass der Ton des Artikels beängstigend war, auch wenn er das dem Schuldirektor verschwiegen hatte. Der Text war wortgewandt und verwendete Ausdrücke wie »barocker Sadismus«, »Symptomatologie«, »Bindungsstörungen«, »Übererregbarkeit« und »Depressionen«. In unserer Branche sind Worte die schärfsten Waffen, und dieser Mensch wusste offenbar, wie man sie einsetzte.

Nach dem Telefonat kehrte ich, beseelt von neuem Tatendrang, ins Haus zurück. »Tut mir leid«, sagte ich und ließ in gespielter Enttäuschung die Schultern hängen. »Herrje, das verdammte Büro.«

Davon war kein Wort wahr. Ich liebe es, wenn die Arbeit mein Privatleben stört. Es macht mir überhaupt nichts aus. Stattdessen lässt es die Zeit schneller vergehen, die sich ansonsten dahinschleppen könnte, und gestattet mir eine zusätzliche Ebene, einen *Fluchtweg*. So, jetzt ist es auf dem Tisch. Die Cartingdon-Krise war ein Geschenk. Sie lenkte mich nicht nur von meinen Eheproblemen ab, sondern auch vom Verfall meines Vaters und davon, dass er nicht zufrieden mit mir war. Anscheinend das Letzte, das er vergessen würde. Traumhaft, nicht wahr?

Auf der Heimfahrt war Tessa still und tippte auf ihrem Telefon herum.

»Entschuldige, dass ich so lange mit Jeff geredet habe«, sagte ich. »Und dass ich mich deshalb nicht um dich kümmern konnte.«

Sie sah aus dem Fenster, wo die Bäume entlang der A3 vorbeisausten. Vielleicht hatte sie mich ja nicht gehört.

Sie

Arthurs Demenz – die Marcus nicht beim Namen nennen konnte – hatte sich seit April verschlechtert. Ann wirkte erschöpft und angestrengt. Als wir allein in der Garage waren, hatte sie mir anvertraut, sie sei am Vortag mit ihm im Pub gewesen. Trotz der sommerlichen Hitze habe er darauf beharrt, einen Wintermantel zu tragen. Irgendwann sei er verschwunden, und sie habe ihn mit verwirrter Miene auf einem Stuhl vor der Küche wiedergefunden.

Zum Abschied umarmte ich sie, entschuldigte mich, weil wir keine große Hilfe gewesen seien, und versprach, sie öfter zu besuchen. Den ganzen Tag schon hatte mich das schlechte Gewissen geplagt. In den letzten Monaten war ich ihnen aus dem Weg gegangen. Ich fühlte mich, als hätte ich sie auch betrogen, und konnte es plötzlich nicht mehr ertragen, wie lange wir sie vernachlässigt hatten.

Sie schob mich auf Armeslänge von sich. »Du bist ein liebes Mädchen«, sagte sie. »Ich weiß, dass du kein gutes Vorbild hattest, aber du schlägst dich verdammt wacker. Mein Sohn ist nicht einfach …«

Ich verzog das Gesicht.

Sie schüttelte den Kopf. »Das ist er nicht. Er hat seine Dämonen. Doch du hältst alles zusammen. Du bist eine wirklich gute Mutter. Kopf hoch.« Tränen brannten in meinen Augenwinkeln. Sie hob mein Kinn an. »Pass auf dich auf. Ich bin froh, dass er dich hat.«

Als ich Marcus kennenlernte, lebte meine Mutter noch. Der Kontrast zwischen ihrem chaotischen Leben und dem beschaulichen Alltag meiner Schwiegereltern löste ein Druckgefühl in meiner Brust aus. Obwohl ihr Haus ein Rückzugsort war, wurde ich oft nervös, wenn wir wieder fuhren. Ich schämte mich. Meine Handflächen waren feuchtkalt. Manchmal fing ich Streit mit Marcus an, nur um ihn zu provozieren und seine Grenzen auszutesten. Ich hatte den Eindruck, dass mir ohne den Halt, den sie mir boten, alles entglitten wäre.

Seit Jahren hatte ich schon nicht mehr so empfunden, doch als wir an diesem Abend aufbrachen, war das Gefühl wieder da. Ich hatte die Kontrolle verloren, und es erschien mir so unbeschreiblich schwierig, sie zurückzugewinnen. Die Vorstellung, Jepsom könnte Bescheid wissen und Marcus alles erzählen, nagte ständig an mir. Vorhin hatte ich eine SMS von Richard erhalten (»Ich vermisse dich!«) und nicht darauf geantwortet. Als wir in unsere Straße einbogen, traf eine zweite ein: *Wir müssen reden. Morgen bei mir?* Atemlos, weil die Angelegenheit nicht erledigt war, presste ich den Kopf an die Scheibe. Es war die Erkenntnis, dass die Sache komplizierter war, als ich geahnt hatte. Noch immer schäbig und nicht abgeschlossen.

Ein Auto parkte in unserer Einfahrt. Marcus stoppte daneben, und wir warteten einige Minuten. Er hupte. Nichts rührte sich.

Plötzlich wurde Marcus zornig und ungeduldig und drückte mit dem Arm noch einmal heftig auf die Hupe.

Als Josh aufwachte und zu weinen begann, legte Marcus mit einem lauten, entnervten Aufstöhnen den Gang ein und fuhr die Straße hinunter und um die Ecke, wo er eine Parklücke fand. Beim Einparken waren seine Bewegungen hektisch und aggressiv. Er zerrte an der Handbremse und holte sein Telefon aus der Tasche, noch ehe er den Sicherheitsgurt geöffnet hatte.

Ich stieg auf der Beifahrerseite aus, schob den Kindersitz zurück und befreite Josh von seinem Gurt. Da Marcus inzwischen telefonierte, überließ ich ihn seinem Schicksal und ging langsam zurück zum Haus.

Das Auto, ein schwarzer Jeep, stand immer noch da. Da es getönte Scheiben hatte, konnte ich nicht hineinsehen, doch als ich durchs Tor trat, hatte ich das Gefühl, dass mich jemand beobachtete. Es war wie ein Brennen am Hinterkopf. Ich tastete nach dem Schlüssel und öffnete, Josh auf der Hüfte, die Haustür. Im Wohnzimmer machte ich Licht und schloss gerade die Jalousien, als das Auto lautstark anfuhr und verschwand.

Das Wetter hielt sich, und wir erwachten an einem dieser blauen und strahlend grünen Tage, auf die man sich den ganzen Sommer freut. Eigentlich hätte es perfekt sein sollen. Ich versuchte, so zu tun als ob. Wir standen früh auf, zogen los und verbrachten den Vormittag inmitten von singenden Vögeln, saftigem Gras und dem entfernten Klacken von Kricketbällen im Park.

Auf dem Spielplatz trafen wir Rose und Pete und holten uns Kaffee zum Mitnehmen, den wir auf einer Decke auf dem Rasen tranken. Josh und Chloe spielten unter dem

Baum mit Stöcken. Marcus und Pete stellten (alle Väter waren brennend daran interessiert) Mutmaßungen über Miss Jennys Sexualleben an, als mein Telefon summte.

Ich hielt die Hand über das Display, um es vor der Sonne zu schützen. *Gibt man einem Mann nicht persönlich den Laufpass?*, lautete die Nachricht.

Rasch tippte ich eine Antwort: *Nein.*

Ich steckte das Handy wieder ein.

Rose musterte mich fragend. Ich schüttelte lächelnd den Kopf. »Nichts Wichtiges.«

Einige Sekunden später summte das Telefon erneut. Ich holte es erst aus der Tasche, als Rose und Pete weg waren. Marcus legte sich hin und schloss die Augen. Josh hatte sich dem Spielplatz genähert und ein paar kleine Spielkameraden gefunden.

Wir müssen uns treffen. Heute? Bei mir?, las ich auf dem Display.

Marcus schnarchte leise. Sein Atem blähte leicht seine Lippen.

Ich kann nicht, antwortete ich.

Fast sofort läutete es. Hastig wollte ich den Anruf wegdrücken, überlegte es mir jedoch in letzter Minute anders.

»Hey, geh mit mir zum Mittagessen«, sagte er. Sein Tonfall war lässig und amüsiert. »Das bist du mir schuldig.«

»Es ist vorbei, das weißt du. Ich kann dich nicht treffen. Tut mir leid.«

»Jetzt komm schon. Bitte. Nur als Freunde. Als Kollegen. Ich habe ein Stellenangebot, das ich mit dir besprechen muss.«

»Tut mir leid. Tschüs, Richard.« Ich legte auf.

Ich würde nicht hingehen. Allerdings setzte die Idee sich in meinem Kopf fest und nahm immer mehr Gestalt an. Was meinte er mit Stellenangebot? Vielleicht hatte er ja wirklich einen echten, seriösen Vorschlag. Früher hatten wir ein berufliches Verhältnis gehabt, und zwar ein gutes. Bei jeder Eröffnung, jedem Auftrag hatte er stets mich angefordert. »Niemand hat so ein Händchen für Presseerklärungen wie du«, waren seine Worte gewesen. Möglicherweise konnten wir ja daran anknüpfen und unsere Freundschaft auf eine offiziellere, nicht ehebrecherische Ebene stellen. Mich überkam die Sehnsucht, wieder die Frau zu sein, die ich gewesen war. Vielleicht hatte er wirklich die optimale Teilzeitstelle für mich. Etwas, das ich auch von zu Hause aus erledigen konnte, um bei Josh zu sein. Ich sollte mich mit ihm verabreden. Dann wieder beschloss ich, dass das nicht infrage kam. Es war zu gefährlich. Im nächsten Moment entschied ich mich, angetrieben von Aufregung und Unzufriedenheit, um. Vielleicht war es ja nach allem, was zwischen uns geschehen war, meine Pflicht.

Er

Am Sonntagvormittag begegneten wir Rose und Pete auf dem Spielplatz. Es war viel los. Ich erinnere mich an herumflitzende Kinder auf Tretrollern, bellende Hunde und an eine Rangelei am Klettergerüst. Schließlich setzten wir uns unter einem Baum auf eine Decke, tranken Kaffee zum Mitnehmen und sprachen über alles Mögliche. Mandanten von Pete. Ihre Urlaubspläne. Ob Miss Jenny vom Kindergarten einen Freund hatte. Nachdem Rose und Pete fort waren, schlief ich auf der Decke ein. Tessas Stimme wehte immer wieder in mein Bewusstsein. Meine Hand drückte gegen meine Wange. Mein Mund stand halb offen, und ein Speichelfaden rann heraus. Ich starrte hinauf in den Himmel. Hinter den Bäumen zogen Wolken vorbei, und kurz hatte ich das Gefühl, als seien sie reglos und als sei ich derjenige, der sich bewegte. Als ich mich hochstemmte, war eine Körperhälfte eingeschlafen. Verwirrt und panisch fragte ich mich, wo ich war. Was passierte hier?

Alles war in Ordnung. Ich lag im Halbschatten. Die Wiese befand sich noch am selben Ort wie immer. Josh spielte mit einem anderen Jungen Fußball. Und Tessa saß weiterhin, angespannt und die Ellbogen auf die Knie gestützt, neben mir und blickte ins Leere.

Auf dem Heimweg erzählte sie mir, sie habe eine Verabredung mit einer alten Freundin von der Zeitarbeitsfirma vergessen. Es sei ihr total entfallen, wie dumm von ihr. Ein Glück, dass sie sich noch daran erinnert habe. »Es stört dich doch nicht, oder?« Sie habe sie schon seit Jahren nicht gesehen. Sie wirkte zappelig und nervös, und inzwischen wünschte ich, ich hätte sie überredet, nicht hinzugehen. Etwas stimmte da nicht. Aber ich wollte nicht neugierig sein oder gar zu gründlich darüber nachdenken. Für mich war es wichtig, ihr zu vertrauen. Ich wollte nicht zu viele Fragen stellen oder mich wie ein Ehemann verhalten, der zu solchen Dingen neigte.

Sobald sie weg war, fing Josh an zu quengeln. Ihm war langweilig, und er war übermüdet. Wir waren am Vorabend erst spät von meinen Eltern zurückgekommen. Der Tag, der so blau und sonnig begonnen hatte, entwickelte sich zur Enttäuschung. Hohe, fischförmige Wolken waren aufgezogen. Ihre Schuppen breiteten sich aus und verdeckten langsam die Sonne. Die Welt sah flach aus.

Ich brachte Josh dazu, mit dem Feuerwehrwagen zu spielen, den Dave Jepsom ihm geschenkt hatte, während ich den Entwurf des Cartingdon-Briefes las und einige E-Mails verschickte. Gerade war ich mit der Zeitung beschäftigt, als ich bemerkte, dass das Feuerwehrauto seine Anziehungskraft verloren hatte und Josh damit zornig das Bein des Sofas bearbeitete. Als er die Zeitung traf, die ich gerade studierte, sodass sie nachgab und er mir mit dem Spielzeug beinahe ein Auge ausschlug, stieß ich einen Fluch aus. Also versuchte ich, Josh vorzulesen, doch er entwand sich meinen Armen, legte den Kopf in den Nacken und gab mit zusammengebissenen Zähnen unverständliche Geräusche von sich.

Irgendwann lag ich mit geschlossenen Augen auf dem Boden, während er auf mich kletterte und mir die Lider aufzwang. »Daddy, Daddy«, leierte er.

Unter normalen Umständen, also falls Tessa da gewesen wäre, hätte ich mich mit meinem Laptop nach oben verdrückt und Arbeit vorgeschützt, selbst wenn nichts Dringendes anstand. Ich liebe meinen Sohn, doch wenn er sich danebenbenahm, neigte ich dazu, mich rar zu machen.

»Okay«, sagte ich und setzte mich auf. »Was möchtest du gerne unternehmen?«

»Zum Spielplatz.«

»Ich will aber nicht auf den Spielplatz. Außerdem waren wir da heute doch schon. Was sonst noch?«

»Ich will das Auto waschen.«

Ich atmete tief durch. »Okay, meinetwegen.«

Anfangs klappte alles wunderbar. Ich stellte ihn mit einem Poliertuch, einem Wassereimer und der Putzmittelflasche vor die Motorhaube. Während er die Flüssigkeit herausdrückte und scheuerte, spülte ich seine Bemühungen mit Wasser weg. Allerdings war ich gedanklich nicht bei der Sache und bemerkte deshalb nicht, dass er die gesamte Flasche Fairy auf einmal ausquetschte. Als ich ihm die Flasche entreißen wollte, kam es zu einem kleinen Handgemenge, bei dem es mir gelang, die Ruhe zu bewahren. Dann ging ich in die Küche und holte noch einen Eimer Wasser, um sauber zu machen. Diesmal war sein Gesicht vor Entschlossenheit verzerrt, als er versuchte, mir den Eimer wegzunehmen. Er ließ nicht locker und schaffte es, das Wasser nicht über das Auto, sondern über mich zu schütten.

»Scheiße!«, brüllte ich. »Du dummer Junge.«

Seine Miene erstarrte und fiel dann langsam in sich zusammen. Seine Mundwinkel bogen sich nach unten, und Tränen stiegen ihm in die Augen.

Ich nahm ihn in die Arme. »Entschuldige, entschuldige«, flüsterte ich. »Nicht weinen, nicht weinen.«

Eine halbe Stunde später waren wir auf einem Spielplatz in Battersea Park, keinem gewöhnlichen, sondern einem Abenteuerspielplatz mit Holzpfosten zum Herumturnen, Leitern und Hängebrücken. Wir kletterten, erkundeten alles, und ich jagte ihn über die schwankenden Brücken, bis er vor Angst und Vergnügen kreischte. Anschließend aßen wir ein Eis, schauten den großen Jungen beim Fußball zu und gingen dann Hand in Hand zum Auto. Es war fünf Uhr nachmittags. Auf der Heimfahrt fühlte ich mich stärker und wie ein besserer Vater. Ich hatte die Arbeit beiseitegeschoben und den Tag gerettet.

Ich hatte den Schlüssel schon fast ins Schloss geschoben, als ich bemerkte, dass sie bereits einen Spalt weit offen stand. Ich rief nach Tessa. Anscheinend war sie zurück. Dachte ich. Allerdings wehte Zugluft durch die Diele. Die Kerze von Diptyque, die sich auf dem Bord neben der Post befunden hatte, lag auf dem Boden, das Glas aufgeplatzt wie eine Kokosnuss. Verschmierte Abdrücke zogen sich über den Boden, als hätte ein Kind Laub ins Haus geschleppt. Ein widerlicher Geruch stieg mir in die Nase: Schweiß, abgestandener Knoblauch und, ja, sogar bis hier unten, Scheiße.

Josh klammerte sich an den Saum meiner Shorts. Ich redete beruhigend auf ihn ein: Ach herrje, was haben wir beim Autowaschen für einen Dreck gemacht. Was wird Mummy dazu sagen? Er wiederholte alles, als brauche er eine Bestätigung. Im Wohnzimmer waren Bücher aus den Regalen gerissen worden. Die Fotos, auch unser Hochzeitsfoto und die von Josh als Baby, waren mit zersplitterten Rahmen auf dem Boden verstreut. Joshs Gesicht war ausgelöscht, als habe jemand es unter seinem Absatz zerrieben. Das iPad war weg, doch der Fernseher war noch da, vermutlich zu groß, um ihn zu stehlen. Zum Glück lag mein Laptop unter dem Sofa, wo ich ihn vorhin hingeschoben hatte, um ihn vor Josh in Sicherheit zu bringen.

Ich setzte Josh in eine Sofaecke und ließ ihn CBeebies schauen, während ich den Rest des Hauses inspizierte.

In der Küche war der Inhalt des Kühlschranks auf den Boden gekippt worden. Eine schleimige Masse aus zerbrochenen Eiern, verschütteter Milch, angeknacksten Gläsern mit Senf und Chutney, ein nacktes Huhn mit zerfetzter Verpackung, eine Tüte Mischsalat, zerrissen und die Blätter verteilt. Die Hintertür war weit offen. Draußen hatte man Blumentöpfe umgestoßen und die so sorgfältig und willkürlich von Tessa und Josh ausgesuchten Kakteen und Impatiens zertrampelt. Der Kompostsack war umgeworfen, Erde verschüttet.

Ich drehte den Heißwasserhahn ab, den jemand angelassen hatte, setzte mich an den Tisch und wählte die Notrufnummer. Als ich die Polizei verlangte, teilte man mir mit, jemand würde gleich da sein. Danach versuchte ich es bei Tessa. Ich landete auf der Mailbox und hinterließ keine Nachricht. Besser, sie erfuhr es erst, wenn sie wieder zu Hause war.

Oben im Schlafzimmer hatte man Schränke und Schubladen durchwühlt. Tessas Unterwäsche lag auf dem Boden. Erotische Dessous, von denen ich gar nicht wusste, dass sie sie besaß, waren wie Devotionalien auf dem Bett ausgebreitet. Es war eine grausige Verhöhnung. Am liebsten hätte ich die winzigen Stückchen Spitze weggeräumt, doch ich konnte mich bremsen. Die Polizei musste sie sehen.

Ich wusste, dass ich im Bad etwas Ekelhaftes vorfinden würde. Das roch ich, bevor ich es sah. Der Gestank ihres Übergriffs. Die Schweine hatten die Badewanne benutzt.

Im Erdgeschoss setzte ich mich auf die unterste Stufe. Aus dem Wohnzimmer hörte ich die fröhliche Titelmelodie von *Gigglebiz*. Aber ich wollte nicht hinein, wollte mich nicht bewegen. Es fühlte sich nicht mehr an wie mein Haus. Alles war ruiniert. Meine Hände waren feucht. Ich kämpfte gegen den Brechreiz an. Ich wünschte, die Polizei würde bald kommen. Der oder die Einbrecher hatten eine solche Verwüstung angerichtet. Und was hatten sie erbeutet? Ein iPad, ein paar Ladegeräte und vielleicht ein wenig Schmuck. Es erschien mir so sinnlos, wie eine persönliche Racheaktion. Und die Scheiße in der Badewanne war ein kleiner Terrorakt. Wie konnte jemand, dem man nie begegnet war, einen so hassen? Warum wir? Alle abgedroschenen Phrasen gingen mir durch den Kopf, und sie trafen zu. Und dann war da noch eine Frage: *Wer tat so etwas?*

Ich musterte einen Fußabdruck in meiner Nähe. Er war beinahe vollständig. Das Profil war unverkennbar: nicht tief wie bei den meisten Turnschuhen, sondern flach mit einer einzigen klaren Umrandung. Das winzige Zickzackmuster darin war verschmiert.

Kannte ich es? Allmählich vermutete ich das.

Ich holte das Handy heraus und googelte. Als Erstes öffnete sich eine amerikanische Webseite. Ich klickte einige Modelle an, alle schwarz. Und dann hatte ich ihn: Retford. Es gab ihn in Schwarz oder Weiß. Drei Fotos zeigten den Schuh aus verschiedenen Winkeln. Ich zoomte auf das letzte Foto. Die Sohle des Retford: flach, kein Profil, ein winziges Zickzackmuster.

Was hatte ich zu Tessa gesagt? *Glaubst du, dass er das Haus auskundschaftet?* Das hatte ich sarkastisch gemeint. Ich hatte ihre Befürchtungen nicht ernst genommen. Und trotzdem: Wer war dieser Mensch eigentlich? Wir wussten fast nichts über ihn und waren einfach von Mutmaßungen ausgegangen. Außerdem waren wir lohnende Opfer. In Griechenland hatte ich mit meinem Geld geprahlt, alle zum Mittagessen eingeladen und eine Runde nach der anderen ausgegeben. Ich hatte ihm ein Paar teure Turnschuhe geschickt. Er hatte gesehen, wie wir mit unseren reichen Freunden zu Abend aßen und einen Urlaub nach dem anderen planten. Anscheinend eine todsichere Sache.

War er deshalb an jenem Abend bei uns hereingeschneit und so lange oben geblieben? Hatte er das Haus ausspioniert? Mein Laptop hatte auf dem Bett gelegen. Hatte er die Schubladen heute danach durchsucht? Und dann war er hier erschienen, um »den tropfenden Wasserhahn zu reparieren«. Was, wenn Tessa ihn von Anfang an richtig eingeschätzt hatte?

Ein Wagen stoppte vor dem Haus. Eine Tür öffnete sich. Polizeifunk, schwere Schritte und Stimmen waren zu hören.

»Mr. Nicholson?«

»Ja.« Ich sprang auf.

Zwei Polizisten standen vor mir. Ein hochgewachsener junger Mann mit zurückweichendem Haaransatz und eine kleine, mondgesichtige Frau, beide in Uniform.

Sie traten in die Diele, stellten sich vor und präsentierten ihre Dienstausweise. PC Arnold und PC Garcia. Arnold war die Vorgesetzte. Sie hatte einen kräftigen, sachlichen Händedruck. Als sie sich erkundigte, ob ich allein sei, wies ich auf Josh vor dem Fernseher, worauf sie vorschlug, in die Küche zu gehen. Wir drei setzten uns an den Tisch, wo sie meine Aussage aufnahm und meine Antworten in einem Notizbuch festhielt. Sie wollte wissen, wann ich den Einbruch bemerkt und wann ich davor am frühen Nachmittag das Haus verlassen hätte. »Wohnt sonst noch jemand hier?«, fragte sie.

»Meine Frau, aber sie trifft sich mit einer Freundin.«

Sie schrieb auch das auf.

»Haben Sie mit ihr gesprochen, seit Sie wieder zu Hause sind?«

»Ich habe es versucht, sie jedoch nicht erreicht. Sie geht nicht ans Telefon.«

»Haben Sie festgestellt, was fehlt?«

Ich erwähnte das iPad und Tessas Schmuck, was sie sich ebenfalls notierte. Als sie wissen wollte, wie hoch ich den Wert einschätzte, erwiderte ich, ich sei nicht sicher.

»Okay«, verkündete sie. »Wir schauen uns jetzt um und machen uns ein Bild vom Grundriss des Hauses.«

»Wir wohnen jetzt seit fünf Jahren hier, und bei uns ist noch nie eingebrochen worden.«

»Es gibt immer ein erstes Mal.«

Nachdem sie mir mitgeteilt hatten, es sei in Ordnung, die Küche zu putzen, tat ich es, während sie sich nach oben begaben. Ich warf das verdorbene Essen in Müllbeutel, fegte die Scherben auf und wischte den Fußboden. Dabei war ich mir die ganze Zeit ihrer Anwesenheit im Haus bewusst. Türen wurden geöffnet und geschlossen, Dielenbretter knarzten, ihre Stimmen hallten im Bad wider, ihr Funkgerät knisterte. Als PC Arnold nach unten kam, sprach sie hinein. »Hauseinbruch. Keine Einbruchsspuren. Einige fehlende Gegenstände. Einige Schäden. Ja, ja.«

»Die Spurensicherung kommt«, teilte sie mir mit und hob den Kopf. »Da draußen sind einige Fußabdrücke, die man sich vielleicht näher ansehen sollte. Für den Fall, dass es Übereinstimmungen mit unserer Datenbank gibt.«

»Ich glaube, ich habe einen Verdacht, wer es gewesen sein könnte«, platzte ich heraus.

»Wirklich?«, entgegnete sie.

»Bestimmt finden Sie das jetzt albern, aber da ist ein Typ, den wir kürzlich kennengelernt haben. Ich frage mich, ob er es womöglich war. Schauen Sie …« Unbeholfen zeigte ich ihr mein Handydisplay. »Hier.«

Sie reckte den Hals.

»Hier, die Sohle passt zu den Fußabdrücken. Und der Mann, den ich meine, hat die gleichen Schuhe.« Ich war aufgeregt, meine Finger zitterten.

»Sind Sie sicher?«

»Ja, bin ich«, fuhr ich ein wenig ruhiger fort. »Weil ich sie ihm geschenkt habe.«

»Sie haben sie ihm geschenkt.« Sie wandte sich wieder

dem Telefon zu, las den Preis und zog das Kinn zurück. »Und danach bricht er bei Ihnen ein?«

»Das ist kompliziert«, erwiderte ich.

»Nun, wir können das überprüfen. Auch wenn ich sagen muss, Mr. Nicholson, dass in dieser Gegend … na ja … viel eingebrochen wird. Sie ist ein Kriminalitätshotspot. Meistens handelt es sich um Gelegenheitsdiebstähle. Wie ich feststelle, sind alle Türen und Fenster unbeschädigt. Nichts kaputt. Könnten Sie vielleicht die Haustür offen gelassen haben?«

Eine Ader pochte an meiner Schläfe. »Nein, ganz bestimmt nicht. Doch der Mann, den ich erwähnt habe, war vor Kurzem im Haus. Erst am Freitag. Er könnte mühelos einen Schlüssel eingesteckt haben.«

»Könnten Sie mal nachsehen?«, meldete sich der jüngere Polizist zum ersten Mal zu Wort.

Ich holte die Schüssel mit Schlüsseln vom Bord in der Diele und kippte sie auf dem Tisch aus: eine Haarbürste, eine benutzte Chipkarte, ein angeknabberter Keks in Pinguinform, diverse Schlüssel. Dann kramte ich in dem Durcheinander herum. »Schwer zu sagen. Einer könnte weg sein.« Ich blickte den Polizisten an. Er klopfte mit dem Rücken seines Notizbuchs auf den Tisch. »Wir sind ein bisschen schlampig«, erklärte ich.

»Es ist besser, nicht so viele Ersatzschlüssel zu besitzen«, merkte er an.

Ich sammelte alles ein und verstaute es wieder in der Schüssel. Plötzlich hatte ich keine Kraft mehr. »Es fühlt sich wie ein persönlicher Übergriff an.«

»Das tut es immer.« PC Arnold nickte einige Male, als

hätte sie vollstes Verständnis. »Es ist das Eindringen in die Privatsphäre, richtig?«

»Mehr als das. Warum die Unterwäscheschublade meiner Frau?«

»Da suchen sie meistens zuerst. Dort bewahren die Leute ihre Wertsachen auf. Wirklich.«

»Und der Dreck? Die zerbrochenen Fotos? Die Scheiße in unserer Badewanne?«

»So entlädt sich der Stress. Diese Einbrecher, meistens Jugendliche, sind oft betrunken und haben sich nicht mehr im Griff. Ihr Herzschlag steigt an. Sie verlieren die Kontrolle über ihren Darm. Und sie sind ungeschickt. Entweder sind sie high oder aufgekratzt, und wenn sie erst mal im Haus sind, drehen sie durch. Deshalb werfen sie Sachen um oder machen sie kaputt.« Sie kratzte sich an der Schläfe. »Es ist schwierig, es nicht persönlich zu nehmen, aber nur wenige Menschen« – sie lachte auf – »kennen jemanden, der sie so sehr hasst. Glauben Sie mir. In neunundneunzig Prozent der Fälle ist es nicht persönlich, sondern genau das Gegenteil.«

»Denken Sie, dass ich überreagiere? Immerhin habe ich keine Beweise. Es ist nur so ein Bauchgefühl.« Ich zuckte die Achseln.

Sie musterte mich forschend und klappte wieder ihr Notizbuch auf. »Die meisten Einbrecher schlagen in ihrem eigenen Viertel zu. Sie haben nicht viel Fantasie. Aber natürlich nehme ich Ihren Hinweis ernst. Wieso geben Sie mir nicht den Namen und die Adresse dieses Mannes? Dann reden wir mal mit ihm, damit die Angelegenheit aus der Welt ist.«

Ich spürte, wie mir flau im Magen wurde, und schluckte. Verhielt ich mich richtig? Wenn Jepsom nicht der Schuldige war, war es schrecklich, ihm die Polizei auf den Hals zu hetzen. Doch wenn er es tatsächlich gewesen war, sollte er erfahren, dass ich ihn in Verdacht hatte. Dass ich es wusste. Man darf nicht so mit anderen Menschen umspringen. Wer konnte sagen, welches hilflose Opfer er sich als Nächstes aussuchte? Er durfte nicht damit durchkommen.

»Ja, okay«, antwortete ich. »Ich habe seine Geschäftsadresse. Einen Moment, ich hole sie.«

»Prima. Wir gehen jetzt die Zeugenaussage durch. Carlos, kannst du mir ein MG11-Formular aus dem Auto bringen? Und dann lassen wir Sie in Ruhe.«

Sie

Diesmal erwartete er mich am Aufzug. Mit einem breiten Lächeln streckte er die Arme aus.

Ich duckte mich weg. »Es ist vorbei. Hast du das verstanden?«, sagte ich. »Ich bin verheiratet. Ich habe ein Kind. Ich bin nur hier, um zu hören, was du mir mitzuteilen hast.«

Inzwischen lachte er. »Diese Tatsachen sind mir nicht entgangen.«

»Ich bleibe nicht.«

»Süße.« Er umfasste mein Kinn mit der Hand und blickte mir in die Augen. Lavendel und Sandelholz. Ich vibrierte innerlich und hatte Schmetterlinge im Bauch. »Du kannst nach Hause gehen, wann immer du willst. Niemand hindert dich daran.«

Er hatte ein Mittagessen von Ottolenghi liefern lassen. Auf der Terrasse war gedeckt. Eine Flasche Pol Roger auf Eis. Er wollte mir vermitteln, dass ich die Situation im Griff hatte. Sein Verhalten war lässig und überhaupt nicht aufdringlich. Wir betrieben Small Talk. Er erkundigte sich nach Josh, seiner Krankheit und dem in Kürze anstehenden Urlaub in Suffolk, fragte, wo wir übernachten würden, und empfahl mir Restaurants. »Wahrscheinlich werde ich keine Gelegenheit haben, nett essen zu gehen«, erwiderte ich und verdrehte die Augen. »So ein Urlaub wird das nicht.« Er antwortete, ich bräuchte eine Pause. Seit ich am Donnerstag geweint hätte, sorge er sich um mich.

»Dank dir habe ich mich besser gefühlt«, meinte ich. »Ich habe total übertrieben reagiert. Allerdings ist der Mann, von dem ich gesprochen habe, seltsamerweise schon am nächsten Tag bei uns zu Hause aufgekreuzt. Ein komischer Zufall.«

»Vielleicht kann er sich nicht von dir trennen.« Er betrachtete meinen Mund. »Das kann ich nachvollziehen.«

»Nicht«, protestierte ich warnend. Ich wechselte das Thema, bewunderte seine Blumenkübel und erkundigte mich, was für Pflanzen das seien. »Das weiß nur der Himmel«, meinte er. »Der Gärtner kümmert sich darum.«

»Wie geht es Marcus?«, fügte er hinzu.

»Gut.« Ich sah ihn an. »Also?«

»Ich wollte dich etwas fragen. Möglicherweise brauche ich ein paar neue PR-Tipps.«

Lächelnd beugte ich mich vor und schob mir das Haar hinter die Ohren. »Ja?«, erwiderte ich abwartend.

»Die Sache mit dem Sushi. Ich bin nicht sicher, ob Ekelund das unbedingt gut geregelt hat. Das ganze Wochenende war auf Twitter die Hölle los. Sie hätten die Angelegenheit schneller aus der Welt schaffen können.« Er trank einen Schluck Champagner. »Außerdem möchte ich in einer schickeren Gegend ein neues griechisches Lokal eröffnen. Ich hätte nichts gegen ein paar Infos über aufstrebende Gegenden in London, um weiter zu expandieren.«

Er fragte mich, wie weit ich bereit wäre, für eine regional angebaute Heritage-Tomate oder ein persisches Lamm-Kebab zu fahren. Bis nach Willesden Junction? Woolwich?

Dalston? Wir warfen mit Stadtvierteln um uns wie Immobilienspekulanten. Ich gratulierte mir selbst, weil alles so gut klappte. Ich hatte noch eine Chance auf dem Arbeitsmarkt. Ich hatte meinen Biss nicht verloren. Ich spürte, wie die Zahnräder einrasteten und die Neuronen Funken sprühten. Backsteinwände, dachte ich. Teller aus Marmor, eine offene Küche.

»Nur diese Verbindung mit den Russen verursacht mir Kopfzerbrechen«, stellte er fest.

»Wessen Verbindung?«

»Die von Marcus. Wenn ich das sinkende Schiff verlasse, möchte ich sicher sein, dass die neue Firma seriös ist. Es handelt sich um eine symbiotische Beziehung. Das weißt du.«

»Du möchtest zu Hawick Nicholson wechseln?«

Die Enttäuschung, die mich ergriff, wurde rasch von Angst abgelöst.

Ich trank einen Schluck Champagner. »Ich übernehme das. Geh nicht zu Marcus. Geh nicht zu meinem Mann! Komm zu mir!«

Er lachte auf. »Zu dir möchte ich immer kommen.«

Ich kippte den Rest meines Champagners hinunter. Ich fühlte mich elend und besiegt, und mir war leicht übel. Obwohl es noch warm war, hatte sich der Himmel zugezogen. Kumuluswolken ballten sich immer höher zusammen. Gewitterwürmchen wimmelten umher. Regentropfen malten Tupfen auf die Terrasse. Eine Frau sah von einem höheren Stockwerk im Nebenhaus zu uns hinunter. Er schlug vor, mit unseren Gläsern hineinzugehen. Ich antwortete, ich müsse weg. Wir setzten uns aufs Sofa. Die Polster fühlten sich an meinem Nacken weich an. Als ich die Fernbedienung seiner Sonos-Anlage berührte, füllte k.d. lang den Raum.

Helpless. Helpless. Helpless.

Das fasste es ziemlich gut zusammen.

Ein letztes Mal.

Er küsste mich, zerrte an meinen Kleidern. Ein paar Minuten lang ließ ich ihn gewähren und gab nach. Dann jedoch stieß ich ihn weg, presste die Handflächen an sein Brustbein und trat nach seinen Beinen. Es war unbeholfen und peinlich, und für einen Moment tat er so, als gehöre es zum Spiel. Er umklammerte meine Handgelenke, drückte sie nach unten und küsste mich so heftig, dass ich Blut schmeckte. Als ihm endlich klar wurde, dass ich es ernst meinte, wälzte er sich mit einem Lachen von mir.

»Das habe ich missverstanden«, sagte er.

In der U-Bahn blieb ich stehen, obwohl ein Platz frei war. Ich schloss die Augen und ließ mich vom Brechreiz durchströmen. Ich hielt mich an einer hoch angebrachten Schlinge fest, und mein Arm schmerzte. An der Ferse hatte ich eine Wasserblase von der Ledersandale. Ich hatte es verdient. Als wir Balham erreichten, überlegte ich, ob ich einfach nicht aussteigen sollte. Ich malte mir aus, dass ich bis zur Endstation weiterfuhr. Hin und her bis in alle Ewigkeit. Die Northern Line, meine Buße.

Ständig dachte ich an meine Mutter mit ihrem tief ausgeschnittenen Shirt mit Fransen, ihren Push-up-BHs, ihren blutigen Fersen und dem Lippenstift am Rand ihres Glases.

Als ich um die Ecke bog und den Streifenwagen vor unserem Haus sah, rannte ich los.

Eine Polizistin stand in der offenen Tür. Meine Schultern bebten, und vor lauter Furcht brachte ich keinen Ton heraus.

»Sind Sie die Ehefrau?«, fragte sie.

Ein Dröhnen in meinen Ohren. »Ja.«

Sie berührte mich am Arm. »Sie brauchen sich keine Sorgen zu machen.« Doch in meinem Kopf kreischte es, und ich dachte, dass sie genau das Gegenteil meinte. Dass sie mich auffordern würde, mich zu setzen. Ich erinnerte mich an den Moment am Strand, die grelle Sonne und Joshs im Wasser treibenden Schwimmflügel. Und an den Traum.

»Wo ist Josh?«, erkundigte ich mich.

»Es geht ihm gut. Er sieht fern.«

Ich legte die Hand an die Kehle und dachte, mein Herz würde gleich aus der Brust springen. »Und Marcus?«

»Auch gut. Alles gut. Es ist nur ein Einbruch. Niemandem ist etwas passiert.«

Langsam legte sich die Panik.

»Ihr Mann hat versucht, Sie zu erreichen«, meinte sie. »Er wollte Ihnen unbedingt Bescheid geben.«

Ihr Blick wanderte von meinem Gesicht zu den Sandalen und den nackten Beinen.

»Mein Telefon war abgeschaltet«, stieß ich hervor.

»Na, jetzt sind Sie ja hier«, erwiderte sie. »Und wie ich schon sagte, es ist alles unter Kontrolle. Ihr Mann füllt gerade die Zeugenaussage aus. Gut, dass Sie zurück sind. Ich weiß, dass es ein ziemlicher Schock ist, aber es wäre hilfreich, wenn wir einige Dinge durchgehen könnten. So brauchen wir nicht wiederzukommen. Ich bin übrigens PC Arnold.«

Niemand war verletzt. Es war nicht meine Schuld.

Sie musterte mich gründlich, um festzustellen, ob alles mit mir in Ordnung war, und begleitete mich ins Haus. Der Boden war mit schlammigen Abdrücken übersät, und es roch kräftig nach Alkohol, verdorbenem Essen und den schmutzigen Kleidern eines Fremden. Nachdem ich Josh umarmt hatte, sprach ich kurz mit Marcus, der neben einem uniformierten Polizisten am Tisch saß und ein Dokument las. »Ich bin okay«, sagte er nickend. »Alles ist okay. Keine Sorge.« Und dann bat mich PC Arnold, mit nach oben ins Schlafzimmer zu kommen.

»Ja, natürlich«, antwortete ich und fragte mich, ob sie absichtlich einen so zögernden Ton anschlug.

Ich stand in der Tür und starrte entgeistert auf das Chaos. Meine Oberteile und Strumpfhosen waren durchwühlt und auf den Boden geworfen worden. Ein Gewirr aus Kleiderbügeln lag im Schrank. Unsere Hemden und Kleider verknäulten sich mit unseren Schuhen. Jemand hatte alles angefasst, was wir besaßen. Meine Haut prickelte, als streiche die Hand eines Fremden darüber.

PC Arnold befand sich bereits im Zimmer. »Geht es?«, erkundigte sie sich. »Es kann ein ziemlicher Schock sein.«

»Ja, ich schaffe das.« Ich trat einen Schritt vor.

»Ich nehme mal an, dass Sie das nicht so hinterlassen haben.«

Wie kam sie nur auf so eine Idee? »Nein, natürlich nicht.«

»Ich meinte insbesondere das hier.« Sie zeigte mit dem Finger auf etwas.

Meine Unterwäscheschublade war auf dem Bett ausgekippt worden. Neben dem Kopfkissen befand sich ein Umriss, der einem lang gestreckten Körper ähnelte. Ich näherte mich noch einen Schritt. Meine teuersten Dessous, ein durchscheinender schwarzer BH mit passendem Tanga und ein Strapsgürtel, alles Sachen, die ich bei meinen Treffen mit Richard getragen hatte, waren ordentlich übereinander ausgebreitet, um die Form eines menschlichen Körpers nachzuahmen. Ein Paar Strümpfe mit Saum waren am Strapsgürtel befestigt und hingen, eine auf unheimliche Weise realistische Imitation von Beinen, über die Kante der Matratze.

Ich schlug die Hand vor den Mund.

»Es gibt schon komische Leute«, meinte sie. »Ich wundere mich immer wieder.«

»Es ist entsetzlich. Darf ich?«

Als sie nickte, raffte ich alles zusammen und warf es in den Papierkorb. »Ich kann es Ihnen nicht verübeln«, sagte sie. »Allein die Vorstellung, dass ihre dreckigen Finger …«

»Ich weiß.«

Kurz setzte ich mich aufs Bett, während sie mich nach meinem Schmuck fragte. Mein Mann habe angegeben, dass etwas fehlte. Sie würden gern das Formular fertig ausfüllen, ob ich mich wohl vergewissern könnte? Also warf ich einen Blick in die Schatulle. Die beiden kostbarsten Dinge, eine Kette, die Marcus mir zu Anfang unserer Beziehung geschenkt hatte, und das Plastikarmband, das man dem neugeborenen Josh im Krankenhaus angelegt hatte, waren noch da. Doch ich teilte ihr mit, dass zwei Silberketten und vielleicht fünf Paar Ohrringe verschwunden waren. Geschätzter Wert hundertfünfzig Pfund.

Unten in der Küche trug sie den Schmuck in die Zeugenaussage ein. Ich las sie durch. Sie schilderte Marcus' Aktivitäten und den Grundriss des Hauses und führte die fehlenden Gegenstände auf. Die Sätze »Ich erkenne den Fußabdruck, er war noch nicht da, als ich das Haus verließ, als den eines Schuhs, der einer mir bekannten Person gehört. Ich habe diese Person heute nicht in mein Haus gebeten« stachen mir ins Auge.

Der Text endete mit: »Niemand ist berechtigt, mein Haus zu betreten oder Gegenstände in meinem Besitz daraus zu entfernen. Ich unterstütze die Polizei nach Kräften bei ihren Ermittlungen.«

Marcus unterschrieb, und man teilte uns mit, die Spurensicherung werde in den nächsten Stunden da sein. Außerdem sollten wir in den nächsten Tagen mit einem Anruf von der Opferhilfe rechnen. Sie rieten uns, unsere Sicherheitsvorkehrungen aufzurüsten. »Oft sehen Jugendliche ihre Chance und nutzen sie.« Dann stiegen sie, mit knisternden Funkgeräten und in Gedanken schon beim nächsten Fall, in ihren Streifenwagen und fuhren los.

In der Diele legte ich die Arme um Marcus. Ich roch seinen vertrauten Geruch, seine Haut, sein Haar, seinen Atem. Mit geschlossenen Augen stellte ich mir seine Hände unter der Kleidung auf meinem Rücken vor. »Es tut mir so leid, dass du das erleben musstest.«

Er erschauderte. »Am besten kümmere ich mich um die Scheiße in der Badewanne. Offenbar ist es doch keine moderne Legende.«

»Igitt. Es ist so widerlich. Die Vorstellung, dass die in unserem Haus waren. Irgendwelche ekligen Fremden.«

»Ja.« Sein Blick huschte hin und her, und er biss sich auf die Lippe. »Falls es ein Fremder war.«

»Was soll das heißen?« Ich erinnerte mich an den Satz in der Aussage. »Und was sollte das mit der Person, die uns bekannt ist?«

Wieder biss er sich auf die Lippe. »Ich glaube, ich muss mich bei dir entschuldigen«, erwiderte er.

Er forderte mich auf, mir den Fußabdruck anzuschauen. Und dann zeigte er mir auf seinem Telefon das Foto von der Webseite.

»Das sind die Schuhe, die ich Jepsom geschickt habe. Es ist das gleiche Profil. Allmählich frage ich mich, ob du recht hattest. Er könnte das Haus ausgekundschaftet haben.«

»Meinst du, er war es? Aber du hast doch behauptet, ich sei hysterisch.« Mein Puls begann zu rasen. Ich dachte an die Dessous auf dem Bett und an das erotische Arrangement. Hatte Dave Jepsom meine Sachen angefasst und sie auf diese Weise angeordnet, um mich zu verhöhnen? Die Vorstellung drohte mich zu überwältigen. »Meinst du wirklich, er war es?«, wiederholte ich.

Inzwischen war seine Miene zweifelnder. »Keine Ahnung. Vielleicht hast du es mir ja auch eingeredet. Aber egal.« Achselzuckend hob er die Hand. »Ich habe es der Polizei gegenüber erwähnt.«

Unsicherheit beschlich mich. »Wie wird Jepsom reagieren, wenn sie mit ihm reden?«, entgegnete ich. »Er wird alles abstreiten, oder? Wie sollen wir es ihm nachweisen?«

»Ich hätte es der Polizei unmöglich verschweigen können. Nicht nach allem, was passiert ist.«

»Was, wenn er es nicht war? Was dann?«

»Jetzt findest du also doch, dass er sich *nicht* verdächtig benommen hat?«

»Ich weiß nicht. Vielleicht. Ich weiß es nicht.«

»Da geht es uns beiden ganz ähnlich.«

An jenem Abend putzten wir das Haus und schrubbten alle Spuren des Einbrechers weg. Ich schlief schlecht. Trotz der sauberen Laken fühlte sich das Bett beschmutzt an. Und als ich den Kopf auf dem Kissen drehte, glaubte ich, den Schweiß eines anderen Menschen zu riechen.

Er

Obwohl der Einbruch traumatisierend und unser Verdacht gegen Dave Jepsom höchst unerfreulich war, überließ ich am Montagmorgen beides Tessa und der Polizei und fuhr ins Büro.

Jeff war für einige Tage verreist. Er besuchte mit seinen Kindern eine Mark-Warner-Ferienanlage in Portugal. Deshalb hatte ich noch mehr um die Ohren als sonst. Als Erstes hatte ich den Direktor von Cartingdon am Telefon, der sich über einige Einzelheiten in dem Artikel im *Telegraph* ereiferte. Den Kamin aus Marmor zum Beispiel. Er sei in jedem Raum des Gebäudes gewesen, ohne einen zu entdecken, der zu der Beschreibung passte. Außerdem habe man ihm erst im letzten Jahr erschienene Memoiren zugänglich gemacht, die das Leben in der Ashton Park School in Yorkshire in den Siebzigern behandelten und ähnliche Details wie der Brief und der Artikel erwähnten. Er zitierte aus seinen Aufzeichnungen: »das Knarzen einer Diele im Flur«, »Sonnenlicht, das durch ein Fenster hereinströmt«.

»Das ist zu viel des Zufalls. Es *muss* sich um einen schlechten Scherz handeln. Ein Jugendlicher, der abgegangen ist und mich jetzt auf dem Kieker hat.«

Ich teilte ihm mit, ich würde ihn später zurückrufen, und bat Mary in den Konferenzraum. Die sogenannten

Enthüllungen konnten sie nicht beeindrucken. »Die Tragödie ist, Marcus, dass so etwas in allen Internaten vorkommt. Wie wir inzwischen wissen, auch in Jugendclubs, Fußballvereinen, Krankenhäusern und Beichtstühlen. All diese armen Kinder waren Opfer derselben Form von Missbrauch, nur dass jeder Fall natürlich eine individuelle Katastrophe war.«

»Ja, du hast recht.«

»Ob es ein schlechter Scherz ist oder nicht, ist beinahe unwichtig. Der Brief fordert, die Vergehen einzugestehen, sich uneingeschränkt zu entschuldigen und Fortschritte zu versprechen. Manchmal muss man eben genau das tun.«

»Du hast recht.«

»Hin und wieder müssen wir unseren Kunden neue Perspektiven eröffnen. Deshalb ist deren Geld auch gut angelegt. Darin investieren wir unsere Zeit.«

Am Montag war Jem wieder da. Offenbar hatte der Donnerstagabend keine Narben hinterlassen. Ich beschloss, ihn nicht mehr zu erwähnen, was rückblickend betrachtet ein Fehler war. Sie wirkte gelangweilt. Ich hatte ganz vergessen, wie sehr die Anwesenheit von Praktikanten die Stimmung beeinflusste. Es ist einem peinlich, wie unmotiviert sie sind, und man fühlt sich dafür verantwortlich und hat ein schlechtes Gewissen. Ehe man es sich versieht, betrachtet man das Büro mit ihren Augen, und über kurz oder lang ist man in einer Spirale der Unfähigkeit gefangen.

Schließlich schlug ich ihr vor, Gail bei den letzten Vorbereitungen für die Wiedereröffnung des 7Nights zu helfen. Ich hörte, wie sie am Telefon Girlanden und Lichterketten bestellte. Zum ersten Mal seit ihrer Ankunft machte sie einen lebendigen Eindruck.

Inzwischen waren wir mit unserer Gästeliste ein Stück weitergekommen. Die übliche Truppe Journalisten hatte sich angemeldet: zwei Lokalzeitungen, einige Tourismusmagazine, ein Volontär von *Accountancy Age* und die Reiseredakteurin von *Busy Woman*. Außerdem hatte Mary eine Kontaktperson bei der *Mail* an Land gezogen, die Redakteurin von *Femail*, die in einem Artikel in *Health* 7Nights mit einer nach ökologischen Grundsätzen betriebenen Raststätte in Gloucestershire vergleichen wollte. Also war die Liste absolut akzeptabel. Dennoch schickte ich für alle Fälle noch eine letzte Mail an Yasmeen. Betreff: *Du weißt, dass du es willst.*

An diesem Morgen wurde auch über einen neuen Auftrag gemunkelt. Der Restaurantbesitzer Richard Taylor, ein alter Kontakt von Ekelund, rief an und bat um ein Treffen. Er plante ein neues Projekt und überlegte, bei dieser Gelegenheit die Agentur zu wechseln. Falls das Geschäft zustande kam, würde es sehr lukrativ werden. Ich trug einen Termin so früh wie möglich ein.

Gerade entfernte ich mich von Gails Schreibtisch, als der Name Yasmeen O'Shea auf dem Display meines Handys aufleuchtete.

»Na, hallo«, meldete ich mich.

»Hast du tatsächlich auf meinen Anruf gewartet?«

»Du hast mich durchschaut. Ich war am Ende! Habe ich genug gebettelt?«

Sobald ich sie Ja sagen hörte, schob ich meinen Stuhl zurück und legte die Füße auf den Schreibtisch. An ihrem

Tonfall erkannte ich, dass es sich um gute Nachrichten handelte: ein wenig kokett, ein wenig geschäftsmäßig. Ha!

»Hat dir mein Ansatz gefallen?«, fragte ich, und als sie nicht sofort antwortete, fügte ich hinzu: »Übernachtung als Kurzurlaub, du weißt schon.«

»Ja«, erwiderte sie. »Du wirst doch da sein, oder?«

Ich fällte einen Spontanentschluss. »Ja, natürlich. Das würde ich mir um nichts in der Welt entgehen lassen.«

Es war mitten am Nachmittag, und ich hatte Jem gerade losgeschickt, um mir einen Salat bei Pret A Manger zu holen, als PC Arnold anrief.

»Wie sich herausgestellt hat, wurde am Sonntag in Ihrem Viertel nicht nur bei Ihnen eingebrochen«, meldete sie. »Der Sommer ist eine gefährliche Zeit. Fenster und Türen werden offen gelassen. Ein Haus, das auf der Rückseite an Ihres angrenzt, hat es auch erwischt. Ziemlich viel Schmuck und einige Laptops fehlen. Da sind Sie noch einigermaßen glimpflich davongekommen. Wahrscheinlich hat sich der Einbrecher von Ihrem Garten aus Zutritt zum Nachbargrundstück verschafft. Das erklärt Ihre zertrampelten Pflanzen. Also …« Sie hielt inne. »Meiner Ansicht nach können Sie sicher sein, dass es nicht persönlich gemeint war.«

»Wirklich?«, hakte ich nach. »Was ist mit dem Fußabdruck?«

»Die in der Küche Ihrer Nachbarn waren identisch. Offenbar passen sie auch zu einigen anderen preiswerteren Freizeitschuhen, zum Beispiel zu einem Sneaker, der bei Primark viel verkauft wird.«

»Oh.« Meine Nackenmuskeln lockerten sich. »Okay,

dann war es nur Zufall, dass jemand meine Badewanne als Toilette benutzt hat. Wahrscheinlich sollte ich mich jetzt besser fühlen. Okay. Gut.« Mir war gar nicht klar gewesen, wie erleichtert ich sein würde. »Uff. Vielen Dank. Ich bin froh, dass Sie Dave Jepsom nicht belästigen mussten. Mein Gott, das wäre ganz schön peinlich geworden. Ja. Zumindest etwas Positives.«

Da Jem mit meinem Superfood-Salat hereinkam, war ich davon abgelenkt, ihr ein »Danke« zuzuflüstern, den Plastikbehälter aus der Papiertüte zu nehmen, die Folie zu entfernen und mich mit dem winzigen Töpfchen Zitronendressing abzumühen.

»Offen gestanden, haben wir Mr. Jepsom belästigt.«

»Verzeihung?« Ich hörte auf, das Dressing auf dem Salat zu verteilen.

»Ich und einer meiner Kollegen waren heute Morgen bei ihm. Er kann bestätigen … Moment bitte …« Ihre Stimme veränderte sich und wurde monotoner, als sie vorzulesen begann. »Dass Mr. Jepsom mit seiner Mutter in Chelmsford war. Er traf gegen Mittag ein und war gegen einundzwanzig Uhr zu Hause. Kameras auf der A12 beweisen, dass sein Transporter dort war, und seine Mutter gibt ihm ein Alibi. Deshalb …« Offenbar hatte sie ihr Notizbuch weggelegt oder die Computerdatei geschlossen. »Deshalb können wir ihn guten Gewissens aus unseren Ermittlungen ausschließen.«

»Haben Sie ihm gesagt, warum Sie bei ihm sind?«

»Wir haben ihn gefragt, ob er am Sonntag in Ihrer Gegend war. Und ich würde lügen, wenn ich abstreiten würde, dass er daraufhin Sie und Ihre Frau namentlich erwähnt hat. Man könnte behaupten, dass er ein wenig verärgert war. Hören Sie«, änderte sie die Taktik. »Ich würde Ihnen raten, sich mit Mr. Jepsom zu versöhnen. Anscheinend ist es zwischen Ihnen zu einem Missverständnis gekommen, und unserer Erfahrung nach löst man derartige Probleme besser früher als später.«

Ich schob den Salat weg. Mir war der Appetit vergangen.

»Lassen Sie nicht zu, dass sich da etwas aufstaut«, sagte sie.

Sie

Am Montag stank es im Haus immer noch muffig und faulig. Nachdem ich Josh in den Kindergarten gebracht hatte, scheuerte ich erneut die Fußböden, schrubbte das Bad und setzte mich danach an den Küchentisch, um meine Gedanken zu ordnen. Ich wusste, dass ich die Verantwortung trug, da sich unbekannte Kräfte meinetwegen austobten. Ich hatte es über uns heraufbeschworen. Ich hatte meine Familie in Gefahr gebracht.

Falls Marcus recht hatte und Dave Jepsom hinter alldem steckte, hatte ich mehr zu befürchten als erwartet. Die von ihm ausgebreitete Unterwäsche war wie eine höhnische Botschaft, die mich lächerlich machen und mir mitteilen sollte, dass er Bescheid wusste. Wurde ich erpresst? Sprich mit der Polizei, und ich erzähle Marcus alles. Wenn ja, war es dafür zu spät.

Während ich weiter darüber nachgrübelte, geriet meine Gewissheit ins Wanken. Der Einbruch hätte Zufall sein können. Möglicherweise hatte Jepsom gar nichts damit zu tun.

Ich hatte keine Ahnung, was schlimmer war. Wenn ich recht hatte und der Einbruch wirklich auf sein Konto ging. Oder wenn ich mich irrte und ihn fälschlicherweise beschuldigte.

Das Problem bestand darin, dass er praktisch ein Fremder für uns war. Vielleicht war er ja wirklich, wie angenommen, ein Familienvater. Doch das erklärte nicht sein seltsames Verhalten, als ich mich nach ihnen erkundigt hatte. Wer war er? Als ich gründlicher über ihn nachdachte, wurde mir klar, dass ich mich nicht genau an sein Aussehen erinnern konnte. Ich bekam ihn nicht zu fassen und verstand nicht, warum er so eine starke Reaktion in mir auslöste. In uns beiden.

Ich klappte meinen Laptop auf und googelte erneut seinen Namen.

Es erschien dieselbe Liste.

Dave Jepsom Profile/Facebook

Dave Jepsom/professionelle Profile – LinkedIn

Dave jepsom@davejeps/Twitter

Und dann, ganz unten auf der Seite:

»Mann erhält einstweilige Verfügung … *Enfield Advertiser*«

Mein Finger schwebte über der Zeile, während ich die Worte auf mich wirken ließ. Ich klickte den Artikel an.

Im Jahr 2015 hatte das Amtsgericht Tottenham eine einstweilige Verfügung gegen einen Dave Jepsom verhängt, die es ihm untersagte, sich seiner Ex-Frau zu nähern. Das Foto war verschwommen, und außerdem trug der Mann einen Regenmantel mit Kapuze und wandte sich von der Kamera ab, sodass nur eine Wange und ein Auge zu sehen waren.

War das *unser* Dave Jepsom? War er es? Der Mann schien zu schmächtig und mager. Außerdem war Tottenham weit von Catford entfernt.

Und dennoch war es möglich. Es ergab Sinn. Eine einstweilige Verfügung. Eine Frau und einen Sohn, die er nicht mehr sehen durfte. Es hätte so vieles erklärt. Nicht den Einbruch, sondern die Persönlichkeit des Mannes. Seine Distanzlosigkeit uns gegenüber. Sein übergriffiges Interesse an unserer Familie.

Ich gab einen anderen Suchbegriff ein: »Dave Jepsom einstweilige Verfügung«. Allerdings erschien immer nur derselbe Artikel im selben Wortlaut, veröffentlicht in anderen Lokalzeitungen und Webseiten.

Heftige Neugier ergriff mich. Angst, aber auch ein wenig Anteilnahme. Ich fragte mich, ob er einfach nur einsam war und sich deshalb zu uns hingezogen fühlte. Vielleicht hatte er ja Sehnsucht nach einer Familie, ohne die Selbsterkenntnis zu besitzen, es zu verstehen. Immerhin war er ein Mann mit wenig Zwischentönen. Ob er ein wenig neidisch auf unser Leben war und daran teilhaben wollte? Oder verlor ich allmählich den Verstand? Ich erinnerte mich daran, wie er den kleinen Jungen das Haar gezaust und mit dem jungen Mädchen geschäkert hatte.

Wenn ich nur Gewissheit gehabt hätte.

Ich bedauerte, dass es niemanden gab, der ihn besser kannte und den ich hätte fragen können. Von den Leuten in Griechenland wussten wir nicht einmal die Nachnamen. Sherry, wer immer sie auch sein mochte, Tracey und Maureen.

Plötzlich fiel mir Maureens Ernährungspyramide ein. Sie hatte gesagt, sie arbeite in einer Grundschule in Orpington. Ich zermarterte mir das Hirn. Irgendwas mit Holz. *Oak* … *Ash* … Ashburton. Nein, Ashburnam. Genau. Sie arbeitete in der Ashburnam Grundschule in Orpington.

Als ich die Schule googelte, stieß ich auf die Webseite mit Telefonnummer. Ich rief im Sekretariat an und fragte nach Maureen.

»Maureen David?«

Ich bemühte mich um einen selbstbewussten Tonfall. »Ja, richtig.«

»Die hat gerade Pausenaufsicht. Kann ich ihr etwas ausrichten?«

Ich hinterließ meine Nummer und bat um Rückruf.

Vor dem Kindergarten steuerte Rose schnurstracks auf mich zu. »Alles in Ordnung?«, erkundigte sie sich. »Heute Morgen bist du davongerast, bevor ich dich begrüßen konnte.«

Ich berichtete ihr von dem Einbruch. Sie machte ein besorgtes Gesicht und lud uns zum Mittagessen ein.

Ich saß in ihrer Küche und beneidete sie um ihre Einrichtung. Die Girlande über der Tür, die Namen ihrer Töchter in großen Goldbuchstaben an der Wand, die Emailletöpfe, die so selbstbewusst an ihren Haken hingen. Selbst ihre Duftkerze, »Ranktomate«, stand in einem Einmachglas mit Deckel. Alles war so natürlich und bewusst lässig.

Die Kinder picknickten im Garten. Rose stellte die Kaffeekanne auf den Tisch. Gerade wollte ich sie fragen, woher sie die Kerze hatte, als sie sich neben mich setzte. »Hör mal«, begann sie. »Ich weiß, dass du etwas hast. Möchtest du mir nicht sagen, was los ist?«

Ich schenkte Kaffee ein, verschüttete einen Tropfen, lief

feuerrot an und wischte mit dem Ärmelsaum daran herum. »Was meinst du?«

»Seit ein paar Wochen bist du geistesabwesend. Und gestern im Park, dein Telefon …« Sie zuckte die Achseln und neigte den Kopf zur Seite. »Du bist doch nicht etwa krank, oder?«

»Nein.«

»Gut.«

Die Luft zwischen uns knisterte. Das Schweigen wurde beklommen.

Sie stand auf, um die Küchenrolle zu holen. »Tja, wenn du es mir nicht erzählen willst, dann eben nicht.«

»Nichts ist los«, erwiderte ich und versteckte mein Gesicht in der Kaffeetasse. »Ehrenwort.«

Als Marcus nach Hause kam, schien er den Einbruch und die Furcht vor Jepsom hinter sich gelassen zu haben. Er hatte seine Mauern wieder hochgezogen und die Abwehrmechanismen reaktiviert. Nicht zum ersten Mal staunte ich über sein Selbstbewusstsein, Ergebnis seiner privilegierten Kindheit und Jugend. Oberschule, Universität. Ohne Zweifel zu haben, beanspruchte er seinen Platz in der Welt und ließ sich von nichts beirren.

Er war in Hochstimmung, weil Yasmeen einverstanden war, bei der Eröffnung von 7Nights dabei zu sein. »Ich habe das Gefühl, dass ich einen dicken Fisch an der Angel habe«, verkündete er und nahm mit einem Satz Platz auf dem Küchentresen. »So, als hätte ich im Lotto gewonnen und würde jetzt im Geld ersticken. Hat sie im Kindergarten etwas zu dir gesagt?«

»Ich habe sie gar nicht gesehen«, antwortete ich. »Ich war zu sehr in Eile. Übrigens habe ich das Haus noch mal geputzt.«

»Gut gemacht«, erwiderte er. Dann sprang er vom Tresen herunter und kam auf mich zu.

Er verzog verlegen den Mund. »Ich muss dir etwas beichten«, begann er. »Die Polizei hat angerufen.«

»Und?«

»Jepsom war es nicht.«

»Jepsom war es nicht?«

»Er hat ein Alibi. Er war mit seiner Mutter zusammen.«

»Seiner Mutter? Ist das Maureen?«

Er runzelte die Stirn. »Vermutlich. Wohnt sie in Colchester?«

»Sie arbeitet in Orpington. Ist das in der Nähe von Colchester?«

Ich griff zum Telefon und suchte die beiden Ortschaften bei Google Maps. »Nein, sie kann nicht in Colchester wohnen. Das ist kilometerweit weg. Also ist Maureen nicht seine Mutter. Natürlich könnte sie seine Schwiegermutter sein. Und noch was, Marcus. Heute habe ich einen Dave Jepsom entdeckt, gegen den seine Ex-Frau eine einstweilige Verfügung erwirkt hat.«

»Na und?« Die Information schien an ihm abzuprallen. »Das Wichtige ist, dass die Polizei bei ihm war, um ihn zu befragen, und dass er nicht bei uns eingebrochen ist.«

Die Bedeutung seiner Worte traf mich wie ein Schlag. »Die Polizei war bei ihm?«

»Ja.« Er zuckte zusammen. Seine Hochstimmung war

nur Theater gewesen. Er war verlegen, und das, was er getan hatte, war ihm schrecklich peinlich.

Nach einem kurzen Moment der Erleichterung packte mich Entsetzen. Wir hatten den Mann, der unseren Sohn gerettet hatte, des Einbruchs bezichtigt. Es war unfassbar. Mein Magen krampfte sich zusammen. Ich sah vor mir, wie Jepsom die Tür öffnete. Seinen Gesichtsausdruck, als ihm dämmerte, warum die Polizei hier war. Sein gerecktes Kinn. Gewiss war er wie vor den Kopf gestoßen, zornig, schwer enttäuscht. Und wer wusste, auf welche Weise er sich rächen würde?

Er

Am Dienstag und am Mittwoch ließ die Polizei nichts mehr von sich hören. Bestimmt war unsere Akte in dem einsturzgefährdeten Stapel von Einbrüchen in unserer Gegend gelandet. Ich bat Tessa, sich um die Versicherung zu kümmern, und betrachtete das Thema als erledigt.

In jener Woche ging es im Büro ruhig zu. Normalerweise stand ich unter Strom, wenn Jeff fort war, und rechnete jeden Moment damit, enttarnt zu werden. Doch ich brachte die ersten achtundvierzig Stunden verhältnismäßig friedlich hinter mich. Keine großen Dramen. Keine Fehler meinerseits. Es war Donnerstagvormittag, der Tag der Eröffnung, und ich hatte nicht nur das Schiff gesteuert, sondern mir auch die Teilnahme einer Journalistin von der *Sunday Times* gesichert. Allmählich erschien mir eine Nacht in Bicester weniger wie eine Pflicht als wie eine Belohnung.

Ich telefonierte gerade mit Tilly, als ich bemerkte, dass Gail versuchte, meine Aufmerksamkeit zu erregen. Eine enorm erfolgreiche Einzelhandelskette, deren Zielgruppe Teenager waren, zeigte Interesse daran, Tillys neue TeEn-Reihe ins Programm zu nehmen, wozu ich ihr gratuliert hatte. Da der Name, in diesen Dingen die halbe Miete, meine Idee gewesen war, war ich ziemlich zufrieden mit mir. »Oh, tolle Nachrichten«, sagte ich, die Beine auf der für Bicester gepackten Reisetasche. »Man sieht sich«, oder etwas ähnlich Lässiges.

Gail legte den Hörer so vorsichtig auf den Schreibtisch, als wolle sie kein Geräusch verursachen, das die Person am anderen Ende der Leitung stören könnte. »Unten ist ein Mann, der dich sprechen will«, verkündete sie. »Er weigert sich, seinen Namen zu nennen. Im Terminkalender steht nichts. Er klingt ein wenig …« – sie suchte nach dem richtigen Wort – »beharrlich. Weißt du, was er wollen könnte? Nein? Soll ich rausfinden, wer er ist?«

»Wahrscheinlich das Beste.«

Ich hörte, wie sich die Türen des Aufzugs öffneten und schlossen. Dazu Stimmengewirr, als Basty und einige Computertypen in den Konferenzraum gingen. Jem drehte sich auf ihrem Stuhl hin und her. Jedes Mal, wenn sie dabei an die Schreibtischkante stieß, geriet der Stapel Unterlagen darauf ein Stück ins Rutschen. Obwohl ich noch einige Telefonate erledigen musste, saß ich eine Weile nur da und knabberte an meinem Daumennagel.

Bis zum Empfang sind es zwei Etagen nach unten.

Gail blieb drei Minuten weg.

Als sie zurückkehrte und mit raschen Schritten das Büro durchquerte, klapperten ihre Absätze auf dem Boden. Sie runzelte die Stirn. »Er sagt, sein Name sei Dave Jepsom. Du wüsstest, worum es geht«, meldete sie.

»FUCK.«

Jem hörte auf, sich zu drehen. Die Computertypen im Konferenzraum blickten auf.

Gail schaute auf die Uhr. »Ich wimmle ihn ab, oder? Ich behaupte, du seist in einer Sitzung.«

»Nein. So, wie ich ihn kenne, wird er warten.«

Mein Blick fiel auf die Reisetasche.

»Richte ihm aus, ich sei bereits zur Eröffnung des 7Nights abgereist«, erwiderte ich.

Sie machte ein Gesicht, als wolle sie mich etwas fragen, überlegte es sich jedoch anders. »Okay.«

Als sie zum zweiten Mal zurückkehrte, setzte sie sich schweigend an den Schreibtisch und fing an, auf ihrer Tastatur herumzutippen.

»Hat es geklappt?«, erkundigte ich mich.

Sie nickte. »Offenbar schon.«

Ich rief Tessa nicht an, um ihr von Jepsoms Besuch zu erzählen. Ihre Gedanken kreisten ohnehin ständig um ihn. Dauernd sprach sie von dem gewalttätigen Dave Jepsom, den sie im Internet entdeckt hatte, und war überzeugt, dass er es war. Ich hätte mich nicht von ihrer Paranoia anstecken lassen dürfen. Es war wichtig, einen kühlen Kopf zu bewahren. Schließlich hatten wir uns bereits zum Narren gemacht, weil wir wegen der Fußabdrücke die Polizei zu ihm geschickt hatten. Er hatte guten Grund, wütend auf uns zu sein und uns zur Rede stellen zu wollen. Ich würde mich darum kümmern. Um ihn. Vielleicht nach der Eröffnung. Aber nicht jetzt.

Mary hatte den Journalisten einen Mietwagen angeboten, einen SUV oder ein Cabrio, damit die Anreise zum Teil des Ereignisses wurde. Doch wir aus dem Büro fuhren mit dem Zug vom Bahnhof Paddington aus nach Bicester. Zu guter Letzt waren wir eine recht große Truppe: ich, Mary, Basty, Gail und Jem, die ich in letzter

Minute eingeladen hatte. Basty horchte mich ein wenig über Dimitri und Olaf aus. Stimme es, dass sie zur Russenmafia gehörten? Hatten sie wirklich einen Mord an dem Ölmanager in Moskau in Auftrag gegeben? »Ganz bestimmt Mafia, aber ich glaube, uns kann nichts passieren«, erwiderte ich und fügte hinzu: »Beiß die Zähne zusammen und denk ans Geld.«

Wir nahmen ein Taxi zum Motel und wurden im Foyer von Chris Longridge, dem CEO von 7Nights, empfangen, einem redseligen Mann aus Manchester mit einem schraubstockartigen Händedruck. Maggie Thornton, seine PR-Beauftragte, bestand darauf, dass wir noch einen letzten Rundgang machten, und so folgten wir ihr als verlegene Kolonne durchs Gebäude und inspizierten sämtliche Zimmer. Meins gehörte zu den kleineren, war jedoch recht gemütlich in Creme und Hellgrau eingerichtet, mit roten Sofakissen und einem in kräftigen Primärfarben gehaltenen Teppich. Das Bad war weiß und mit winzigen Flaschen Shampoo und Duschgel von Molton Brown, natürlich gratis, bestückt.

Ich stellte meine Sachen ab und traf mich unten mit den anderen. Hier hatte man viel Geld und Sorgfalt hineingesteckt, damit sich 7Nights von seinen günstigeren Konkurrenten unterschied. In der Lounge, »Boxenstopp« genannt, konnten die Gäste Nespresso-Kaffee oder Tee von Twinings an einem wie echt wirkenden Gaskamin trinken. Die Gestaltung war kühner und weniger funktional als in einer üblichen Motel-Lounge: dunkle Rot- und Violetttöne, bequeme Sessel, weiche Sofas und mit Kelim-Mustern bedruckte Teppiche. Der Gesamteindruck was kolonial, allerdings ohne die Köpfe toter Tiere an der Wand. Etwa so wie Orient light.

Auf der Rückseite des Motels lagen ein Feld mit einem Fluss und Wälder. Wegen des Verkehrslärms von der Straße davor konnte man die Aussicht nur durch eine schallisolierte Glasscheibe genießen. Ein ebenfalls schallisolierter Wintergarten mit dem Namen »Die Auftankstelle« erstreckte sich über die gesamte Rückseite des Gebäudes. Die Möblierung bestand aus Rattan, und man hatte einige auffällige Dekoobjekte, wie zum Beispiel Pflanzkübel aus nachgeahmtem Stein mit kahlen Baumstämmen darin und ländlich wirkende Leitern, verteilt. Gail hatte die von Jem bestellten Lichterketten und Girlanden dabei und verbrachte einige Zeit mit der Suche nach einer Steckdose. Basty und Maggie führten Aufsicht über das Decken eines langen Tisches.

Gegen sechs Uhr abends trudelten die Journalisten ein. Ein zerraufter Mann mittleren Alters von der *Bicester Times*, ein junger Bursche von *Accountancy Age* und Maura Peabody von der *Mail*, in hochhackigen Schuhen und mit stacheliger Frisur. Yasmeen erschien als eine der letzten. Sie hatte sich für den teuersten Mietwagen im Angebot entschieden, einen Range Rover Evoque aus der Dream Collection von Hertz. Langbeinig und in fließende Seide gehüllt, rauschte sie herein. Longridge wandte sich von Mike Bostridge von *Motor Lodges Today* ab, einem wirren Mann, der sich in einem Spiralblock Notizen in Steno gemacht hatte, und lächelte zum ersten Mal an diesem Abend. Als Yasmeen ihm ihre Hände mit rot glänzenden Nägeln auf den Arm legte, lächelte Mary mir über den

Raum hinweg zu. Ich fächelte erleichtert mit der Hand. Kunde zufrieden, Job erledigt.

Wir hatten Longridge empfohlen, sich in seiner Rede kurz zu fassen. Reden sind lästig, jedoch unumgänglich. Wir könnten gut ohne sie auskommen, aber die Kunden wollten einfach nicht hören. Alle CEOs lieben den Klang ihrer eigenen Stimme. Er hatte eine PowerPoint-Präsentation vorbereitet und gab ein paar langweilige Anekdoten zum Besten. Unter anderem erklärte er, wie sie die Idee bei easyJet abgekupfert hatten. Das Ziel sei, breitere Bevölkerungsschichten durch ein preiswertes, leicht zugängliches und geschmackvolles Erlebnis anzuziehen und sich dabei auf bewährte Marken zu verlassen. Verbeugung vor Nespresso und Molton Brown.

Nichts beendet eine Rede so schnell wie das Herumreichen von Cocktailtabletts, und als wir um acht endlich alle an dem langen Tisch saßen, schien dem Erfolg des Abends nichts mehr im Weg zu stehen. Die Redakteurin von *Busy Woman* plauderte angeregt mit dem Mann von *Oxford News*. Mike von *MLT* zeigte väterliches Interesse an Jems Hauptfächern. Yasmeen war absichtlich neben Longridge platziert worden. Ich konnte bis zu meinem Ende des Tisches hören, wie sie ihn zu überreden versuchte, ein 7Nights an der M20 zu eröffnen, wo sie auf dem Weg von Südlondon nach Deal einkehren könne. »Es wäre ideal«, sagte sie. »Meine Freunde und ich würden praktisch dort einziehen.«

Das Essen, Kiewer Koteletts mit luftgetrockneten Tomaten, Pommes und frischem Gartensalat von Charlie Bigham, wurde begeistert gekostet, wenn nicht gar verschlungen, und die leeren Flaschen Jacob's Creek stapelten sich allmählich. Ich weiß noch, dass ich mich zurücklehnte und mir zu unserer hervorragenden Arbeit gratulierte.

War das der Moment, oder geschah es erst einige Minuten später, in dem mein Leben aus der Bahn geworfen wurde?

Ich hörte den Tumult zuerst. Da ich dem Eingang den Rücken zukehrte, drehte ich mich um.

Damals klang es wie eine plötzliche Explosion. Doch wenn ich mir, wie so oft, insbesondere nachts, die Szene ins Gedächtnis rufe, gelingt mir das nur in Zeitlupe. Es geschah am anderen Ende des Raums, etwa sieben Meter entfernt und auf unserer Seite der Tür. Er war ein Hüne von einem Mann, ja, das habe ich bereits erwähnt, und über eines von Gails Verlängerungskabeln gestolpert. Beim Versuch, sich mit der Hand abzufangen, stieß er gegen eine der Leitern, die zur Seite kippte, sodass die Töpfe mit Kakteen und die batteriebetriebenen Wachskerzen auf den Sprossen zu Boden fielen. Er stürzte auf die Knie und berührte offenbar mit der Handfläche die Stacheln eines Kaktus, denn er verzog das Gesicht, rieb über die verletzte Stelle und führte die Hand zum Mund, als wolle er daran saugen.

Eine livrierte Rezeptionistin hastete durch Foyer und Lounge zur Tür. »Alles in Ordnung, Sir? Kann ich Ihnen helfen, Sir?« Sie half ihm auf die Füße. »Wenn Sie bitte mit mir kommen würden, Sir.« Sie versuchte, ihn hinter sich herzuziehen. »Das hier ist eine geschlossene Gesellschaft.«

Nicht alle hatten es bemerkt. Nur Maura Peabody

wandte den Kopf, machte ein besorgtes Gesicht und setzte ihr Gespräch fort.

Als Dave Jepsom mit finsterer Miene die Hand der Rezeptionistin betrachtete, nahm sie sie weg. Und dann schaute er zu uns. Ich erstarrte, meine Beine waren wie gelähmt. Er trug eine marineblaue Hose und ein weißes Hemd. Am Hals war ein Teil eines Tattoos zu sehen. Selbst aus dieser Entfernung war ich mir der Goldfüllungen in seinen Backenzähnen und der kämpferischen Haltung seines rasierten Schädels bewusst.

Der Boden erbebte, als stapfe ein Koloss vorbei.

Sekunden vergingen. Sein Kopf bewegte sich kaum merklich, als sein Blick über die Anwesenden wanderte. Bei Longridge fing er an und nahm sich ein Gesicht nach dem anderen vor, bis er bei mir angelangt war. Seine breiten Wangenknochen röteten sich leicht, und es zuckte um seinen Mund, als würde er vielleicht gleich lächeln. Bildete ich mir die Erleichterung in seinen Augen, beinahe ein Willkommensgruß, nur ein? Doch dann verflog das Lächeln.

Es gelang mir aufzustehen. »Entschuldigen Sie mich«, sagte ich zu der Redakteurin von *Busy Woman*, und ich hörte meinen Stuhl scharren und ein Klappern, als die Beine des Möbels wieder Bodenkontakt hatten. So ruhig ich konnte, ging ich durch den Raum auf Jepsom zu. Jeder Schritt war vorsichtig, und dennoch fühlte ich mich wie auf dem Rugbyfeld in der Schule. So als würde ich mit gesenktem Kopf losrennen, um ihn umzustoßen.

»Dave«, begann ich. Meine Stimme klang seltsam dünn und brüchig. »Kann ich etwas für Sie tun?«

»Ich möchte mit Ihnen reden, wenn Sie einen Moment Zeit haben.«

»Natürlich.« Ich berührte ihn am Arm, um ihn ins Foyer in Richtung der Rezeptionistin zu bugsieren, die mit Schaufel und Handfeger zurückkehrte, um die Erde und die Tonscherben zu unseren Füßen zusammenzukehren.

Doch ich stieß auf Widerstand. Er sträubte sich gegen mich. »Sie reagieren nicht auf meine Anrufe.«

»Mir war nicht klar, dass Sie angerufen haben.«

»Und als ich Sie heute Morgen im Büro aufsuchen wollte, hat Ihre Sekretärin mir erklärt, ich würde Sie hier finden.«

»Okay.« Ich sprach leise und stellte fest, dass Longridge uns beobachtete. »Wollen wir uns irgendwo hinsetzen?« Ich wies auf das größte Sofa im Nebenraum.

Er stand breitbeinig da. Sein Gewicht war optimal ausbalanciert. Dann wich er einen Schritt zurück zur Tür, streckte die Arme aus und stützte sich auf beiden Seiten gegen den Rahmen. Dabei spannte sich sein Hemd über den Rückenmuskeln, als strecke er sich nach dem Sport.

»Ich will mich nicht setzen, sondern es hier und jetzt klären. Deshalb bin ich so weit gefahren.«

»Ich verstehe, warum Sie aufgebracht sind.« Unwillkürlich erhob ich die Stimme.

»Ganz recht, ich bin aufgebracht.« Auch er sprach inzwischen lauter. Er nahm die Hände vom Türrahmen und trat einen Schritt vor. »Sie haben mir am Arbeitsplatz die Polizei auf den Hals gehetzt.« Er bewegte sich noch ein Stück weiter wie eine Schachfigur. »Wie sollte ich da nicht aufgebracht sein?«

»Es tut mir leid. Es war ein Missverständnis.«

»Was für ein Missverständnis? Das würde mich interessieren.« Er schloss den Mund und schob die Zunge in die Wange, sodass diese sich ausbeulte. »Sie haben mir vorgeworfen, ich wäre bei Ihnen eingebrochen. Und das vierundzwanzig Stunden, nachdem ich in Ihrem Haus war und Ihren Wasserhahn repariert und mich mit Ihrer Frau unterhalten habe. In was für einer Welt leben Sie eigentlich, in der sich Menschen so benehmen?«

Ich schloss die Augen, schüttelte den Kopf und bemühte mich um einen zerknirschten Gesichtsausdruck. »Es tut mir leid. Ich habe zurzeit viel um die Ohren.«

»Viel um die Ohren.« Er verengte die Augen und näherte sein Gesicht dem meinen. »Viel um die Ohren.«

Er lehnte sich an die Wand, als müsse er sich festhalten, und zwar genau an ein dort hängendes Foto. Es zeigte eine Frau und einen Mann in Badebekleidung aus den Fünfzigern, die sich an einem Strand hinter einen Windschutz zurückgezogen hatten. Da er das Bild verschoben hatte, war es in Schieflage geraten, sodass die zwei nun zur Seite lächelten. »Viel um die Ohren«, wiederholte er.

»Es tut mir leid«, sagte ich erneut und war mir bewusst, wie schwach und zittrig meine Stimme klang. »Wir haben falsch reagiert, aber es ist nicht allein unsere Schuld.«

Die Gespräche hinter mir waren verstummt, und als ich mich rasch umdrehte, war offensichtlich, dass einige der Gäste die Vorgänge neugierig verfolgten. Der Mann von *Accountancy Age* tippte auf seinem Telefon herum. Longridge räusperte sich, fing meinen Blick auf, nahm die Serviette vom Schoß und schob seinen Stuhl ein Stück vom

Tisch zurück. Allerdings stand er nicht auf. Das war eine Mitteilung an mich. Wer immer dieser Mann auch sein mochte, ich sollte ihn loswerden. Schnell. Jepsom verkörperte alles, was das neue 7Nights nicht sein wollte. Noch schlimmer, er stand für das, was 7Nights gewesen war. Von Leuten wie ihm hatte man sich auf einem langwierigen, komplizierten und kostspieligen Weg von der ersten Idee bis hin zur Neueröffnung befreien wollen. Ich wurde dafür bezahlt, dass ich seinesgleichen *entfernte*.

»Kommen Sie«, bat ich ihn noch einmal. »Reden wir da drüben weiter.« Erneut versuchte ich, ihn aus dem Speisezimmer zu scheuchen. »Ich mache Ihnen einen Vorschlag. Ich besorge Ihnen ein Zimmer für die Nacht, und morgen besprechen wir alles.«

»Ich will kein Zimmer für die Nacht.« Tiefe Falten entstanden zu beiden Seiten seines Mundes. Ich bemerkte eine ebenso tiefe weitere Furche, die einem Seitenarm ähnelte. Ich fragte mich, woher er diese Falten hatte, obwohl seine Miene doch meistens reglos war. »Ich bin heute hier, um Ihre Erklärung zu hören.«

Ich legte ihm die Hand auf die rechte Schulter, um ihn, diesmal gewaltsam, umzudrehen und hinauszuschieben. Er holte tief Luft, und ich spürte seine aufgestaute Kraft, als er den rechten Arm anspannte, ihn langsam hob und meine Hand wegschnippte.

Ruckartig zog ich den Ellbogen zurück. »Vielleicht sollten Sie ein wenig an Ihrem eigenen Benehmen arbeiten. Es könnte ja sein, dass Sie bedrohliche Signale aussenden. Toll, dass Sie unseren Wasserhahn repariert haben. Er tropft nicht mehr. Danke. Wir sind Ihnen dankbar. Allerdings habe ich Sie nicht gebeten, ihn zu reparieren. Natürlich war es freundlich von Ihnen. Wie schon gesagt, vielen Dank. Aber Sie mussten es nicht tun. Wegen eines tropfenden Wasserhahns sollte ich nicht das Gefühl haben müssen, in Ihrer Schuld zu stehen.«

Er reckte das Kinn, und seine Augen verengten sich. »Was war das gerade? Ein tropfender Wasserhahn?«

Ich bemerkte, dass es hinter mir am Tisch still geworden war. Er ließ mich nicht aus den Augen. Inzwischen fragte ich mich, ob er mir einen Schwinger verpassen würde. Ein einziger Schlag, sodass ich rücklings auf dem Tisch landete. Inmitten von umherfliegendem Besteck, zerberstendem Glas, auseinanderstiebenden Journalisten und voller Entsetzen und mit offenem Mund beobachtet von Chris Longridge von 7Nights. Das Blut rauschte in meinen Ohren, und mein Kiefer zuckte in Erwartung des anstehenden Kontakts mit Jepsoms massiger Faust.

Stattdessen entfernte sich Jepsom einen Schritt von der Wand. Hinter ihm fiel das verschobene Bild herunter. Er drehte es mit dem Fuß um, sodass sich Glasscherben auf dem Boden verteilten. Als er aufblickte, war seine Miene weniger zornig als verwirrt.

»Er wäre ertrunken«, sagte er. »Das wissen Sie doch, oder?«

»Ja«, erwiderte ich leise. »Das weiß ich.«

Er wich noch einen Schritt zurück und musterte mich. »In der chinesischen Kultur ist man für immer für den Menschen verantwortlich, dem man das Leben gerettet hat. Deshalb haben japanische Krieger es sich zweimal überlegt. Es ist eine gewaltige Last. Ein ganzes Leben lang.«

»Sind es jetzt die Japaner oder die Chinesen?« Ich zwang mich zu einem Lachen.

»Darüber lacht man nicht.« Plötzlich war sein Gesicht ganz dicht an meinem. Schweißperlen hatten sich auf seiner Oberlippe gesammelt, und ich roch sein moschusartiges, mineralisches Rasierwasser. Er sprühte Speichel. »Sie sind es nicht wert, Joshs Vater zu sein. Er hat etwas Besseres verdient. Eines Tages wird Ihnen jemand das Kind wegnehmen.«

»Alles in Ordnung, Marcus?«

Mary hatte den Tisch verlassen und stand in sicherer Entfernung neben uns.

»Verachtung«, zischte Dave und starrte mich weiter an. »Er verachtet mich.«

Im nächsten Moment war Basty neben mir. »Okay, jetzt reicht's«, hörte ich ihn sagen. Er legte Dave den Arm um die Schultern und fing an, ihn aus dem Raum zu drängen. Die ganze Zeit über ruhte Daves Blick auf mir. Er war schon im Foyer und fast an der Tür, als er sich noch einmal umdrehte. »Das werden Sie büßen!«, rief er in das angespannte Schweigen hinein.

Die Türen glitten auf, kurz ertönte Verkehrslärm, dann schlossen sie sich. Es war wieder still.

Sie

Marcus war über Nacht fort, und zwar wegen des Presseempfangs für diese aufgemöbelte Motelkette in Oxfordshire. Nachdem ich Josh ins Bett gebracht hatte, setzte ich mich mit einem Glas Rosé und einer Zigarette aus meinem Geheimpäckchen Silk Cut, das ich hinten in der Speisekammer versteckte, in den Garten. Die Zigarette schmeckte ein wenig muffig, das Problem, wenn man nur gelegentlich raucht, doch der Wein war kalt, und auf nüchternen Magen spürte ich rasch den Kick von beidem.

Inzwischen fühlte ich mich ruhiger. Dave Jepsom hatte sich nicht gemeldet, und allmählich glaubte ich, dass meine Fantasie mit mir durchgegangen war. Er hatte mich nicht beim Telefonieren gesehen. Er wusste nichts von Richard. Er würde Marcus nichts sagen. Natürlich würde er uns hassen. Wer würde das nicht nach dem, was wir ihm angetan hatten? Aber vielleicht war das ja gut so, weil er uns deshalb in Ruhe lassen würde.

Der Himmel war blassviolett, und die Luft fühlte sich an wie Badewasser. Schwalben segelten von den Dächern, und aus einem Garten ein Stück die Straße entlang wehten Gelächter, leises Stimmengewirr und Besteckgeklapper herüber. Hin und wieder kreischte ein Kind, das man zu Bett zu bringen vergessen hatte.

Das Festnetztelefon läutete, aber ich ging nicht ran. Es

hatte in dieser Woche so oft geklingelt, aber wenn ich abhob, herrschte Schweigen. Wahrscheinlich irgendein indisches Callcenter.

Ich leerte das Weinglas, drückte die Zigarette aus und wollte schon hinauf ins Bett gehen, als auch mein Mobiltelefon läutete. Da ich die Nummer nicht kannte, wollte ich den Anruf schon wegdrücken.

Ich meldete mich mit einem zögernden Hallo.

»Sie haben mir eine Nachricht hinterlassen, dass ich Sie zurückrufen soll«, verkündete eine Frauenstimme. »Hier spricht Maureen David. Handelt es sich um den Aushang bei Sainsbury's? Das Auto ist schon weg.«

Im ersten Moment fiel mir nicht ein, wer Maureen David war. Ich zermarterte mir das Hirn, und als es mir endlich klar wurde, war es mir ein wenig peinlich, und ich schämte mich.

»Maureen«, sagte ich ein wenig verspätet. »Ich bin es, Tessa. Aus dem Urlaub?«

»Tessa?« Sie klang verdattert.

»Die Frau, deren Sohn beinahe ertrunken wäre.«

»Oh. Ja. Hallo.« Sie schien noch immer verwirrt.

»Vermutlich fragen Sie sich, wieso ich anrufe. Es ist ein bisschen heikel.«

Sie schnappte lautstark nach Luft. »Ist dem kleinen Jungen etwa wieder etwas zugestoßen?«

»Nein. Nein, natürlich nicht.« Ich runzelte die Stirn. Hielt sie mich vielleicht für unfähig, für ihn zu sorgen? »Ich habe Sie ausfindig gemacht, weil ich mit Ihnen über Dave Jepsom sprechen wollte.«

»Dave Jepsom?«

»Ja, äh …« Ich wollte es hinter mich bringen und das Telefonat beenden. Inzwischen kam ich mir albern, ja, sogar aufdringlich vor. »Wir sind ihm einige Male begegnet, und ich habe mich nur gefragt … Wir hätten damals mehr Interesse zeigen sollen, und wenn ich mit ihm spreche, ist es mir unangenehm, es nicht zu wissen. Ist er Ihr Schwiegersohn?«

»Nein.« Sie lachte. »Er ist nicht mein Schwiegersohn. Dachten Sie, er sei mit Sherry zusammen? Er ist überhaupt nicht ihr Typ.«

»Und Sie sind auch nicht seine Mutter?«

»Ich muss schon bitten! Für wie alt halten Sie mich?«

»Verzeihung. Nein, also …« Ich überlegte, wie ich meine Frage formulieren sollte. »Tut mir leid, es ist schwierig … In welchem Verhältnis stehen Sie zueinander?«

»In gar keinem, meine Liebe. Wir haben ihn einen Tag vor Ihnen dort kennengelernt. Er hat sich an uns gehängt, und wir konnten ihn nicht loswerden. Nein, wir stehen in keinem Verhältnis zu ihm, wie Sie es ausgedrückt haben.«

Eine Brise rauschte in den Glyzinien; ein Zweig klopfte an das Fenster, hinter dem Josh schlief. Mir lief ein Schauder über den Arm.

»Ihr Dave Jepsom«, fuhr sie fort. »Ich habe keine Ahnung, wer dieser Mensch ist.«

Ich brauchte eine Weile, um einzuschlafen, und es fühlte sich an, als sei ich beinahe sofort wieder aufgewacht. Es war heiß. Das Laken unter mir war feucht. Das zum Zudecken lag zerknüllt auf dem Boden, wohin ich es getreten hatte. Das Schlafzimmerfenster stand offen, und von der

Straße drangen zu laute Stimmen, stolpernde Schritte, betrunkenes Kreischen und Gelächter hinauf: Das Pub schloss.

Doch das hatte mich nicht geweckt.

Ein leises Geräusch von unten hatte sich in meinen Schlaf eingeschlichen. Ich spitzte die Ohren.

Stille.

Ich hob den Kopf vom Kissen.

Nichts.

Ich wartete kurz und legte mich wieder hin. Vermutlich Einbildung.

Im nächsten Moment fuhr ich wieder hoch. Ein gedämpftes Klappern, als würde langsam und ruckelnd eine Schublade geöffnet. Als versuche jemand, dabei möglichst wenig Geräusche zu verursachen. Das Scharren eines Stuhls, das Vibrieren eines Schrittes, ein Knarzen.

Ich hob ein T-Shirt vom Boden auf, suchte die Öffnung und zog es mir vorsichtig über den Kopf. Eine halbe Etage über mir schlief Josh in seinem Bett. Ich stellte die Füße auf den Boden und schlich geduckt zur Tür.

Weitere Schritte unter mir, und zwar im Wohnzimmer. Ich atmete schnell und zu laut und hielt mir Mund und Nase zu, um das Geräusch zu dämpfen. In meinen Ohren dröhnte es, eine Ader an meinem Hals pochte. Ich brauchte eine Waffe. Ich sah mich im Zimmer um: eine Duftkerze, ein Lehnsessel, ein Stapel Taschenbücher. Das Paar Leselampen von Best & Lloyd zu beiden Seiten des Bettes war so zierlich, dass es mich zu verspotten schien. Im Bad? Mir fiel nichts ein. Doch, der Duschkopf aus Edelstahl, »schwer genug, um ernsthaften Schaden anzurichten«. Zwischen mir und der Tür befand sich eine knarzende Diele. Ich würde den Duschkopf losschrauben müssen. Würde ich schnell und leise genug sein? Ich war nicht sicher, malte mir jedoch bereits das Gewicht in meiner Hand aus.

Als ich einen Schritt auf die Badezimmertür zumachte, gab die Diele ächzend unter meinem rechten Fuß nach. Ich erstarrte. Glaubte der Eindringling, dass das Haus leer war? Hatte er mich gehört?

Einen Moment blieb es still. Dann ein leises Seufzen, als eine Feder im Lehnsessel nachgab, gefolgt von einem Kratzen. Die Tür streifte den Holzboden. Und schließlich ein menschliches Geräusch, ein Hüsteln oder ein Räuspern. Anschließend erneut Stille.

Jemand stand reglos unten und lauschte.

Sofort musste ich an Dave Jepsom denken. Maureens Worte hatten mich in meinen Befürchtungen bestätigt. Er war ein böswilliger Fremder, dessen Motive wir nicht kannten. Allerdings gingen Einbrüche in London laut Polizei hauptsächlich auf das Konto von Jugendlichen. Nein, er war es nicht. Der Einbrecher würde sich meinen Laptop und mein iPhone aus der Küche schnappen und abhauen. Warum sollte er nach oben kommen? Würde er mir oder Josh etwas antun wollen? Gleich würde er verschwinden. Wenn er hatte, was er wollte, würde er sich keine Mühe mehr geben, leise zu sein. Er würde durch den Garten trampeln, mit großem Radau über den Zaun springen oder vielleicht die Haustür eintreten.

Unten war es still.

Ein schwerer Schritt auf der ersten Treppenstufe.

Ein Gegenstand stieß ans Geländer.

Schweigen.

Ein langsames, stockendes Knirschen wie von einem Reißverschluss.

Das gleiche raue Geräusch hatte ich gehört, als Jepsom seine Tasche geöffnet hatte.

Wieder ein Knarzen.

Er hielt auf jeder Stufe inne, um zu lauschen.

Inzwischen atmete ich flach und hatte Schweißperlen auf der Stirn. Josh in seinem Bett. Mein Telefon unten.

Meine Hände leer. Nichts. Der Duschkopf war noch mit dem Schlauch verschraubt.

Mittlerweile war er auf dem Treppenabsatz vor dem Schlafzimmer. Ein Schatten huschte über den Türspalt. Ich machte mich darauf gefasst, dass sie aufging, auf seine bedrohliche Gestalt, sein Gesicht.

Doch die Tür rührte sich nicht. Die Schritte verstummten und bewegten sich weiter. Er verharrte auf der ersten Stufe zur nächsten Etage. Wieder eine Pause, ein zweiter Schritt.

Alle Kraft schien mich zu verlassen. Der Eindringling wollte zu Josh.

Blind vor Zorn und Panik stürmte ich zur Tür hinaus.

Ich stieß einen markerschütternden Schrei voller Wut und Angst aus. Die Tür knallte gegen die Wand. Meine Finger waren zu Klauen verkrümmt. Ich war bereit, ihm die Augen auszukratzen.

Er drehte sich um, hastete, jede Stufe einzeln, die Treppe hinunter und packte mich an den Schultern. Ich knurrte immer noch leise, als ich an seine Brust sank.

»Du Arschloch«, schluchzte ich. »Was soll denn die

Scheiße, nachts im Haus herumzuschleichen? Was machst du hier, verdammt?«

»Es tut mir leid. Es tut mir leid.« Er schob mich weg, um mir ins Gesicht zu sehen. »Ich war auf dem Weg ins obere Bad, weil ich dich nicht wecken wollte. Tut mir leid, dass ich dich erschreckt habe.«

»Warum bist du nicht bei deiner Veranstaltung?«

Marcus sackte auf die Stufe. Er zitterte, war blass und hatte dunkle Ringe unter den Augen. Zu seinen Füßen stand die Reisetasche. Seine Hand umklammerte eine Zahnbürste wie eine winzige Waffe.

STUFE FÜNF

Er

Eigentlich hätte ich am Freitag lieber freigenommen, da ich Josh und Tessa nicht allein lassen wollte. Doch sie fand, ich müsse mich zeigen.

Es spielte sowieso keine Rolle.

Er wusste, wo ich arbeitete. Er wusste, wo ich wohnte.

Vom Bahnhof aus nahm ich einen anderen Weg ins Büro und drängte mich durch die Seitenstraßen rings um die Kathedrale. Dabei schaute ich mich ständig um. Es war ein heißer Tag. Touristen, Seite an Seite mit Männern und Frauen in Bürokleidung. Auf dem Markt ging es hoch her. Es stank nach Würsten und Leder. Jeder zweite Passant hatte einen Smoothie in der Hand. Ich überquerte Straßen und hielt einen Zickzackkurs, um die Gegend so gut wie möglich abzudecken.

Das Foyer war menschenleer. Auf CNN lief eine Übertragung des America's Cup. Ich gab den Code ein, stieg in den Lift und war oben.

Das Büro war halb leer. Das 7Nights-Team war noch nicht zurück. Ich nickte Sam und Emma zu, die in einer Ecke leise miteinander flirteten, und fragte mich, ob die anderen ihnen schon von meiner Blamage erzählt hatten. Dann setzte ich mich an meinen Schreibtisch, um in Ruhe nachzudenken.

Tessa und ich hatten kaum geschlafen. Die halbe Nacht

hatten wir über Jepsom gesprochen. Sie war entsetzt, als sie erfuhr, dass er in Bicester aufgetaucht war. Immer wieder bohrte sie nach, was genau er gesagt hatte. Ich konnte mich nicht an Einzelheiten erinnern. Nur an mein Gefühl, dass er mein Leben vernichten wollte. Dass er von ihr und Josh besessen war. Dass er sich verantwortlich für ihn fühlte. Dieser Satz wollte mir einfach nicht aus dem Kopf. *Eines Tages wird Ihnen jemand das Kind wegnehmen.* Das verriet ich ihr nicht. Allerdings räumte ich ein, dass sie recht hatte: Er musste der Dave Jepsom sein, den sie online entdeckt hatte. Der Mann, der sich seiner Ex-Frau nur auf hundert Meter nähern durfte. Was hatte er getan? Welche Gefahr stellte ein Mensch wie er für die Öffentlichkeit dar? Es war beängstigend. Außerdem hatte Tessa mit Maureen, der Frau aus dem Urlaub, gesprochen. Ihr Bauchgefühl hatte sie nicht getrogen. Er hatte keinerlei Verbindung zu diesen Leuten, sondern sich ihnen ebenso aufgedrängt wie uns. Wer, zum Teufel, war er? Und was wollte er von uns?

Ich schlug die Hände vors Gesicht. In Bicester hatte ich die Lage noch um einiges verschlimmert. Ich hatte Jepsom gegen mich aufgebracht. Und ich hatte mich absolut lächerlich gemacht und in Anwesenheit meiner Kollegen, Kunden und Journalisten gestammelt und mit Kraftausdrücken um mich geworfen. Zu guter Letzt war ich feige geflohen. Ein zitterndes Wrack von einem Mann.

Ich sortierte den Haufen Stifte vor mir zu einer ordentlichen Reihe, sodass alle Verschlusskappen in dieselbe Richtung zeigten. Eines stand fest: Ich würde mich von diesem Menschen nicht noch einmal bloßstellen lassen.

Ich musste lange auf die Rückkehr des 7Nights-Teams warten. Wegen ihres Rückens hatte Emma angefangen, einen Swiss Exercise Ball als Bürostuhl zu benutzen. Jedes Mal, wenn Sam vorbeiging, versuchte er, ihn unter ihr wegzuschubsen. Im Raum roch es nach Fleischpastete; einer der beiden hatte die Mikrowelle benutzt. Zweimal rief ich Mary an. Beim ersten Mal meldete sich die Mailbox, beim zweiten Mal fragte sie knapp, ob sie mich zurückrufen könne. Der Büroalltag begann. Ich hatte eine Nachricht, ich solle Dimitri anrufen. Aber ich war unfähig, mich zu konzentrieren. Stattdessen tigerte ich auf und ab und blieb gelegentlich stehen, um aus dem Fenster zu starren. Ein breites Sims auf Augenhöhe versperrte mir die Sicht, weshalb ich in einen weißen, nahezu leeren Raum gegenüber spähte. Ein Mann im Anzug lag auf einem Einzelbett.

Als der Lift endlich ein Ping von sich gab, ging ich hin und hoffte auf tröstende Umarmungen, Abklatschen und eine Bestätigung, dass mein Verhalten wenigstens nicht gegen mich verwendet werden würde. Basty, der als Erster erschien, nickte mir zu. »Marcus, nett, dich zu sehen«, sagte er. Gail und Mary folgten. Die Absätze ihrer Sandalen klapperten auf dem Boden. Ich lief ihnen nach und erkundigte mich, ob ich ihnen etwas anbieten könne. Sandwiches? Kaffee? Ich war zerknirscht und aufgekratzt und sehnte mich verzweifelt danach zu erfahren, ob unser Verhältnis auch keinen Schaden genommen hatte. Dass ich noch immer ihr Ansehen genoss.

Da Mary einige Telefonate erledigen musste, tat ich, als sei ich beschäftigt. Endlich trat sie an meinen Schreibtisch. »Sollen wir uns kurz unterhalten?«, fragte sie.

Ich nickte und ging wie ein Untergebener hinter ihr her in den Besprechungsraum. Sie schloss die Tür hinter mir.

Als wir uns setzten, wirkte sie gut gelaunt. Wie mir später klar wurde, spürte sie meine Stimmung. Das Dessert, Schokoladenfondants von Heston Blumenthal, sei prima angekommen. Die meisten Gäste seien kurz nach meiner Flucht ins Bett gegangen. Nur Yasmeen, Longridge und der Mann von der *Bicester Times* hätten bis lange nach zwei weitergetrunken. Beim Frühstück hätten alle beteuert, sie hätten gut geschlafen, und die Laken aus zweihundertfünfzig Fäden gewebter ägyptischer Baumwolle gelobt. Die Redakteurin von *Busy Woman* fand, sie habe noch nie auf einem so wunderbaren Matratzenschoner gelegen.

»Und niemand fand es seltsam, dass ich einfach so verschwunden bin?«

»Ich habe ihnen erklärt, du müsstest diesen Mann … überprüfen. Wie heißt er noch mal?«

»Dave Jepsom.«

»Ich sagte, du hättest ein persönliches Problem mit ihm, das du klären müsstest.«

»Und Longridge ist noch an Bord? Er nimmt uns nicht den Auftrag weg?«

»Ich glaube, er freut sich auf den Artikel in der *Mail* und hofft, dass Yasmeen für ihn die Werbetrommel rührt. Drück die Daumen, dass sie auch liefert.«

»Ja.«

»Und ich soll dir ausrichten, dass er von Basty beeindruckt war.«

Ich strich über die abgerundete Tischkante. »Es war nicht peinlich, dass ich einfach so abgehauen bin?«

»Nein.« Sie wich meinem Blick aus. Als ich aufstand, rührte sie sich nicht. Sie hatte die Beine übereinandergeschlagen und die Hände zwischen den Knien verschränkt. »Also, was war los, Marcus? Was um alles in der Welt hast du getan, um ihn so wütend zu machen? Er hat sich aufgeführt, als hättest du mit seiner Frau geschlafen.«

Ich wedelte ausweichend mit den Händen. »Nichts dergleichen. Wir haben ihn im Urlaub kennengelernt. Ich habe ihn irgendwie verärgert. Und jetzt lässt er uns nicht mehr in Ruhe.«

»Oh, okay.« Scheinbar zufrieden, erhob sie sich und öffnete die Tür.

»Der arme Mann«, fügte sie, bereits auf der Schwelle, hinzu.

Offenbar hatte ich mich verhört. »Was hast du gesagt?«

»Der arme Mann. Mir hat er leidgetan. Er wirkte ziemlich harmlos.«

»Harmlos?« Ich versperrte ihr den Weg. »Er hat mir damit gedroht, mir meinen Sohn wegzunehmen. Er war gewalttätig. Er wollte mich angreifen.«

»Hm. Du warst derjenige, der ihn geschubst und geflucht hat.«

»Mary, er hat mich *bedroht*.«

»Er hat dich nicht *bedroht*, Marcus!«

»Doch, hat er. Er sagte ›Das werden Sie büßen.‹«

»Da habe ich etwas anderes gehört.« Sie tippte mir ein paarmal mit der Hand auf die Schulter, damit ich Platz machte. Es fühlte sich an wie ein kleiner körperlicher Tadel, aber sie lächelte. »Er sagte ›Sie sollten sich schämen‹.«

An jenem Abend blieb ich länger als die anderen und verabschiedete mich nacheinander von allen. »Tschüs, Ems … Bis morgen, Basty.« Ich tat, als hätte ich alles im Griff. Den ganzen Tag hatten sich Telefonnachrichten und Mails angesammelt. Und ich hatte keinen Finger krummgemacht. Was für ein Hochstapler ich doch war. Was für ein Versager. Schließlich hatte Mary ihren Bericht fertig getippt und zog ihre Jacke an. Ich war allein im Büro. Ich gab ihr ein paar Minuten Zeit und wollte mich endlich nach Hause trollen, als die Lämpchen an Gails Telefon blinkten.

»Hawick Nicholson«, meldete ich mich.

»Marcus. Genau mit Ihnen wollte ich sprechen. Gut, dass ich Sie erwischt habe. Hier ist Maura Peabody von der *Mail.*«

»Oh, hallo. Wie geht es Ihnen? Tut mir leid, dass ich noch keine Gelegenheit hatte …«

Sie unterbrach mich. »Ich hätte nur noch ein paar Fragen, falls Sie Zeit haben, sie zu beantworten.«

»Aber klar.« Ich setzte mich auf die Kante von Gails Schreibtisch. So gefiel es mir schon viel besser. »Ein toller Schuppen, oder? Eine gewaltige Verbesserung, verglichen mit dem alten 7Nights-Motel. Schießen Sie los.«

»Stimmt. Ich wollte mich nach Jemima Wallace erkundigen.«

Der Name klang zwar vertraut, doch ich konnte ihn nicht sofort einordnen. »Jemima Wallace? Helfen Sie mir auf die Sprünge.«

Sie gab eine Mischung aus einem »Hä« und einem Schnauben von sich. »Ihre ›Praktikantin‹.«

»Oh, Jem.« Ich stand auf und blickte mich im Büro um.

Eine sinnlose Aktion, da außer mir niemand hier war. War sie heute überhaupt im Büro gewesen? Nein. Ich hatte sie zuletzt im Motel gesehen.

»Jem ist keine richtige Praktikantin. Das Mädchen macht ein Schulpraktikum.«

»Mädchen?«

»Dann eben Schülerin. Eine Schulpraktikantin. Eine Schülerin, die einem auf Schritt und Tritt folgt.« Mir wurde warm. »Bei uns gibt es da keine festen Regeln, wir gehen das lässiger an. Ich habe sie genommen, um meiner Schwester einen Gefallen zu tun. Jem besucht dieselbe Schule wie meine Nichte. Weshalb interessiert Sie das?« Ich versuchte es mit Leutseligkeit. »Haben Sie vielleicht ein Kind, das Lust auf ein Praktikum hätte?«

»Ich wollte nur wissen, was Sie zu ihrer Anwesenheit im 7Nights letzte Nacht zu sagen haben.«

Ich setzte mich auf den Stuhl und legte mir meine Worte sorgfältig zurecht. »Ich dachte, sie könnte Spaß daran haben, mehr nicht.«

»Hatten Sie kein Problem damit, eine Fünfzehnjährige ohne Aufsichtsperson mit in ein Hotel zu nehmen?«

Ich hielt inne und atmete durch. »Sie wollte ein Gespür für die Branche bekommen. Mir erschien es eine gute Idee, dass sie so viele unterschiedliche Erfahrungen wie möglich sammelt.«

»So viele unterschiedliche Erfahrungen wie möglich.« Sie wiederholte meine Worte so langsam, als schriebe sie sie auf. »Und haben Sie sich anschließend nach ihrem Wohlbefinden erkundigt? Haben Sie überprüft, ob sie sicher nach Hause gekommen ist?«

»Nicht persönlich, nein. Ich war ziemlich beschäftigt. Aber Mary, meine Kollegin, sie …«

Peabody unterbrach mich erneut. »Also nicht persönlich. Obwohl Jemima Ihre Schutzbefohlene ist?«

»Hören Sie, was soll das? Ich dachte, Sie schreiben über Baumwolllaken und Biogemüse.«

Ein Rascheln ertönte, als blättere sie eine Seite um. »Stimmt es, dass Sie versucht haben, sie in einen Stripclub mitzunehmen, vermutlich, um ihr so viele ›unterschiedliche Erfahrungen wie möglich‹ zu eröffnen?«

Ich hatte mit einem Kugelschreiber auf Gails Schreibtisch herumgespielt und immer wieder auf den Knopf gedrückt und losgelassen. »Einen Herrenclub.«

»Leather and Lace in Mayfair, richtig?«

Ich warf den Kugelschreiber so heftig auf den Tisch, dass er zerbrach. »Hören Sie, ich bin hier der Gute. Ich habe verhindert, dass sie den Club betritt. Es ist nichts passiert. Sie haben keine Story.«

»Aber wenn es nach Ihrem Partner Jeff Hawick gegangen wäre, wäre sie im Club gewesen?«

»Ja. Nur im Vertrauen: Er hatte einen scheußlichen Tag hinter sich und zu viel getrunken. Er hat nicht richtig nachgedacht. Wahrscheinlich hatte er einfach vergessen, dass sie keine gewöhnliche junge Mitarbeiterin ist.«

Als sie schwieg, fügte ich hinzu: »Sie sieht älter aus als fünfzehn.«

Eine lange Pause entstand. »Und trotz dieser Umstände hielten Sie ihn für geeignet, Jemima anzuleiten?«

»Ja. Unter normalen Umständen. Er hat jede Menge Berufserfahrung und kann gut mit jungen Leuten umgehen.«

Ich hatte Mühe, meinen Zorn zu zügeln und so vernünftig wie möglich zu klingen. »Worum geht es eigentlich? Was für einen Artikel schreiben Sie?«

»Es sind nur Hintergrundinformationen für eine Kolumne, an der ich arbeite.«

»Also nichts Offizielles?«

»Hätten Sie das gern?«

Ich versuchte, mich zu erinnern, was ich gesagt hatte. Es war besser, auf Nummer sicher zu gehen. »Nein.«

»Gut, okay. Was ist mit Mr. Hawick? Steht er zur Verfügung, um den Vorfall zu kommentieren?«

»Er ist im Urlaub, und ich glaube wirklich nicht, dass er etwas Hilfreiches beizutragen hätte.«

»Wenn Sie sicher sind.«

Ich lockerte meine zusammengebissenen Zähne. Die Kopfschmerzen, die schon den ganzen Tag über mir kreisten, schlugen schließlich zu. »Ich bedaure es wirklich. Haben Sie mit ihr geredet? Geht es ihr gut? Jem, meine ich.«

»Ja, alles in Ordnung.« Sie hörte sich an, als spräche sie mit zusammengepressten, geschürzten Lippen. Ihr Tonfall strahlte eine ärgerliche moralische Überlegenheit aus. »Allerdings hat sie das nicht Ihnen zu verdanken.«

Als ich zu Hause war, ging ich joggen, um mich zu beruhigen. Ich empfand Panik, aber außerdem Wut, weil die Sache so ungerecht war. Ich hatte versucht, jemandem einen Gefallen zu tun und dem Mädchen eine Chance zu geben. Keine Ahnung, warum sich alles gegen mich verschworen hatte. Auf halbem Weg zwischen Grünfläche und Eisenbahnbrücke traf ich Yasmeen, ebenfalls in Joggingkleidung. Ich brachte ein verlegenes Lachen und eine Entschuldigung zustande, dass ich nicht »die ganze Distanz« im Motel geblieben war. Dabei zog ich den Fuß hoch zum Schenkel und streckte ihn, um meine Grimasse zu tarnen. Ich sagte, ich hoffte, dass sie sich besser amüsiert habe als ich. »Dieser Chris Longridge ist schon eine Nummer.«

Yasmeen nickte und wirkte ziemlich belustigt. Sie hüpfte auf den Fußballen leicht auf der Stelle, damit ihre Wadenmuskeln nicht steif wurden.

Beiläufig erkundigte ich mich, ob sie mit Jem gesprochen habe. »Sie war, äh, Mary zugeteilt. Kluges Mädchen.«

Nein, hatte sie nicht.

Anders als bei unserer letzten Begegnung hier schlug sie mir nicht vor, die Runde gemeinsam weiterzulaufen. Ja, sie würde mir Bescheid geben, wenn sie zusätzliche Informationen für ihren Artikel bräuchte. Nein, sie sei nicht sicher, wann er erscheinen würde, vermutlich am Sonntag. Sie verabschiedete sich mit einem Winken. »Richte Tessa liebe Grüße von mir aus.«

Den Großteil der Nacht lag ich wach. Die alles verschlingende Arbeit hatte wieder einmal sämtliche andere Sorgen aus meinem Verstand vertrieben. Einige Male stand ich auf, um die Webseite der *Daily Mail* aufzurufen. Doch als ich endlich, begleitet von Vogelzwitschern, gegen vier Uhr morgens einschlief, war noch nichts veröffentlicht worden.

Kurz nach sieben hörte ich, wie die Zeitungen auf die Vortreppe fielen, gefolgt von dem Geräusch eines davonfahrenden Autos. Eine Weile lag ich da, ohne mich zu rühren. »Soll ich sie holen?«, fragte Tessa schließlich.

Ich nickte.

Sie schlüpfte aus dem Bett, und ich blickte ihr nach, als sie zur Schlafzimmertür ging. Meine Augen juckten, und vom Schlafmangel brummte mir der Schädel. Furcht ballte sich in meiner Magengrube zusammen, und ich fühlte mich dennoch ein wenig erregt. Es lag nicht an ihrem Körper, denn von dem war fast nichts zu sehen: Sie hatte zusätzlich zu dem T-Shirt, das sie seit einiger Zeit nachts trug, einen Morgenmantel übergezogen. Grund war eher die Fantasie, die ich brauchte, um mir ihren Körper unter all den Kleiderschichten vorzustellen, und die Erkenntnis, dass mir dieser Körper immer fremder wurde. Vermutlich lagen meine Nerven blank, und ich fühlte mich einen Moment lang hilflos und ertrank in einer verzweifelten lüsternen Sehnsucht nach ihr, kombiniert mit der grauenhaften Angst, sie zu verlieren. In letzter Zeit hatte ich mich geistesabwesend und abweisend verhalten. Sie bedeutete mir alles, und dennoch hatte ich vergessen, dass es sie auch noch gab.

Sie brachte die Zeitungen nach oben, legte den schweren Packen ans Fußende und reichte mir die *Daily Mail*. Ich blätterte sofort zu Maura Peabodys Kolumne um und überflog sie. Als ich fertig war, ließ ich den Kopf aufs Kissen sinken.

»Und? Was schreibt sie?«

»So schlimm ist es nicht. Wirklich. Nur der letzte Absatz, ein paar Sätze darüber, dass Praktikanten ausgebeutet werden, und eine Anspielung auf ›ein junges Mädchen‹ aus ihrem ›Bekanntenkreis‹. Keine Rede von Hawick Nicholson.«

Wenn ich mich an meine nächsten Worte erinnere, wird mir übel.

»Ich glaube, wir sind damit durchgekommen.«

Sie

In jenen Tagen hatte ich das Gefühl, in einen Zustand unterdrückter Todesangst geraten zu sein. Über meinem Kopf hing das sprichwörtliche Schwert.

Ein falsches Wort, eine ungebetene Begegnung, und ich würde auffliegen.

Marcus hielt Jepsoms Auftauchen bei der Pressepräsentation für eine berufliche Katastrophe. Er ahnte nicht, wie nah er an einer persönlichen vorbeigeschrammt war. Laut Marcus hatte Jepsom mich erwähnt. Er habe den Eindruck gehabt, der Mann habe »noch mehr sagen wollen«. Nur Bastys Einschreiten war es zu verdanken, dass er nicht weitergeredet hatte. Das Thema war noch nicht erledigt. Er konnte jeden Tag, jede Stunde, jede Minute zurückkommen. Ich machte mich darauf gefasst. Ich wartete darauf, dass die Klinge fiel.

Es ist schwierig, Schuldgefühle von der Angst vor Entdeckung zu trennen. Der Januskopf des Ehebruchs. In mir tobte beides. Ich hätte im Erdboden versinken können und brachte kaum noch ein normales Wort heraus. Eine Minute sehnte ich mich danach, meinen Mann und mein Kind in die Arme zu schließen. In der nächsten wollte ich mein Gesicht verbergen vor Furcht, was sie darin lesen könnten. Ich liebte die beiden so sehr, und die Vorstellung, einen von ihnen zu verlieren, war unerträglich. Als sich die

Ereignisse am Wochenende hochschaukelten, wurde mir allmählich klar, dass es sich bewahrheiten könnte.

Als Marcus am Freitag nach Hause kam, runzelte er die Stirn, und sein Kiefer war angespannt. Josh zerrte an seinem Sakko, um seine Aufmerksamkeit zu erregen, doch er riss sich los. »Verdammt, Josh, nicht jetzt.«

»Stimmt es, dass du eine Fünfzehnjährige zu dieser Veranstaltung mitgenommen hast?«, fragte ich später.

»Na und? Ist das ein Schwerverbrechen?«

Ich wagte nicht, etwas hinzufügen. Als er mich ansah, war seine Miene finster. Ich fragte mich, wie er mich wohl ansehen würde, wenn er es wusste. Mir war klar, dass er in Panik war. Wütend auf diese Journalistin und auf sich selbst. Doch es war, als richte sich sein Zorn bereits gegen mich.

Die Welt schlief noch, als ich am frühen Samstagmorgen barfuß die Haustür öffnete. Als ich mich nach dem Zeitungsstapel bückte und den Morgenmantel am Hals zusammenhielt, bemerkte ich, dass ein Bündel aus Plastik an der Hauswand lehnte.

Ich ging hinaus. Meine Zehen krümmten sich wegen der Kälte, als ich danach griff. Es war ein Blumenstrauß, zumindest konnte man ihn als solchen bezeichnen. Einige Lilien, Grünpflanzen mit spitzen Blättern und ein paar gelbe Rosen. Doch sie zerfielen noch in der Zellophanhülle zwischen meinen Fingern. Die Stiele waren mit einer rosafarbenen Schleife zusammengebunden, aber die Blüten drückten sich schief an die Verpackung. Jede einzelne von ihnen war abgeschnitten worden.

Ich blickte auf. Die Tonne der Nachbarn stand noch draußen. Der Deckel lag auf dem Gehweg. Ein Fuchs huschte lautlos über die Fahrbahn.

Der zerstörte Strauß hing in meiner Hand. Ich hatte keine Ahnung, was er zu bedeuten hatte und wie er hierhergekommen war. Konnte er von Richard sein? Er war der Einzige, der mir einfiel, der Blumen hätte schicken können. Vielleicht damals am Höhepunkt unserer Affäre. Es konnte ja sein, dass sie schon seit einer Weile unbemerkt an der Wand lehnten und gestern von der Mülltonne zerquetscht worden waren. Eine Möglichkeit. Oder sie waren von der Straße aus hierhergeweht worden. Der Müll anderer Leute.

Bevor ich die Zeitungen nach oben brachte, warf ich sie in unsere Tonne.

Befreit aus den Klauen der Angst, weil der Artikel nicht so schlimm gewesen war, schob Marcus die Hand unter meinen Morgenmantel. Er zupfte das T-Shirt hoch und tastete nach meiner Haut. Ich lehnte mich an ihn. In diesem Moment wollte mich Marcus. Er wusste nichts. Es konnte noch alles gut werden. Aber wenige Minuten darauf war Josh wach, sprang auf dem Bett herum, brachte die Zeitungen durcheinander und wollte toben. Wir gingen auf Abstand. Vielleicht später, dachte ich. Vielleicht konnten wir ja später alles kitten.

Stattdessen gingen wir frühstücken, und zwar in das Café am anderen Ende der Grünfläche unweit der Bowlinganlage, mit seinem smaragdgrünen Rasen und den makellos gepflegten Blumenrabatten. Wir saßen draußen auf der Terrasse in einem schattigen Eck. Ein Helikopter kreiste, und die Kondensstreifen von Flugzeugen verliefen wie Kratzer über den Himmel. Jenseits des Kricketfelds erhob sich das Royal Victoria Patriotic Building über die Platanen.

Josh kniete sich auf den Boden und streichelte einen kleinen Hund, der nach Krümeln suchte. Marcus drehte sich auf seiner Bank um, um ihn im Auge zu behalten.

Ich dachte weder an Jepsom noch an meinen Seitensprung, sondern nur an meine Familie. Doch ausgerechnet in diesem friedlichen Moment steuerte eine Frau mit kurzem dunklem Haar und in einem geblümten Sommerkleid auf uns zu. Ein lächelnder Marschflugkörper.

Sie hatte einen Kaffeebecher zum Mitnehmen in einer Hand. »Sie sind Tessa, richtig? Ich wusste, dass ich Sie irgendwoher kenne.«

Zwei schlaksige Jungen, fast schon Teenager, standen neben ihren Fahrrädern und warteten auf sie.

»Hallo«, erwiderte ich.

»India. Wir sind uns bei einem Abendessen bei Rose begegnet.«

»Ja, hallo. Wie geht es Ihnen?«

Wir plauderten eine Weile. Wie hübsch dieser Teil der Grünanlage sei, wie schwierig es sei, einen guten Kaffee zu bekommen. Marcus nickte und lächelte wie ich, stand jedoch dann auf, um Josh zu folgen, der hinter dem Hund her zu den Tennisplätzen rannte. Ich beobachtete, wie er ihn von hinten festhielt, ihn sich unter die Arme klemmte, ihn hin und her schwenkte und zurückkam. Ich war nicht wachsam. Ich ahnte nicht, was gleich geschehen würde.

India betrachtete mich. Ihr elfenhaftes Gesicht war nur wenige Zentimeter von meinem entfernt. »Hat Rose Ihnen erzählt, dass ich Sie letztens im Drip gesehen habe?«, fragte sie.

»Drip?« Die Panik schlug einen winzigen Trommelwirbel in meiner Brust.

Joshs Lachen näherte sich.

»Ich wollte schon Hallo sagen, aber Sie sind gegangen, bevor ich vorne in der Schlange war. Es ist immer so viel los dort.«

»Wo?«, antwortete ich.

»Im Drip. Dem neuen Café in Dulwich.« Sie wies auf die Jungen. »Die beiden gehen da zur Schule. Eigentlich sollten sie mit dem Bus fahren, aber sie verpassen ihn ständig. Ich war mit einer Freundin verabredet, nachdem ich sie abgesetzt hatte. Als ich Rose gegenüber erwähnt habe, ich hätte Sie gesehen, meinte sie, sie könne sich gar nicht vorstellen, was Sie so weit weg von zu Hause zu tun haben könnten.«

Meine Wangen glühten, und mein Herz klopfte so laut, dass ich dachte, mein Puls würde sich durch mein Shirt abzeichnen. »Sind Sie sicher, dass ich es war?«, fragte ich.

Marcus stand neben mir.

»Ja, eindeutig.« Beim Lächeln zeigte sie Zahnfleisch. »Sie waren mit diesem Restauranttypen ins Gespräch vertieft. Dem, der dauernd in der Zeitung ist. Herrje, wie heißt er noch mal?«

Marcus setzte sich auf die Kante der Bank.

»O Gott, mein Gedächtnis. Sie wissen schon … Sushi, Pizza, der Noodle Palace. Er war ein Juror bei *Masterchef*.«

»Richard Taylor«, sprach Marcus den Namen laut aus.

Alles verschwamm vor meinen Augen, und es verschlug mir die Sprache. Die Konsonanten surrten, die Vokale hallten in meinen Ohren.

Über uns kreiste weiter der Helikopter.

»Vielleicht habe ich mich ja auch geirrt«, meinte sie.

»Wer war das noch mal?«, erkundigte sich Marcus auf dem Nachhauseweg.

»Eine Freundin von Rose. Dermatologin.«

»Aha.«

»Wir haben sie beim Abendessen kennengelernt, erinnerst du dich?«

Ich ging noch ein paar Schritte. Mein Mund war trocken, und ich hatte die Hände in den Taschen vergraben, damit er nicht bemerkte, dass sie zitterten.

»Warst du mit Richard Taylor beim Kaffeetrinken?«, fragte Marcus. »Falls ja, hast du es gar nicht erwähnt.«

»Herrje.« Einen Fuß vor den anderen. »Josh, lauf nicht so weit weg. Kann sein. Vor einer Ewigkeit vielleicht.«

Auch sein Blick ruhte auf Joshs Rücken. Seine Stimme klang nachdenklich. »Ach, richtig.«

»Ich versuche, Kontakt zu den Kunden zu halten«, fügte ich hinzu. »Man weiß ja nie, wann ich wieder einsteige.«

»Es ist nur ein komischer Zufall, dass sie von ihm gesprochen hat«, erwiderte er. »Ich habe Richard Taylor nämlich auch aus verschiedenen Gründen auf dem Schirm.«

Meine Schläfe hatte zu pochen angefangen. »Wirklich?«

»Er hat sich letzte Woche bei mir gemeldet. Wir haben einen Termin vereinbart.«

»Wann?«

»Weiß nicht genau. Diese Woche, glaube ich.«

»Was will er?«

Er blieb stehen, streckte die Hände aus und betrachtete mich. »Was denkst du, was er will? Bin ich in deinen Augen so ein Versager, dass ich keine neuen Aufträge mehr bekomme?«

Er hatte nicht den geringsten Verdacht. Es ging nur um ihn. »Natürlich nicht«, antwortete ich.

Den restlichen Weg legten wir schweigend zurück.

Sobald wir zu Hause waren, ging ich unter dem Vorwand, Milch kaufen zu wollen, los und rief am Ende der Straße Richard an. Ich erreichte nur die Mailbox. Was hatte er vor? Vermutlich wollte er bloß Marcus' Hilfe, ohne einen Gedanken an die möglichen Auswirkungen auf mich zu verschwenden. Oder er wollte Chaos stiften und weidete sich an dem Durcheinander. In seiner Welt blieb alles folgenlos. Alles war nur ein Spiel. Ich lehnte mich ans Schaufenster, um eine Nachricht zu hinterlassen, und kühlte meine Wange an der Scheibe.

Am Sonntag saß Marcus gerade in der Küche und aß eine Scheibe Toast, als er mir plötzlich die Zeitung hinschob und mit dem Finger auf etwas zeigte.

Während ich las, schlug er die Hand vor die Stirn.

Der Artikel über 7Nights mit der Überschrift ICH BIN DANN MAL WEG befand sich am Schluss ihrer Kolumne unter dem wichtigsten Bericht (eine scharfzüngige Attacke auf einen fünfundsechzigjährigen Fernsehkoch, der seine Ehefrau wegen einer Geliebten verlassen hatte, die halb so alt war wie er). Die preiswerte Motelkette, so schrieb sie, habe sich verkalkuliert. Opfer ihres eigenen Ehrgeizes, habe sie ihre treue Kundschaft wie Lastwagenfahrer und Handelsvertreter vergrault, und zwar in der vergeblichen Hoffnung, die Mittelschicht auf dem Weg nach Cornwall anzulocken. »Was mich besorgt, ist nicht, dass die Laken dort aus zweihundertfünfzig Fäden gewebt sind, sondern dass das Management glaubt (oder, noch schlimmer, so tut als ob), zweihundertfünfzig Fäden – zweihundertfünfzig, Mädels! – seien ein Grund zum Jubeln.« Die Kritik endete mit den Worten »7Nights? Ich würde nicht einmal für eine bezahlen!«

Marcus war im Garten und telefonierte. Als er zurückkam, tigerte er in der Küche auf und ab. Sein Gesicht war verzerrt vor Wut. »Mary hat mich tatsächlich in die Mangel genommen. Sie wollte wissen, wie lange ich Yasmeen schon kenne und warum ich sie nicht überprüft hätte. Sie hat gefragt, ob ich ›meine Begeisterung von der Idee eines Kurzurlaubs vor der Haustür nicht mit ihrer verwechselt‹ hätte. Sie hat sogar bereits mit Longridge geredet, um die Wogen zu glätten. Das ist mein Job. Ich bin *ihr* Boss, verdammt. Mir gehört der Scheißladen.«

Sein Telefon läutete. Er betrachtete das Display und drückte den Anruf weg. »Scheiß drauf. Jetzt schaut mal, wie ihr ohne mich klarkommt.«

Reglos und mit hängenden Armen stand er da. Er war barfuß und rollte die Zehen ein, als könne er sich nur so aufrecht halten.

Ich legte ihm die Hand auf die Schulter. »Es ist nicht dein Fehler. Niemand kann dir die Schuld an einer schlechten Geschäftsidee geben. Du hast dein Bestes für sie getan.

Verlier das große Ganze nicht aus den Augen. Es ist ein Kunde, ein Auftrag. Eine dämliche Kolumne. Letztendlich läuft es immer auf Publicity hinaus.«

Er schien mich nicht gehört zu haben. »Weißt du was? Es ist auch Jepsoms Schuld. Er ist derjenige, der die Veranstaltung gesprengt hat. Er hat Yasmeen gegen mich eingenommen. Er steckt hinter allem, was schiefgegangen ist.«

»Ein Kunde. Ein Auftrag«, wiederholte ich. »Nimm es nicht persönlich. Damit machst du dich nur verrückt.«

Er schob meine Hand weg, und seine Antwort klang wie eine Prophezeiung: »Herrgott, Tessa, jetzt stell du dich nicht auch noch gegen mich.«

Er

Als ich am Montagmorgen zur Arbeit kam, war Jeff bereits im Konferenzraum. Er hatte den ersten Flug genommen; ich hätte erst später mit ihm gerechnet. Mary und Basty waren bei ihm. Außerdem ein Mann im Anzug, der den Kopf gesenkt hielt und den ich rasch als Neil Jones erkannte, den Hedgefonds-Manager, der uns bei unserem Start-up geholfen hatte und noch immer unser wichtigster Unterstützer war. Emma und Shreya tippten hektisch. Sam, der gerade telefonierte, begrüßte mich mit einem Winken und verzog das Gesicht.

»Was ist los?«, fragte ich Gail.

Sie wischte verschütteten Kaffee auf ihrem Schreibtisch weg. »Du solltest um acht hier sein. Hast du die Nachricht nicht bekommen? Warum bist du nicht ans Telefon gegangen?« Sie legte die Hand mit gespreizten Fingern an die Stirn, als lägen ihre Nerven blank.

»Ich hatte es abgeschaltet.«

»Warum? Jeff ist fast verrückt geworden, weil er dich nicht erreichen konnte.«

»Ich habe es eben einfach gemacht, okay? Weshalb ist Neil hier? Und Jeff? Was tut sich da? Sag, dass es nicht wegen Yasmeen O'Sheas Kolumne ist.«

Sie starrte mich entgeistert an. »Hast du die Zeitungen von heute nicht gelesen?«

Ich schüttelte den Kopf.

Sie hob eine Ausgabe der *Mail* vom Boden auf und drückte sie mir vor den Bauch. »Es steht auf Seite fünfzehn. Am besten liest du den Artikel.« Sie wies mit dem Kopf auf den Konferenzraum. »Und danach würde ich dir empfehlen, dich so schnell wie möglich da reinzubewegen.«

Der Artikel trug den Titel BEICHTE EINER »PRAKTIKANTIN«: MEINE WOCHE BEI EINER VON LONDONS TOP-PR-AGENTUREN. Zwei Fotos, eines von Jem in einer violetten und grauen Uniform auf der Straße vor unserem Büro und ein kleineres vom 7Nights-Motel begleiteten den Bericht. Ein Spruchband über der Seite verkündete: »Schulmädchen Jemima Wallace enttarnt Sexismus und lockere Moralvorstellungen in der Firma von ehemaligem PR-Berater.«

Ich war zum Lesen in die Küche gegangen und rutschte die Wand hinunter, bis mein Rücken an der Bodenleiste lehnte.

Jemima Wallace war begeistert, als sie nach Abschluss ihrer Mittleren Reife an der Mädchenschule St Barnabas für eine prestigeträchtige Stelle als Schülerpraktikantin bei Hawick Nicholson ausgewählt wurde. Trotz ihres Traums von einer Karriere in der Kommunikationsbranche verlor sie rasch die Illusionen. Sie bekam nicht nur kein Gehalt, sondern wurde als »Hilfskraft« ausgebeutet. Die Atmosphäre war äußerst einschüchternd. Ihre beiden Chefs, Marcus Nicholson und Jeff Hawick, beschimpften regelmäßig ihre Kollegen. »An den Umgangston gewöhnt man sich«, meinte eine Mitarbeiterin. »Aber man muss hart im Nehmen sein.«

Hawick, der den ehemaligen Premierminister in einer Ermittlung wegen Kindesmissbrauch in den West Midlands beraten hat, teilte ihr außerdem mit, »ein bisschen Gefummel hat noch niemandem geschadet«.

»Meiner Ansicht nach sollte jemand in seiner Position so etwas nicht äußern«, sagte Jemima unserer Reporterin. »Es hat mich wirklich verstört.«

Noch schockierender ist die Information, dass der zweimal geschiedene Hawick die fünfzehnjährige Jemima in einen Stripclub mitnehmen wollte, was er als »Teil des Jobs« bezeichnete. Nur ein geistesgegenwärtiger Türsteher konnte verhindern, dass sie in den Club in Mayfair eingelassen wurde.

Sam erschien mit einer leeren Kaffeetasse an der Küchentür. Ich hob die Hand, las weiter und bemerkte, dass er wieder verschwand.

Unterdessen bestand Marcus Nicholson, Ehemann und Familienvater, darauf, dass Jemima ihn zu einem Aufenthalt über Nacht ins 7Nights-Motel in Oxfordshire begleitete, wo man ihr Alkohol anbot und sie den sexuellen Avancen eines anderen Gasts aussetzte.

»Mr. Nicholson hat mich im Stich gelassen, als es brenzlig wurde. Ich wollte nach Hause, wusste aber nicht, wie ich mich aus der Situation befreien sollte. Ich hatte Angst.«

Während Mr. Hawick dem Schulmädchen Jemima mit

Blumen den Hof machte, erklärte Mr. Nicholson »Jem«, wie er sie nannte, zu seiner unfreiwilligen Vertrauten. Er erzählte ihr von seiner Besorgnis wegen einiger neuer Kunden, »Typen von der Russenmafia«, die er als ungehobelt bezeichnete. »Man muss die Zähne zusammenbeißen und ans Geld denken.« Weiterhin erklärte er Jemima, in der Firma gäbe es viele Geheimnisse. Es wäre »gefährlich«, sagte er, wenn sie ans Licht kämen.

»Mir war sehr unwohl. Jeff Hawick und Marcus Nicholson haben mir das Gefühl vermittelt, ich wäre billig.«

Möchte sie weiterhin in der PR-Branche arbeiten?

»Nein, auf gar keinen Fall.«

Jeff Hawick und Marcus Nicholson waren für einen Kommentar nicht zu erreichen.

Ich trat gegen den Boden. Verdammte Scheiße. Was meinten sie mit »begeistert, ausgewählt worden zu sein«? Es war doch bloß ein verdammter Anruf von meiner Schwester gewesen. Ich hatte nur nett sein wollen. Ja, ich wusste, dass Jeff sich danebenbenommen hatte. Die Bemerkung mit der Fummelei war grenzwertig. Das hatte ich ihm damals schon gesagt. Und sie dann noch in einen Stripteaseschuppen zu schleppen. Mist, elender. Fuck. Jeff hätte ihr die Blumen nicht schicken sollen. Allerdings ähnelte das Foto in der Zeitung nicht im Mindesten der jungen Frau, die sich in unserem Büro herumgedrückt hatte. Vielleicht hatte er nie gewusst, wie alt sie war, und hatte sie älter geschätzt. Sie hatten alles verdreht. Diese Arschlöcher. *Fuck.*

Und was war falsch daran, in der Abgeschiedenheit seines eigenen Büros Kraftausdrücke zu benutzen? Wo sollte man sich denn verkriechen, damit nicht alles kommentiert wurde? Welches Mimöschen würde sich davon verstören lassen?

Fuck, fuck, fuck.

Ich rappelte mich auf, trank einen Schluck Wasser aus dem Hahn, rückte mein Sakko gerade, warf die Zeitung auf Gails Schreibtisch und machte mich auf den Weg zur Sitzung.

Man hätte nie vermutet, dass Jeff den Frühflieger genommen hatte. Er war frisch rasiert und trug ein gestärktes weißes Hemd und einen klassischen grauen Anzug. Er machte einen aufmerksamen und beherrschten Eindruck. Wenn er sich langweilt, wirkt sich das auf seinen ganzen Körper aus, der dann eher schlaff und passiv aussieht. Krisen fördern seine besten Seiten zutage. Während ich mit einer Entschuldigung Platz nahm, schlug er bereits eine Strategie zur Schadensbegrenzung vor: Anrufe, gefolgt von Briefen an einzelne Kunden. Meinem Blick wich er aus. Er war in Topform. »Wahrscheinlich werden wir mittelfristig keine neuen Aufträge erhalten. Aber wir werden alles unternehmen, um die Kunden, die wir bereits betreuen, zu beruhigen und zu schützen. Eins tun wir bei Hawick Nicholson nämlich nie: Wir finden uns nicht mit dem Status quo ab. Wir schauen nach vorne und entwickeln uns weiter.« Jeff kann beeindruckend sein. Im Alltag vergisst man leicht, wie gut er ist. Mary auch. Offenbar hatte sie schon eine Presseerklärung herausgegeben und die Webseite aktualisiert. Man hatte Anwälte kontaktiert. Es ist eine schwierige Frage, ob man sich mit der Regenbogenpresse anlegen soll. Normalerweise rät man Kunden zur

Vorsicht. Doch Jeff beharrte darauf, dass wir nichts zu verlieren und alles zu gewinnen hätten.

Neil Jones, unser Investor, schüttelte allen die Hand, bevor er sich verabschiedete. Wir sollten ihn über die Entwicklungen auf dem Laufenden halten. Seiner Miene war schwer zu entnehmen, ob er Jeff seine Ansprache abgekauft hatte. Jones war ein anständiger Mensch. Er machte zwar keine Gefangenen, wusste jedoch wie wir alle, dass die Presse die Macht besaß, wilde Gerüchte als bewiesene Tatsachen darzustellen. In der PR-Branche gibt es eine Kardinalregel: Werde nie selbst zur Story. Wir PR-Leute sind wie Geister, nicht greifbare, unsichtbare Gestalten, die lautlos und unbemerkt umherhuschen. Wir sind wie Inspizienten, die fort sind, wenn sich der Vorhang hebt. Sobald das Scheinwerferlicht auf uns fällt – hallo, Max Clifford, schönen Tag, Andy Coulson –, bekommen wir Ärger. Nur Äußerlichkeiten zählen. Und unsere Firma war noch zu jung und angreifbar, um uns gegen diese Attacke zu wehren.

Ich versuchte, nicht zu viel in seinen Gesichtsausdruck hineinzuinterpretieren. Falls er sein Geld zurückfordern sollte, würden wir es früh genug erfahren.

Jeff, der mir noch immer nicht in die Augen gesehen hatte, berief ein Meeting mit sämtlichen Mitarbeitern ein. Sam und Shreya drucksten herum. Ihre Lebensläufe waren sicher schon unterwegs zu Ekelund. Wenn es kriselt, bemerkt man rasch, wie viel Loyalität wert ist. Mary versuchte, alle aufzumuntern. »Morgen benutzen sie diese Zeitung, um darin Pommes einzuwickeln«, sagte sie immer wieder, obwohl wir wussten, dass der Schaden bis dahin schon geschehen sein würde. »Das ist eure Chance, euch alles von der Seele zu reden«, verkündete Jeff. »Hat jemand etwas auf dem Herzen?«

Shreya wollte einige in dem Artikel aufgeführte Punkte »diskutieren«, zum Beispiel »die Verwendung von Kraftausdrücken«. Jeff versprach, sich am Riemen zu reißen und, wie sie es formulierte, »mehr Respekt zu zeigen«. Emma wollte die Bemerkung mit der Fummelei ein für alle Mal vom Tisch haben. »Es war nur ein Witz«, erwiderte er. »Tja, so ähnlich. Eine Art Meta-Scherz. Ein Seitenhieb gegen die politisch korrekte Welt, in der es schockierend ist, so etwas zu sagen.«

»Würdest du im Zusammenhang mit unserem Wissen über den in unserem Land weitverbreiteten Kindesmissbrauch und den Erkenntnissen der Operation Yewtree deine Meinung überdenken, ob das wirklich lustig war?«, bohrte Emma nach.

»Ja«, antwortete er nickend. »Ich habe es zur Kenntnis genommen und entschuldige mich vorbehaltlos.«

»Gut gemacht«, raunte Mary ihm zu, als wir hinausgingen.

Mich hatte noch niemand direkt angesprochen. Ich hatte schweigend dagesessen. Ja, Jemima war durch meine Vermittlung hier gelandet. Ja, sie war offiziell meine Praktikantin. Allerdings hatte Jeff den größten Mist gebaut. Warum wurde ich dann geschnitten?

Eigentlich brauchte ich nicht nachzufragen. »Du wirst es nie zu etwas bringen«, waren die Worte meines Vaters. »Du bist ein Versager.«

In unserer Branche, wie auch im richtigen Leben, ist es

nicht die Krise, die einen zerbricht oder wieder auferstehen lässt, sondern wie man darauf reagiert. Es war ganz einfach: Die anderen hatten sich der Herausforderung bereits gestellt. Ich nicht.

Sie

Die Welt war voller Hindernisse und Fallstricke. Richard. Jepsom. India. Und dann, am Montagmorgen, lauerte Yasmeen mir am Kindergartentor auf wie eine Spinne.

Sie unterhielt sich mit Rose und einer anderen Mutter, löste sich jedoch von ihnen, um mich zu begrüßen. Ihr Lächeln war gekünstelt anteilnehmend. »Wie geht es Marcus?«

Was sollte ich antworten? Es abtun? Vorgeben, dass ihre dämliche Kolumne so unwichtig war, dass wir sie nicht einmal gelesen hatten? Oder ihr ein schlechtes Gewissen machen, damit sie sich so richtig elend fühlte?

»Oh, okay.«

Sie nickte einige Male. Ihre Mundwinkel waren zwar nach oben gezogen, doch ihr Blick war kalt. »Schön, das freut mich. Über solche Dinge wächst Gras. Hoffentlich nimmt er es nicht zu persönlich.«

»Meiner Ansicht nach war er vielleicht ein wenig enttäuscht, dass du ihn als unsere Freundin, die bei uns zum Abendessen war, nicht vorgewarnt hast.«

»Ach herrje.« Auflachend warf sie einen Blick auf die anderen Frauen. »Du redest von meiner Kolumne. Ich dachte, die wäre inzwischen bedeutungslos.«

Plötzlich fühlte ich mich auf unsicherem Terrain. »Was meinst du damit?«

»Den Artikel in der *Mail*?«

»Am Samstag? Der war doch eigentlich in Ordnung. Er hat etwas befürchtet, aber …« Ich bemerkte ihre Miene. »Du sprichst nicht von dem Bericht am Samstag, richtig?«

Sie schüttelte den Kopf.

»Von welchem dann?«

Rose kam näher. »Ich muss nach Hause und Nell füttern. Begleitest du mich?«

»Welcher Artikel?«, wiederholte ich.

»Keine Sorge«, erwiderte Yasmeen. »Es geht weniger um Marcus. Er ist erstaunlich glimpflich davongekommen. Das Problem ist eher die Firma. Aber es wird keine angenehmen Folgen für ihn haben.«

Ich wandte mich an Rose. »Was steht drin?«

»Keine Ahnung.« Sie schüttelte den Kopf und versuchte, mir mit einem Achselzucken mitzuteilen, dass es banal sei. »Ich habe ihn nicht gelesen.«

»Du solltest ihn besser nachschlagen«, ergänzte Yasmeen. »Wenn Marcus heute Abend nach Hause kommt, wird er zur Aufmunterung ein leckeres Abendessen brauchen.«

Auf dem Heimweg kaufte ich die Zeitung im Laden an der Ecke und las den Artikel am Küchentisch.

»Beichte einer ›Praktikantin‹: Meine Woche bei einer von Londons Top-PR-Agenturen«, lautete die Überschrift.

Obwohl ich zum Lesen nur eine knappe Minute brauchte, erkannte ich auf Anhieb, worauf der Text hinauswollte.

Ich klappte die Zeitung zu und überlegte eine Weile. Der Artikel richtete Schaden an, so viel stand fest. Keine

PR-Agentur möchte »die Story« sein. Jeff war ein Idiot. Ich konnte seine Bemerkung über die Fummelei buchstäblich hören. Gewiss hatte er es witzig gemeint und nur schockieren wollen. Aber das Mädchen mit in einen Stripclub zu nehmen? Was sollte das denn? Es war verrückt. Ich ärgerte mich, weil Marcus mir nichts davon erzählt hatte. Die Sache mit 7Nights war eine typische Halbwahrheit, wie Boulevardblätter sie eben brachten. Marcus war nicht über Nacht geblieben. Er war wegen Daves Auftauchen erschüttert gewesen und zu mir nach Hause gekommen, ein Glück, denn sonst hätte ich mir ernsthaft Sorgen machen müssen. Allerdings stand fest, dass Fakten eigentlich keine Rolle spielten. Nur der äußere Schein zählte. Auf ihn baute man seinen Ruf auf. Und dieser Artikel barg Dynamit.

Ich sah mir die Webseite von Hawick Nicholson an. Sie hatten eine Stellungnahme gepostet, die jedoch zu sehr herausstach. Sie mussten sie in eine Diashow stellen. Hoffentlich hatte Marcus nicht vergessen, dass nicht nur die Kunden besänftigt werden mussten, sondern jeder, der ein Interesse an der Firma hatte. Sämtliche Mitarbeiter zum Beispiel. Es konnte leicht passieren, dass sich jemand an den Rand gedrängt fühlte.

Ich versuchte, Marcus auf dem Handy anzurufen. Mailbox. Bei Ekelund hatten wir eine Checkliste von »sechs W-Fragen« gehabt, nicht nur das übliche Wer, Was, Wo, Warum und Wann. Nein, es gab noch einen sechsten Punkt: *Wer* würde ans Messer geliefert werden?

Ich rief die Zentrale an und sprach mit Gail. Marcus sei in einer Sitzung, teilte sie mir mit.

»Ist es schlimm?«, fragte ich.

»Nicht gerade spitze.«

»Wer springt über die Klinge?«

Sie lachte leise auf, antwortete aber nicht.

»Richte ihm aus, er soll mich später anrufen, falls er Zeit hat.«

»Wird gemacht.«

Um aus dem Haus zu kommen, ging ich am Nachmittag mit Josh ins Kaufhaus Peter Jones. Marcus hatte nicht angerufen, und ich konnte einfach nicht still sitzen.

Ein Motorrad parkte illegal auf dem Gehweg. Der Fahrer, in Lederkluft, saß darauf und beugte sich vor. Das schwarze Visier seines Helms war heruntergeklappt, und er wirkte, als warte er auf jemanden oder etwas.

Als wir aus dem Tor traten, heulte das Motorrad auf, schoss dröhnend nach vorne und fuhr grollend bis zum Ende der Straße, wo es blinkte und links abbog. Ich konnte es noch ein oder zwei Minuten lang hören, bis es an der Hauptstraße erneut abbog und verschwand.

Instinktiv hatte ich Josh von dem Lärm und den Abgasen weggezogen. Ich umklammerte noch immer seine Hand, als mein Telefon läutete.

Ich ließ seine Hand los, um den Anruf anzunehmen, und hoffte, dass es Marcus war.

»Du hast angerufen?«, sagte Richard. Verkehrslärm toste. An Richards Atempausen erkannte ich, dass er auch zu Fuß unterwegs war. »Lust auf ein Treffen? Ich könnte mich eine oder zwei Stunden freimachen. Das Café in Dulwich? Meine Wohnung? Oder irgendwo in deiner Nähe?«

»Bitte nicht. Das ist nicht lustig. Hast du meine Nachricht erhalten?«

Josh war ein Stück vorausgerannt. Ich wurde schneller, um ihn einzuholen.

»Tessa, ich verstehe das nicht. Warum sollte ich Marcus nicht sehen wollen? Ganz gleich, was in der Zeitung steht, er ist gut in seinem Job.«

Inzwischen rannte ich auch. »Bitte nicht.«

»Vielleicht bekomme ich ihn jetzt sogar billiger.«

Josh war stehen geblieben und beobachtete eine Katze in einem Hauseingang. Ich war bei ihm, bevor er weiterlaufen konnte. »Richard, bitte.«

Er schnalzte geräuschvoll mit der Zunge. Mir wurde klar, dass er mich auslachte. »Triff dich mit mir. Möglicherweise lasse ich mich dann ja überzeugen.«

»Ich kann nicht.« Ich griff nach Joshs Hand und senkte die Stimme. »Ich habe meinen kleinen Sohn hier und muss einiges erledigen. Langweiligen Haushaltskram. Daraus besteht mein Leben. Bushaltestellen. Kinderschwimmflügel. Peter Jones.«

»Oh, wie aufregend.«

Ich unterdrückte das Bedürfnis loszuschreien. »Bitte lass Marcus in Ruhe«, meinte ich, so ruhig ich konnte.

Im Bus saßen wir vorne im Oberdeck. Josh fragte, wer meiner Ansicht nach am schnellsten um die Welt fliegen konnte, Superman oder Batman? Hinter uns randalierten einige Jugendliche, rauchten und warfen mit Essen. Eine leere Coladose rollte unter die Sitze. Josh drehte sich immer wieder nach ihnen um. Die Jugendlichen wurden lauter und unflätiger. »Du verfickter Blödmann.« Doch dann: »Ach, schaut, ist der süß«, sagte eines der Mädchen, als sie Josh bemerkte, und starrte ihn an. Ihre Augen waren dick schwarz umrandet. Ein Ring zierte ihre Augenbraue. Ich wartete nicht auf die nächste Haltestelle, sondern schob Josh zur Treppe in die untere Etage. Ein Flaschenhals. »Blöde Kuh«, hörte ich sie zischen, während wir warteten. »Glaubt die etwa, ich will ihn entführen?«

Richards Beharrlichkeit und seine spielerische Weigerung zu akzeptieren, dass ich es ernst meinte, hatten meine Panik neu angefacht. Wenn ich mich nur nicht noch einmal mit ihm getroffen hätte. Ich hatte alles riskiert. Zu viele Leute wussten Bescheid. Ich hatte keine Ahnung, wie viel Zeit mir noch blieb. Im Kaufhaus fuhren wir mit der Rolltreppe, die zunehmend schwindelerregend rings um das Atrium verlief, in den dritten Stock. Vor Kurzem war eine Frau über das Geländer gestürzt. Ich hatte es in der Zeitung gelesen. Vier Etagen abwärts. Sofort tot. Selbstmord, hieß es. Die Geländer waren hoch. Man konnte nicht einfach herunterfallen. Ich umklammerte Joshs Hand.

In der Kinder- und Babyabteilung ging es hoch her. Vor den Schuluniformen hatte sich eine Schlange gebildet. Eine rechthaberisch wirkende Frau hinter einem Pult trug Leute in eine Warteliste ein. Josh wollte sich die Ständer mit den grauen Hosen und marineblauen Pullovern anschauen, während missmutig dreinblickende Zwölfjährige bei den Funktionshemden ausharren mussten. Er entdeckte einen Ständer mit Anzügen im Miniaturformat, komplett mit Weste, und ich war gezwungen, ihn wegzuschleppen. In der Bademodenabteilung stieß ich auf aufrollbare Schwimmflügel von Zoggs. Obwohl die vorbeihastende Verkäuferin, die ich dazu bringen konnte, uns zu bedienen, versicherte, es handle sich um die besten auf dem Markt, bestand ich darauf, sie aus der Verpackung zu nehmen, damit wir sie anprobieren konnten. Als ich daran zerrte, um mich zu vergewissern, dass sie nicht abrutschen würden, stieß Josh einen Schrei aus. Ja, die würden genügen. Eindeutig stabiler und enger als die, die wir in Griechenland verloren hatten. Außerdem kaufte ich einen Schwimmring und einen Badeanzug mit eingebauter Auftriebfunktion. Und einen blauen Schutzhelm von Micro Scootersaurus.

Da ich Josh versprochen hatte, dass er sich die Spielsachen ansehen durfte, bahnten wir uns einen Weg durch herumlaufende Kleinkinder zu einem Regal mit landwirtschaftlichen Maschinen aus Plastik. Er entdeckte einen roten Traktor, mit dem er auf dem grauen Teppichboden spielte, während ich mich an eine Auslage mit Tierkreiseln von Vtech Push & Play lehnte. Es war laut. Ein kleines Kind hatte einen Wutanfall und trommelte mit Fersen und Fäusten auf den Boden. Ein Baby im Kinderwagen gab ein gnadenloses, von Schluckauf unterbrochenes Geschrei von sich. Wenn man die Augen schloss, was ich kurz tat, erinnerte die Geräuschkulisse an ein Schwimmbad. Ich hatte Kopfschmerzen und wurde allmählich von Verzweiflung ergriffen.

Mein armer Mann. Im Büro ging alles schief, und zu Hause wurde er von seiner eigenen Frau belogen, die ihm eine Familienidylle vorspielte.

Der Urlaub war unsere Gelegenheit, tief durchzuatmen

und neu anzufangen. Und dennoch beruhte er auf einer Lüge. Wie konnten wir jemals in die Zukunft schauen, solange ich ihm nicht die Wahrheit sagte?

Josh war zu einer Auslage am anderen Ende des Gangs gestürmt und hatte sich einen Werkzeuggürtel von *Bob der Baumeister* geschnappt. Nun fing er an, ihn zu zerlegen. »Den will ich, den will ich«, rief er. »Ich werde Klempner und repariere das Bad.«

»Den kann ich dir nicht kaufen«, erwiderte ich.

Als er weiter die Werkzeuge herauszog und ich einen Schritt auf ihn zumachte, um ihm den Gürtel wegzunehmen, konnte ich plötzlich an der großen, quadratischen Säule vor den Aufzügen vorbeisehen, die mir zuvor im Weg gewesen war.

Er stand da und beobachtete mich. Sein Kopf war nach hinten geneigt, sein Gesicht wirkte in der Kaufhausbeleuchtung flach. Er stand breitbeinig da. Als er sich mit einer großen Hand den Oberarm rieb, wölbten sich die Muskeln unter seinem Ärmel. Den Ausdruck seiner Augen konnte ich nicht erkennen.

Der Raum schien zu erbeben. Der Rand meines Gesichtsfelds wurde einfarbig. Meine Beine gaben nach, und ich streckte die Hand aus, um mich abzustützen.

Ein Lift hinter dem Mann gab ein Ping von sich, worauf er sich umdrehte. Ich trat einen Schritt auf ihn zu. Doch eine Frau schob sich an mir vorbei. Sie scheuchte zwei kleine Kinder, Zwillinge, vor sich her und beruhigte gleichzeitig ein Baby in einem Tragetuch. Ich machte ihr Platz, und in diesem Sekundenbruchteil schloss sich langsam die Tür des Lifts, und der Mann war fort.

Jetzt war es genug. Jepsom war hier. Ich hatte es mir nicht nur eingebildet. Ich spähte hinüber zu der Kinderkleidung und durch die Partykleider für kleine Mädchen zur Kasse und dann wieder zu den Spielsachen. Dann hastete ich zur Treppe, riss die Türen auf und schaute hinauf und hinunter. Alles ruhig und menschenleer.

Wieder öffnete sich ein Lift, und weitere Menschen strömten heraus.

Wurde ich allmählich verrückt? Verlor ich den Bezug zur Realität?

Langsam kehrte ich zu dem Gang zurück, wo ich Josh zuletzt gesehen hatte.

Er war wie vom Erdboden verschluckt.

Er war nicht bei den *Bob-der-Baumeister*-Gürteln. Er war nicht bei den Baggern und Traktoren. Nicht am Playmobil-Stand. Bei den Meccano-Baukästen. Oder beim Lego. Ich suchte bei den Puppen und den Sylvanian Families. Leise rief ich seinen Namen in jeden Gang, weil ich mich nicht blamieren wollte, denn schließlich würde er jeden Moment auftauchen. Nach einer Weile war ich nicht mehr ganz so leise und wurde dann richtig laut. Mein Atem ging stoßweise, und ich hatte keine Hemmungen mehr. Ich ballte die Fäuste. »Mein Sohn ist verschwunden!«, schrie ich. »Haben Sie einen Jungen gesehen? Meinen Jungen. JOSH!!!« Eine Verkäuferin erschien, eine junge Frau im schwarzen Hosenanzug, deren Namensschild mir verriet, dass sie Sharon hieß. »Mein Sohn ist weg!«, kreischte ich. »Er ist entführt worden.«

Ich glühte und zitterte am ganzen Körper. Das Keuchen, das ich hörte, war mein eigener Atem. Ich stürmte zum Lift. »Ein Mann hat meinen Sohn entführt«, sagte ich zu den Leuten, die ausstiegen. »Er ist drei. Haben Sie einen tätowierten Mann mit einem kleinen Jungen bemerkt?« Es war mir egal, was die anderen von mir dachten. Über dieses Stadium war ich hinaus. Ich wusste zwar, dass ich mich beherrschen musste, doch ich hatte mich nicht mehr im Griff. Überhaupt nicht mehr.

Man nahm mich beiseite und versuchte, mich zu beruhigen. Ich wurde auf einen Stuhl bugsiert. »Dave Jepsom!«, schrie ich. »So heißt er. Das ist der Mann, der meinen Sohn entführt hat. Er will mir eine Lektion erteilen. Sie müssen ihn stoppen.« Eine andere Frau erschien, vermutlich eine Abteilungsleiterin. Sie war älter, hatte einen Dutt und rosafarben geschminkte Lippen und trug einen schwarzen Rock und ein Sakko. Auf ihrem Namensschild stand »Sally«. Sie interessierte sich nicht für Dave Jepsom, sondern wollte nur etwas über Josh wissen. Sie notierte sich die Personenbeschreibung und erkundigte sich nach der Kleidung meines Sohnes. Sie fragte, wann ich ihn zuletzt gesehen hätte, und nach seinem Alter. Wo habe er gestanden? Nachdem sie sich meine gestammelten Antworten aufgeschrieben hatte, telefonierte sie. Ich hörte, wie sie meine Worte in einer sinnvollen Reihenfolge wiederholte. »Alter drei, zuletzt gesehen bei den Vorschulspielwaren. Schulterlanges braunes Haar. Grüne Augen. Marineblaue Bermudashorts. Blau-weiß gestreiftes T-Shirt.« Nach dem Telefonat legte sie mir die Hand auf die Schulter und teilte mir mit, die ganze Etage werde abgesucht. Ich solle mir keine Sorgen machen. Sicher sei er einfach losgegangen. So etwas geschehe ständig. *Ständig*. Hätte ich telefoniert?

Das sei normalerweise der Fall, wenn etwas Derartiges passierte. Sie würden ihn finden. Das sei immer so.

»Ich habe jemanden gesehen, den ich kenne«, erwiderte ich. »Ich glaube, er ist mit ihm mitgegangen.« Meine Stimme wurde lauter, und Nadelstiche brannten in meinen Augen.

»Ganz ruhig«, meinte sie und reichte mir ein Glas Wasser, aber ich konnte es nicht an die Lippen führen. »Holen Sie tief Luft. Beruhigen Sie sich. Es ist wichtig, dass Sie ruhig bleiben. Sie wollen doch nicht, dass Ihr Sohn Sie so erlebt.«

Die junge Frau mit dem Baby und den Zwillingen näherte sich. Die Abteilungsleiterin erhob sich, um mit ihr zu sprechen. Eine Haarklammer hing ihr ins Gesicht, die sie geistesabwesend zur Seite strich. Ihre Kinder standen brav neben ihr. Das Baby hatte aufgehört zu weinen.

Vor mich hin murmelnd, kramte ich mein Telefon aus der Tasche und entdeckte die Nummer in meiner Kontaktliste. Der Anruf landete sofort auf der Mailbox. Eine Computerstimme. »Die gewünschte Rufnummer …« »Dave, haben Sie Josh?«, begann ich nach dem Piepton. »Ich weiß, dass wir reden müssen. Aber bringen Sie ihn zurück. Bitte bringen Sie ihn zurück.«

Sally, die Abteilungsleiterin, setzte sich wieder neben mich. »Es sind erst zehn Minuten. So etwas passiert immer wieder. Wirklich.«

»Sind es tatsächlich nur zehn Minuten?« Es fühlte sich kürzer oder viel länger an. Wie Sekunden oder eine Stunde, zwei Stunden, eine Ewigkeit.

Menschen umringten uns und starrten uns an. Anstatt

einzukaufen, gafften sie nur. Köpfe wandten sich. Leere Mienen. Ich war die Zirkusattraktion. Ich war nackt. Am liebsten hätte ich losgeschrien. Ich wollte mit dem Kopf an die Wand schlagen. Vielleicht tat ich es ja.

Ich sprang auf. »JOSH! JOSH! WO BIST DU?«, brüllte ich.

An den genauen Ablauf der nächsten Minuten kann ich mich nicht erinnern. Der Kaufhausdetektiv erschien, jung, Jeans, Nikes, Hemd. Geraunte Gespräche. Immer besorgtere Gesichter. Die Anstrengungen wurden erhöht.

Und dann veränderte sich etwas im Raum, ein Rauschen wie Wind in einer Wiese mit hohem Gras. Köpfe drehten sich. Und auf mich zu kam die Frau mit dem Baby und der losen Haarspange, nur dass sie nicht mehr lose war. Und dicht neben ihr an ihrer Hand ging Josh.

Später würde ich sagen, wie nett alle gewesen seien. Und das stimmte auch. Sie waren sehr nett. Jemand holte meine Einkäufe, die ich in der Spielwarenabteilung vergessen hatte. Ein anderer gab mir ein Glas Wasser und ein Taschentuch, denn als ich Josh in den Armen hielt und glaubte, ihn nie wieder loslassen zu können, flossen die Tränen. Kein Mensch warf mir vor, ich hätte mich albern aufgeführt und anderer Leute Zeit vergeudet. Und niemand erkundigte sich mehr nach Jepsom.

Man erzählte mir, Josh habe sich in den Umkleidekabinen versteckt. Lachend oder vielleicht auch verlegen, weil er nicht gewusst habe, wie er seinen kleinen Streich tarnen solle. Vielleicht sei es ihm ja auch gar nicht peinlich. Er habe möglicherweise nur mit dem *Bob-der-Baumeister-*

Werkzeuggürtel gespielt, so versunken in seine Beschäftigung, dass er uns nicht gehört habe.

Oder zu fasziniert von dem Schokoriegel, den er aß.

Niemanden schien es zu kümmern, dass er die Schokolade nicht von mir hatte. Dass ein anderer sie ihm in die Hand gedrückt haben musste. Dass ein Fremder ihn weggelockt haben könnte. Stattdessen beschwichtigte man mich. Sicher habe er die Schokolade gefunden. Ein anderes Kind könne sie verloren haben.

Und ich ließ sie gewähren. Ich nickte. Seltsam, wie rasch gesellschaftliche Konventionen einen wieder im Griff haben. Vor wenigen Minuten waren sie in sich zusammengebrochen. Nur noch nackte Angst und Panik hatten mich bestimmt. Animalische Instinkte. Ich hatte aus Fleisch, Blut und Sehnen bestanden. Keine Maske. Nun wäre ich vor Scham am liebsten im Erdboden versunken und war gleichzeitig dankbar und lächelte krampfhaft. Wahrscheinlich habe ich mich hundertmal bedankt. »Wie lieb von Ihnen. Danke. Es tut mir so leid. Wie idiotisch … O Gott.«

Sally begleitete uns zum Lift und tätschelte mir zum Abschied den Arm. Ich drückte auf den Knopf, hielt Joshs Hand und beobachtete die Leuchtanzeige für jedes Stockwerk.

Die Momente, in denen man lockerlässt, sind die gefährlichsten. Wenn man glaubt, die Bedrohung sei vorüber, ist sie am größten.

Ich spürte seine Hände weich an meiner Taille und seinen kühlen Atem im Nacken und atmete den Duft von Sandelholz ein.

»Buh«, sagte er.

Ich bohrte ihm den Ellbogen in die Brust, stemmte die Füße in den Boden und wollte ihn wegstoßen. Ich hielt zwar die Hand meines Sohnes, doch mein früherer Lover schlang weiter die Arme um mich und vergrub die Lippen in meinem Haar, als sich vor mir die Aufzugtür öffnete und Rose herauskam.

Er

Am Montagabend war ich zu spät zu Hause, um mit Tessa zu sprechen, und ich fuhr zur Arbeit, bevor sie aufwachte. Ich hatte ein leicht schlechtes Gewissen, weil sie mich am Vortag einige Male zu erreichen versucht hatte, schob es jedoch beiseite. Ich hatte zu viel um die Ohren, um mir auch noch über sie den Kopf zu zerbrechen. Unsere Woche in Suffolk rückte näher. Ein weiterer Albtraum drohte: Wir würden wahrscheinlich absagen müssen.

Dass uns das Debakel Kunden kosten würde, lag auf der Hand, und schon am Dienstag begannen sie abzuspringen. Citrus Burst waren die Ersten; die Dreckskerle beriefen sich auf ihre jugendliche Zielgruppe. Die Entscheidung von Chris Longridge von der 7Nights-Gruppe war ebenfalls unvermeidlich. Vielleicht wäre die Anspielung auf meine Nacht der Schande im Artikel untergegangen, aber das Foto – in Wahrheit stellte es die Filiale im Zentrum von Sheffield dar, doch wen interessierte das? – war zu rufschädigend. Die E-Mail traf gegen Mittag ein. Sie würden den Auftrag vertagen. Wir könnten uns gerne wieder bewerben. Bis dahin müssten wir jegliche Verweise auf 7Nights von unserer Webseite entfernen. Wir wussten, was das bedeutete. Sie würden uns nicht mehr mit der Kneifzange anfassen.

Später gesellte Jeff sich zu mir in die Küche. Als er sich eine Tasse Kaffee einschenkte, zitterten seine Hände. »Wir haben Cartingdon Hall verloren«, meldete er und wischte verschütteten Kaffee mit einem Stück Küchenrolle auf. »Die verschleierten Anschuldigungen wegen Kindesmissbrauchs gegen dich und mich haben, und ich zitiere, ›eine Fortsetzung unserer Zusammenarbeit unmöglich gemacht‹. Unter diesen Umständen hätten sie uns nicht behalten können.« Er trank einen Schluck. »Ein Jammer, seine Alma Mater zu verlieren. Es fällt mir schwer, es nicht persönlich zu nehmen. Insbesondere, weil sie uns nicht einmal bezahlt haben.«

»Es ist so unfair«, erwiderte ich. »Nichts davon ist wahr. Wenn Dave Jepsom nicht bei der Veranstaltung aufgekreuzt wäre, wäre das alles nie passiert. Ich wäre nicht abgereist und hätte Jem von Maura fernhalten und sie beschützen können.«

Er stellte die Kaffeetasse weg. »Hättest du das wirklich getan?«

Richtig weh tat der nächste Anruf.

Das lag daran, dass wir jetzt schon so lange zusammenarbeiteten. Wenn man mich vor einer Woche gefragt hätte, hätte ich geantwortet, unsere Beziehung basiere auf Loyalität, Vertrauen und gemeinsamen Erfahrungen. Ich hätte gesagt, wir seien praktisch zusammen groß geworden. Ich hätte beteuert, unsere Verbindung habe lange, tiefe Wurzeln. Aber hey. Gegenseitiger Respekt? Gemeinsame Geschichte? Zuneigung? In der Geschäftswelt kann man damit keinen Blumentopf gewinnen.

»Marco, mein Schatz, dafür haben Sie doch Verständnis, oder? Immerhin habe ich mich so abgemüht, das Indonesien-Problem aus der Welt zu schaffen. Und jetzt ist gerade

TeEn auf den Markt gekommen. Nun bin ich das Aushängeschild für junge Frauen. Ein Vorbild.«

»Ich habe Sie zum Aushängeschild gemacht! Es war meine Idee!«

»Aber, aber, Marco. Sie haben mir vielleicht geholfen, doch ich habe das alles allein geschafft.«

»Könnten wir nicht die Serie für Erwachsene weiterführen?«, bettelte ich. Ich klang verzweifelt. Und ich war es auch.

»Ich kann es mir nicht leisten, mit etwas in Verbindung gebracht zu werden, was der Marke schadet. Insbesondere nach dem Geschäft zwischen TeEn und Brandy Melville. Es ist zu riskant.«

»Es sind doch nur Lügen. Wir verklagen die, dass ihnen Hören und Sehen vergeht.«

»Sie brauchen mir nichts zu erklären und sich nicht zu rechtfertigen. Ich weiß, dass solche Dinge passieren. Bitte nehmen Sie es nicht persönlich. Sie sind Profi und würden an meiner Stelle genauso reagieren. Ich liebe Sie. Wir bleiben Freunde.«

Ich antwortete nicht. Es hatte mir die Sprache verschlagen. Ich fühlte mich so schwach, als sei alles Blut in meinem Körper in meine Beine gesackt.

»Wir gehen irgendwann zum Mittagessen«, sagte sie, bevor sie auflegte

Die Stimmung im Büro war angespannt und gedrückt, eine fatale Mischung. Außerdem hatte die Klimaanlage offenbar den Geist aufgegeben. Typisch. Die beklemmende Hitze schien in jeden Winkel einzusickern. Jeff verbarrikadierte sich den Großteil des Tages mit Mary im Konferenzraum und arbeitete an einer neuen Presseerklärung. Sie hatten mich nicht hinzugebeten. Ich hatte drei Nachrichten, ich solle Dimitri zurückrufen, doch ich ignorierte sie. Irgendwann traf ich Emma und Sam in der Küche dabei an, wie sie sich kichernd über Emmas Telefon beugten. Es war ein Gif auf Instagram, vermutlich gepostet von diesem Wichser von *Accountancy Age*.

Der sich ständig wiederholende Videoclip zeigte Jepsom, wie er »Verachtung. Er verachtet mich« rief. Wegen der Perspektive war mein Gesicht winzig und schien auf seiner Schulter zu sitzen wie der körperlose Kopf der Puppe eines Bauchredners. Immer wieder wirbelte er zu mir herum, mein Gesicht zusammengepresst und mein Mund, der sich unablässig öffnete und schloss wie ein lächerlicher kleiner Kreis.

Überschrift: »PR-Mann zeigt echte Gefühle.«

Die Nacht in Bicester schien lange her zu sein. Ich hatte seitdem kaum an Jepsom gedacht. Dazu hatte mir die Zeit gefehlt. Probleme, die ich unter den Teppich zu kehren versucht hatte, hässliche, bohrende Gedanken, drohten an die Oberfläche zu steigen. Ich schob sie weg.

Dauernd fielen mir tuschelnde Grüppchen am Wasserspender oder am Fotokopierer auf, die sich zerstreuten, sobald ich mich näherte. Als es Nachmittag wurde, hatte ich den schrecklichen Verdacht, dass ich das Vertrauen meiner eigenen Mitarbeiter verloren hatte.

Unter dem Vorwand, sie müsse eine Unterschrift bezeugen, bat ich Gail an meinen Schreibtisch. »Es glaubt doch keiner, dass ich wirklich mit Jem geschlafen habe?«, zischte ich ihr ins Ohr, als sie den Kopf senkte.

Sie richtete sich auf. »Nein, natürlich nicht.«

»Versprochen?«

»Ja?«

»Tatsächlich?«

»Ja.«

Man sollte keine Fragen stellen. Mit jeder Versicherung fühlte ich mich ein Stück mehr verunsichert. Sie sah mich nicht an, sondern kaute an ihrer Lippe.

»Ich habe nur allmählich den Eindruck, dass es Sabotage ist. Dass mir jemand ans Bein pinkeln will. Schließlich hätte jemand McCreadys Geschwindigkeitsübertretung an die Presse durchsickern lassen können. Oder Judd. Wer hat die Gerüchte über sein zwielichtiges Geschäftsgebaren in die Welt gesetzt? Oder Tilly. Wie haben die Sechstklässler die Sache mit dem Palmöl rausgefunden? Und dann noch der ominöse Brief an Cartingdon Hall. Der Direktor hält ihn für einen schlechten Scherz.«

Langsam wurde ich hysterisch.

»Marcus«, erwiderte sie. »Solche Dinge passieren eben. Es ist nicht anders als sonst. Die Angelegenheit mit Judd wurde sicher von einem Konkurrenten verbreitet, wahrscheinlich ExCav Industries. Die wollten den Auftrag nämlich genauso wie er. Wer hat die McCready-Story an die Presse verhökert? Meiner Ansicht nach der Bulle, der ihn verknackt hat. Es ist ja auch eine lustige Geschichte: Der Besitzer einer Rennbahn fährt selbst zu schnell. Ich hätte sie auch verkauft. Du weißt genauso gut wie ich« – sie streckte die Hand nach mir aus, als wolle sie mich daran erinnern –, »dass Krisen manchmal versetzt und manchmal geballt auftreten. So ist nun mal unser Job. Und nein, ich halte nichts in diesem Artikel für wahr. Allerdings war Jemima deine Schutzbefohlene. Ihre Eltern haben sie dir anvertraut. Du hättest sie nicht an Jeff abschieben dürfen. Wir alle kennen ihn ja.«

»Also ist alles meine Schuld?« Als ich die Worte hervorstieß, landete ein winziger Speicheltropfen auf ihrer Hand.

Sie betrachtete ihn und wandte sich dann ab, als könne sie nicht schnell genug Abstand zu mir gewinnen. Als sie wieder an ihrem Schreibtisch saß, hob sie den Kopf. »Vergiss nicht, Dimitri Michailow anzurufen«, sagte sie, hakte die Beine um den Stuhl und zog ihn mit einem heftigen Ruck an den Tisch.

Ich rief meine Schwester an. »Das ist das letzte Mal, dass ich jemandem an der Schule einen Gefallen tue«, verkündete sie.

»Nennt Izzy sie Jem?«

»Ich glaube nicht.«

Sie erzählte mir, wenn sie gründlicher darüber nachdächte, sei Jemima sehr klug und langweile sich deshalb oft. »Sie macht gern Ärger«, fügte sie hinzu.

»Du hättest mich warnen können.«

»Du hättest dich verantwortungsvoller verhalten können.«

Ich legte auf.

Sie

Rose erwartete mich im Café an der Grünanlage. Als ich eintraf, hatte sie schon bestellt. Zwei Cappuccino standen aufgereiht auf dem Tisch. Ein Krug Wasser. Ein Teller Schokokekse. Gegenstände, arrangiert wie Waffen.

Es war ein warmer Morgen. Das Café wimmelte von Müttern, die ihre Kinder gerade zur Schule gebracht hatten. Eine große Gruppe von Frauen mit Kinderwagen, eine Nachsorgegruppe, debattierte am Nebentisch über Koliken und verstopfte Milchgänge. Hunde bellten. Autos rollten vorbei. Weiße Wölkchen schwebten an einem mittelblauen Himmel. Unter Roses Stuhl lag ein verschrumpeltes halbes Croissant, übrig geblieben vom Frühstück eines Kleinkindes.

»Also?«, begann Rose. Sie schenkte ein Glas Wasser ein und reichte es mir. »Er ist der Mann, den India mit dir beobachtet hat, richtig?«

Ich nickte.

»Möchtest du mir erzählen, was los ist?«

»Da war nichts«, erwiderte ich.

»Wie nichts sah das aber nicht aus.«

Sie machte ihr Ärztinnengesicht: einfühlsam, gütig, verständnisvoll, überlegen. Ich spürte, wie sich eine Kluft zwischen uns auftat. Obwohl sie meine Freundin war, kannte sie mein Herz nicht.

Und so öffnete ich den Mund und beichtete ihr alles. Nur eine Affäre, sagte ich. Keine Verbindlichkeiten. Ich hätte mich verloren gefühlt und einen Sinn gesucht. Etwas, in dem ich gut sei. Ich erklärte ihr, es sei trotz ihrer Beobachtung von gestern vorbei. Er habe nichts verlangt. Ich auch nicht. Es sei für uns beide eine kurze, bedeutungslose Episode gewesen.

»Für ihn scheint es nicht bedeutungslos zu sein«, wandte sie ein.

»Er will immer das, was er nicht haben kann.«

»Er hat den Eindruck erweckt, als wolle er dich auffressen.«

»Er steht auf große öffentliche Zärtlichkeitsbekundungen.«

Sie trank einen Schluck Wasser und zog zweifelnd den Mundwinkel hoch. »Warum war er da, wenn ihr euch nicht mehr trefft?«

Ich versuchte zu lächeln und schüttelte als Ausdruck meiner eigenen Verwirrung kurz den Kopf. »Ein Missverständnis. Als ich ihm gesagt habe, wo ich hingehe, hat er das so gedeutet, als wolle ich mich mit ihm treffen. Er hat mir erzählt, er habe ein Problem …« Ich verzog das Gesicht und schüttelte wieder den Kopf. »Jedenfalls weiß er jetzt, dass es aus ist.« Ich ertrug es nicht, dass sie mir nicht glaubte. »Ich habe ihm mitgeteilt, dass ich ihn nicht wiedersehen will. Ich denke, diesmal hat er es kapiert.«

»Wer weiß sonst noch davon?«

»Niemand außer dir.« Ich wich ihrem Blick aus. Dave Jepsom, dachte ich. Er weiß es. Aber ich sprach es nicht aus.

Sie musterte mich eindringlich. »Und Marcus?«

Ich schüttelte den Kopf.

Sie fuhr mit dem Finger den Rand ihres Glases entlang, sodass ein leises, hohes Summen erklang. »Wirst du es ihm sagen?«

Mir war die ganze Zeit, die ganze Woche, den ganzen Monat, das ganze Jahr klar gewesen, dass es so weit kommen würde. Ich konnte es nicht geheim halten, nicht wenn mir meine Ehe wichtig war. Hier ging es um die üblichen Phrasen wie Ehre, Offenheit, Lüge und Verrat. Dass sie wahr waren, breitete sich in meiner Brust aus wie ein Bluterguss. Außerdem war mir bewusst, dass ich keine andere Wahl hatte. Ich musste es ihm sagen, denn man würde mich durch Richard, Rose oder sogar Josh früher oder später enttarnen.

Ich hielt inne und bemerkte in diesem Moment, dass sich ihr Gesichtsausdruck verhärtete. Und ich spürte, wie meine Freundschaft mit ihr erstarb.

»Wenn du es ihm nicht sagst«, verkündete sie. »Tue ich es.«

Er

In der Hotelsuite saß der Russe an einem ausladenden Esstisch aus Mahagoni und studierte einige Unterlagen. Obwohl er mich allein hatte treffen wollen, hatte ich Jeff gebeten, mich zu begleiten. Ohne ihn fehlte mir der Mumm. Ich war völlig handlungsunfähig.

Dimitri trug einen weißen Frotteebademantel des Hotels und hatte die nackten muskulösen Beine ausgestreckt. Die Sehnen in seinem Hals zuckten, als er uns zur Begrüßung zunickte. Das Aufstehen sparte er sich. Man hatte mich glauben lassen, dass beide Männer anwesend sein würden, doch von Olaf war nichts zu sehen. Dimitri bot uns keinen Platz an. Flankiert von Bodyguards standen wir da. »Marcus, stimmt das?«, fragte er. »Haben Sie das peinliche Klischee benutzt und uns als ›Russenmafia‹ bezeichnet?«

»Das war absolut aus dem Zusammenhang gerissen«, stammelte ich.

»Und halten Sie mich für ungehobelt?« Er griff in den in Zellophan eingehüllten Obstkorb, nahm sich eine Satsuma und fing an, sie zu schälen. Seine Nägel waren makellos manikürte Monde. Er zupfte an den losen Fasern herum. »Sie beißen die Zähne zusammen, wenn Sie Geschäfte mit mir machen. Interessant, interessant. Wie Ihnen bekannt ist, bin ich nicht verheiratet. Ich bin kein Ehemann, und bei einem Junggesellen, wie ich es bin, kann man über gewisse Verhaltensweisen hinwegsehen. Bei einem Ehemann wären sie, um Sie zu zitieren, ungehobelt.« Er rümpfte die Nase. »Eine Prostituierte? Ich muss schon bitten. Was würde Ihre Frau dazu sagen?«

Ich geriet ins Stottern, Entschuldigungen, Erklärungen, Leugnen, doch er unterbrach mich. »Wie ich Ihnen schon erklärt habe, nimmt man in meinem Land Gastfreundschaft sehr ernst. Das Gleiche gilt jedoch auch für Verrat.« Er tippte mit der Hand auf den braunen Umschlag vor ihm auf dem Tisch.

»Ich fürchte, Marcus, in der Geschäftswelt ist es üblich, Entschädigungen einzufordern. Tut mir leid.« Er steckte eine Satsumaspalte in den Mund. »Wir benötigen Ihre Medienberatung nicht mehr.« Er tupfte sich die Lippen mit einer dicken weißen Serviette ab. »Vielleicht sollte *ich* Sie medial beraten.«

»Hören Sie, bitte verzeihen Sie …«, setzte Jeff an.

»Nein, ich habe genug gehört.« Er zeigte mit dem Finger auf mich. »Sie haben mein Unternehmen beleidigt. Sie haben meinen Partner und mich persönlich beleidigt. Sie haben mein Land beleidigt. Man muss Ihnen eine Lektion erteilen.«

»Das war nur ein Scherz«, meinte Jeff im Lift nach unten.

Ich hatte das gar nicht witzig gefunden. Der Umschlag, auf den er so betont geklopft hatte, war mir nicht geheuer. Ebenso wie der Blick auf Olaf, der im Nebenzimmer gelauscht hatte.

Sie

Rose war einverstanden, Josh mittags zu übernehmen, damit ich am Nachmittag Zeit zum Nachdenken hatte. Ich hatte Marcus angerufen, der versprochen hatte, pünktlich zu Hause zu sein. Ich hatte ihm gesagt, wir müssten reden, und er hatte sofort zugestimmt. »Ja, ich weiß«, erwiderte er. »Ich weiß.«

Er wusste gar nichts. Seine Ahnungslosigkeit war wie eine offene Wunde in meinem Leib.

Den ganzen Nachmittag lang kam ich nicht zur Ruhe. Ich legte mir zurecht, wie ich es ihm beibringen würde, saß in verschiedenen Zimmern und übte meinen Text. Nichts passte. Es gab keine Worte, die nicht ein Loch in unser Leben sprengen würden.

Ich lag auf dem Bett und starrte an die Decke. Ich kauerte im Bad und betrachtete den tränenförmigen Kalkfleck, wo der Wasserhahn getropft hatte. Ich ging ins Wohnzimmer und griff nach den zerbrochenen Bilderrahmen, die inzwischen auf dem Kaminsims gestapelt waren. Ich musste neue kaufen. Ich hielt mir das Foto von Josh an die Wange und strich mir damit über den Mund.

Ich spürte einen heftigen Schmerz oben im Brustkorb, ein unerträgliches Druckgefühl.

Mein Telefon läutete. Ich tastete danach. Unbekannter Anrufer. Als ich mich meldete, herrschte am anderen Ende der Leitung Schweigen. Ich beendete die Verbindung. Es läutete wieder. Das Gleiche.

Mit der rechten Hand rieb ich mein linkes Handgelenk, kniff die Haut zusammen und drückte auf die Ader. Plötzlich war ich überzeugt, dass es Jepsom war. Dabei hatte er es nicht nötig, uns mit anonymen Anrufen zu terrorisieren. Ich war es leid, ständig die Augen offen zu halten und auf seinen nächsten Schritt zu warten. Die Stille und das Schweigen waren schlimmer als Worte. Inzwischen konnte er nichts mehr sagen, um mir und Marcus wehzutun.

Der Schmerz in meiner Brust breitete sich aus, wanderte in den Magen und sickerte in die Gliedmaßen ein.

Ich stand am Fenster und schaute hinaus auf die Straße. Ohne zuvor bewusst zu entscheiden, wählte ich die Nummer.

Als ich das barsche »Hallo« hörte, hätte ich am liebsten sofort aufgelegt.

Ich behielt die Nerven. »Dave«, begann ich. »Ich bin es, Tessa. Meiner Ansicht nach müssen wir einiges klären. Zum Teil rufe ich an, um mich für Dinge zu entschuldigen, die wir getan haben, und andererseits auch weil …«

»Tessa.« Ein leises Geräusch, als stocke ihm der Atem, und ein feuchtes Schmatzen, als er den Mund öffnete. Seine Stimme hallte wie in einem leeren Raum. »Tessa«, wiederholte er.

Mein Herz fing an zu pochen. Vielleicht war es ja ein Fehler. Ich trat vom Fenster weg und in die Diele.

»Haben Sie mich gerade angerufen und aufgelegt?«, erkundigte ich mich.

»Wovon reden Sie?«

»Stecken Sie hinter den anonymen Anrufen, die ich dauernd bekomme?«

»Anonyme Anrufe? Aber warum denn, Tessa?« Seine Stimme war ruhig und leise.

»Ich verstehe, weshalb Sie böse auf uns sind. Mir ist klar, dass wir Sie nicht des Einbruchs hätten beschuldigen sollen. Und als ich gestern anrief … Es tut mir leid, ich war außer mir. Josh war verschwunden und …«

»Sie waren das? Diese stammelnde Frau? Das waren Sie?«

Mittlerweile war es mir peinlich. Er hörte sich so verwundert und gekränkt an. Wieder einmal hatte ich das Gefühl, dass der Boden schwankte, die Angst, dass wir alles falsch verstanden hatten. »Ja, das war ich. Waren Sie das bei Peter Jones? Vielleicht ja nicht. Möglicherweise ist es nur ein Missverständnis.«

»Ich dachte, wir könnten Freunde werden.«

Seine Stimme war tonlos. Er klang zu müde, um verbittert zu sein.

Ich war vorsichtig, so als wage ich mich in Treibsand vor. »Ich habe den Eindruck, dass wir uns Ihnen gegenüber falsch verhalten haben, und möchte mich entschuldigen.«

Zunächst antwortete er nicht. Als er es doch tat, war er ein wenig versöhnlicher. »Ich habe da wirklich nicht ganz durchgeblickt und war gekränkt. Das wollte ich Marcus erklären, aber es ist ein wenig schwierig, mit ihm zu sprechen. Bei Ihnen jedoch habe ich das Gefühl, dass uns etwas verbindet.«

Mittlerweile war ich in der Küche, lehnte an der Spüle und spähte hinaus in den Garten. Eine Krähe saß auf dem

Holztisch, pickte an einem Essensrest und warf ihn hin und her. »Vermutlich sind wir in Panik geraten«, meinte ich nach einer Weile. »Wir dachten, Sie seien mit dieser Familie im Urlaub, und als wir herausfanden, dass das nicht stimmte, sind wir erschrocken. Wir hatten die Situation falsch verstanden, aber anfangs haben wir geglaubt, Sie hätten uns belogen. Dass Sie Kinder haben und so. Keine Ahnung, was das für eine Rolle spielt, doch Sie waren immer so besorgt um Josh.«

»Ich hatte ein Kind.«

Seine Worte schienen in einem Gewölbe widerzuhallen. Ich spürte, wie ihre Wucht in meiner Brust vibrierte.

»Ja, ich hatte ein Kind, einen kleinen Jungen. Er ist gestorben.« Seine Stimme war noch barscher geworden.

»Das tut mir leid, Dave. Ich hatte ja keine Ahnung.«

»Es war ein Unfall. Laut Leichenbeschauer, der von meiner Ex bestochen worden war. Obwohl ich die Frage, warum das Fenster offen war und warum ein Dreijähriger in einem Zimmer mit offenem Fenster allein gelassen wurde, wohl mit ins Grab nehmen werde. Ich habe es aufgegeben, eine Erklärung von ihr zu verlangen. Also verzeihen Sie, dass ich ein wenig besorgt bin, wenn es um das Wohlbefinden Ihres Sohnes geht.«

»Das ist entsetzlich, Dave. Bitte seien Sie nicht so zornig.«

»Sie sind eine sympathische Frau, Tessa. Aber an diesem Tag haben Sie beide nicht auf Joshy aufgepasst. Ich habe Sie in der Bar beim Telefonieren beobachtet.«

Joshy? »Haben Sie das? Haben Sie mich gesehen?«

»Und Ihr Mann, der war so gleichgültig, dass er eingeschlafen ist.« Seine Stimme zitterte. »Kinder sterben. Es dauert nur eine Sekunde. Nur ein Moment trennt das Leben vom Tod. Das scheint Ihnen beiden nicht klar zu sein.«

Inzwischen weinte ich auch. »Es tut mir leid«, sagte ich. »Es tut mir leid.«

Mittlerweile klang er unheimlich und seltsam. »Ich bin nicht sicher, ob es Ihnen leidtut«, erwiderte er. »Nicht ganz. Falls Josh etwas zustoßen sollte, wird es Ihnen *wirklich* leidtun.«

»Josh wird nichts passieren. Das lasse ich nicht zu.«

»Sie haben es beide nicht begriffen«, meinte er leise, als habe er mich nicht gehört.

»Was?«

»Dass ich Ihnen immer nur helfen wollte.«

Er

Als der Zug schwankte, wurde mein Gesicht an den Rucksack neben mir gepresst, und ein Fahrradlenker bohrte sich in meine Seite.

Die Bahn hielt in Clapham Junction. Einige Leute stiegen aus, noch mehr stiegen zu. Ich befand mich auf der falschen Seite des Waggons und stellte fest, dass ich immer weiter von der Tür abgedrängt wurde. Als ich mich bewegte, rutschte meine Hand von der Haltestange. Der Zug fuhr wieder an, sodass ich völlig ungesichert erst nach hinten und dann rasch nach vorne geschleudert wurde. Ich musste raus aus dieser Bahn. Jetzt.

Am Wandsworth Common setzte ich mich auf eine Bank, um wieder zu Atem zu kommen. In meiner Tasche steckte ein Stück Papier, eine Quittung von dem Mittagessen mit Tilly. Ich hatte es noch nicht geschafft, sie in die Akte mit meiner Spesenabrechnung zu legen. Ich las sie: Cracker mit Chiasamen, scharf gewürztes Omelette mit Krabben und Hummer aus Cornwall, spanisches Schweinekotelett vom Holzkohlegrill mit Pommes. Die Wörter schienen nichts zu bedeuten. Ich zerfetzte die Quittung in winzige Konfettischnipsel und warf sie in die Luft.

Ich weiß nicht, wann ich wieder aufblickte. Auf der anderen Seite der unbefahrenen Gleise stand, die Hände an den Zaun gepresst, Tessa und beobachtete mich.

Sie

Ich sah drei Züge ein- und abfahren, bis mir klar wurde, dass die zusammengesackte Person auf der halb von Büschen verdeckten Bank auf dem gegenüberliegenden Bahnsteig Marcus war. Sein Sakko lag zerknittert neben ihm, und seine Krawatte hing schief. Selbst von hier aus bemerkte ich, dass sein Hemd zerrissen war. Um ihn herum waren Papierschnipsel verstreut.

Er hob den Kopf. Es dauerte einen Moment, bis er sich orientiert hatte. Dann legte sich die Verwirrung in seinem Gesicht. Er rappelte sich auf und steuerte auf die Treppe zu, erinnerte sich an sein Sakko und kehrte wieder um. Offenbar bemerkte er die Papierschnipsel, denn er bückte sich danach und musterte sie, bevor er an einem Papierkorb stehen blieb und sie hineinwarf.

Ich wartete unten an der Treppe, als er rasch die Fußgängerbrücke überquerte und auf mich zukam. Ich fühlte mich, als hätte ich stundenlang dort gestanden. Nun, da er so nah war, spürte ich, wie sich die Furcht in meinem Magen lockerte. Er nahm einige Stufen auf einmal. »Entschuldige, entschuldige«, sagte er. »Es war …«

»Ich weiß.«

»Wo ist Josh?«

»Bei Rose.«

»Ist er okay?«

»Ja.« Ich hatte Rose sofort nach meinem Telefonat mit Jepsom angerufen. »Ich hole ihn später ab.«

Es war ein milder Abend. Die Wolken hatten sich verzogen. Die Sonne stand zwar tief, hatte aber noch Kraft. Die hohen Platanen in der Grünanlage hoben sich dunkel vom tiefblauen Himmel ab. Kinder spielten Kricket in den länger werdenden Schatten.

Während wir die Wiese überquerten, berichtete ich ihm von meinem Telefonat mit Jepsom. Er hörte zu. »Also ist er der Typ in dem Polizeibericht aus Tottenham? Er *ist* gefährlich.«

»Sein Sohn ist gestorben.«

»Aber wir hatten recht, uns vor ihm zu fürchten.« Er nickte einige Male. Seine Reaktionen waren merkwürdig. Die Tragödie mit dem toten Kind schien er gar nicht zur Kenntnis zu nehmen.

Zu Hause angekommen, zog er die Tür zu und stellte seine Tasche auf den Boden. Als er das Sakko an die Garderobe hängte, bemerkte ich einen erschöpften Gesichtsausdruck, den ich gar nicht an ihm kannte. Er wirkte müde und so, als habe er eine Niederlage einstecken müssen. Kurz schloss er die Augen und kratzte sich mit Zeige- und Mittelfinger die Schläfe, was er oft tat, wenn er besorgt war. Ich war überwältigt von Liebe zu ihm.

Ich setzte mich auf die Treppe. Als er bemerkte, dass ich noch da war, musterte er mich aus dem Augenwinkel. Offenbar hatte er Angst vor dem, was er sehen würde. »War es Dimitri?«, fragte er. »Hat er es dir erzählt?«

»Was?«

Abrupt wandte er den Blick ab. »Nichts.«

»Marcus?«

»Ja?« Er klang noch immer abweisend.

Ich schluckte angestrengt. Ich wollte nicht weinen, doch meine Kehle war eng. Ich grub die Fingernägel in den Oberschenkel und stieß die Sätze bruchstückhaft hervor.

»Bitte sag jetzt nichts. Hör mich einfach an. Ich muss dir etwas beichten, obwohl ich es nicht möchte. Es ist mir egal, was du danach von mir hältst, aber ich weiß, dass es dir wehtun wird, und das will ich nicht.«

»Worum geht es?« Sein Tonfall war matt. Er setzte sich neben mich auf die Treppe, als traue er seinen Beinen nicht mehr, stützte sich auf die Ellbogen und rieb an einem unsichtbaren Fleck auf seiner Hose. »Ich bin nicht sicher, ob ich noch etwas verkrafte. Willst du mich verlassen? Ist es das?«

»Nein, ich will dich nicht verlassen.«

»Aber du bist unglücklich.«

»Bin ich nicht. Oder vielleicht schon. Doch ich sollte es nicht sein. Es ist nicht deine Schuld.«

Er lachte spöttisch auf. »Das sagen sie alle.«

Er hob den Ellbogen, als wolle er den Arm um mich legen. Ich lehnte mich an ihn, und einen Moment glaubte ich, es ihm doch nicht erzählen zu müssen. Die Vorstellung war erleichternd, und die Anspannung ließ nach. Aber ich wich zurück und konnte ihm nicht in die Augen schauen.

»Komm, wir setzen uns in die Küche. Ich koche uns einen Tee«, schlug ich vor.

»Ich will keinen Tee.«

»Oder Wein?«

»Verrat mir endlich, was los ist.«

So lange hatte ich überlegt, wie ich mich am besten ausdrücken sollte. Doch zu guter Letzt zählen in manchen Fällen nur die Fakten. Gelegentlich sind sie ja alles, was zählt.

In meinem Kopf hatten die Worte »Ich hatte eine Affäre« hohl und wie aus Plastik geklungen. Aber in der Luft wurden sie hart und tödlich und trafen wie Kugeln.

Er rührte sich nicht. Obwohl er schwieg, zuckte es hektisch um seine Mundwinkel.

»Es tut mir so leid.«

»Du *hattest*?« Die Haut unter seinen Augen sah geschwollen aus.

»Ja. Es ist vorbei.«

Immer wieder biss er sich auf die Lippe, beinahe methodisch, als wolle er sie in verschiedene Stücke zerteilen. Winzige Blutströpfchen erschienen.

Plötzlich stand er auf.

»Schau mich an«, flehte ich und streckte die Hand aus, um ihn zu berühren. Doch er schob sie weg.

»Wer ist es?«, fragte er an der Haustür, noch immer ohne mich anzusehen. »Nein, sag es mir nicht. Wer? Nein, nicht.«

Dann knallte er die Tür hinter sich zu.

Er

Ich wanderte durch die Straßen, bis mir die Fußsohlen wehtaten.

Später tat ich kein Auge zu. Wegen des Vogelgezwitschers erschien mir zwei Uhr wie kurz vor Morgengrauen. Die armen Amseln, verwirrt von den Straßenlaternen. Ich saß am Küchentisch und spähte in den düsteren Garten hinaus. Orangefarbene Wolken zogen über die Dachfirste. Eine Brise raschelte im Gebüsch. Die Blumenbeete waren dunkel wie Ölpfützen.

Der Schmerz war so heftig und stechend, dass ich nicht wusste, was ich damit anfangen sollte. Er erstickte mich. Ich war es gewohnt, die Dinge in Ordnung zu bringen. Aber ich konnte die Zeit nicht zurückdrehen und es ungeschehen machen. Die Ohnmacht war unerträglich. Ich konnte nichts tun. Eine rasende Wut verbrannte mich von innen heraus. Ich wollte schreien, brüllen, etwas oder jemanden kaputt schlagen, mich ins Auto setzen und viele Kilometer weit fahren. Nur dass das alles unmöglich war. Ich konnte lediglich wie ein Gefangener auf diesem Stuhl in diesem Haus sitzen, weil ich sie liebte.

Ich dachte an die Male, die sie unterwegs gewesen war. Das Mittagessen mit der Freundin von der Leiharbeitsfirma. Die Abendessen mit »den Mädels«. Die Tage, an denen ich unerwartet nach Hause gekommen war und sie nicht dort vorgefunden hatte, wo ich sie vermutete. War sie bei ihm gewesen? Und hatte sie sich nach ihm gesehnt, wenn sie nicht bei ihm war? Ich erinnerte mich an die Gelegenheiten, bei denen sie geistesabwesend gewirkt hatte. Die Zeiten, in denen ich mit ihr schlafen wollte und sie mich abgewiesen hatte. Ich hatte angenommen, dass sie sich ihres Körpers schämte und seit Joshs Geburt kein Selbstbewusstsein mehr hatte. Ein Witz auf meine Kosten. Wie sich herausstellte, war sie gar nicht schüchtern. Sie zog sich gern für einen anderen aus. *Für ihn.* Sie hatte einfach keine Lust, mit mir zu schlafen.

Ich wollte nicht wissen, wer er war, oder einen Namen und, noch schlimmer, ein Gesicht mit ihm verbinden. Als ich darüber nachgrübelte, zwang ich mich, damit aufzuhören. Mehr Wissen als jetzt konnte ich nicht verkraften. Die Probleme im Büro, mein Versagen, der Hass und die Furcht, die ich gegenüber Dave Jepsom empfand, waren verglichen damit nichts. Ich schob Dimitri und seine Drohungen beiseite. Wenn meine Gedanken zu diesem Mann, diesem Fremden, schweiften, verspürte ich eine derart heftige Eifersucht, dass ich kaum noch still sitzen konnte. Außerdem begehrte ich sie körperlich, und zwar mit einer Leidenschaft, die ebenso schmerzhaft und grausam war.

Ich hörte sie oben, ein leises Knarzen und Quietschen der Bodenbretter. Ich blieb unten, ging in Küche, Diele und Wohnzimmer hin und her und warf mich schließlich aufs Sofa. Wut pulsierte in meinen Adern. Taubheitsgefühl und Verwirrung wurden rasch von Zorn abgelöst. Dann durchzuckte mich eine Panik, die ich nicht mehr im Griff hatte. Ich war ein Idiot, ein Verlierer, ein Versager. Sie war ein

Miststück und hatte nur das Schlimmste verdient. Und er? An ihn wollte ich nicht mehr denken. Sie war meine *Ehefrau*. Ich fühlte Dinge, für die ich mich verabscheute. Ich hasste Frauen. Sie waren alle gleich. Wir würden den Urlaub absagen. Keine Minute länger wollte ich in ihrer Gegenwart verbringen. Sie musste bestraft werden. Sie hatte nicht nur mich, sondern auch Josh betrogen. Unser gemeinsames Leben war vorbei. Ich würde sie nie wieder anrühren.

Auf der Fahrt zur Arbeit starrte ich aus dem Fenster und bemerkte den Müll auf den Gleisen: Plastiktüten, Essensbehälter, Kleiderhaufen, ein Schuh. Aus dem Nichts raste ein Zug heran und versperrte mir die Sicht. Gesichter näherten sich und wippten im Gleichtakt mit dem Schaukeln des Zuges. Ein Mann mit eingesunkenen Augen sah mich an und war wieder verschwunden. Die Klimaanlage wummerte.

Kräne, eingestürzte Kamine, die Gedärme der Erde aufgerissen, die Eingeweide verstreut. Das Elektrizitätswerk Battersea wurde abgerissen. Victoria erbebte und wurde zerlegt. Eine gewaltige Ausgrabungsstätte. Nichts wurde fertig. Alles war Chaos.

Obwohl ich beim ersten Morgengrauen das Haus verlassen hatte, schaffte ich es irgendwie, als Letzter im Büro zu sein. Offenbar war ich länger im McDonald's in der Victoria Station gewesen als gedacht. Oder bei Marks & Spencer.

Gail schien erschrocken, mich zu sehen. Sie stand auf und kam auf mich zu. »Marcus«, sagte sie. »Ich habe nicht geglaubt, dass du heute kommst.«

»Warum? Tessa hat angerufen, richtig?«

»Nein, ich …«

»Um elf habe ich ein Meeting mit Richard Taylor. Falls er nicht die *Mail* gelesen und abgesagt hat.«

Sie wich einen Schritt zurück. »Nein, hat er nicht.« Sie musterte mich rasch und wischte mir mit der Hand etwas vom Revers. Einen Tropfen Ketchup? »Setz dich. Jeff und Mary sind jeden Moment bei dir.«

Erst später verstand ich, was sie meinte. Ich setzte mich an meinen Schreibtisch. Basty winkte mir quer durchs Büro zu, aber Emma mied meinen Blick. Ich hatte einige neue E-Mails, auch eine von Dimitri. Ich betrachtete die Liste, konnte mich jedoch nicht konzentrieren. »Also«, verkündete ich, stand auf und klatschte in die Hände. »Was ist heute geplant? Wie sieht unsere neue Strategie aus?«

Alle waren zu beschäftigt, um zu antworten. Telefone läuteten. Gail stellte eine Tasse Kaffee vor mich hin. »Den brauchst du jetzt sicher«, sagte sie leise.

Die Türen des Konferenzraums glitten auf, und Jeff und Mary erschienen. Erstaunt über meine Anwesenheit, blieben sie stehen. Mary senkte den Kopf und hastete davon. Ich erhob mich. »Was treibt ihr zwei denn da drin?«, erkundigte ich mich lauter als beabsichtigt. »Schmiedet ihr Intrigen?« Ich lachte. »Basty, Emma, was denkt ihr?«

»Fuck.« Jeff kam auf mich zu, legte mir die Hände auf die Schultern und verfrachtete mich auf meinen Stuhl. »Hast du getrunken, Kumpel?«

»Ein kleines Fläschchen, nur ein winziges«, erwiderte ich.

»Du stinkst. Hast du dieselben Klamotten an wie gestern?«

Ich verrenkte den Hals, um an mir hinabzublicken. »Ja, wahrscheinlich.« Ich schob seine Hand weg. »Was geht dich das an?«

Gail hatte sich offenbar aus dem Staub gemacht. Er drehte ihren Stuhl um und nahm darauf Platz. »Ich kann verstehen, wie aufgebracht du bist. Aber das ist nicht der richtige Weg, damit umzugehen«, meinte er mit gesenkter Stimme.

»Also weißt du Bescheid?«

»Ja.« Er nickte. »Wir alle.«

»Woher? Hat Tessa sich schon heute Morgen ans Telefon gehängt und es herumposaunt?«

Er runzelte die Stirn, schüttelte leicht den Kopf und neigte ihn zur Seite. »Nein, ich fürchte, wir haben sie alle bekommen.«

»Was habt ihr bekommen?«

»Die E-Mail. Er hat sie an alle verschickt, zumindest an jeden im Büro. Vielleicht auch an einige deiner Kontakte. Wir hatten heute Morgen eine Menge Anrufe.«

»Was für eine E-Mail?«

Jeff beugte sich über mich, bewegte die Maus über das Mauspad und klickte. »Die hier?«, sagte er. »Ich habe angenommen, dass du sie kennst.«

Ich wirbelte herum und zwang mich, auf den Bildschirm zu starren.

Es war ein Foto, dunkel und verschwommen. Dunstige Lichtstrahlen, Körper. Den Mittelpunkt bildete der Hinterkopf einer Frau, eigentlich seltsam, weil sie leicht bekleidet war. Die Brust des Mannes, dem sie es besorgte, war nackt, sein Hemd stand offen.

»FUCK, FUCK, FUCK!«

»Okay, beruhige dich, keine Kraftausdrücke.«

»Du hast leicht reden, verdammt. Was soll diese Scheiße?«

Ich sprang auf und drosch mit der Tastatur auf den Bildschirm ein, jämmerliche kleine Schläge, sodass er nicht einmal einen Riss abbekam. Das ganze Büro gaffte mich an.

Jeff legte die Hand auf meine Schulter und schob mich zu den Aufzügen. »Geh nach Hause«, sagte er.

»Ich will nicht nach Hause«, schrie ich. »Ich habe um elf ein Meeting. Ein neuer Kunde. Wir müssen weitermachen.«

»Nächste Woche hast du Urlaub. Nimm dir auch den Rest von dieser Woche frei. Wir besprechen, was wir tun werden, wenn du dich beruhigt hast.«

»Du und Mary habt das geplant. Ihr wollt mich raushaben.«

Er hatte noch immer nicht die Stimme erhoben und nickte jemandem am anderen Ende des Raums zu. »Geh nach Hause zu Tessa. Du musst mit ihr reden. Sie ist deine oberste Priorität.«

Tessa. *Tessa*. TESSA.

»Ich kann nicht«, antwortete ich bedrückt. »Ich kann nicht nach Hause zu Tessa. Ich kann hier jetzt nicht weg.«

»Das war keine Bitte«, entgegnete Jeff und fixierte mich kurz. »Sondern eine Anweisung.«

Sie

Als langsam graues Licht ins Zimmer strömte, hörte ich, wie er ging und die Tür zuknallte.

Es war, als stieße ich seit Monaten angehaltene Luft aus. Ich hatte eine lange, unruhige Nacht hinter mir. Ich fühlte mich aufgewühlt, bloßgestellt und so nackt wie noch nie in meinem Leben. So, als hätte ich nichts mehr zu verlieren. Das Adrenalin hatte mich dazu gebracht zu gestehen. Doch als ich die Worte ausgesprochen hatte und seine Trauer sah, überwältigte mich der Selbsthass. Ein bohrender Schmerz riss den tiefsten Teil meines Herzens auf, der so geheim war, dass ich ihn selbst nie besuchte. Ich schämte mich so. Wann hatte ich begonnen, mich von meiner Ehe abzukapseln? Warum hatte ich es zugelassen?

Ich wusste, dass ich aufstehen musste, bevor Josh aufwachte, damit das Blut aus meinem Kopf wieder zurück in die Gliedmaßen floss. Also ging ich nach unten, rückte die Sofakissen zurecht und stellte die Tassen in die Spülmaschine. Dann machte ich mir einen Tee. Als er das Haus verlassen hatte, war ich erleichtert gewesen. Nun jedoch sehnte ich mich so nach ihm, dass es wehtat.

Als mein Telefon eine E-Mail ankündigte, suchte ich es hastig in der Hoffnung, er könnte es sein.

Und in gewisser Weise war er es auch.

Marcus in einem roten Raum, während eine Prostituierte ihm einen Blowjob verabreichte.

Jemand hat mich kürzlich gefragt, ob ich beim Anblick des Fotos wütend geworden sei. Doch Wut überstieg meine Kräfte bei Weitem. Ich empfand Entsetzen. Ekel. Mein Körper reagierte. Es schnürte mir die Kehle zu, und meine Schultern begannen zu beben. Ich ließ das Telefon fallen, da meine Hand zu sehr zitterte. Schon im nächsten Moment wurden diese Gefühle von etwas Stillerem und Bedrückenderem abgelöst. Einem niederschmetternden Verlust und von Scham, da ich wusste, dass ich mitgemeint war. Es ging nicht nur um Marcus, sondern um uns beide.

Er

Ich wagte mich erst spät nach Hause. Mir hatte es die Sprache verschlagen, und ich erkannte an ihrem mitleidigen und angewiderten Ausdruck, dass sie die Mail gesehen hatte. Sie erkundigte sich, wie es mir gehe. Ich schüttelte den Kopf, legte mich aufs Sofa und starrte an die Wand. Irgendwann am Abend deckte sie mich zu.

Offenbar war ich eingeschlafen. Ich wurde von Schritten auf der Treppe geweckt. Ich wandte den Kopf nicht. Draußen wurde es hell; die Straßenlaternen waren verloschen. Am Rand der Jalousien breitete sich ein perlmuttartiger rosiger Schein über den Häusern gegenüber aus. Sie war ins Zimmer gekommen. Ich hörte, wie sie sich bewegte, und spürte ihren Atem in der Luft. Sie kletterte aufs Sofa und legte sich neben mich.

Am Vormittag redeten wir. Wir weinten beide. Das Wort Eheberatung fiel. Eine gute Idee, da waren wir uns einig. Rose hatte Tessa einmal eine Therapeutin empfohlen. Die Frau praktiziere in der Nähe und sei gut. Als ich einwandte, wir würden vermutlich allen unseren Bekannten im Treppenhaus begegnen, lachte sie. Ich beteuerte, es täte mir alles schrecklich leid. Ich könne mich nicht an die Vorgänge auf dem Foto erinnern. Sie erwiderte, wir hätten beide Dinge getan, die wir bereuten. Das Leben könne grausam, chaotisch und schäbig sein. Doch das bedeute nicht, dass man das Handtuch warf. Wir würden es noch einmal versuchen und dafür sorgen, dass es klappte. Allmählich glaubte ich ihr. Jedenfalls fühlte ich mich dadurch ein wenig besser.

Josh stand auf, und wir machten ihm Frühstück. Meine Augen waren wund, und mein Schädel pochte. Wir ließen Josh fernsehen und setzten unser Gespräch in der Küche fort. Ich bemühte mich, an die Zukunft zu denken. Sie wolle wieder berufstätig sein, richtig? Sie sei zu Hause einsam. Ich hätte ihr nicht mehr von der Agentur erzählt und ihr nicht richtig zugehört. Ich würde sie in allem unterstützen. Das würde etwas verändern.

Tessa wollte keine Vergebung, sondern Sack und Asche, das volle Programm. Ich war froh, dass sie das sagte. Ja, ich hatte einen Fehler gemacht. Aber ich wollte nicht, dass sie deshalb ungeschoren davonkam. Sie sollte die Verantwortung übernehmen. Wenn sie sich davor gedrückt, mir recht gegeben und alles auf ihre Mutter geschoben hätte, wäre es mir schwerer gefallen, ihr auch nur ansatzweise zu verzeihen.

Das Gespräch war nicht einfach. Sie blickte mir die ganze Zeit in die Augen, und ich wusste nicht, was ich mit meinem Gesicht anfangen sollte. Seit Monaten hatte sie mich nicht mehr richtig angesehen. Bei jeder Mundbewegung fühlte ich mich beklommen. Ein Blinzeln schien eine Ewigkeit zu dauern. Ich spürte, wie jedes Lächeln, jede Veränderung meiner Mimik, einen Krater in meinen Wangen erzeugte. Ein paarmal streckte sie die Hand aus und berührte mich. Am Knie, am Arm, am Handrücken. Ich musste mich beherrschen, um nicht zusammenzuzucken.

Unsere Zeit war begrenzt. Wie sich herausstellte, wollte Josh nicht ständig fernsehen. Wer hätte das gedacht? Den Nachmittag verbrachten wir mit alltäglichen Dingen. Wir kochten Mittagessen, füllten das Planschbecken und spielten ein bisschen Fußball. In Joshs Gegenwart verhielten wir uns ganz normal. Wir redeten nicht über den Urlaub, sondern taten so, als würde er nicht stattfinden, obwohl wir es beide nicht erwähnten. Vielleicht also doch. Ich hatte nicht den Mut, eine Entscheidung zu fällen. Würden wir es eine ganze Woche miteinander aushalten?

War es am selben Tag oder am nächsten, dass wir einen kleinen Bummel machten? Die wenigen Tage vor dem Urlaub verschmelzen in meinem Gedächtnis. Ich hatte mein Telefon abgeschaltet. Es hätte Freitag oder Samstag sein können. Inzwischen legten wir uns mächtig ins Zeug, um so zu tun, als würde alles wieder gut werden. Vielleicht glaubte ich es mittlerweile sogar.

Es war später Nachmittag oder früher Abend. Josh fuhr auf seinem Roller und trug dabei einen blauen, mit Dinosauriern verzierten Helm, der Tessa offenbar wichtig war. Außerdem hatte er auf die neuen gelben Schwimmflügel bestanden, die sie gekauft hatte, und weigerte sich, sie abzunehmen.

In einem Abstand von wenigen Zentimetern schlenderten wir nebeneinander her. Allerdings schien uns eine feste Barriere zu trennen. Den Großteil des Tages hatte ich mich benommen gefühlt. Doch als wir um die Ecke bogen und ich beobachtete, wie sie über die Grünfläche blickte, das Abendlicht genoss, ihr Gesicht hineinhielt und sich offenbar an der Schönheit des wogenden Grases und der hohen Bäume erfreute, packte mich erneut rasende Wut. Darauf, dass sie zu diesen Dingen in der Lage war: zu gehen, hinzuschauen, zu bewundern. Wahrscheinlich hatte ich das Bedürfnis, dass ihre Schuld und ihr Entsetzen über meine alles in den Schatten stellte.

Josh fuhr ein Stück voraus. Damals war es sein Lieblingsspiel, sich so weit wie möglich von uns zu entfernen. Obwohl ich ihm nachrief, er solle langsamer fahren, wurde er immer schneller. Ein Fuß trommelte auf den Gehweg, und er kicherte hysterisch. Ich befahl ihm, stehen zu bleiben. Zu aggressiv, Tessa legte mir warnend die Hand auf den Arm. Ich war den Tränen nah. Dauernd wirbelte Josh herum und würde jede Minute mit einem Laternenpfahl zusammenstoßen. Doch er tat es nicht. In einem Minislalom steuerte er auf eine Gruppe von Menschen vor einem Café zu. Dort warf er den Roller hin und rannte mit einem anderen Kind los. Die Erwachsenen standen da und beobachteten ihn. So gerne ich auch laut aufgestöhnt hätte, schlenderten wir ruhig zu ihnen hinüber. Wir hatten keine Alternative.

Yasmeen hatte sich umgedreht und blickte uns entgegen. »Marcus«, sagte sie nickend. »Tessa. Was für ein wunderschöner Abend.«

Simon klopfte mir knapp unterhalb der Schulter auf den Oberarm, eine Begrüßung wie ein Angriff. Mit lauter Stimme stellte er uns, »unsere neuen Nachbarn«, ihren alten Freunden vor, einem hageren Paar, das in einem anderen Teil Londons wohnte. Sie machten einen Witz darüber, dass sie den Fluss überquert hatten. Ich lächelte säuerlich.

Tessa plauderte eine Weile mit ihnen über Belanglosigkeiten. Yasmeen, die versucht hatte, Blickkontakt mit mir aufzunehmen, zog mich beiseite. »Hoffentlich bist du mir nicht böse«, sagte sie mit einem aufgesetzten Charme, dem ich gerne ein paar Kratzer verpasst hätte.

»Ganz und gar nicht«, erwiderte ich, gestützt von jahrelanger Berufserfahrung. »Schließlich musst du deinen Job machen.«

»Es war einfach zu leichte Beute. Unwiderstehlich.«

»Absolut.«

»Das mit Mauras Artikel in der *Mail* tut mir leid. Der hatte dir sicher gerade noch gefehlt. Aber diese Praktikantin scheint ein richtiges Biest zu sein. Was für ein kleines Miststück. Ich habe es bildlich vor mir. Vermutlich sah sie aus wie achtzehn. Das tun viele.«

Obwohl sie lächelte, war ihr Blick voller Berechnung. Ich wusste, was sie im Schilde führte. Sie baute, Stöckchen um Stöckchen, eine kleine Falle für mich, in die ich hineintappen sollte. Wenigstens ahnte sie nichts von dem Foto, dachte ich. Zumindest hatte diese Nachricht sie nicht erreicht.

»Eigentlich hatten wir es verdient«, meinte ich. »Heutzutage muss man Sicherheitsvorkehrungen sehr ernst nehmen. Wir waren zu lässig. Wir haben unsere Lektion gelernt.«

Sie wirkte enttäuscht. Offenbar hatte sie sich jede Menge von mir erwartet. Mehr Material. Mehr Munition.

»Also«, begann sie, schien etwas in meinen Augen zu erkennen und änderte ihre Strategie. »Habt ihr für den Rest des Wochenendes etwas Nettes geplant?«

Mir verschlug es plötzlich die Sprache. Es schnürte mir die Kehle zu, und meine Augenwinkel brannten. Im nächsten Moment stand Tessa zwischen uns. Sie hob Joshs Roller auf und schulterte ihn in einem seltsamen Winkel, sodass der Lenker auf Yasmeen zeigte wie eine Waffe.

»Ja, wir fahren in Urlaub«, sagte sie und umfasste leicht meinen Ellbogen. Ich sträubte mich nicht, sondern lehnte mich an sie wie ein trostsuchender Hund an sein Herrchen. »Wir müssen noch packen. Also gehen wir jetzt besser.«

»Ein spannendes Reiseziel?«, fragte Yasmeen. Sie schien mit den Zähnen zu sprechen, nicht mit dem Mund.

»Ja«, erwiderte Tessa. »Suffolk. Ein Kurzurlaub. Das macht man doch heute so.«

Als sie nach Josh rief, klang ihre Stimme so scharf, wie ich es noch nie bei ihr gehört hatte. Ihre Hand noch immer an meinem Ellbogen, ließ ich mich von ihr wegführen.

LETZTE STUFE

Sie

Wir fuhren früh am Sonntagmorgen los.

Es war still im Auto. Die Gespräche hatten uns erschöpft und sich totgelaufen. Das Reden hatte uns nur ein gewisses Stück weitergebracht. Jetzt blieben uns nur noch die Fakten und das flaue Gefühl, dass sich durch Reden eben nicht alles lösen ließ. Ich war erstaunt, dass wir wirklich verreisten. Es war ein wenig erleichternd: Etwas, das wir geplant hatten, geschah tatsächlich. Als wir durch Südlondon fuhren und sich die Sorgen der letzten Tage legten, dachte ich zum ersten Mal seit Dienstag an Dave. Ich versuchte, mich an seine Worte über Josh zu erinnern. An seine genaue Ausdrucksweise, doch die Einzelheiten waren verblasst. Die Trauer hatte aus ihm gesprochen, nichts weiter. Es war vorbei. Er hatte sich nicht mehr gemeldet. Ganz gleich, ob er eine Bedrohung für uns dargestellt hatte oder nicht, wir ließen sie nun hinter uns.

Die Tower Bridge war gesperrt. Marcus folgte einem Umleitungsschild, ehe ich ihn daran hindern konnte, und wenige Sekunden später steckten wir in einem Stau, der sich in die falsche Richtung zur London Bridge schob. Ich hatte Mühe, ruhig durchzuatmen, als wir uns Richards Haus näherten. Die Luft staute sich in meiner Kehle. Ich suchte in meinem Handy eine Playlist mit Kinderliedern, stöpselte es ein und drückte auf die Knöpfe am Armaturenbrett, bis das Auto von fröhlichen Tamburinklängen und näselnden Gitarren erfüllt war. Als ich mich, noch immer das Pochen meines Herzens in den Ohren, aufrichtete, befanden wir uns nicht mehr am Ende seiner Straße, und die Gefahr war gebannt.

Hatte Marcus erraten, dass es Richard war? Hatte er absichtlich diese Route gewählt? Oder war er aufs Geratewohl losgefahren, zu erschöpft und unter Stress, um klar zu denken? Ich hatte keine Anhaltspunkte mehr, keine Möglichkeit zu beurteilen, was zählte und was nicht. Das Packen war das absolute Chaos gewesen. Ich hatte Listen aufgestellt, Dinge hinzugefügt, sie durchgestrichen und neue notiert. Den Koffer hatte ich im Schlafzimmer auf den Boden gestellt und ringsherum Kleider gestapelt. Brauchte ich zu diesem Kleid eine Strickjacke? Brauchte Josh neue Turnschuhe? Ich hatte geglaubt, den Unwägbarkeiten durch Planung begegnen zu können. Es waren so viele. Es konnte regnen. Das Wetter konnte schön sein. In dem Cottage gab es Spielsachen oder nicht. Marcus und ich würden vielleicht Sex haben. Oder nicht. Calpol-Fiebersaft und Zahnseide. Mau-Mau-Karten. Strandtücher. Fleecepullis. Gummistiefel. Crocs. Wir konnten zusammenbleiben. Wir konnten uns trennen.

Ich schaute zu ihm hinüber. Seine Hände umfassten das Lenkrad, an seinem Kiefer zuckte ein Muskel. Ich zwang mich, das Bild der Prostituierten aus dem Kopf zu verdrängen und mich an all die Dinge zu erinnern, die ich an ihm liebte. Ich dachte an sein Bedürfnis, gemocht zu werden, was auch eine Form von Einfühlsamkeit war. Daran, dass er seinen Akzent an den seines Gegenübers anpasste, dass er Frauen als gleichberechtigt betrachtete, dass er einem Fremden Schuhe für dreihundert Pfund schenkte. Zuneigung ergriff mich. Ich ließ unsere erste Begegnung Revue passieren. Endlich jemand im Büro, der mich nicht wegen meiner Bildungslücken verspottete. Er respektierte mich für das, was ich war und was ich geleistet hatte. Am Vortag auf der Straße, als Yasmeen mit ihm gesprochen und er sich Schutz suchend an mich gelehnt hatte wie ein Hund an sein Herrchen, war mir klar gewesen, dass ich alles für ihn tun würde. Alles, damit es wieder gut wurde. Allerdings verlief nichts geradlinig. Es gab Momente der Nähe und solche, in denen wir einander abwiesen.

Während wir uns aus London herauskämpften, wurde Josh quengelig. Er langweilte sich und jammerte. Außerdem war er fest entschlossen, die Sandwiches zu essen, die wir fürs Mittagessen eingepackt hatten, und ich hatte nicht die Kraft, mich mit ihm herumzustreiten. Das Auto war überfüllt und unordentlich. Unter meinen Füßen knirschte eine leere Wasserflasche im Fußraum. Zwischen Türgriff und Tür klemmte eine Küchenrolle.

Endlich hatten wir die A12 erreicht. Die Straße erstreckte sich vor uns wie ein Band. »Das Auto ist ein bisschen klein für eine weite Fahrt, findest du nicht?«, fragte ich. »Vielleicht sollten wir uns überlegen, es in Zahlung zu geben.«

»Wir können uns kein größeres Auto leisten. Nicht jetzt.«

»Natürlich.«

Ich musterte sein Gesicht und wünschte, er würde etwas sagen. Dass sich einer von uns beiden noch einmal entschuldigte, damit wir von vorne anfangen konnten. »Möglicherweise ist es ja ein Fehler wegzufahren«, sagte ich auf der Suche nach Bestätigung.

Er widersprach nicht. »Ja, ich denke, du hast recht. Es ist ein Fehler. Aber jetzt sind wir unterwegs. Es ist zu spät, etwas daran zu ändern.«

Er starrte auf die Straße. Wieder fiel mir auf, wie verkrampft seine Fingerknöchel waren. Wut ballte sich in ihm zusammen. Zum ersten Mal kam mir in den Sinn, dass es möglicherweise kein Zurück mehr gab.

Er

Das Cottage stand am Ende einer langen, schmalen Straße, die über eine ebene Marschlandschaft zum Meer führte. Das Land gehörte der Naturschutzbehörde, und über dem Strand befand sich ein Parkplatz, wo wir laut Anweisungen das Auto abstellen sollten.

Ich bog ein und parkte am hintersten Ende. Als der Motor verstummte, wurde es still. Josh schlief seit Ipswich, und wir saßen eine Weile schweigend da. Ich hörte Tessa neben mir atmen. Seit wir die Stadt verlassen hatten, hatten wir kein Wort gewechselt. Ich öffnete die Tür, stieg aus und lockerte Rücken und Schultern. Geröll knackte unter meinen Füßen. Gelber Sand hatte sich unten am Parkautomaten gesammelt. Es war kühler als in London. Der Himmel war hoch und weiß mit einigen blauen Stellen, und es wehte eine steife Brise. Das Meer konnte ich nicht sehen, da mir die mit wogendem Gras bewachsenen Dünen die Sicht versperrten. Doch ich konnte es riechen: Ozon, Salz, Fisch mit Öl, fauliger Seetang, noch mehr Salz.

Es war ein abgelegener, einsamer Ort. Der Parkplatz war halb leer. Gedämpfte Stimmen drangen vom Strand hinauf. Vielleicht waren es ja auch nur der Wind und die Vögel. Am anderen Ende des Parkplatzes stand ein Eiscremewagen. Aber er war leer. Falls sich doch jemand darin befand, saß er vermutlich. Eine Möwe pickte nach einem Sandwich-Einwickelpapier und warf es hin und her.

Ich hievte unser Gepäck aus dem Kofferraum, schloss ab und marschierte, ohne auf sie zu warten, einen Pfad hinauf, auf den mit weißer Farbe PRIVAT geschrieben stand. Ich hörte, wie sie sich hinter mir herschleppten. Josh quengelte wie ein Kind, das gerade aufgewacht ist. Nachdem ich den in einer Senke gelegenen Parkplatz hinter mir hatte, kam das Haus vor mir in Sicht. Es bestand aus drei miteinander verbundenen Hütten der Küstenwache, ziemlich hässlich trotz des weißen Anstrichs, eckig und schlicht, mit kleinen Fenstern und einigen wie Wachsoldaten aufgereihten Kaminen. Kein nennenswerter Garten. Das Haus stand einfach auf einem Fleck aus Gras, Geröll und Seekohl oben an der Klippe.

Die Eingangstür befand sich auf der Rückseite, und wir standen schweigend auf der kleinen Veranda, während ich den Schlüssel suchte. Er befand sich unter einem Topf mit struppigem Lavendel, der sich zur Seite neigte wie Weißdorn auf einer windumtosten Heide. Niemand hatte ihn gegossen. Die Erde im Topf war rissig.

Drinnen roch es nach Potpourri und alten, von der Sonne erwärmten Vorhängen. Darunter mischte sich ein moschusartiger Geruch, der zwar nicht von einem Menschen stammte, aber ebenso muffig und bedrückend war. Die Haustür führte in ein großes Wohnzimmer. Ein schwerer Balken wies darauf hin, dass hier mehrere Räume zusammengefügt worden waren. Am einen Ende befanden sich ein ordentlich gefegter Kamin, ein Sofa und zwei Lehnsessel, am anderen ein kleiner Esstisch. Seitlich ging eine

Küche ab. Schieferboden, geschrubbte Arbeitsplatten vom Sperrmüll und einige übersehene Krümel unter dem Toaster. In einer Mappe auf der Arbeitsplatte steckte eine Liste von Ausflugsvorschlägen. Ich blätterte sie durch. Wir konnten nach Southwold fahren. Wir konnten Aldeburgh erkunden. Ganz in der Nähe befand sich eine Farm mit Streichelzoo. Und ein Stück weiter in Richtung Norfolk gab es einen Kamelpark. Wenn wir uns nur genug beschäftigten, brauchten wir uns der Düsternis unserer Ehe nicht zu stellen.

»Morgen«, meinte Tessa und spähte mir über die Schulter, »könnten wir mit Josh nach Walberswick zum Krabbenfischen gehen.«

»Ja«, erwiderte ich. Mit meinem Vater war ich beim Krabbenfischen gewesen. Haken. Köder. Ausrüstung. *Kannst du denn nie etwas richtig machen, du dummer Junge?*

Ich überließ es Josh und Tessa, die Einkäufe auszupacken, und brachte die Koffer nach oben. Dort befanden sich ein Bad und drei Schlafzimmer, alle mit neuen Teppichböden ausgestattet. Ein getupfter blassbrauner Flor und dazu die Aussicht: eine ockerfarbene und beige Sandfläche, ein sich spiegelblank und reglos erstreckendes beiges Meer und darüber ein weiter, stumpfer Himmel, der an Haut mit Ausschlag erinnerte. Das Haus kauerte am Rand einer niedrigen Klippe. Die Wiese davor endete abrupt als ausgefranste, buschige Lippe. Der gefährliche, zwei oder drei Meter hohe felsige Abgrund endete unten an einigen Gesteinsbrocken. In der Tiefe brachen sich die Wellen schäumend an den Steinen.

Als ich dastand und hinabblickte, wurde ich von der gleichen Einsamkeit und Panik ergriffen, die ich bereits in dem

Haus in Griechenland empfunden hatte. Eine beinahe schwindelerregende Verwirrung, als habe man mich aus einem Leben gerissen, in dem ich wusste, wer ich war. Es war nur ein Ferienhaus und dennoch mehr als das. Eher so, als hätte jemand die Fassade meiner Persönlichkeit demoliert. Der meinem Beruf innewohnende Druck, mein Zuhause und mein Alltag hatten mich zu dem gemacht, was ich war. Ohne diese Dinge fehlten mir die äußerliche Begrenzung, die Silhouette. Außerdem war es noch schlimmer als in Griechenland, denn damals hatte ich wenigstens einen Job und eine Ehefrau gehabt. Inzwischen war ich nicht mehr sicher, ob beides noch zutraf.

Ich versuchte, das Fenster zu öffnen, um zu lüften. Es war simpel und sollte eigentlich nach außen aufgehen. Allerdings war es vor Kurzem gestrichen worden, und nachdem ich es entriegelt hatte, stieß ich auf Widerstand. Es ließ sich nur ein kleines Stück weit aufschieben, und vom Rahmen splitterte etwas Holz ab. Als ich es schließen wollte, stellte ich fest, dass der Riegel nicht mehr einrastete. Er passte nicht mehr. Also ließ ich alles, wie es war.

»Das genügt schon«, meinte Tessa, die hinter mich getreten war. Ihr Tonfall war fröhlich und etwas gekünstelt. Sie machte für Josh gute Miene zum bösen Spiel. Ob sie sich genauso fühlte wie ich, war unmöglich zu sagen, nämlich dass mir die vor uns liegende Woche wie eine Ewigkeit erschien. Ich konnte nicht sagen, ob sie ebenfalls Angst hatte.

Sie

Nachts regnete es. Der Wind rüttelte an den Fenstern und schleuderte immer wieder einen Schwall aus Tropfen gegen die Scheibe. Es war, als dröhnten und brüllten Wellen um uns herum. Ich kniff die Augen zu und klammerte mich an den Rand der Bettdecke. Doch als ich aufwachte, war es ruhig, und ein mattes Licht sickerte durch die Vorhänge. Der Anblick, der sich mir bot, als ich sie aufzog, war eine Überraschung. Die Erkenntnis, dass die Klippe noch stand und das Haus auch.

Marcus war schon auf, saß im Wohnzimmer am Tisch und frühstückte mit Josh. Als ich hereinkam, sah er mich an. Ich redete mir ein, sein Gesicht sei offener als zuvor, seine Augen klarer. Josh wollte unbedingt am Strand eine Sandburg bauen, und wir machten uns langsam fertig und packten eine Tasche mit Utensilien zusammen: eine Picknickdecke, Sandeimer und Schaufel und Regenkleidung.

Die Luft roch gereinigt, und das Gras federte unter uns, als wir den Pfad hinunter zum Parkplatz gingen. Von dort aus führte ein Weg hinauf und durch die Dünen. Wir folgten ihm über eine baufällige Holzbrücke, unter der ein Bach plätscherte, und einen bewachsenen Abhang hinunter zum Strand. Dieser war länger und breiter, als ich erwartet hatte. Rechts ragten Felsen und eine steile Klippe auf. Irgendwo da oben in der Ferne stand unser Haus.

Links erstreckte sich, so weit das Auge blickte, eine fleckige Fläche aus Geröll, Sand und Seetangfetzen. Das Meer schimmerte träge. In den Ausflugstipps hatte es geheißen, man könne von hier aus das Kernkraftwerk Sizewell B sehen. Ich konnte nicht feststellen, ob es sich am Horizont erhob oder ob es sich nur um eine von Wolken erzeugte optische Täuschung handelte. Der Sand war von Regentropfen, sich überkreuzenden Fußabdrücken und den Spuren von Vögeln überzogen. Da es noch früh war, war außer uns niemand hier.

»Mir war gar nicht klar, dass es so einsam ist«, sagte ich.

»Nein.«

Eine Möwe trippelte uns entgegen. Als wir uns näherten, breitete sie die Flügel aus und flog davon.

Josh rannte voraus. Wir gingen wortlos weiter. Das Schweigen zwischen uns hatte eine neue Dimension angenommen, und ich versuchte nicht, es zu brechen. Ich dachte an das Cottage in Land's End, das wir in einem Januar zu Anfang unserer Beziehung gemietet hatten. Es war eiskalt, doch das kümmerte uns nicht. Wir verbrachten den Großteil der Zeit im Bett.

Marcus trug die Strandtasche über der mir abgewandten Schulter. Wegen des Gewichts lehnte er sich ein wenig in meine Richtung. Seine Hand baumelte dicht neben meiner. Beinahe hätte ich danach gegriffen, aber ich tat es nicht.

Wir entschieden uns für eine Stelle einige Meter vom Ufer entfernt auf einem Geröllhaufen und breiteten die Decke aus. Der Boden roch nach Fisch, feuchtem Beton und etwas Würzigerem wie Estragon. Der Himmel war fleckig grau. Doch ein wenig Blau lugte hervor, sodass am Horizont Lichtstrahlen auf das Meer fielen. Die Luft war frisch, ja, beinahe kalt, führte jedoch Verheißung mit sich. Ich rief nach Josh, kramte den Sunblocker aus der Tasche hervor und rieb ihm Gesicht und Arme ein.

»Glaubst du wirklich, dass er das braucht?«, fragte Marcus.

Ich wischte noch ein letztes Mal über Joshs Wange. »Vorsicht ist die Mutter der Porzellankiste.« Ich tupfte mir ein wenig auf die Nase und reichte ihm die Flasche. »Möchtest du?«

»Nein.«

Josh griff nach Eimer und Schaufel und stapfte in seiner Matschhose in Richtung Meer. Er hatte den Kopf gesenkt und suchte etwas am Boden, das er offenbar auch fand, denn er kauerte sich plötzlich hin und beugte die Schultern nach vorne, um es zu untersuchen. Ich setzte mich auf die Decke und zog die Knie an die Brust. Nach einer Weile nahm Marcus ebenfalls Platz. Ich spürte die Wärme seines Körpers neben mir, und ich musste mich zwingen, mich nicht an ihn zu lehnen. Es kostete mich wirklich Mühe, denn die Geste erschien mir so selbstverständlich. Einen Moment lang sehnte ich mich nach seiner Berührung. Doch dann hatte ich wieder das rote, dunkel verschwommene Bild vor mir.

Wir starrten beide geradeaus und beobachteten Josh, der seine rote Schaufel in Kreisen durch den Sand zog, dabei jedoch nicht viel bewirkte.

An einem Strand ist es niemals still. Möwen, Wind und das Scharren der Schaufel füllten die Leere.

Er versuchte, ein Gespräch zu beginnen. »Es sind nur ein paar Wochen, aber es scheint Monate her, dass wir ihn fast verloren hätten.«

»Ich weiß.«

»Es war so … schrecklich.«

Ich sprach laut aus, was ich kaum zu denken wagte. »Als ich aus der Taverne kam und glaubte, er sei tot, war ich einen Moment wie erstarrt. Das Schlimmste war geschehen. Ich brauchte mich vor nichts mehr zu fürchten. Ich hatte nichts mehr zu verlieren. Es war beinahe eine Erleichterung.«

Obwohl ich spürte, dass er mich ansah, drehte ich mich nicht um.

»Jetzt existiere ich weiter mit der Angst, wie ich ihn am Leben erhalten soll.«

Ich erinnerte mich an Jepsoms Worte. Zwischen Leben und Tod verläuft eine schmale Trennlinie.

»Falls ihm etwas zustößt … Ich liebe ihn so sehr. Es ist entsetzlich.«

Marcus holte tief und erschaudernd Luft. »Ich weiß. Wie soll man da je lockerlassen?«

Ich fing an zu lachen und verstummte. »Keine Ahnung.«

»Wahrscheinlich kann man sich einfach nur Mühe geben.«

In diesem Moment stand Josh auf und entfernte sich langsam von uns. Das Meer befand sich noch einige Hundert Meter weit weg. Kleine Wellen brachen sich am Ufer und bildeten winzige kreisrunde Strudel. Ich sah, wie Josh weiterging. Der Abstand zu mir wuchs, während seiner zum Wasser schrumpfte. Mir schwindelte vor Furcht.

Mein Atem wurde schneller. Ich umfasste noch immer meine Knie, allerdings fester. Ich war kurz davor, mein Gewicht nach vorne zu verlagern, aufzuspringen und loszurennen. Ein lauter Schrei baute sich in meiner Kehle auf.

»Ihm passiert nichts.« Schwer legte Marcus mir den Arm über den Rücken und umfasste meine Schulter. Er behinderte mich und unterstützte mich gleichzeitig. Ich zwang mich, mich an ihn zu lehnen. »Ihm passiert nichts«, wiederholte er leise.

Ich wandte mich um, berührte seine Wange und bemerkte, wie er zusammenzuckte.

»Nicht, solange ich hier bin«, sagte Marcus.

Am Abend aßen wir in einem Pub, The Ferryman, ebenfalls ein Tipp aus den Ausflugsvorschlägen. Das Lokal hatte eine niedrige Decke und war elegant in der Farbpalette von Farrow & Ball gehalten. Die Inhaber waren vermutlich Londoner. Wir saßen unter einem Heizpilz im Garten und verspeisten Krabbengratin mit Sauerteigbrot und eine Honigeiscreme aus der Region. Josh, der schon zu Hause gegessen hatte, vergnügte sich auf dem kleinen Spielplatz. Ein Einheimischer klimperte »On The Sunny Side Of The Street« auf dem Klavier.

Ich kaufte ein Päckchen Silk Cut und eine Schachtel Streichhölzer an der Bar. Ein Mann mit rasiertem Schädel kehrte mir den Rücken zu. Auf die Ellbogen gestützt, beugte er sich vor und unterhielt sich mit dem Barmann. Ich konnte zwar sein Gesicht nicht sehen, erkannte aber an den geröteten Falten im Nacken und den weißen Stoppeln, dass er im fortgeschrittenen mittleren Alter war. Auf der Seite seines Halses war ein Anker eintätowiert.

Draußen reichte ich Marcus eine Zigarette. »Sollen wir?«, fragte ich. »Um der alten Zeiten willen?«

Kurz grinsten wir einander an. »Ich muss zugeben, dass ich hin und wieder …«

»Ja, ich auch.«

»Also los.«

Er gab mir Feuer und wölbte die Hand, um seine eigene Zigarette anzuzünden. Der Rauch, den er ausstieß, sah cremig und köstlich aus.

Während ich ausatmete, beobachtete ich, wie Josh auf die hölzerne Rutschbahn kletterte. »Dave Jepsom tut mir leid«, sagte ich. »Einen Sohn zu verlieren. Das verändert einen doch. Das heißt, es verändert das eigene Verhältnis zur Welt.«

»Er ist eindeutig psychisch labil.«

»Aber er hat sich nicht wieder gemeldet.«

»Nein, bis jetzt nicht.«

Ich erinnerte mich an all die Gelegenheiten, als ich geglaubt hatte, ihn gesichtet zu haben. Das letzte Mal bei Peter Jones. Wegen der Ereignisse der letzten Zeit hatte ich Marcus gar nichts davon erzählt. Inzwischen erschien es mir so unwichtig. Ich hatte Jepsom in von Anspannung und großer Angst geprägten Situationen heraufbeschworen. Ein Bild vom Anfang stand mir vor Augen. Als er Josh aus dem Wasser geholt und wohlbehalten ans Ufer getragen hatte. Ich dachte an seinen kräftigen Körper, das Spiel seiner straffen Muskeln, die helle Sonne hinter seinem Kopf und dann, als er sich umgedreht hatte, an das gewaltige Tattoo auf seinen Schultern, die riesigen, ausgebreiteten Flügel.

»Vielleicht war er ja ein Schutzengel, keine Bedrohung«, meinte ich.

»Was soll das heißen?«

»Er war einfach da, oder? Erst als Josh beinahe ertrunken wäre. Und dann zu Zeiten, als unser Leben in größter Gefahr schwebte.«

Eigentlich hätte ich etwas anderes sagen sollen: Ich habe Jepsom »gesehen«, als ich Richard in seiner Wohnung besucht habe; in der U-Bahn; auf der Straße, wo ich geparkt hatte. Ich habe ihn aus den Tiefen meines Unterbewusstseins zutage gefördert, als ich mit Richard in diesem türkischen Restaurant war. Und im Kaufhaus, als er sich wieder in meine Gedanken gedrängt hat. Jedes Mal, wenn ich kurz davorstand, das Wichtigste zu verlieren, war er mir als Warnung erschienen.

Marcus musterte mich verdattert. »Bedeutet das, du denkst, er habe uns und Josh beschützt? Eine ziemlich beängstigende Vorstellung.«

»Letztens am Telefon hat er gemeint, ich solle aufpassen, dass Josh nichts zustößt. Aber mittlerweile glaube ich, dass ich ihn missverstanden habe. Es lag an seinem Schmerz. Es war sicher keine Drohung.«

»Was?«

Marcus wollte, dass ich es wiederholte.

Er griff nach einem Bierdeckel und klopfte damit auf den Tisch. »Das gefällt mir nicht. Das gefällt mir gar nicht.« Es schien ihn zu beunruhigen. Er warf den Bierdeckel hin.

Als ich ihm die Hand auf den Arm legte, verspannten sich seine Muskeln. »Damit meine ich nur, dass ich es nicht für real halte. Es spielt sich eher in unseren Köpfen ab. Ergibt das Sinn?«

Er schwieg.

Inzwischen bereue ich meine Worte.

Er

In gewisser Weise war die abgeschiedene Lage des Hauses ein Vorteil. Wir würden einige Tage lang nicht abgelenkt werden. Es gab kein WLAN, keinen Handyempfang und auch keine anderen Leute, um sie zu beobachten und sich Gedanken über sie zu machen. Der Parkplatz füllte sich zwar gelegentlich, doch die Fahrer schienen sich zu verteilen, zu verschwinden und von Sand, Meer und Dünen verschluckt zu werden. Hin und wieder sah man einen Hund mit Halter in der Ferne. Aber sie kamen nie näher, und nach einer Weile starrte man auf die Stelle, wo sie gerade noch gewesen waren, und fragte sich, ob man doch nur einen Pfosten oder einen Strang Seetang bemerkt hatte.

Vermutlich lag es am Wetter.

In den ersten Tagen gingen wir so weit zu Fuß, wie Josh es zuließ. Wir wollten ihn und vielleicht auch uns selbst müde machen. Je länger ich ging, desto weniger grübelte ich über Vergangenheit und Zukunft nach, sondern konzentrierte mich stattdessen darauf, wo ich die Füße hinstellte, wie ich gefährlich glitschigen Flecken aus Seetang auswich und welche Mischung aus Sand und Geröll am meisten Trittsicherheit bot.

Ich stellte fest, dass auch ich so tun konnte als ob. So, als hätten wir beide keinen Fehler gemacht und als habe sich nichts verändert. Ganze Momente verstrichen, in denen ich glaubte, dass wir noch genauso waren wie früher.

Am Montag blieben wir in der Nähe des Hauses, doch am Dienstag, als das Wetter sogar noch grauer war, stiegen wir ins Auto und fuhren auf der A12 nach Southwold. Die Mappe in der Küche verhieß ein »charmantes, hübsches und typisch englisches« Küstenstädtchen, was sich selbst bei Nieselregen als zutreffend entpuppte. Hier herrschte der architektonische Mischmasch aus pastellfarbenen Häusern, rotem Backstein und Satteldächern, der so viele britische Gemeinden prägt, und es gab auch einen Kirchturm, einen Marktplatz und einen richtigen Metzger. Wir liefen mit Josh durch den Wind am Pier entlang und trockneten uns anschließend in einer von Einheimischen und Touristen gut besuchten Teestube. Die Fenster waren beschlagen. Wir aßen dicke Scheiben Schokoladenkuchen und tranken Kaffee mit viel Milch. Ein struppiger brauner Hund am Nebentisch zerrte an seiner Leine und streckte die Zunge aus, um die von uns fallen gelassenen Krümel zu erhaschen. Josh kroch unter den Tisch und ließ sich von dem Hund das Gesicht ablecken. Seine Besitzer lächelten wohlwollend.

Tessa war besorgt wegen Bakterien. Das erkannte ich an ihrer Miene.

»Wollen wir nach Southwold ziehen?«, fragte ich.

Rasch blickte sie auf. Ihre Augen weiteten sich, und ich bemerkte, dass sie sich mit Tränen füllten.

»Nein.« Inzwischen mit einem leichten Lächeln auf den Lippen, schaute sie zu Josh hinunter. »Aber wir könnten uns einen Hund anschaffen.«

Als wir am Abend zurückkehrten, war der Parkplatz leer. Selbst der Eiscremewagen war verschwunden. Es war, als lebte man am Ende der Welt. Oder als ob alle etwas wussten, von dem wir nichts ahnten.

Das Haus fühlte sich mittlerweile mehr wie ein Zuhause an. Die sich verdüsternden Wolken, die sich bedrohlich und streifenförmig über dem Meer ausbreiteten, und das Prasseln des Regens an den Scheiben sorgten dafür, dass es drinnen noch gemütlicher wurde. Wir zündeten bei gedämpfter Beleuchtung das Kaminfeuer an, was wir uns am Vortag gespart hatten, und dann spielten wir drei eine Partie Mau-Mau. Ich las Josh vor, er und Tessa bauten einen Turm aus Lego, und wir erlaubten ihm sogar fernzusehen, eine Belohnung für uns, weil wir ihn so lange von der Flimmerkiste ferngehalten hatten.

Wir hatten in Southwold frische Lebensmittel eingekauft. Also machten wir uns in der Küche zu schaffen, ritzten Kartoffeln ein, legten sie ins Backrohr und ordneten Würste auf einem Backblech an. Ich spülte gerade das Frühstücksgeschirr, als sie von hinten an mich herantrat, mir die Arme um die Taille schlang und ihr Gesicht an meinen Rücken schmiegte.

Meine Hände steckten bis zu den Handgelenken in Seifenwasser. Ich erstarrte. Einen Moment hatte ich Mühe zu atmen. Ihre Hände berührten sich an meinem Bauch und strichen über meine Unterarme. Ihr Kopf lehnte sacht an mir. Ich spürte ihren Atem am Rücken. Ihren leicht feuchten Mund.

Ich nahm die Hände aus dem Wasser, schüttelte sie, griff nach dem Geschirrtuch und trocknete jeden Finger sorgfältig ab. Sie war noch immer neben mir, und ich erkannte Hoffnung in ihrem Gesicht. Mir wurde klar, dass sie voller Erwartung war. Sie dachte, ich hätte mich umgedreht, weil ich sie umarmen wollte. Kurz empfand ich Mitgefühl, sogar Leidenschaft für sie. Doch es war zu spät. Wuchtigere und hässlichere Gefühle standen im Weg. Ich wurde die Bilder einfach nicht los, die mir durch den Kopf krochen. Panik, Angst und Wut stiegen in mir hoch. Ich wollte sie auf den Mund schlagen, den er geküsst hatte.

Ich schaute zu Boden. Überallhin, nur nicht in ihr Gesicht.

»Ich gehe noch mal raus«, sagte ich. »Ich brauche frische Luft.«

Ich marschierte den Pfad hinunter zum Parkplatz. Inzwischen standen da zwei weitere Autos. Ein zerbeulter Kombi mit einem Hundekäfig, einer Rolle Seile und einer alten Plane im Heck und eine schwarze Limousine, die neben dem Fiat parkte.

Ich ging in Richtung Sizewell B. Der Wind peitschte meinen Rücken. Der graue Himmel hing tief. Der Sand wirkte im matten Abendlicht silbrig. Das eigenartig ruhige, beinahe bronzefarbene Meer brodelte leise und atmete grollend. Ein Paar mittleren Alters kam mit vornübergebeugten Schultern und gefolgt von einem schnuppernden Hund auf mich zu und war wieder fort. Links von mir befand sich jenseits eines grob gezimmerten Zauns eine Ebene, Naturschutzgebiet, rechts von mir das Meer.

Ich bin nicht sicher, wie lange ich ging. Mindestens eine Stunde. Jedenfalls, so weit ich konnte. Dennoch gelang es mir nicht, die Gedanken zu vertreiben. Sie rasten durch meinen Kopf, wirbelten durcheinander und sprühten Funken. Ich wollte nicht wissen, wer er war, doch die Frage wurde immer drängender und gieriger. Eine Erinnerung, eine Idee, fing an, sich nach oben zu kämpfen. Ich musste sie gewaltsam beiseiteschieben. Wenn ich es wusste, wenn ich ihm gegenüberstand, würde ich ihn töten. Vielleicht sollte ich ja *sie* töten. Es war zu übermächtig, ich konnte es nicht bändigen. Es reichte über alles hinaus, was ich je getan hatte. Mein Fehltritt in einer Nacht. Eine ausgewachsene Affäre. Sie behauptete, es habe nichts mit mir zu tun, aber wie konnte ich ihr glauben? *Du dummer Junge.* Das Gesicht meines Vaters und das von Jeff. Seine verächtliche Miene, als er mich in den Lift verfrachtet hatte. Er hatte mich stets nur erduldet. Unsere Freundschaft war nichts wert. Die mit Tilly vorbei. Dimitris Rache. Mein eigenes Verhalten. Ich war ein Versager. Ich hatte weder meine Frau noch meinen Sohn oder meine Firma geschützt. Alles war zu Ende. Kaputt.

Immer wieder kehrten meine Gedanken zurück zu jenem Moment am Strand. Ich war eingeschlafen, und nur Jepsom war es zu verdanken, dass Josh nicht ertrunken war. *Nur Jepsom war es zu verdanken.* In diesem Augenblick überkam mich mit Wucht der zündende Gedanke. Wenn Jepsom Josh nicht gerettet hätte, hätte ich es getan. Ich hätte ihn rechtzeitig erreicht. Ich hätte mich in die Wellen gestürzt und wäre zu ihm geschwommen. Ich hätte ihn wie eine Trophäe in die Luft gehoben. Ich wäre der Held gewesen. Und Jepsom hätte in unserem Leben nie eine Rolle gespielt. Es hätte nie Probleme gegeben.

Ich fühlte mich gleichzeitig unbesiegbar und schwach,

nicht aufzuhalten und dennoch bedürftig und verloren. Adrenalin mischte sich mit einer unstillbaren Verbitterung. Meine Wadenmuskeln gaben nach, meine Füße schmerzten, und als ich umkehrte, blies mir der Wind ins Gesicht. Unsere Landzunge war eine Ebene in der Ferne. Ich erschrak, als mir klar wurde, wie weit ich würde gehen müssen. Doch dann freute ich mich darüber. Ich hoffte, dass die Kartoffeln im Ofen verschrumpelt waren. Ich hoffte, dass sie das Gesicht ans Fenster presste. Ich hoffte, dass sie dachte, ich sei für immer fort.

Das Licht veränderte sich, und die Luft wurde dunstiger, als ich endlich den Pfad durch die Dünen entlangschlitterte. Es war fast dunkel. Wolken ballten sich zu seltsamen Formationen zusammen. Das Meer war näher gerückt und lauter geworden. Wie ein stürmischer Wind, drängend, beinahe wie eine Maschine. Der Fiat stand allein am Ende des Parkplatzes. Eine dünne Sandschicht bildete ein Muster auf der Motorhaube. Hartes Gras kratzte mich an den Knöcheln. Plötzlich aufgeregt und voller Angst hastete ich mit längeren Schritten den Privatweg hinauf. Als ich die Stelle erreichte, von der aus man das Haus sehen konnte, rannte ich los, erfüllt von dem übermächtigen und verzweifelten Bedürfnis, bei meiner Frau und meinem Sohn zu sein und mir ihre Gesichter ins Gedächtnis zu rufen. Während meines Fußmarsches hatte ich nicht viel darüber nachgedacht, was ich tun würde. Doch jetzt wusste ich, dass ich alles wieder in Ordnung bringen wollte, egal wie.

Die Haustür war zu, allerdings nicht abgeschlossen. Ich drehte am Türknauf und schob sie auf. Neben dem Tisch lag ein umgestürzter Stuhl, den ich aufrichtete. Das Licht brannte, und Tessas Telefon lag auf dem Tisch neben einer leeren Tasse. Im Spülbecken türmte sich schmutziges Geschirr und Besteck. Es war still im Haus. Ich fand das nicht weiter eigenartig. Sicher brachte sie Josh ins Bett oder hatte es bereits getan. Bestimmt war er nach dem Ausflug und von der Meeresluft müde. Vielleicht las sie ja im Schlafzimmer.

Ich nahm zwei Stufen auf einmal. Nein, ich rief nicht. Das wäre mir unpassend erschienen.

Auf dem Treppenabsatz herrschte eine bedrückende Ruhe. Die Badezimmertür stand einen Spalt weit offen. Ich sagte Hallo. Die Wanne war eingelassen, doch das Wasser war lauwarm, und als ich die Finger hineintauchte, blieb eine seifige Schicht daran haften. Joshs Zahnbürste trieb unter dem Wasserhahn. Ich fischte sie heraus und trocknete sie mit einem Handtuch ab, das zusammengeknüllt auf dem Boden lag. Die Zahnpastatube befand sich unverschlossen im Waschbecken. Eine weiße Spur zeichnete sich auf dem blauen Emaille ab. Die Badematte war zu einem feuchten Haufen zerknittert. In der Ecke knäulten sich Joshs Unterhemd und seine Socken.

Auch Joshs Zimmer war leer. Nur eine Schublade war aufgezogen und sein Pyjama auf dem Bett ausgebreitet. Auf dem Nachttisch stapelten sich seine Bücher. Ich setzte mich auf die Bettkante und griff nach dem obersten: *Gute Nacht, lieber Mond.* Als ich es durchblätterte, schmerzte meine Kehle. Gleich würde ich es ihm vorlesen. Wenn ich die zwei gefunden hatte.

Die Schlafzimmertür war geschlossen. Als ich sie öffnete, betrat ich einen leeren Raum. Am Morgen war die

Daunendecke nur schlampig hochgezogen worden. Ich rückte sie zurecht und strich mit der Hand über die Baumwolle, um sie zu glätten.

Ich stieg die Treppe wieder hinunter und sah noch einmal in der Küche nach. Ich spähte in die kleine Speisekammer mit ihren leeren Regalen. Ich betrachtete das Geschirr und die Pfanne in der Spüle. Ich schaute in den Mülleimer, der eine verschrumpelte kalte Kartoffelschale, zwei benutzte Teebeutel und eine leere Dose Bohnen in Tomatensoße enthielt. Das Backrohr war kalt. Dann stand ich im Wohnzimmer und hielt Ausschau nach etwas, das nicht stimmte. Auf dem Boden neben dem Tisch lag ein kleiner Haufen. Ein Block zum Ausmalen, das oberste Blatt zerknickt, Wachsmalstifte und ihr Schminktäschchen. Das dicke rosafarbene Wimperntuscheröhrchen ragte aus dem halb offenen Reißverschluss. Vor dem Sofa, neben dem Legoturm, den sie vorhin gebaut hatten, bemerkte ich Joshs Feuerwehrauto. Hatten wir es mitgebracht? Ich erinnerte mich nicht. Ich ging zum Fenster und musterte die Anhöhe, die zur Klippe führte. Grashalme wurden von einer länglichen Lichtreflexion erleuchtet.

Joshs Turnschuhe mit Klettverschluss standen ordentlich aufgereiht am Sofa.

Sie

Josh war müde und gähnte einige Male. Als er fragte, wo Daddy sei, erklärte ich ihm, er mache einen Spaziergang und würde ihm gleich einen Gutenachtkuss geben. Er nickte und war damit zufrieden.

Als Kartoffeln und Würste fertig waren und Marcus noch immer durch Abwesenheit glänzte, aßen wir unser Abendessen am Kaminfeuer. Ich räumte das Geschirr weg, und dann gingen wir nach oben, wo ich Josh ein Bad einließ. Das Wasser gurgelte rotbraun aus dem Hahn. Es sah aus wie altes Blut, und ich ließ es eine Weile laufen, ehe ich den Stöpsel in den Abfluss steckte.

Ich hatte Oilatum eingepackt, dieses feuchtigkeitsspendende Öl, das einen leichten Film auf der Wasseroberfläche erzeugt. Ich erlaubte ihm, vorsichtig eine Verschlusskappe hineinzugießen, und dann zogen wir ihn aus. Nachdem ich die Wassertemperatur getestet hatte, hob ich ihn in die Wanne.

Er spielte eine Weile und tat, als sei die blaue Oilatum-Flasche ein U-Boot. Ich putzte ihm die Zähne, um es hinter mich zu bringen, solange er stillhielt. Die Augen glückselig geschlossen, trieb er mit dem Kopf im Wasser. Seine Haare umrahmten sein niedliches Babygesicht wie seidige Gräser. Da hörte ich unten ein Geräusch und das Knarzen der sich schließenden Tür.

»Wir sind im Bad«, rief ich so fröhlich und einladend wie möglich. Ich hoffte, Marcus würde an meiner Stimme erkennen, wie sehr ich mir wünschte, er möge nach oben kommen. Ich hoffte, dass wir beide so tun könnten, als sei alles normal. So als könne ein Alltagsritual, wie Josh gemeinsam zu baden, wirklich der Anfang der Normalität sein.

Seine Schritte waren nicht so schnell, wie mir lieb gewesen wäre. Sie klangen schwer auf der Treppe, langsam und nachdenklich.

Hinter mir öffnete sich die Tür und scharrte auf dem Teppich.

Ich hatte eine Hand unter Joshs Nacken, um seinen Kopf aus dem Wasser zu halten. »Hallo, Liebling«, sagte ich, ohne mich umzudrehen. »Könntest du mir mal das Handtuch rüberwerfen?«

Nichts geschah.

Ich wartete ein paar Sekunden und wandte mich um.

Und schnappte nach Luft, heftig und gleichzeitig durch Nase und Mund. Ein umgekehrter Schrei. Das genaue Gegenteil von einem.

Er lächelte, als sollte ich mich freuen. »Bist du wirklich so überrascht?«, fragte er, wenn ich mich recht entsinne.

Ich erbleichte, unterdrückte meine Furcht und drängte sie tief in meine Brust hinunter. »Was willst du hier?«, stieß ich hervor.

»Ich dachte, du würdest hoffen, dass ich komme. Du hast mich angerufen.«

Josh war aufgetaucht, zappelte und sträubte sich gegen meine Hand. Ich schlang ihm den Arm um die Taille. Er sah mich an, runzelte die Stirn, spähte an mir vorbei und starrte den Neuankömmling an. »Hallo, Mann«, sagte Josh.

»Hallo, Kleiner«, erwiderte er.

Ich bewegte mich, um ihm die Sicht zu versperren. »Wie hast du uns gefunden?« Es gelang mir, die Wörter zu bilden und so zusammenzufügen, dass sie einen einigermaßen sinnvollen Satz ergaben.

Beinahe schüchtern zuckte er die Achseln, eine Geste, die für einen Mann von seiner Statur zu zierlich war. Er trug Sommersachen, Cargoshorts, ein kurzärmeliges T-Shirt und Nikes aus Leder und Netzmaterial. Die Sohlen waren weiß und nicht abgelaufen. Sie schienen neu zu sein.

»Bist du uns hierher gefolgt?« Ich suchte Blickkontakt mit ihm und hielt ihn.

»Aber, aber.« Er lehnte sich an die Wand und hob einen Ellbogen über den Kopf, um sich abzustützen. Unter dem Ärmel seines T-Shirts lugte ein wenig Achselhaar hervor. Seit unserer letzten Begegnung waren seine Haare gewachsen. »Du scheinst nicht froh zu sein, mich zu sehen.«

»Wir sind im Urlaub.«

Lachend legte er sich die freie Hand aufs Herz. »Was ist ein Urlaub ohne mich?«

»Du musst gehen«, entgegnete ich. »Du solltest nicht hier sein.«

»Warum redest du nach allem, was ich für dich getan habe, so mit mir? Du brauchst mich.«

»Du machst mir Angst. Es ist nicht normal, einfach so aufzutauchen.«

»Ich wollte dich nur sehen und herausfinden, warum du mich so behandelt hast.«

»Du bist hier nicht willkommen. Offenbar hast du die Situation falsch verstanden.«

Ich schaffte es, mit dem Fuß nach dem Handtuch zu angeln und es näher heranzuziehen. Dann kauerte ich mich so hin, dass ich ihn im Auge behalten und gleichzeitig Josh aus der Wanne heben und seinen zappelnden Körper in das Handtuch wickeln konnte.

Warum ließ ich Josh nicht in der Wanne sitzen und drängte ihn aus dem Raum? Ich kann dazu nur sagen, dass mein Instinkt mir befahl, meinen Sohn zu beschützen, ihn weniger angreifbar zu machen, indem ich seine Nacktheit bedeckte, und ihn festzuhalten. Danach würde ich mich mit dem befassen, was hier passierte.

»Das ist nicht sehr nett«, tadelte er. »Nicht sehr gastfreundlich. Ich wollte nur reden.«

Inzwischen saß Josh trocken auf meinem Schoß, und ich tastete nach seinem Pyjama. Er war im Schlafzimmer. Ich würde an ihm vorbeimüssen, um ihn zu holen. Joshs Unterhose und Unterhemd lagen zusammengeknüllt in der Ecke. Allerdings konnte ich seine Shorts und das T-Shirt erreichen und zog sie ihm an, während ich ihn weiter auf dem Schoß behielt. Meine Hände zitterten.

»Marcus kommt gleich zurück«, sagte ich so ruhig wie möglich. »Warum gehst du nicht, bevor er da ist? Es ist besser, wenn er nie erfährt, dass du hier warst. Wir können so tun, als wäre es nie geschehen.«

»Ich gehe nirgendwohin.« Er schüttelte den Kopf und zuckte leicht die Achseln. »Schließlich bin ich nicht umsonst so weit gefahren. Nur, wenn du mitkommst. Dann könnte ich es mir anders überlegen.« Er blinzelte langsam wie eine Eidechse.

Josh hob einen Arm und betrachtete ihn. »Ich bin wieder angezogen«, stellte er fest.

»Ja«, sagte ich.

Ich stand auf und hievte meinen Sohn auf die Hüfte. »Ich bringe Josh jetzt ins Bett«, verkündete ich, so gefasst ich konnte. »Warum suchst du dir nicht ein Pub, und ich komme nach?«

Ein verärgerter Ausdruck huschte über sein Gesicht. »Auf gar keinen Fall«, entgegnete er.

»Okay.« Ich zermarterte mir das Hirn nach einer neuen Strategie. »Gut, Josh kann ja auch ein bisschen länger auf bleiben, oder, Schatz?«

»Ja«, meinte Josh zweifelnd. »Wenn Daddy heimkommt, kriege ich einen Gutenachtkuss. Darf ich dann ins Bett?«

Ich machte drei Schritte auf die Tür zu. Zunächst rührte er sich nicht. Dann trat er zur Seite. »Nach dir«, sagte er.

Ich spürte seine Hand auf meinem Arm und roch seinen Atem. Mir wurde übel.

Ich ging an ihm vorbei zum schmalen Treppenabsatz und zum Anfang der Treppe. Nach unten, jede Stufe einzeln. Ich nahm das Vibrieren seiner Schritte wahr, als seine Füße nur wenige Zentimeter hinter mir landeten. Der Geruch seines Rasierwassers stieg mir in die Nase.

Er

Ich saß am Küchentisch und überlegte, wo sie sein könnten. Sie waren mich suchen gegangen. Doch in diesem Fall hätte ich sie am Strand gesehen oder wäre auf dem Weg nach unten an ihnen vorbeigekommen. Sie war wütend auf mich. Sie wollte, dass ich mir Sorgen machte, um sich an mir zu rächen. Aber sie hatte nicht das Auto genommen. Ich hatte es eben noch auf dem Parkplatz bemerkt. Um eine größere Strecke zurückzulegen, hätte sie ein Taxi rufen müssen. Sie waren in einem Pub, tranken heiße Schokolade, spielten »Ich sehe was, was du nicht siehst« und beobachteten, wie die Sekunden verstrichen. Das war sicher die wahrscheinlichste Lösung. Wenn etwas Ernsthaftes passiert wäre oder sich ein Unfall ereignet hätte, hätte sie mir eine Nachricht hinterlassen. Dazu hätte die Zeit gereicht. Außerdem wären da Reifenspuren auf dem Parkplatz und Fußabdrücke hinauf zum Haus gewesen. Ein Blaulicht wäre mir sogar vom Strand aus aufgefallen.

Ich starrte aus dem Fenster hinaus auf das aufgewühlte Meer. Als ich es nicht mehr aushielt, ging ich aus dem Haus. Hier war nichts als Gras und Ginster, die in der Dunkelheit verschwanden, und das Rauschen von Bäumen in der Ferne. Vorne, wo der Boden an der Felskante endete, rannte ich das schroffe Sims entlang und schaute über den Rand des Gartens hinunter zu den Felsen. Doch ich sah nur schäumendes Meer, hartes Gras und Gestein. Ich rief ihre Namen. Hierher wären sie nie gekommen, sagte ich mir immer wieder. Es herrschte Flut. Tessa hätte Josh von der Felskante ferngehalten.

Als ich die Hausecke umrundete, redete ich mir ein, dass sie zu Hause sein würden. Aber als ich die Tür öffnete, war es still. Sie waren einfach fort. Grauen breitete sich bleiern in meiner Brust aus. Dann nahm ich eine Seite des Malblocks und eine von Joshs Wachsmalkreiden. »Bin euch suchen gegangen«, schrieb ich.

Sie

Ich stellte Josh unten an der Treppe ab. »Wo übernachtest du?«, erkundigte ich mich. »Irgendwo in der Nähe?«

»So ähnlich. Ein Stück weiter die A12 hinauf.« Er wies mit dem Kopf zur Seite. »Ein hübscher Landkreis, Suffolk. Ich wohne in einem Hotel ziemlich nah an dem Pub, wo ihr zu Abend gegessen habt.«

»Hast du uns beobachtet?«

»War das Krabbengratin okay?«

Ich starrte ihn an. »Du warst dort?«

Er lächelte mich an.

Inzwischen befand sich Josh am anderen Ende des Zimmers und spielte mit dem Feuerwehrauto aus der Spielzeugtasche, die wir mitgebracht hatten. Er sang vor sich hin und war in seine eigene Welt versunken.

»Bitte geh«, flüsterte ich. »Bitte, bitte geh. Du bist umsonst hier. Wir können später reden.« Als ich ihm die Hand auf den Arm legte, spürte ich, wie seine Muskeln sich anspannten. Seine Haut fühlte sich vertraut und warm wie normale Haut und gleichzeitig nicht wie die eines Menschen an: fest und undurchdringlich wie lackiertes Holz. »Ich weiß nicht, was du dir davon versprichst, dass du hier bist, aber es ist nicht richtig. Ich, Josh und Marcus wollen einfach in Ruhe gelassen werden. Josh muss ins Bett …«

Er entzog mir seinen Arm. »Ach, sind wir jetzt eine glückliche Familie? Ist das das neue Spiel?«

»Bitte geh«, wiederholte ich.

»Wenn du mitkommst, gehe ich. Eine einfache Bitte.«

Ich beschloss, ihn einzulullen, schlug einen sanfteren Tonfall an und zwang mich zu einem Lächeln. »Ich kann Josh nicht allein lassen. Das verstehst du sicher.«

Er dachte einen Moment nach. »Okay«, meinte er nach einer Weile. »Ich sehe ein, dass es unvernünftig wäre, wenn du ihn zurücklassen würdest. Obwohl ich trotz allem nicht überzeugt bin, dass er zu meinem Plan gehört. Ich habe mich an ein Leben ohne Kinder gewöhnt.« Eine Sekunde lang schien er den Tränen nah, dann lächelte er. »Ob ich das Kind eines anderen Mannes akzeptieren könnte, ist auch ein Punkt. Trotzdem …« Er setzte sich und streckte die Beine aus. »Etwas riecht hier lecker. Ich habe Hunger.« Er verzog das Gesicht, als sei es ihm soeben erst eingefallen. »Ich habe heute noch nichts gegessen. Wenn du mir etwas zu essen machst, gehe ich.«

Ich schluckte und versuchte, meinen Mund anzufeuchten. »Du könntest eine Backofenkartoffel haben. Ich habe eine für Marcus gemacht, bevor er gegangen ist. Er kommt zwar jeden Moment zurück, hat aber bestimmt nichts dagegen.«

»Ich bin nicht sicher, ob er zurückkommt. Zuletzt habe ich ihn weit hinten am Strand gesehen. Er ist losmarschiert, als hättet ihr zwei euch gestritten. Probleme im Paradies? Glaubst du wirklich, dass er vorhat zurückzukommen?«

»Du hast ihn gesehen?«

»Ja. Eigentlich wollte ich euch beide besuchen, als er ziemlich aufgebracht an mir vorbeigestürmt ist. Ich bin ihm eine Weile gefolgt, aber anscheinend wollte er mir aus dem Weg gehen.« Er zuckte die Achseln. »Da wurde mir klar, dass du hier oben ganz allein bist, und ich dachte, ich schaue stattdessen mal bei dir rein.«

Ich lächelte. Mit klopfendem Herzen ging ich in die Küche und versuchte, Zeit zu schinden. Ich nahm die Kartoffel, die ich für Marcus aufgehoben hatte, aus dem Ofen, und holte die Butter aus dem Kühlschrank. Die Würste waren zwar kalt, aber ich legte zwei auf einen Teller. Mit bebenden Händen gelang es mir, die Kartoffel in der Mitte zu teilen, ein Stück Butter abzuschneiden und es darauf zu drapieren. Das Messer war abgerundet wie ein kleines Palettenmesser. Es hatte einen roten Plastikgriff, Teil einer billigen Garnitur. Inzwischen stand er in der Küchentür. Ich konnte ihn spüren, obwohl ich ihm den Rücken zukehrte.

»Das nehme ich besser.« Er war hinter mich getreten, entwand mir das Messer und warf es ins Spülbecken. Dann griff er nach dem Teller und ging von der Küche zum Esstisch, wo er Platz nahm. Zum ersten Mal bemerkte ich eine schwarze Tasche an der Tür. Als er meinen Blick sah, zog er sie mit den Füßen näher heran.

»Setz dich.« Er wies auf den Stuhl neben ihm. »Warum leistest du mir nicht Gesellschaft?«

Ich kauerte mich auf die Stuhlkante und ließ Josh nicht aus den Augen.

Er fing an, mit der rechten Hand zu essen. Mit der anderen nahm er mein Telefon vom Tisch, wischte mit dem

Daumen über das Display und scrollte durch meine Fotos. »Wie nett«, meinte er und hielt es hoch. »Euer Ausflug nach Southwold. Familienspaziergang am Pier. Ein Jammer, dass es geregnet hat … Daddy und Sohnemann füttern die Enten … Ein Drache! Das muss im Winter gewesen sein.«

»Bitte nicht.«

»So ein Familienidyll.«

Ich starrte ihn finster an.

Er legte die Gabel weg und lehnte sich zurück. »Weiß er, dass du eine Affäre hattest?«

Ich vergewisserte mich, dass Josh nicht lauschte. »Ja«, antwortete ich leise.

»Weiß er auch, mit wem?«

Mein kurzes Zögern verriet mich. Ein Ausdruck huschte über sein Gesicht: Selbstzufriedenheit. Ich hatte ihm Munition geliefert.

»Würde es ihn verärgern, wenn es jemand wäre, der wohlhabender, älter und so viel erfolgreicher ist als er?«

»Kommt darauf an, wie man Erfolg definiert«, entgegnete ich. »Kann ich mein Handy wiederhaben?«

Er achtete nicht auf mich. »Du solltest dich mehr um deine Sicherheit kümmern.«

»Wovon redest du?«

»Ach, keine Ahnung.« Er schob ein Stück Kartoffel auf dem Teller herum, aß es und entfernte mit der Seite der Gabel die Schale von einem anderen. Das Telefon legte er auf seinen Schoß. »Wenn du nicht gerade die Tür für Einbrecher offen lässt, verlierst du deinen Sohn in einem Kaufhaus.«

»Du hast mich beobachtet.« Inzwischen flüsterte ich.

»Ich gebe zu, dass ich dich in den letzten Wochen im Auge behalten und meinen nächsten Schritt geplant habe.«

Ich sah den Autoschlüssel auf dem Tisch neben Joshs Malblock und den Wachsmalkreiden.

Mein Pulli hing über der Lehne seines Stuhls. Ich bat ihn, ihn mir zu geben, und sobald er sich danach umdrehte, schnappte ich mir den Schlüssel und versteckte ihn auf meinem Schoß.

Er gab mir den Pullover, und ich streifte ihn über. Dann streckte ich mich schaudernd und manövrierte dabei den Schlüssel in meinen Pulloverärmel, den ich mir schließlich wärmend über die Finger zog.

»Ist dir kalt?«

»Ja, ein bisschen.«

Er schob seinen Teller weg.

»Okay, gehen wir?«

»Ich gehe nirgendwohin.«

»Oh, doch.«

»Nein.«

»Kannst du nicht einfach aufhören, mir jedes Mal zu widersprechen?«

Plötzlich stand er auf, reckte die gefalteten Hände und verzerrte das Gesicht zu einem lautlosen Aufschrei. Es war ein Scherz, ja, zumindest versuchte er, es witzig darzustellen, dass er allmählich die Geduld mit mir verlor. Nur dass es nicht lustig war. Er war ein kräftiger Mann, der einen Großteil seiner Freizeit im Fitnessstudio verbrachte und körperlich einschüchternd wirkte.

Voller Angst sprang ich auf. Mein Stuhl kippte mit

einem Knall nach hinten. Josh sah auf. Ich versuchte, ihm zuzulächeln. »Alles okay, Schatz. Komm her.«

Josh stellte sich neben mich. Ich legte ihm die Hand auf die Schulter und hob ihn dann auf die Hüfte. Er klammerte sich an mich.

»Ehrlich gesagt bin ich froh, dass du da bist«, begann ich und bemühte mich, das Zittern in meiner Stimme zu unterdrücken. »Du hast recht. Ich habe unserer Beziehung keine Chance gegeben.«

Er hob die schwarze Tasche auf, umfasste meinen Ellbogen und führte mich zur Tür. Um den Türknauf umzudrehen, musste er mich loslassen. Und dann, entweder eine automatische Höflichkeitsgeste oder um sicherzugehen, dass ich wirklich mitkommen würde, gab er mir und Josh den Vortritt hinaus auf die Veranda.

Die Haustür stand noch offen. Vielleicht aus Geistesabwesenheit schloss er sie hinter sich. Ich machte einen Satz über die Vortreppe hinweg in die leere Luft und rannte so schnell wie möglich vor ihm davon. Meine Füße trommelten auf den Boden. Nur einmal geriet ich ins Stolpern. Josh hielt sich an mir fest. Seine Hände waren in meinem Haar. Wind und Meer rauschten in meinen Ohren, als ich den Pfad hinunter auf den Parkplatz zuraste. Über den Hügel, und dann kam der Fiat in Sicht. Ich hielt den Schlüssel fest umklammert, der Atem rasselte in meiner Kehle, mein Haar peitschte hin und her, mir platzte beinahe der Kopf, fast da, fast da. Ich malte mir bereits aus, wie ich das Auto erreichte, einstieg und losfuhr. Doch dann ein Schrei, Fußgetrappel, ein Stoß in den Rücken, und ich landete auf dem Boden. Der Schock, die Angst, die Schmerzen. Ich spuckte Sand aus. Josh lag weinend neben mir und hatte Körper und Gesicht in die Erde gepresst. »Es ist nur ein Spiel«, schluchzte ich. »Es ist nur ein Spiel.«

Er

Ich suchte das Haus nach dem Autoschlüssel ab, konnte ihn jedoch nicht finden. Als ich unten am Parkplatz war, hoffte ich, dass der Fiat verschwunden sein würde. Wenigstens hätte ich so gewusst, dass sie irgendwo hingefahren war. Dass die beiden in Sicherheit waren. Aber das Auto stand noch an seinem Platz zwischen zwei verblassten weißen Linien. Der Sand auf der Motorhaube war unberührt. Ich hastete den Dünenpfad hinunter zum Strand, rutschte auf dem Sand aus und stolperte über meine eigenen Füße. Es herrschte Flut. Die aufgepeitschten Wellen dröhnten wie Verkehrslärm. Ich fühlte mich, als befände ich mich am Rand einer Schnellstraße. In der Ferne, in Richtung Sizewell B, flackerte an der Küste ein Licht. Eine Weile betrachtete ich es verwirrt, bis mir klar wurde, dass es sich um ein Lagerfeuer handelte. Ich lief den Strand entlang.

Drei dunkle Gestalten kauerten um die Flammen: zwei Männer und eine Frau. Sie rauchten einen Joint. Die Männer hatten Kinnbärte, die Frau hatte ihr langes blondes Haar in Zöpfen um den Kopf gewunden. Sie streichelte einen großen Hund. Als sie bemerkten, dass ich zu ihnen sah, blickten sie mir über den Strand entgegen. Der Hund erhob sich und ging in Angriffsstellung.

Ich winkte. »Haben Sie eine Frau und einen kleinen Jungen gesehen?«, rief ich. »Meine Frau und mein Sohn sind weg.«

»Verzeihung?«

Ich ging den Abhang hinunter ein paar Schritte auf sie zu und wiederholte meine Frage.

Sie schüttelten die Köpfe. »Nein, Kumpel. Tut mir leid«, sagte einer von ihnen. »Hier war niemand.«

Als ich den Abhang wieder hinaufkletterte, bellte hinter mir der Hund.

Sie

Ich hielt ihn in den Armen. Allerdings nur für eine Sekunde, denn dann zerrte er uns beide auf die Füße, wobei er meinen Arm fest umklammerte. Mein Gesicht war nass. Blut vielleicht. »Lass uns in Ruhe!«, brüllte ich. »Lass mich los. Finger weg von meinem Sohn!« Er fasste Josh an der Hand. Ich versuchte, mich seinem Griff zu entwinden, trat nach ihm und sträubte mich nach Leibeskräften. »Ich hasse dich«, sagte ich immer wieder. Und dann, bevor er mir den Mund zuhielt, schrie ich »MARCUS! MARCUS!« in die Nacht hinaus.

»Es reicht«, erwiderte er und schleppte uns die wenigen Meter den Weg hin zum Parkplatz. Außer unserem standen noch zwei weitere Autos da. Er stieß mich zu einem.

Ich riss seine Finger von meinem Mund. »HILFE!«, schrie ich erneut.

Vielleicht hörte mich ja jemand. Möglicherweise war der Fahrer des anderen Autos in der Nähe. Marcus konnte dicht hinter der Düne sein.

Der Wind verwehte meine Rufe.

Er öffnete die rückwärtige Tür und stemmte das Knie dagegen, während er uns gewaltsam in den Wagen verfrachtete. Leder, das nach totem Fleisch stank. »Lauf nicht wieder weg«, warnte er. »Du hast ja gesehen, was gerade passiert ist. Es ist keine gute Idee.«

Josh hatte sich aufgerappelt und saß mit ineinander verkrampften Händen starr neben mir.

»Tu meinem Sohn nichts«, keuchte ich. »Sonst bringe ich dich um, das schwöre ich dir.«

Ich zog Josh an mich, umarmte ihn und versprach ihm, dass alles gut werden würde. »Du blutest ja, Mummy, du blutest«, antwortete er. »Warum schreist du? Wo ist Daddy? Ich mag diesen Mann nicht. Ich will das nicht.«

»Es ist ein Spiel.« Ich drückte ihn enger an mich. »Wir spielen Fangen.«

»Ich will nach Hause.«

Im nächsten Moment erschien sein Gesicht am Fenster. Die Fahrertür ging auf und wurde zugeknallt, der Zündschlüssel ins Schloss gesteckt, sein Hinterkopf und seine Augen im Rückspiegel. Ich hörte seinen stoßweisen Atem, sein stockendes Luftholen; seine Finger klopften aufs Lenkrad. Er war aufgebracht. »Ich wollte es nicht so machen«, sagte er. »Keine Ahnung, weshalb du alles verkomplizieren musst. Wenn du dich beruhigst, wirst du merken, dass es das Beste ist. Du bist ausgerastet und zwingst mich, Dinge zu tun, die mir nicht gefallen. Ich würde mich ja entschuldigen, aber es ist dein Fehler.«

Der Wagen setzte dröhnend zurück. Er drehte am Lenkrad und verließ den Parkplatz.

»Wohin bringst du uns?«, versuchte ich es mit Flehen. »Bitte lass uns frei.«

Ich legte Josh mit dem Kopf in meinen Schoß und hielt ihm so gut wie möglich die Ohren zu. Er war barfuß und bis zu den Knien mit Schlamm verkrustet. Der Sitz neben ihm war voller Blut, doch das kam vermutlich von meinem

Bein. Es pochte. Josh schien Gott sei Dank unverletzt. Er hatte noch immer einen Legostein in der Hand. Seine Augen waren geweitet, sein Gesicht war bleich. Ich streichelte sein Haar.

Das Auto schlingerte die Straße hinunter. Dunkelgrüne Schatten huschten an den Fenstern vorbei. Äste scharrten. Offenbar kümmerte es ihn nicht, wie breit der Wagen war. Ständig rumpelten die Räder über die Böschung. Die Windschutzscheibe kippte und richtete sich wieder auf. Ein Stein kratzte am Unterboden und wurde zur Seite geschleudert.

»Wohin fahren wir?«, fragte ich.

Keine Reaktion.

»In dein Hotel?«

»Was für ein Hotel?«

Ich weiß, ich hätte im Auto bleiben können. Ich hätte ihn fahren lassen sollen, wohin er wollte. Man hat mir vorgeworfen, ich hätte mich falsch verhalten. Die Leute tuschelten, ich hätte mich nicht von der Stelle rühren und diplomatisch sein müssen. Jeder kennt die richtige Lösung, oder? Wenn, wenn, wenn. Rückblickend betrachtet, gibt es immer einen besseren Ausweg.

Wir näherten uns dem Ende der Seitenstraße und der A12. Sobald wir dort waren, würde das Auto beschleunigen. Er würde Gas geben. Asphalt vor dem Fenster. Dazu Straßenschilder, Lastwagen und weitere schnelle Fahrzeuge. Keine Möglichkeit zur Flucht. Ich hätte durch das Fenster winken und andere Fahrer mit Gesten um Hilfe bitten können, doch daran dachte ich nicht. Aber hätten die etwas unternommen? In den wenigen Minuten, bevor wir die Schnellstraße erreichten, wollte ich nichts wie raus.

Ich erinnerte mich an ein Tor auf der rechten Seite. Am ersten Tag hatten wir dort einem anderen Auto Platz gemacht. Ich zog Josh hoch und beobachtete, wie die Hecken vorbeisausten. »Gleich ist es so weit«, raunte ich ihm ins Haar und umklammerte ihn mit dem linken Arm. Mit der rechten Hand umfasste ich den Türgriff aus Metall. Er wurde unter meinen Fingern heiß und glitschig.

Die Lücke in der Hecke näherte sich, durch das Fenster erkannte ich das Tor, dann wieder die verschwommene Hecke. Der Moment war vorbei. Er wurde langsamer. Vor uns begann die Schnellstraße. Und dann geriet ein Rad in ein Schlagloch. Er bremste ruckartig, und in diesem Sekundenbruchteil zog ich am Griff, stieß die Tür auf und sprang, Josh noch in den Armen, hinaus.

Erde, Unkraut und Steine. Vom Schwung des Sprungs wurde ich nach vorne geschleudert, landete auf den Knien, überschlug mich, umklammerte Josh und versuchte, ihn zu schützen, während ich über die Straße rollte, von Dorngestrüpp zerkratzt wurde und mir die Arme und die brennenden Hände aufschürfte. Josh schrie auf.

Einige Meter vor uns blieb der Wagen stehen.

Ich packte Josh, rappelte mich auf und floh stolpernd vor dem Auto zurück auf die Seitenstraße in die Richtung, aus der wir gekommen waren. Hinter uns wurde der Motor gestartet. Ein lautes Kratzgeräusch und ein Knirschen der Räder ertönten, und dann verstummte der Motor wieder. Inzwischen waren wir in der Einbuchtung, die Stäbe des Tors befanden sich direkt vor uns. Ich stellte den Fuß auf die unterste Sprosse, schob Josh nach oben, kletterte ihm nach und sprang mit ihm auf den Pfad auf der anderen Seite. Die Autotür knallte. »Schnell«, sagte ich und griff nach Joshs Hand. Wir hasteten einen kurzen Weg entlang. Mittlerweile war es dunkel. Zu beiden Seiten standen Bäume. Wir stürmten auf eine Lichtung, eine alte Werft oder so etwas. Vor uns ragte ein baufälliger Schuppen auf. Dazu eine niedrige, von Dornengestrüpp überwucherte Mauer, ein verrostetes Auto und der umgekippte, weißgraue Rumpf eines vor sich hin rottenden Motorboots. Ich schaute mich um und zog Josh eine Böschung hinter der ersten Ruine hinunter. Wir gingen in Deckung. Der Asphalt unter unseren Füßen war rau, uneben und rissig und mit Unkraut und Glasscherben bedeckt. Zu Joshs Füßen befand sich ein fest zusammengerolltes Tau, das an einer rostigen Seilwinde endete. »Pst«, flüsterte ich.

Er

Wie still und undurchdringlich die Landschaft doch bei Nacht war. Das Rascheln unsichtbarer Geschöpfe in der Hecke. Ein dunkler Umriss vor mir zwischen den Ästen. Die pechschwarzen Schatten links und rechts von mir. Das Hellste in Sicht war der Himmel, wo der Mond durch die Wolken lugte. Links ein Lichtschein. Woher? Ipswich?

Kurz stolperte ich und versuchte, nicht an Joshs kleine Schuhe neben dem Sofa zu denken.

Weinte ich?

Der Weg bis zur Hauptstraße erschien mir so viel weiter, als ich angenommen hatte. Wenn ich an der A12 war, würde ich ein Pub suchen. Als ich den schmalen Asphaltstreifen entlangmarschierte, malte ich mir bereits die Szene aus: einladendes gelbes Licht, das durch die Glasscheibe der Tür nach draußen strömte, wenn ich sie aufschob. Der warme Geruch einer Landgaststätte, Einheimische, die sich umdrehten und zum Gruß ihre Gläser hoben, wenn ich eintrat. Und in einer Ecke meine Frau und mein Sohn, die von einem Kartenspiel aufblickten. Eine Abfolge von Gefühlen, die sich auf ihrem Gesicht abzeichnete: Ärger, Erleichterung, Liebe.

Meine Zähne klapperten, mein Kopf dröhnte. War sie mit ihrem Geliebten durchgebrannt? War sie bei ihm und hatte Josh mitgenommen? Etwas Schwarzes stieg in mir hoch. Was hatte er, das mir fehlte? *War er ein richtiger Mann?* Einer, auf den mein Vater stolz gewesen wäre? Anwalt, Wissenschaftler, Geschäftsmann? Kein Waschlappen, sondern ein Mann, der eine Firma leiten konnte? Der sie im Bett befriedigte? Die Tränen auf meinem Gesicht trockneten. Die kalte Luft gefror mein Zahnfleisch, als ich die Zähne fletschte. Wieder dachte ich an Dave Jepsom. Seit ich ihm begegnet war, war mein Leben implodiert. Er war da gewesen, immer im Hintergrund, während alles in die Binsen gegangen war. Meine Firma, mein Zuhause, meine Ehe. Mein Arm streifte die Hecke. Wenn er jetzt leibhaftig vor mir stehen würde, würde ich ihn auch kaputtmachen. Ich würde ihn in Stücke reißen. Ihn vernichten. Diesmal würde ich ihm zeigen, was ein richtiger Mann war.

Ich näherte mich der A12. Das Rauschen des Dienstagabendverkehrs war bereits zu hören. Jetzt war es nicht mehr weit.

Die Straße beschrieb eine Kurve, und ich bemerkte, dass vor mir ein Auto dicht am Straßenrand parkte. So nah, dass die Motorhaube fast von Gebüsch verdeckt wurde. Ich war nicht sicher, ob es nicht anderen Autos den Weg versperrte.

Ich spähte durch das vordere Fenster. Auf dem Beifahrersitz stand eine schwarze Tasche. Die Rückbank war leer, doch auf dem hellen Polster erkannte ich einen runden Fleck, von dem aus eine Linie wie eine Träne bis zur Kante verlief. War es Blut? Daneben lag ein kleiner Legoblock, zwei zusammengesteckte Steine. Ich wurde von einem eiskalten Schauder, Todesangst und Verwirrung überwältigt. Meine Eingeweide krampften sich zusammen, und mein Kopf war auf einmal ganz leer.

Sie

Die Kette am Pfosten klirrte, die Streben ächzten, und die Sprossen schepperten. »Lass das«, rief er oben vom Tor aus. Ein Poltern, als er am Boden aufkam. »Verschwende nicht meine Zeit.«

Es roch nach Öl, Torf und Feuchtigkeit. Irgendwo in der Nähe plätscherte Wasser. Durch das Gewirr von Bäumen sah ich eine Reihe stecknadelkopfgroßer Autoscheinwerfer.

Wir lehnten an der Außenwand des Gebäudes. Seine Schritte näherten sich langsam auf dem Pfad. Sein Atem wurde lauter. Ein Stolpern, ein metallisches Klirren, ein Aufschrei. Er schien sich zu entfernen. Inzwischen klang er wütender. »Verarsch mich nicht.« Er befand sich auf der anderen Seite der Hütte. Seine Schritte bewegten sich von uns fort. Der Lichtkegel einer Taschenlampe traf die Bäume rings um den Hof.

Josh presste heiße Lippen an meine Handfläche. Seine Augen musterten mich eindringlich. »Pst«, flüsterte ich wieder.

Ich hob den Kopf, um durch einen Riss des mit Spinnweben verhangenen Fensters zu spähen. Hinter der Scheibe lag alles im Dunkeln. Eine staubige Werkbank, der mächtige Rumpf eines kaputten Bootes. Er hatte sein Telefon in der Hand. Das Licht der Taschenlampenfunktion schoss über den Hof. Durch die zerbrochene Scheibe konnte ich quer durch das Gebäude schauen. Ich wich einen Schritt zur Seite und drückte den Rücken flach an die Wand.

»Ich werde dich finden!«, brüllte er. »Also kommst du besser gleich raus.«

Er rüttelte an der Tür und an der Klinke, fluchte leise und ging. Im nächsten Moment hörte ich ihn zurückkommen. Ein grollendes Knarzen ertönte, als er die Tür auf einer Schiene beiseiteschob.

Josh drängte sich an meine Beine. »Hier gefällt es mir nicht«, sagte er.

»Pst.«

Inzwischen war er im Schuppen. Ich hörte ihn stolpern. Der Lichtkegel malte Kreise an die Wände, traf das Fenster und prallte wieder ab.

Mein Atem ging zu laut, und Josh schluchzte.

»Ich habe Angst«, jammerte er. »Ich mag dieses Spiel nicht. Ich will nach Hause.«

Ich trat einen Schritt vom Fenster weg in Richtung Böschung. Die Lichter von der A12 konnte ich noch immer sehen. Wir sollten uns aus dem Staub machen. Ich beschloss, die Gelegenheit zur Flucht zu nutzen. Jeden Moment würde er uns hören. Es würde nicht lange dauern, bis er uns aufspürte.

Josh noch immer fest an der Hand, machte ich noch einen Schritt. Langsam schlichen wir um die Ecke des Gebäudes. Ein Schritt und noch einer.

Im Schuppen knarzte es.

Und dann mein Name.

Er

Eine Weile stand ich mitten auf der Straße. Bis auf den Verkehrslärm aus der Ferne war es still. Vielleicht war es auch das Meer oder beides.

Aber was war das?

Ich spitzte die Ohren.

Ein Wasservogel stieß einen gellenden Ruf aus; das Rascheln seiner Flügel klang wie das Mischen von Karten. Danach Schweigen.

Im Marschland kreischte eine Eule.

War es eine Eule gewesen?

Angst drohte mich zu überwältigen.

Ich kehrte um und ging zurück. An dem Tor in der Parkbucht blieb ich stehen.

An den Stangen befand sich sandiger Schlamm, das fiel mir sofort auf. Er fühlte sich feucht an.

Jenseits des Tors verlief ein kurzer, schmaler Pfad. Möglicherweise war er einmal ein richtiger Weg gewesen, doch die Bäume waren hineingewachsen, Gras war gewuchert, Asphaltbrocken waren in große Löcher gestürzt, und von beiden Seiten ragte Dornengestrüpp hinein. Der Pfad verlief etwa zweihundert Meter weit bergab. Zu beiden Seiten erhob sich eine Böschung mit Wasser dahinter. Eine Baumreihe ragte empor. Ebene Marschlandschaft. Es roch brackig. Das Meer als Industriegebiet. Fisch, Salz, Treibstoff, Öl. Die Äste über meinem Kopf wurden dichter und dunkler. Der Pfad verbreiterte sich zu einem Hof. Als der Mond die Wolken abstreifte, konnte ich im Gebüsch ein verrostetes umgedrehtes Motorboot ausmachen. Dahinter standen einige verfallene Gebäude.

Ich ging ein paar Schritte weiter. Einige Hundert Meter vor mir war etwas, das wie ein altes Bootshaus aussah. Lang, niedrig, windschief, aber intakt, aus geschwärztem Holz und mit einem Wellblechdach. Ich glaubte, im Fenster eine Bewegung bemerkt zu haben, ein Flackern hinter der Scheibe. Doch als ich stehen blieb: nichts. Wahrscheinlich nur der darübergleitende Mond und die Schatten der sich jagenden Wolken. Ich wandte mich ab. Es wurde kälter. Ein leichter Regen durchsetzte die Luft und senkte sich feucht auf Hände und Wangen.

Und dann, nur für alle Fälle, rief ich.

Sie

»TESSA!«

»Daddy!« Josh riss sich von mir los und rannte auf Marcus' Stimme zu.

Ich rannte auch, doch inzwischen war er aus dem Schuppen gekommen, stellte sich Josh in den Weg und packte ihn.

»Lass ihn in Ruhe«, befahl ich. »Lass meinen Sohn in Ruhe.«

Aber er bückte sich, hob Josh hoch, richtete sich auf, hielt ihn mit einem Arm an der Taille fest und wehrte mich mit dem anderen ab. Joshs Gesicht verzerrte sich. Er streckte die Arme aus und wand sich, um sich zu befreien …

Er

Nein, sonst erinnere ich mich an nichts.

Ich erinnere mich nicht, etwas vom Boden aufgehoben zu haben.

Ich weiß nur, dass ich auf Josh zustürmte. Ich hörte zwar seine Stimme, verarbeitete sie jedoch nicht. Meine ganze Aufmerksamkeit galt Tessa, die zusammengesackt dalag, und an ihre gedämpften Schreie, an Joshs Schluchzen, die meinen Kopf erfüllten. An den Mann vor mir, mit meinem Sohn ausgestreckt in seinen Armen.

Im nächsten Moment war mein Kopf voller Licht. Die Sonne spiegelte sich im Wasser. Vom Boden stieg Hitze auf. Seine hünenhafte Gestalt, die meinen Sohn hoch über den Kopf hielt wie eine Trophäe. Über seine Schultern erstreckte sich ein Paar kunstvoll eintätowierter Engelsflügel, detailgetreu wie eine Zeichnung von da Vinci, die seine Muskeln nachzubilden schienen.

Sie

… und ich zog und zerrte, um meinen Sohn seinen Armen zu entreißen, während er auswich und Josh immer höher hob und immer weiter vor mir zurückwich. Ich schrie, er solle meinen Sohn loslassen, und trat nach seinen nackten Waden. »Richard! Tu es nicht, Richard!«

Er

Ich hatte einen Backstein in der einen und eine lange Glasscherbe in der anderen Hand. Tessas keuchender Atem und ihre abgerissenen Schluchzer gellten durch den Abend. Doch ich verstand keine Worte, weil es in meinen Ohren klingelte. Nur ein Rauschen und Luft, als ich, endlich aktiv, endlich rechtzeitig vor Ort, auf ihn losging und ihn immer wieder schlug. Mit den Fäusten, dachte ich, aber heute weiß ich, dass es ein Backstein und eine Glasscherbe waren. Immer weiter drosch ich auf ihn ein, sogar als ich seine überraschte Miene bemerkte, er auf die Knie sank, seine Augen zurückrollten und sein Kopf die Form veränderte. Ich schlug ihn immer noch, selbst als mir allmählich klar wurde, dass etwas nicht stimmte. Seine Augen waren dunkler und sein Haar grau meliert. Ich schlug ihn, als Blut aus seinem Mund quoll, und seine Schultern zuckten. Auch als Josh sich freigestrampelt hatte. Ich schlug ihn, als Blut seine Fußballshorts durchweichte und durch seinen Kapuzenpulli sickerte. Auf den Da-Vinci-Engel, den er, wie ich wusste, auf den Schultern trug. Das Blut überdeckte die Tattoos auf seinen Armen, als er zur Seite fiel.

Der Rest liegt im Nebel. Obwohl Nebel das falsche Wort ist. Wenn ich versuche, Ordnung hineinzubringen, ist alles blutrot, orangefarben und violett. Keine Fußballshorts. Keine Tattoos. Nicht Jepsom. Nein, nicht Jepsom.

Da lag er nun, der andere Mann, absolut leblos, still und ohne sich zu bewegen.

Ich schaute mich nach Josh und Tessa um. Sie saßen zusammengekauert da, er hatte den Kopf an ihrem Hals vergraben, und sein Körper bebte vor lautlosen Schluchzern. Sie hatte den Arm um ihn gelegt, als wolle sie ihn nie wieder loslassen. Ich musterte ihr Gesicht. Ich weiß nicht, was ich dort zu finden hoffte: Liebe, Erleichterung, Ehrfurcht. Doch ihre Miene war unergründlich. Als sie schwieg, sprach ich die Worte selbst aus.

Sie

»Ich habe dich gerettet«, sagte er.

DIE KRONE GEGEN
MARCUS ARTHUR NICHOLSON
Fallnummer BB238/3D
Patientennummer GP4403847

PSYCHIATRISCHES GUTACHTEN

Hiermit erklären wir, dass Marcus Arthur Nicholson gemäß Paragraf 38 des Gesetzes zur Feststellung der geistigen Gesundheit von 1983 auf Anordnung des vorsitzenden Richters vom 5. August 2017 im Springfield Hospital in London begutachtet wurde. In diesem Gutachten bestätigen und beschreiben wir unseren Befund im Zusammenhang mit dem Geisteszustand von Marcus Arthur Nicholson, im Folgenden der Angeklagte genannt.
A. Die Untersuchung bestand aus klinischen Gesprächen mit dem Angeklagten und einer Beobachtung seines allgemeinen Verhaltens. Es erfolgte eine körperliche Untersuchung. Insbesondere eine Bestimmung der Blutwerte und ein Elektroenzephalogramm wurden durchgeführt. Es fand eine Psychometrie statt, und ein psychologischer Bericht wurde erstellt.
B. Psychiatrische Diagnose zum Zeitpunkt der mutmaßlichen Straftaten
Zum Zeitpunkt der mutmaßlichen Straftaten litt der Angeklagte weder an einer psychischen Erkrankung noch an einer geistigen Störung, die ihn in seiner Fähigkeit beeinträchtigte, zwischen der recht-

mäßigen oder unrechtmäßigen Natur seines Handelns zu unterscheiden. Seine Fähigkeit, in Übereinstimmung mit der erwähnten Einschätzung der Rechtmäßigkeit oder Unrechtmäßigkeit seines Verhaltens zu handeln, wurde nicht von einer psychischen Erkrankung oder geistigen Störung behindert. Wir halten den Patienten für verhandlungsfähig.
Unterzeichnet:

Peter Kitchen
Dr. Peter Kitchen, MBBS BSc MRCP MRCPsych

S. Speigelman
Dr. Susan Speigelman, MBBS BSc MRCP MRCPsych

Man könnte argumentieren, einige Handlungen entziehen sich der Möglichkeit, diese zu erklären. Jemand rettet einem Menschen das Leben. Jemand nimmt einem Menschen das Leben. Der Unterschied ist eindeutig. Und dennoch bewegt sich die Maschine unaufhaltsam weiter. Inzwischen haben die Anwälte mit ihrer kostspieligeren Redegewandtheit übernommen. Sie haben ihre eigenen Methoden, eine Geschichte zu erzählen (der dominante Vater, der berufliche Druck, der Seitensprung der Ehefrau).

Das Ganze lässt mich verwirrt zurück: das Gerede, die Berichte und Verhöre, die juristischen Kniffe. Das wirklich Wichtige scheinen sie nicht zu berühren.

Man kann jemanden hassen, der ein Leben rettet.

Und man kann jemanden lieben, der ein Leben nimmt.

Offen gestanden fällt mir dazu auch nicht mehr ein.

Danksagung

Als Schriftsteller vergisst man leicht, wie es in einem Büro zugeht. Daher danke ich Ann Morgan, dass ich ein wenig an ihrem Arbeitsplatz spionieren durfte, und Elsbeth Smedley für ihre überaus nützlichen Insiderinformationen aus der PR-Welt. Ben Smith war mir wie immer eine unschätzbare Hilfe in Sachen Polizeiarbeit. Außerdem danke ich allen bei Flotsam & Jetsam, dass ich so tun durfte, als wäre der Tisch da hinten im Eck mein Arbeitsplatz.

Dieses Buch gäbe es nicht ohne meine wundervolle Lektorin Ruth Tross und das restliche Team bei Mulholland, vor allem Cicely Aspinall und Veronique Norton. Unbändiger Dank geht auch an alle bei Greene & Heaton: Kate Rizzo, Rose Coyle, Holly Faulks sowie die unvergleichliche Judith Murray.

Mein innigster Dank gilt wie immer Giles Smith.